Impressum:

Regina Maria
c/o 4H DIGITAL
Lars Hütz
Fischerstr. 49, 40477 Düsseldorf

Kontakt: reginamaria-roman@web.de

Marie, eine selbstbewusste Frau Anfang Fünfzig hat sich gerade von ihrem langjährigen Lebensgefährten getrennt und einen ungewöhnlichen Auszug aus dem gemeinsam gemieteten Haus hinter sich.
Sie steckt noch mitten in der Aufarbeitung der vergangenen Beziehung, Neuorientierung als Single und Einrichtung einer eigenen Wohnung, als ihr durch einen Zufall Philip über den Weg läuft.
Marie ist vom ersten Moment an fasziniert von diesem Mann und glaubt, das Schicksal würde es nun gut mit ihr meinen.

Aber das Schicksal ist immer nur so viel Schicksal, wie man es lässt ...

Prolog

Haben Sie schon einmal darüber nachgedacht, welches das höchste Gut im Leben ist? Gesundheit, da sind sich sehr viele Menschen einig, steht an erster Stelle, ohne Zweifel! Das erleben wir gerade zu diesen Zeiten und erkennen neu, wie viel es uns Wert sein muss, sie zu schützen und zu erhalten.

Aber dann... Geld, Glück, Liebe, Zufriedenheit oder Frieden ......?

Nun, ich glaube, jeder Mensch darf sich da seine eigene Prioritätenliste erstellen und wahrscheinlich verschieben sich im Laufe des Lebens die Plätze an der Spitze dieser Liste mehrmals.

Für mich gibt es tatsächlich ohne Überlegungen nur eines, das außer der Gesundheit das größte, höchste und wertvollste Gut ist:

Vertrauen.

Vertrauen lässt uns wachsen, lässt uns jeden Tag Dinge tun, lässt uns jeden Moment Entscheidungen treffen, macht uns Mut und fängt uns auf. Vertrauen gibt uns die Kraft, jeden Tag den Herausforderungen des Lebens entgegenzutreten.

Vertrauen bekommt man nicht geschenkt. Man muss es sich erarbeiten. Es muss wachsen und sich entwickeln. Aber wenn wir es schenken können und wenn wir es geschenkt bekommen, dann ist es etwas Großartiges, etwas, das immer noch großartiger werden kann, wenn wir es gut behandeln und pflegen.

Ohne Vertrauen wäre all unser Tun mit Zweifel behaftet, denn wir würden uns selbst ständig hinterfragen und kämen allein nie zu einem nachhaltigen Zuspruch, dass es richtig ist, wie wir gerade handeln.

Vertrauen macht uns groß und stärkt
unsere Herzen,
unseren Körper
und unsere Seelen.

EINS

Marie sah auf Ihre Smartwatch. 17.20 Uhr.

< *Das wird noch ein langer Abend* > dachte sie und kramte in ihrer Handtasche, um ihr kleines Beautycase herauszuholen. Seit acht Uhr morgens war sie bereits im Büro, unterbrochen nur durch eine Stunde Mittagspause, in der sie, wie an jedem Freitag, an dem sie bis achtzehn Uhr im Betrieb sein musste, nach Hause fuhr. Schnell ein Müsli oder eine andere Kleinigkeit zubereitete, aus den Pumps schlüpfte und eine Stunde die Ruhe der Alleinsamkeit genoss.

Der Arbeitsalltag war geprägt von Telefonaten, Kundenberatungen, anfallenden Büroarbeiten und administrativen Dingen die auch aus Lieferantengesprächen, Messebesuchen und Bestückungen der Ausstellung, bestand. Seit über fünfzehn Jahren war Marie in diesem Unternehmen tätig. Einem mittelständischen Familienbetrieb der Inneneinrichtungsbranche in einer Kleinstadt am Rande des Ruhrgebiets.

Marie liebte ihre Arbeit und es war genau die richtige Mischung aus Büroarbeit, Kontakt zu und mit Menschen und Verantwortung. Sie empfand es auch nach so vielen Jahren immer noch als Glück diese Stelle bekommen zu haben und war, wenn auch nicht jeden Tag sichtbar, innerlich sehr dankbar für diese Fügung in ihrem Leben.

Einem Leben, das schon einige Male gehörig aus den Fugen geraten war. Marie war Mutter von zwei Kindern. Zwei Töchtern, wie sie unterschiedlicher

nicht sein konnten. An ihren beiden Mädchen, die längst erwachsen waren und ihre eigenen Wege gingen, wurde ihr so deutlich, dass Kinder die Gene ihrer Eltern haben und es Gottes Fügung ist, zu welchen Teilen diese Gene verteilt wurden.
Zwei Kinder, die denselben Vater hatten, von dem Marie allerdings seit vierzehn Jahren geschieden war. Jedoch fühlte sich scheinbar eine ihrem Vater und eine ihrer Mutter näher hingezogen. Sie lebten beide nicht mehr bei Marie, jedoch in derselben Stadt und sie hatten einen guten und regelmäßigen Kontakt miteinander.
Marie hatte ungefähr ein Jahr nach ihrem Auszug mit den Kindern auf eine Stellenanzeige geantwortet, in der ein ortsansässiges Einrichtungshaus eine Mitarbeiterin zur Unterstützung des Büros als Minijob anbot. Die Stelle hatte sie nach einem Bewerbungsgespräch sofort erhalten und sie fühlte sich unmittelbar wohl. Sie freute sich über diese Chance und die Möglichkeit wieder in ihrem Beruf arbeiten zu können, den sie nach der Geburt der jüngsten Tochter in ihrem damaligen Betrieb nach gemeinsamer Entscheidung mit ihrem Mann zur Betreuung der beiden Kinder aufgegeben hatte.

Seitdem waren fünfzehn Jahre vergangen, ihre Stelle wurde schon bald in eine Festanstellung geändert und bereits mehrmals die Stundenanzahl erhöht, immer dann, wenn die Kinder ihrem Alter entsprechend weniger Betreuung brauchten und somit eine Erhöhung der Arbeitsstunden möglich war.

Seit zwei Wochen war Marie nach einem kurzen Gespräch mit ihrem Chef Vollzeit beschäftigt. Ein Segen für sie, denn gerade hatte sich ihr Leben noch einmal so richtig auf den Kopf gestellt ...

Marie war wieder Single!

Mit dem Kosmetiktäschchen in der Hand ging sie zur Damentoilette.
Eine kleine Auffrischung des Make-ups musste noch sein, bevor sie nun im Obergeschoss, in der Ausstellung für Dekostoffe, Fensterbehänge, Polsterstoffe und Wandverkleildungen, an dem Event teilnahm, das für den Abend geplant war und zu dem ca. 150 Kunden eingeladen worden waren, um ihnen Neuheiten in verschiedenen Produktbereichen zu präsentieren. Es gab einen Imbissstand, Getränke wurden gereicht und sogar eine ortsansässige Weinhandlung war beauftragt worden, die Gäste mit Wein zu bewirten.
Über die genauen Planungen zu diesem Event war Marie aber nicht informiert. Darum hatten sich andere Kollegen gekümmert.
Sie wurde nur von ihrem Chef gefragt, ob sie nach Geschäftsschluss noch bleiben könnte, um dieser Veranstaltung beizuwohnen und die Teilnehmer zu bewirten, Gespräche zu führen und zum Gelingen des Abends beizutragen.
Dieser Bitte war Marie gerne nachgekommen.
Auf dem Rückweg zu ihrem Büro bemerkte Marie tatsächlich, dass mehr Kundenbetrieb herrschte als

üblich kurz vor Ladenschluss. Nachdem sie Puder und Lippenstift wieder in ihrer Handtasche verstaut hatte, legte sie noch etwas Parfüm auf und begab sich zu ihren Kollegen, die gerade zu dritt zusammenstanden und darüber sprachen, wie lang der Abend denn noch werden könnte. Marie war es egal, wie lang der Abend werden würde. Da, wo sie abends war, wartete niemand auf sie. Es war noch nicht einmal ihre Wohnung, nicht Ihre Möbel ... nichts davon gehörte ihr... sie schlief in einem fremden Bett und war allein.

Im Gespräch mit den Kollegen beobachtete Marie neben der Treppe nach oben die zu den Ausstellungen führte, dass sich zwei Damen einen Präsenter mit hochwertigen Dekostoffen ansahen und sich angeregt darüber unterhielten. Ohne weiter darüber nachzudenken und wie es Maries gute Eigenschaft war, immer auf Menschen zuzugehen, machte sie sich auf den Weg zu den Frauen. Sie hatte eigentlich keine fachlichen Kenntnisse über diese Stoffe und deren Beschaffenheit, aber mit den Kunden ins Gespräch kommen, schien ihr erst einmal das Richtige zu sein. Außerdem gab es schließlich Kollegen im Haus, die sie bei Fragen hinzuholen könnte.
Selbstbewusst näherte sie sich der Treppe „Guten Abend, kann ich Ihnen vielleicht helfen“, sprach sie die Damen an. „Oh, vielen Dank, wir schauen uns gerade diese wunderschönen Dekostoffe an.“, antwortete eine der Frauen. „Ja, die sind wirklich außergewöhnlich. Und aus der neuen Kollektion.“

Soweit wusste Marie schon Bescheid, denn sie selbst hatte einen dieser Stoffe vor gar nicht langer Zeit in ihrem damaligen Wohnzimmer als Dekostoff vor den Fenstern anbringen lassen. „Wir wissen nur noch nicht, ob die Farbe die richtige ist, die zu den Möbeln und dem Fußboden meiner Mutter passt.“, überlegte die jüngere der Beiden. „Aber da haben wir doch noch jede Menge weitere Farben zur Auswahl“, beeilte sich Marie mit der Antwort. „Möchten sie vielleicht oben in der Ausstellung einmal schauen, da kann ich ihnen entsprechende Farbbeispiele zeigen.“
„Oh, wir waren gerade schon oben.“, entgegnete die ältere Dame und auf Maries Frage, ob sie sich die Stoffmuster dieses Lieferanten angesehen hätten, verneinte sie.
Marie wusste genau, wo der Schrank mit den verschiedenen Dekorbeispielen stand. Sie selbst hatte damals nach den Farben geschaut und mehrmals alle Schubladen durchgesehen, bis sie sich für die richtige Farbe entschieden hatte.
„Wenn sie noch einen Augenblick Zeit haben, gehe ich gerne noch einmal mit ihnen nach oben und zeige ihnen die entsprechenden Muster“, bot Marie an und war überrascht, als die ältere der Beiden sofort zustimmte. Marie befürchtete eine Sekunde, die Tochter könnte dem Vorschlag nicht zustimmen und begab sich daher sofort die ersten Stufen der Treppe hinauf, worauf die Damen ihr folgten.
Bereits auf dem ersten Absatz der Treppe, sah Marie das Aufkommen der Menschen, die zu dem Event an diesem Abend gekommen waren. Dadurch, dass man auch über ein weiteres Treppenhaus aus einer

anderen Richtung ins Obergeschoss gelangen konnte, war ihr und ihren Kollegen im Untergeschoss nicht aufgefallen, wie gut besucht die Veranstaltung schon war. Reges Treiben auf allen Ausstellungsflächen. Kunden und Kollegen mit einem Glas Wein oder Bier in der Hand und passende, leise Musik im Hintergrund. Marie war positiv überrascht und schritt voran den zweiten Teil der Treppe zu gehen.
Immer im Blickkontakt, zu den ihr folgenden Damen, überquerte sie eine Ausstellungsfläche, die wie ein modernes Wohnzimmer eingerichtet war. Dann blieb sie vor einem Ausstellungsschrank stehen, in dem ungefähr zehn bis zwölf verschiedene Stoffmuster integriert waren, die man jeweils als Schublade herausziehen konnte.
„So, schauen Sie einmal, welche weiteren Farben und Muster ich Ihnen zu der unten gesehenen Stoffkollektion noch zeigen kann.“, begann Marie das Gespräch erneut und hatte sofort wieder die Aufmerksamkeit der Besucherinnen. Weitere Nachfragen zu vorhandenen Möbelstücken, Farbe von Wänden und Geschmack folgten und Marie war augenblicklich in ein gutes Gespräch vertieft, dass von allen Beteiligten immer wieder mit neuem Gesprächsstoff und weiteren Aspekten gefüttert wurde.
Sie zog abwechselnd die unterschiedlichen Schubladen auf und wunderte sich insgeheim, wie kompetent und sicher sie doch wirkte, obwohl sie keine technische Frage und keine Angaben über die Beschaffenheit, hätte machen können. Die Damen hatten aber, Gott sei Dank, dazu auch keine

Nachfrage. Nach ein paar Minuten bedankten sich die Frauen herzlich und Marie bot ihnen noch ein Getränk und einen kleinen Imbiss an. Sie lehnten jedoch freundlich ab und machten sich nach einer warmherzigen Verabschiedung wieder auf den Weg in Richtung der Treppe nach unten.

Marie schob die aufgezogenen Schubladen zurück in den Schrank, dabei sah sie sich die Besucher an, die in ihrer Blickrichtung zusammenstanden. Teilweise mit Kolleginnen und Kollegen im Gespräch, aber auch allein oder mit Partnern oder Familie. < *Das scheint ja ein Erfolg zu werden heute Abend* > ging ihr durch den Kopf, als sie die unterste Musterschublade mit dem Fuß und dem daran befindlichen schwarzen Pumps, der einen mindestens zehn Zentimeter hohen Absatz hatte, zukickte.

Aus derselben Bewegung heraus drehte sie sich um, um in die andere Richtung der Ausstellungsfläche zu gehen und wäre, hätte sie nicht augenblicklich eine Vollbremsung gemacht, unmittelbar mit einem vor ihr stehenden Mann zusammengestoßen. Marie hielt erschrocken inne, trat ihm aber ungewollt dabei auf die Füße und stieß gleichzeitig mit ihrem Oberkörper an den, ihres Gegenübers. „Oh, Entschuldigung“, fügte sie hastig ihrer heftigen Bremsbewegung hinzu. Sie sah dabei in das Gesicht des Mannes und nahm flüchtig ein Namensschild wahr, das am Revers seines Sakkos befestigt war.

Dabei spürte sie den Atem dieses Mannes und die Wärme, die von ihm ausging und war für den Bruchteil eines Augenblicks in einer merkwürdigen,

aber wunderbaren, ihr nie zuvor widerfahrenen Zauberhaftigkeit gefangen.
Er war nicht viel größer als sie auf ihren hohen Absätzen und als sie für einen kleinen Moment ihre Augen erhob, sah sie direkt in seine. In dieser Sekunde wusste sie, dass sie ihr Herz an ihn verlieren könnte, denn er machte sie auf eine Weise nervös, die sie nicht erklären konnte.
„Oh Hallo, kein Problem“, hörte sie ihn, wie durch eine Unmenge von weicher Watte sagen und in diesem Augenblick las sie, was auf seinem Namensschild stand:

Philip Sandmann

und darunter der Name eines Lieferanten, der in der Ausstellung befindlichen Dekorstoffe, Teppiche und Einrichtungsdekore! Das konnte doch wohl nicht wahr sein! < *Oh mein Gott* > dachte Marie < *was habe ich mich gerade zu einem lächerlichen, mickrigen Geschöpf gemacht…* > obwohl sie keinerlei Berührungsängste hatte und sie sich an keine Situation in den vergangenen Jahren ihres Lebens erinnern konnte, in denen sie zwischenmenschlich auf dem Schlauch gestanden hätte, wäre sie am liebsten jetzt gerade, in diesem Augenblick, im nächsten Mauseloch abgetaucht.
Sie hatte mit diesen beiden Damen ein Beratungs- und Verkaufsgespräch über ein Produkt geführt, von dem sie keine Ahnung hatte und der Fachmann stand die ganze Zeit genau hinter ihr und hatte zugehört! Wie peinlich!!! - Das war selbst für Marie zuviel.

Mit ihrer emphatischen Art und einem Lächeln begann sie zu plappern. „Jetzt habe ich gerade einen Vortrag über diese Stoffe gehalten, obwohl ich überhaupt keine Ahnung davon habe und der Experte steht direkt daneben und hört sich alles an .... Oh Gott, wie fürchterlich habe ich mich blamiert?“ Marie war so froh, dass das Licht gedimmt war und die helle Ausstellungsbeleuchtung an diesem Abend einem gemütlichen, indirekten und warmen Licht gewichen war, denn so konnte weder der Mann ihr gegenüber, als auch andere Anwesende, die in ihrer Nähe standen, nicht sehen, dass sie vor Scharm rot im Gesicht geworden war.
„Aber das war doch alles wunderbar und richtig, was Sie gesagt haben, und ich hätte es nicht besser machen können“, gab er schnell zur Antwort und nahm Marie dadurch die Peinlichkeit, die sie für einen kurzen Moment sprachlos gemacht hatte.
Ein so warmherziges Lächeln umgab dabei seine Worte, das Marie augenblicklich in seinen Bann zog und sie etwas schüchtern antwortete „Da bin ich aber erleichtert und freue mich.... dann nochmal ein herzliches Hallo. Du... Sie...“ Während sie noch überlegte, ob es sich gehörte bei der Förmlichkeit zu bleiben, entschied sich ihr Körper bereits dafür, diesen fremden Mann zu duzen und mit einer entsprechenden Handbewegung sagte sie entschieden und erleichtert „Ach, ich bin Marie“ und reichte ihm entschlossen die Hand zur Begrüßung. „Philip“, antwortete er „Philip Sandmann. Hallo.“ und jetzt berührten sie sich das erste Mal bewusst, in dem sie sich gegenseitig die Hand schüttelten.

Es war ein kräftiger Händedruck, von dem Marie einen Augenblick den Eindruck hatte, dass ihre Hände sich wie Magnete anziehen, aus weiter Entfernung und der Sog immer stärker und unausweichlicher wurde je näher sie einander kamen und dann wie füreinander vorgesehen, ohne die Aussicht auf eine andere Möglichkeit, ineinander verschmolzen. So, als wäre eine Art Erleichterung spürbar, dass sie sich gefunden haben. Mit einem kräftigen Händedruck, der fast ein wenig schmerzte, besiegelten sie unausgesprochen diesen merkwürdigen Moment, der scheinbar für beide eine besondere Bedeutung innehatte.
Marie konnte sich an Situationen erinnern, in denen sie fremden Menschen die Hand gegeben hatte und ihr ein Nichts entgegnete, so als würde man einem Blatt Papier die Hand geben, ohne Wärme, ohne Druck, ohne Emotionen und ohne Körpersprache, die ein herzliches Willkommen ausdrückt. Dieser Händedruck war das alles nicht, sondern wenn man von etwas das Gegenteil behauptete, dann war es genau das.

Während sie einander losließen, sahen sie sich an und Marie spürte eine gegenseitige Warmherzigkeit und Sympathie, die ihr selten in ihrem Leben begegnet war.
„Ich wusste gar nicht, dass heute ein Fachmann anwesend ist“, redete sie drauflos, „aber die Organisation und Vorbereitung für diesen Abend lag auch in anderen Händen. Ich bin eigentlich im Büro

tätig und heute Abend nur auf Wunsch unseres Chefs hier."
„Dann haben wir ja Glück gehabt...", schmeichelte Philip, kniff ihr dabei ein Auge zu und lächelte ein unwiderstehliches Lächeln. Marie mochte diese Art von Humor und Schlagfertigkeit und konterte „... das wird sich noch herausstellen, ob das ein Glück war..."
Hinter ihnen sah Marie jetzt den vorbereiteten Point, der als Standpunkt der Vertretung des Lieferanten eingerichtet worden war. Mit Prospektmaterial und Giveaways bestückt und in dessen Nähe ein Stehtisch mit Getränken und Salzgebäck zum Treffpunkt für Gäste und Kunden gedacht war, um Beratungen vorzunehmen und aufkommende Fragen zu beantworten. Ohne dass beide ein Wort darüber verloren, bewegten sie sich langsam auf diesen Stehtisch zu und fanden sich kurzerhand nebeneinanderstehend dort wieder.
„Möchtest du etwas trinken?", fragte Marie und griff gleichzeitig für sich selbst zu einer Flasche Cola und einem Flaschenöffner. „Dann nehme ich sehr gerne auch eine davon". Marie gab ihm auf der Stelle die geöffnete Flasche und verließ kurz den Tisch „Ich hole schnell noch Nachschub.", erklärte sie dabei ihr kurzes Weggehen. Der eigentliche Getränkestand für die ganze Veranstaltung befand sich eine paar Meter entfernt.
„Dann Prost und auf einen guten und erfolgreichen Abend." Marie stieß mit ihrer Flasche an seine und nachdem beide getrunken und ihre Flaschen abgestellt hatten, begann eine Unterhaltung, die an ein Wiedersehen alter Freunde erinnerte und von

der niemand denken würde, dass diese beiden Menschen sich nie zuvor begegnet waren.
Sie sprachen darüber, wie lange jeder von Ihnen in seinem Unternehmen war, warum sie sich wohl nicht zuvor begegnet waren, und Philip erzählte, dass er erst vor kurzer Zeit das Gebiet zu dem Maries Firma gehörte übernommen habe.
Marie erzählte von sich und ihrer Arbeit und sie tauschten sich über Sinn und Unsinn solcher Veranstaltungen, wie an diesem Abend, aus. „Und dass du heute Abend hier bist, ist das selbstverständlich, machst du das öfter, wo wohnst du überhaupt?“ Philip erzählte ihr, dass er in einer Kleinstadt ca. 100 km entfernt lebte, dass es nicht selbstverständlich sei, an solchen Events teilzunehmen, dass jeder seiner Kollegen das anders handhabe und dass es ihm nichts ausmache. „Ich freue mich auch mal nahe am Endkunden zu sein, Fragen zu beantworten, in Gespräche zu kommen und zu erfahren, wie unsere Produkte ankommen.“ „Das kann ich sehr gut verstehen, aber dann wird das ein langer Abend für dich, bis du zuhause bist“, bemerkte sie und fügte schnell hinzu „da wird deine Frau aber auch nicht begeistert sein, wenn du das zu oft machst.“ Innerlich musste Marie etwas über ihren spontanen Plan schmunzeln, denn mit dieser Frage, die ihr im letzten Augenblick, bevor sie ihren Satz beendet hatte, eingefallen war wollte sie etwas über seinen Status wissen.
An seiner linken Hand trug er einen breiten, sehr schlichten Silberring. Am Handgelenk eine silberne, sportliche Uhr mit großem Zifferblatt. Sehr

geschmackvoll, dies hatte sie bereits bei ihrem allerersten Blick wahrgenommen. Je länger das gemeinsame Gespräch andauerte, desto intensiver checkte sie die bereits für perfekt abgehakten Parameter nochmals ab.
Seine schwarzen Schuhe und die schwarze, ein wenig verwaschene Jeans waren modisch kombiniert mit einem schwarzen Oberhemd und darüber einem schwarz/graumelierten Sakko. <*Es gibt noch Männer, die sich zu Kleiden wissen*>, hatte sie ihrem Checkup wohlwollend und stumm zugefügt.
Er war nicht viel größer als sie, hatte ein glattrasiertes Gesicht und seine blonden Haare trug er recht kurz, aber modisch. Marie schätzte ihn auf ungefähr ihr Alter und wenn er lachte, tat er das mit einem warmen, unaufdringlichen, tiefen Männerlachen, das sie schon beim ersten Mal angezogen hatte und irgendetwas bei ihr in Auffuhr brachte.
„Das ist schon alles so in Ordnung", beantwortete er Maries Frage „und ich bin seit 2007 geschieden, da gibt es also schon mal keinen Stress." Dabei lächelte er und prostete ihr erneut mit seinem Getränk zu.
Sie erzählte ihm, dass auch sie seit dreizehn Jahren geschieden war und fügte hinzu, dass sie zwei erwachsene Kinder habe, die schon aus dem Haus wären.
Das Treiben um sie herum, hatte sowohl Philip als auch Marie völlig ausgeblendet. Sie nahmen das Gemurmel der anderen Gäste und Kollegen um sie herum wahr, allerdings ohne jeglichen Anteil zu nehmen.

Sie waren fortan in einem intensiven Gesprächsfluss über Gott und die Welt... Über Urlaub und Hobbys und Gewohnheiten und Familie und Freunde. Dabei erfuhr Marie, dass Philip keine Geschwister hatte, seine Eltern bereits beide verstorben waren und er in dem Haus lebte, dass er mit seiner Exfrau und den Kindern gekauft und renoviert hatte.
Marie konnte nicht genug bekommen und stellte Fragen über Fragen, nicht zu privat und nicht zu aufdringlich und doch gerade so, dass das Gespräch einen wunderbaren Verlauf nahm, in dem sie sich beide gegenseitig oft zum Lachen brachten und sie glaubte, dass sie die gleiche Art von Humor hatten, den sie so liebte.
Plötzlich und mitten in diese angeregte Unterhaltung stand Maries Arbeitskollege am Tisch und begann, ohne auf eine Pause in ihrem Gespräch zu warten „Na, ihr, wie sieht es denn hier bei euch so aus?“, prostete er los „Kanntet ihr euch eigentlich schon?“, fragte er. Während Marie noch überlegte, was sie sagen sollte, antwortete Philip selbstbewusst „Nein, aber das haben wir gerade schon nachgeholt“ und legte dann noch nach „Wir kennen uns jetzt schon besser, wie du und ich.“ Wieder gefolgt von diesem Lachen, das Marie dahinschmelzen ließ.
„Ja, da schau mal an, das sieht man euch aber auch an, ihr steht schon seit fast einer Stunde hier zusammen.“, konterte der Kollege, mit dem Philip den überwiegenden Teil im Arbeitsalltag zu tun hatte.
Marie sah auf die Uhr. „Meine Güte, das stimmt ja wirklich, es ist bereits kurz vor neunzehn Uhr.“, sagte

sie erstaunt. Wie war die Zeit vergangen, wieso hatten sie das nicht bemerkt? Hatte denn niemand der Anwesenden eine Frage, eine Beratung oder irgendetwas von Philip Sandmann gewollt, dafür war er extra da an diesem Abend. Sie überkam kurz ein ungutes Gefühl und hätte sie dem stattgegeben, wäre schnell ein schlechtes Gewissen aufgekommen. Doch die gute Atmosphäre in Philips Gegenwart hielt ihr Gewissen in Schach und Maries Selbstbewusstsein flüsterte ihr zu < *Wenn jemand was gewollt hätte, wäre er schon gekommen und hätte was gefragt* >. Damit war die Sache beendet.
Es folgte eine kurze Unterhaltung der beiden Männer, die Marie dazu nutzte, für sie alle Getränke zu holen. Für den männlichen Kollegen ein Bier, für Marie ein Light-Getränk und für Philip eine Cola.
Als Marie zum Stehtisch zurück kam wünschte sie sich insgeheim, ihr Kollege würde wieder verschwinden, sie war noch längst nicht fertig mit Philip, wollte jede Sekunde ausnutzen, ihn für sich haben, bevor der Abend zu Ende war und er wieder aus ihrem Leben verschwand.
Sie befürchtete, er würde bald sagen, dass er fahren würde. Schließlich dauerte seine Heimfahrt noch über eine Stunde und wie lange würde sich jemand eine solche Veranstaltung antun, auf der er nicht wirklich viel zu tun hatte. Gäste und Kunden waren genug da, jedoch befanden sich alle in lockeren Smalltalk-Gesprächen und intensive Verkaufs- oder Beratungsgespräche waren scheinbar nicht erwünscht oder vonnöten.

„Trinkst du nichts?", fragte ihr Kollege, als Marie die Getränke verteilt hatte und beiden Männern zuprostete. „Bin mit dem Auto hier.", entgegnete sie. „Du warst bestimmt wieder schlauer und hast dein Auto in der Mittagspause nach Hause gebracht und dich bringen lassen, damit du jetzt was trinken kannst. So kenn ich dich!"
„Klar, muss man doch ausnutzen, son Abend. Kannst ja dein Auto stehenlassen, irgendwie kommst du doch nach Hause später.", machte er ihr den Vorschlag und sie bemerkte, dass Philip aufmerksam auf ihre Antwort wartete. „Nee, lass mal, jetzt ist es eh fast gelaufen hier und ich muss auch morgen früh wieder hier sein. Bin auch schon den ganzen Tag auf den Beinen ohne viel zu Essen, da käme jetzt Alkohol auch nicht wirklich gut."
„Es gibt aber auch leckeren Rotwein...", machte ihr Arbeitskollege noch einen Versuch sie umzustimmen, gab aber im selben Moment auf „Musst du ja wissen."
In unmittelbarer Nähe standen dann plötzlich Kunden, die ihn ansprachen und so spontan, wie er eben ihr Gespräch unterbrochen hatte, drehte er sich weg, in eine andere Unterhaltung und Marie und Philip waren wieder allein an ihrem Tisch.
Eine klitzekleine Schweigepause entstand, doch Marie nahm das Gespräch sofort wieder auf mit den Worten „Kommt ihr klar, ihr beiden? So geschäftlich?"
„Ja, sehr angenehm, alles gut", war Philips Antwort und wieder entstand hieraus ein Hin und Her aus Fragen, Erzählungen, Witzen und Geschichten. Sie

lachten viel und Marie holte bestimmt noch zwei bis drei Mal neue Getränke für sich und ihn.
„Marie, warum trinkst du nicht ein Glas Rotwein?“ Ihre Frage, die sie genau in diesem Moment an Philip gerichtet hatte, nämlich „Hast du aus deiner Trennung und Scheidung irgendwelche Schäden davongetragen?“, wurde abrupt unterbrochen.
Philip antwortete nicht darauf, denn Maries Chef war aus dem Hintergrund plötzlich bei ihnen aufgetaucht und hatte ihr Gespräch einfach gestört.
„Danke, ich bin mit dem Auto da und muss morgen früh wieder hier sein. Das belassen wir lieber bei antialkoholischen Getränken.“, gab Marie zurück und ärgerte sich insgeheim über die erneute Störung.
„2-3 Gläser Wein können es doch sein, auch wenn du morgen früh wieder hier sein musst, und gleich lässt du dein Auto stehen und nimmst auf meine Kosten ein Taxi.“ Ein großzügiges Angebot ihres Chefs, der dabei von Marie zu Philip sah, seiner Großherzigkeit damit nochmals Ausdruck verlieh und Philip wiederum Marie ansah und dieser Geste mit einem langsamen Kopfnicken den nötigen Eindruck verschaffte. „Das ist doch mal ein Angebot, dass man fast nicht ablehnen kann“, sagte er dabei.
Marie sah wieder auf ihre Uhr. Es war halb acht und eigentlich dachte sie, dass diese Veranstaltung langsam dem Ende zuging. Es waren auch schon etliche Besucher gegangen. Doch scheinbar hatten die Kolleginnen und Kollegen ihrerseits vor, an diesem Abend noch ordentlich einen drauf zu machen, wenn alle Gäste gegangen waren. Ihr Chef schien das durchaus auch so zu sehen.

Sie war überfordert mit dieser Entscheidung und es spielte insgeheim auch überhaupt keine Rolle, ob sie Wein trank oder nicht oder selbst fuhr oder ein Taxi nahm, sie wollte nur weiterhin Zeit mit diesem Mann verbringen, alles andere war ihr gerade mächtig egal. Aber das konnte sie ja nicht sagen oder sich anmerken lassen.
„Also gut, ich nehme ein Glas Rotwein“, gab sich Marie geschlagen und ihr Chef machte sich sogleich auf den Weg, um ihr höchstpersönlich eines zu holen.
Gleich kam die Befürchtung auf, Philip könnte diesen Augenblick ausnutzen, um sich zu verabschieden, es war schon nach neunzehnuhrdreißig.
Das war schließlich eine Uhrzeit, bei der auch fleißige Außendienstler üblicherweise zuhause sein wollen. Doch sie hatte sich getäuscht, er machte keine Anstalten sich zu verabschieden und flüsterte ihr stattdessen zu „Das ist doch eine nette Geste deines Chefs. Kannste ja jetzt ordentlich ausnutzen...“, dabei kniff er Marie ein Auge zu.
Der Chef kam zurück und mit ihm ein weiterer Kollege und eine junge Kollegin. Alle gesellten sich an den Stehtisch zu Philip und Marie. Das Gespräch wurde in völlig anderen Bahnen gelenkt und das vertraute Miteinander zwischen Ihnen war augenblicklich verschwunden.
Marie war genervt, sie nahm einen ordentlichen Schluck Rotwein, stellte ihr Glas auf dem Tisch ab und verließ die Runde. Als sie die Ausstellungsräume durchquerte, um zur Treppe nach unten zu gelangen, sah sie erst jetzt richtig, wer noch anwesend und wer

mit wem in Gespräche vertieft war. Komisch, dass sie von alledem in den letzten zwei Stunden nichts mitbekommen hatte. Unten angekommen führte sie ihr erster Weg in ihr Büro. Es war dunkel und auch im gesamten Verkaufsraum war das Licht aus, bis auf eine Notbeleuchtung, die den Weg zu den Toiletten spärlich erleuchtete. Mit dem Lippenstift in der Hand setzte sie ihren Weg zum WC fort, sah in den Spiegel und war einigermaßen zufrieden, nachdem sie ihre Lippen nachgezogen und ein wenig ihre Haare in Form gebracht hatte.
Marie hatte rotes Haar, es reichte ihr bis auf die Schultern und war zu einem modernen Longbob geschnitten. Eigentlich wollte sie ihre Haare mit erreichen ihres vierzigsten Geburtstages kürzer schneiden lassen. Als es jedoch so weit war, sah sie plötzlich überhaupt keine Veranlassung mehr dazu und verschob kurzerhand ihr Vorhaben um weitere fünf Jahre. Was man sich mit Mitte dreißig vornahm, musste man nicht wirklich einhalten, dachte sie damals.
Nun war sie schon fast Fünfzig und trug ihre Haare immer noch schulterlang. Sie hatte es wieder verschoben. Auf wann, wusste sie nicht.

Ein letzter Blick in den Spiegel, danach löschte sie das Licht, brachte ihre Utensilien zurück in die Handtasche und begabt sich die Treppe hinauf zurück zu Philip. Sie konnte es kaum erwarten und hatte bereits Blickkontakt mit ihm, als sie sich in seine Richtung begab, allerdings noch die gesamte Ausstellungsfläche durchqueren musste.

War auch er froh, dass sie wieder kam? Marie glaubte, in seinem Gesicht eine gewisse Geste erkennen zu können, als sie gut gelaunt auf ihn zukam.
„Ich dachte schon du hast das Taxi gerufen und bist auf und davon.“, flüsterte er ihr zu, als sie sich direkt neben ihn an den Tisch zurückstellte. „Dafür habe ich doch noch viel zu wenig Wein getrunken.“, konterte sie leise und beide lächelten sich verschmitzt an.
Es entstand wieder eine rege Unterhaltung teilweise aller Anwesenden, teilweise mit und ohne Philip Sandmann und Marie Schubert.
Eine aufmerksame Gastgeberin sorgt immer wieder für neue Getränke und Knabbereien, so auch Marie. Jedes Mal brachte sie für sich ein frisches Glas Rotwein mit und stellte sich wieder an die Seite des Mannes, der an diesem Abend so unverhofft ihre absolut uneingeschränkte Aufmerksamkeit hatte.
Als es kurz nach einundzwanzig Uhr war, sah Philip auf seine Armbanduhr. Marie folgte seinem Blick und wusste genau, dass bald der Zeitpunkt kam, an dem er sich verabschieden würde. Er war schon weit über das Erforderliche hinaus dageblieben und würde jetzt schon erst nach Zweiundzwanziguhr zuhause ankommen.
„Ich glaube, ich mache mich jetzt auch mal langsam auf den Weg.“, sagte er leise. Doch alle am Tisch hatten es gehört. Maries Chef ergriff als sofort das Wort. Bedankte sich für sein Kommen, fürs lange Bleiben, für die gute Zusammenarbeit, und freute sich auf ein weiteres gutes geschäftliches Miteinander.

Danach verabschiedeten sich auch die anderen anwesenden Kollegen und Marie hatte zwischenzeitlich das Gefühl, als würde Philip dieser Abschied gerade ein wenig zu schnell gehen, doch jetzt war seine leise geäußerte Absicht nicht mehr aufzuhalten und er begann seine Unterlagen zusammen zu packen und stand dann mit seiner Tasche Marie gegenüber. Jetzt war es tatsächlich so weit, Marie wurde auf der Stelle traurig. Er trank den letzten Schluck aus seiner Flasche und stelle sie leer auf den Tisch.
„Vielen Dank für die Gastfreundschaft und einen schönen Abend noch.“, sagte er an alle Beieinanderstehenden.
„Danke schön für die tolle Bewirtung, Marie“ und während er das aussprach, sah er ihr direkt in die Augen.
Dann ging er an Marie vorbei und verschwand die Treppe hinunter.

< Jetzt ist er weg >
so reduziert waren Maries Gedanken in diesem Augenblick.

ZWEI

Als sie aus dem Taxi stieg, wusste Marie bereits, dass sie den weiteren Abend nicht allein verbringen würde. Sie gab dem Taxifahrer das geforderte Geld und verabschiedete sich freundlich von ihm.

Es war kurz vor Mitternacht und ob es sich gelohnt hatte, das Angebot ihres Chefs anzunehmen und ihr Auto stehen zu lassen, konnte sie nicht wirklich beantworten. Ja, sie hatte sich drei bis vier kleine Gläser Rotwein gegönnt und nachdem die meisten Gäste gegangen waren, blieb eine lustige Runde aus Geschäftsleitung, Kollegen und engen Freunden des Hauses übrig, die wahrscheinlich in zwei Stunden immer noch beisammen waren und die Gelegenheit zu einer Sause nutzten.

Marie fühlte sich aber ausgelaugt und geschafft. Sie war seit acht Uhr morgens im Betrieb und die unverhofften Ereignisse dieses Tages taten ihr Übriges dazu bei, dass sie sich kurzerhand ein Taxi gerufen und ohne sich groß zu verabschieden auf den Heimweg gemacht hatte. Sie musste dringend Ruhe finden, um über den Abend nachzudenken und über das Aufeinandertreffen mit Philip Sandmann. Und darüber, ob sie sich etwas einbildete, oder ob er darüber wohl genauso dachte, wie sie und ob das wirklich etwas Magisches zwischen ihnen war. Vielleicht war sie aber auch in letzter Zeit, und besonders an diesem Tag, empfänglich für solche Wahrnehmungen, die sie schnellstens relativieren musste, um bei klarem Verstand zu bleiben.

Nachdem sie auf dem Rücksitz des Taxis Platz genommen hatte, hatte sie in ihrer Handtasche nach ihrem iPhone gesucht und es hervorgekramt.
Marie gehörte der Generation an, die auch noch ein paar Stunden ohne Blick auf ihr Handy auskam.
Sie hatte an diesem Abend keine dringenden Nachrichten erwartet, trug eine Hose ohne Taschen und sich daher entschieden, ihr Smartphone in der Handtasche in ihrem Büro zu lassen.
Beim Blick auf das Display erblickte sie zwei Nachrichten. Noch bevor sie sie öffnete, ahnte sie bereits den Inhalt.
„Hey, Süße, was machst du so?“ und eine weitere Nachricht vom selben Absender „Ich bin unterwegs, sollen wir uns sehen? Melde dich mal...“
Natürlich wollten sie sich sehen, sie wollte ihn immer gerne sehen! Sie schmunzelte und freute sich insgeheim über einen möglichen anstehenden Besuch. Es bedurfte keiner großen Planungen zwischen ihnen, um sich zu verabreden. Das ging mit jeweils einer WhatsApp, darin hatten sie Übung und waren ein eingespieltes Team. Die Nachrichten waren geschrieben von einem Mann namens Fabian.
Marie kannte ihn seit vielen Jahren. Er hatte früher in ihrer Nachbarschaft gewohnt und seit mehr als zehn Jahren verband sie eine vertrauensvolle Freundschaft, aus der vor einigen Jahren aber eine Freundschaft mit „gewissen Vorzügen“ entstanden war. Fabian war geschieden und hatte drei Kinder. Die ganze Geschichte seiner gescheiterten Ehe mit all den fürchterlichen Auseinandersetzungen und

Streitereien und dem neuen Mann, den seine Frau ihm immer
nur scheibchenweise in Salamitaktik präsentierte, seine Not betrogen worden zu sein, seine Anstrengungen die Ehe zu retten, seine Traurigkeit über den Zerfall seiner Familie und den Verlust seiner Kinder und das Leid, dass sie während der langen Trennungszeit erfahren mussten, kannte Marie aus vielen Gesprächen mit ihm. Sie war für ihn da, sagte ihm ihre Meinung, half ihm die Frauen zu verstehen, und war ihm in diesen Zeiten eine gute, vertrauensvolle Freundin. Irgendwann kam es dann zu mehr....
Marie schrieb schnell eine Nachricht „Hey, ich sitze gerade im Taxi nach Hause, wenn du möchtest, komm zu mir... ich würde mich freuen!"
Er meldet sich manchmal kurzfristig, wenn er abends unterwegs war. Gemeinsam beschlossen sie zu Anfang dieser Geschichte, die „gewissen Vorzüge" für sich zu behalten und der Öffentlichkeit zu verheimlichen. Aus vielerlei Gründen, doch sie waren sich einig und dass seit vielen Jahren. Sowohl Marie als auch Fabian waren in ihren Wohnorten bekannt und keiner von Ihnen wollte durch diese Verbindung in einen Focus geraten.
Der Hauptgrund dafür, könnte der ordentliche Altersunterschied zwischen ihnen sein, dem sie keinen Gesprächsstoff in der Öffentlichkeit bieten wollten, denn Fabian war um einiges jünger als sie.
Marie wünschte dem Taxifahrer noch eine ruhige Nacht und verließ das Auto. Dann überquerte sie die Strasse. Als Sie den Fußweg zur Haustür entlang ging,

hörte sie schon ein leises Pfeifen, dem sie gerade schnurstracks entgegenging.
Fabian lehnte lässig an der Hauswand im Dunkeln und hauchte ihr mit verführerischer Stimme entgegen. „Hey, da kommt ja meine Schöne endlich, ich warte schon auf dich."
Marie bemerkte sofort, dass auch er Alkohol getrunken hatte, nach ihrer Einschätzung sogar mehr als sie. „Hallo, du! Welch schöne Überraschung am späten Abend.", entgegnete sie, ging auf ihn zu, sah ihm ins Gesicht und küsst ihn leidenschaftlich. Fabian war groß, sehr groß. Sie musste trotz ihrer hohen Absätze zu ihm aufschauen und umfasste mit ihrer rechten Hand seinen Hinterkopf, um ihn zu sich herunterzuziehen. „Du schmeckst nach Alkohol.", flüsterte er, während sich weiterhin ihre Lippen berührten und sie den kratzigen Ansatz seines gepflegten Fünftagebartes spürte. „Du auch.", antwortete sie ganz leise und zart. „Wo warst du heute Abend?", wollte er wissen und Marie hauchte „Eine Veranstaltung in der Firma."
Mehr fragte er nicht, sondern verstärkte seine Küsse, umfasste sie dann mit beiden Armen und presste sie mit zunehmendem Druck an sich.
Marie spürte seine Erregung, ließ seinen Kopf los, nahm seine Hand und zog ihn mit zur Haustür. Den Schlüssel hatte sie im Taxi schon aus ihrer Handtasche genommen. Während er sie immer noch festhielt, öffnete sie die Tür und zog ihn in den dunklen Flur. Das schwere Türblatt mit Selbstverriegelung viel krachend ins Schloss, nachdem Fabian es mit dem Fuß beiläufig

zugestoßen hatte. Es war still im Treppenhaus. Ein Mietshaus, in dem sechs Wohnparteien untergebracht waren. Marie wohnte ganz oben unterm Dach in einer kleinen Penthousewohnung.
Vor dem ersten Treppenabsatz zog er sie wieder an sich, so fest, dass es fast schmerzte, doch sie mochte die Art, wie er sie festhielt. Es hatte etwas Entschlossenes, etwas Forderndes, etwas Anhaltendes. Sie konnte nicht anders, als daraufhin seinen Kopf in ihre Hände zu nehmen und ihm dasselbe Gefühl entgegenzubringen und so standen sie, fest aneinandergepresst und leidenschaftlich küssend, eine Zeit lang in enger Umarmung.
Fabian löste sich als Erster, nahm sie bei der Hand und zog sie hinter sich her die ersten Stufen hinauf. „Sollen wir das Licht anmachen?“, flüsterte Marie und noch während sie sprach, antwortete er genauso leise „Nein, wir kennen doch den Weg, der Mond scheint hell genug und das ganze Haus schläft schon.“ Hand in Hand schlichen sie das Treppenhaus hinauf, bis zu Maries Wohnungstür. Im Flur ihrer Wohnung angekommen fielen sie erneut in eine fordernde, küssende Umarmung. Marie ließ beiläufig ihre Handtasche fallen, Fabian streifte ihr die Jacke ab, ohne den Kuss zu unterbrechen und schon begann Marie, die Knöpfe seines Oberhemdes zu öffnen.
Er nahm seine Hand und legte sie an Maries Hals, unter ihre Haare. Verlieh ihr damit das Gefühl, sie keinen Millimeter von sich weg zu lassen. Nacheinander zog er seine Arme aus den Ärmeln des Hemdes und ließ es dann einfach auf den Fußboden

fallen. Langsam zogen ihre Finger sein weißes T-Shirt aus seiner Jeans und dann fuhren ihre flachen Hände seinen Oberkörper hinauf. Fabian war der erste Mann in Maries Leben der eine stattliche Brustbehaarung hatte. In der Vergangenheit hatte er sie öfter mal rasiert, was Marie allerdings gar nicht gefiel. Sie liebte das Gefühl mit gespreizten Fingern hindurchzufahren und er liebte es zu sehen, wie sie es liebte.
Mit einer schnellen Handbewegung zog er sich das Shirt über den Kopf. Es landete bei seinem Oberhemd auf dem Boden und augenblicklich folgten seine Schuhe und ihr Blazer. Seine Hände suchten sich den Weg unter ihre Bluse und fuhren langsam ihren Rücken hoch. Mit einer geübten Handbewegung öffnete er den Verschluss ihres schwarzen BH, danach auf der Vorderseite die Knopfleiste und ließ dann die schwarze Seidenbluse über ihre Schultern gleiten. Den geöffneten Spitzen-BH zog sich Marie mit einer hektischen Handbewegung schnell vom Oberkörper und schmiegte sich dann genussvoll an seine warme Brust. Ihr Gesicht bettete sie in seine Behaarung und genoss einen Augenblick das warme Gefühl, gehalten zu werden.
Fabian drängte sie mit sachten, kleinen Schritten vorwärts durch die Glastür in ihr Wohnzimmer. Durch die Dachfenster leuchteten die Sterne und der Schein der Straßenlaternen erhellte in genau der richtigen Dosis das Zimmer. Marie ließ sich rückwärts zum Sofa schieben und ehe sie sich versah, hatte er sie darauf gehoben und gefühlvoll gebettet. Sie

bereitete die Arme aus und umschloss seinen Nacken, als er sich zärtlich auf sie legte.
Manchmal beflügelten sie sich mit Worten und fragen sich gegenseitig, ob sie einander vermisst hätten, ob sie sich brauchten und ob es nicht schon viel zu lange her wäre, seit sie sich das letzte Mal gesehen hätten. Aber an diesem Abend brauchten sie keinen Ansporn, keine Aufpuschung und kein Doping in Form von Worten, die die Fantasie anregten. Sie reichten sich und verschmolzen bald zu einer wunderbaren Einheit zusammen.
Marie hatte, seit sie ihre Firma verließ, keinen einzigen Gedanken an die außergewöhnliche Begegnung mit Philip Sandmann verschwendet. Dabei war sie doch mit dem festen Vorhaben nach Hause gefahren, über den Abend und das Aufeinandertreffen mit diesem Mann nachzudenken. Jetzt gab sie sich nur Fabian hin. Genoss den Augenblick, die Wärme und Nähe und die vertraute Art, wie er sie hielt und begehrte.
Sie wusste, dass dieser Moment schon gleich wieder vorbei war. Er sich alsbald anziehen und gehen würde, bis zum nächsten Mal.
An diesem Abend war es allerdings anders. Marie hörte nach kurzer Zeit, die gleichmäßigen, flachen Atemzüge und wusste, dass er eingeschlafen sein musste. Auch er hatte bestimmt einen langen Tag hinter sich und der Alkohol tat seine Wirkung. Kein Wunder, dass er jetzt erschöpft war und noch immer auf ihr liegend schlief. Langsam versuchte sich Marie unter ihm wegzuschieben, immer darauf bedacht, ihn nicht zu wecken. Sie wollte ihn heute nicht sofort

gehen lassen, wollte, dass er blieb, wollte seine Wärme noch etwas länger spüren und in diesem Moment fasste sie den Entschluss, ihn einfach schlafen zu lassen. Sie würde sich an dieser Situation bereichern, das brauchte sie an diesem Abend.
Nicht nur den Sex, sondern die Wärme und den Halt, den sie spürte, weil er seinen Arm fest um sie geschlungen hatte. Diesen Moment war sie noch nicht bereit herzugeben.
Es war schon länger her, dass sie mit einem Mann zusammen eingeschlafen war. Fast hatte sie schon vergessen, wie es sich anfühlte.
Seit über drei Monaten lebte sie hier in dieser Wohnung, die gar nicht ihr gehörte, sondern ihrer ältesten Tochter. Es waren nicht ihre Möbel, die hier standen und nicht ihr Sofa, auf dem sie gerade lagen. Aber darüber wollte sie jetzt auf keinen Fall nachdenken. Sie wollte das Zusammensein mit Fabian genießen und sich einfach geborgen fühlen, in den Armen eines Mannes, dem sie vertraute. Das war ein gutes Gefühl.
Bald merkte sie, wie der Schlaf auch sie überkam und ihre Augen schwer wurden. Es war jetzt kurz vor zwei, sie musste gegen acht Uhr wieder im Betrieb sein und ihr Auto war nicht da... das waren ihre Gedanken, bevor der Schlaf sie endgültig einholte.

Geborgen in Fabians Armen erinnerte sie sich an den vergangenen Abend und beschloss, dass sie am nächsten Tag überlegen würde, wie sie es anstellen könnte, zu Philip Sandmann Kontakt aufzunehmen. Darüber fielen ihr die Augen zu.

DREI

Es war ein unruhiger Schlaf und er war unterbrochen von vielen Malen wachwerden. Die ungewohnte Situation jemand neben sich zu spüren und die Kälte, denn es fehlte an der üblichen Bettwäsche, weil Marie und Fabian nur unter einer dünnen Wolldecke immer noch auf dem Sofa lagen. Nicht zuletzt hatte sie vor Augen, dass sie arbeiten musste. Dies alles ließ sie nicht entspannen und auch Fabian bemerkte irgendwann ihre Unruhe im Halbschlaf. Er nahm sie daraufhin fester in den Arm und flüsterte „Kannst du nicht mehr schlafen?“ „Ich muss gleich wieder los und weiß nicht wie viel Uhr es ist.“, sagte sie leise. Dann schlug er die Wolldecke weg und stand langsam auf. Ging ins Bad und Marie hörte kurz darauf die Toilettenspülung. Als er zurückkam sagte er „Es ist kurz vor sechs.“ Dann kuschelte er sich an sie und deckte sie beide wieder zu.

„Ich habe dich nicht geweckt, hast du es gemerkt?“

„Natürlich habe ich es gemerkt, ich wollte es, oder glaubst du sonst wäre ich noch hier?“, neckte er sie und küsste sie zart hinter ihr Ohr.

„Wenn es wichtig ist, dass du selbst diese Entscheidung getroffen hast und nicht ich, indem ich dich hab schlafen lassen, dann sei es so.“, gab sie zurück und spielte damit sein kleines Spielchen mit. Dabei fuhr sie wieder mit beiden Handflächen über seine Brust und genoss es insgeheim. Fabian drehte sich zu ihr und lag einen Moment später auf ihr. Wie lange hatte sie nach dem Aufwachen, umhüllt von

der Wärme der Nacht, nicht mehr mit einem Mann geschlafen? Dabei mochte sie das sehr. Es war eine Beflügelung für den Tag, versetzte sie in wunderbare Laune und ließ sie allen Herausforderungen des Tages standhalten.
Sie liebten sich kurz und sanft und es war ein wunderbarer und außergewöhnlicher Abschluss für ihr Treffen, das am Abend vorher begonnen hatte.
„Wie komme ich jetzt ins Büro und du nach Hause?“, fragte sie in seinen Armen, als die Realität sie wieder hatte.
„Ich lasse mir ein Taxi kommen und du rufst deinen Kollegen an, der hier vorbeikommt. Er wird dich mitnehmen.“ Damit stand er auf und kramte in seiner Jeans, die im Flur auf dem Fußboden lag nach seinem Smartphone. Nach wenigen Augenblicken hörte Marie wie er mit jemandem sprach. Er nannte den Straßennamen und sah Marie fragend an, als man die Hausnummer von ihm wissen wollte. Sie reagierte sofort und half ihm. Dann verabschiedete er sich und beendete das Telefonat.
„In zehn Minuten kommt ein Taxi.“, informierte er Marie und ging, nackt wie er war, ins Bad. Sie hörte das Wasser laufen und sah vom Sofa im Wohnzimmer nur seinen Arm und seine Hand, die nacheinander die verstreuten Anziehsachen auffischten. Zuerst seine Boxershorts, dann das weiße T-Shirt, dann hörte sie, wie er nacheinander die Beine in seine Jeans streifte und das Klimpern der Gürtelschnalle, als er sie schloss.
Plötzlich stand er in voller Größe im Türrahmen zum Wohnzimmer und sah sie an „Das war schön!“, sagte

er geradeheraus. „Ja, das war es. Und, dass du hiergeblieben bist.“, antwortete Marie mit aller Ernsthaftigkeit und dieses Mal flachste er nicht, denn er wusste, dass sie genau das brauchte in dieser Nacht. Wortlos nahm er sein Oberhemd zog es an und begann die Knöpfe zu schließen. Dabei kam er auf sie zu, beugte sich zu ihr herab und küsste sie kurz und sanft auf Mund. Um die Schuhe anzuziehen, setzte er sich zu ihr auf die Sofakante und als er fertig war, nahm er seine Hand, legte sie an Maries Wange und sagte „Sieh zu, dass du den Arbeitstag schnell hinter dich bringst und dann mach es dir gemütlich. Wir sehen und hören uns.“ Mit diesen Worten stand er auf, küsste sie nochmals und verließ ihre Wohnung.

Vielleicht waren es zwei Minuten, die Marie still dasaß, seine Lippen noch auf ihren spürte und die Haut fühlte, die, durch seinen Bart gereizt worden war, dann stand sie auf und suchte in ihrer Handtasche ihr Telefon. Öffnete WhatsApp und schrieb ihrem Kollegen eine Nachricht mit der Bitte in ungefähr fünfundvierzig Minuten bei ihr vorbeizukommen und sie mit zum Betrieb zu nehmen.

Danach ging sie ins Bad und stelle die Dusche an.

Eine Stunde später stand Marie vor ihrem Haus und wartete, wie abgemacht, auf ihren Arbeitskollegen, der pünktlich in ihre Straße einbog, um sie abzuholen. Marie stieg in den Wagen ein und wünscht ihm einen schönen guten Morgen. „Wie lange ging es denn noch?“, fragte er sofort, denn er selbst hatte bereits am frühen Abend die

Veranstaltung verlassen. „Ich war um kurz vor zwölf zuhause. Da reichte es dann aber auch.“, antwortete Marie.
Dann erzählte sie kurz, wie es dazu gekommen war, dass sie ihr Auto stehen ließ und endete mit der Frage „Ob es sich jetzt gelohnt hat, weiß ich auch nicht.“
„Ist doch egal. Ist kein Problem, dass ich dich jetzt mitnehme.“ und kurze Zeit später erreichten sie schon das Firmengelände ihres Arbeitgebers.
Vom Vorabend gab es noch eine Menge aufzuräumen und alle Kollegen halfen dabei. Nach ungefähr zwei Stunden war alles wieder in Ordnung gebracht und Marie begab sich in ihr Büro mit einer frischen Tasse Kaffee in der Hand. Sie setzte sich an ihren Schreibtisch und begann die eingegangenen Emails vom Vortag zu lesen. Danach erlaubte sie sich erstmals wieder einen Gedanken an Philip Sandmann.
So gut es ging, versuchte sie sich an den letzten Abend zu erinnern. An jede Kleinigkeit, seine Worte, seine Gesten, seine Kleidung, seinen Geruch und seine Berührungen. Gab es mehr als das Händeschütteln zur Begrüßung?
Ja, sie erinnerte sich, dass sich bei der Übergabe einer Getränkeflasche, die sie für ihn holte, ihre Finger berührt hatten. Und einmal hatte sie ihm, während ihres Gespräches, ihre Hand auf seinen Unterarm gelegt. Aber sie hatte nicht seine Haut gespürt, sondern nur den Stoff seines Sakkos.
Sie wusste seit gestern Abend, dass er erst seit kurzem die Betreuung des hiesigen Gebietes

übernommen hatte. Erst einmal war er zuvor da gewesen. Marie waren die verschiedenen Lieferanten der einzelnen Abteilungen nicht bekannt und somit auch nicht die entsprechenden Kontakte. Nur in seltenen Fällen bekam sie im laufenden Betrieb solche Besuche mit. Daher schien es ihr aussichtslos, auf einen nächsten Besuch von Herrn Sandmann, der im Übrigen auch erst in einigen Monaten sein konnte, zu warten, um ihn wiederzusehen.
Sie hatte im Laufe ihres Lebens gelernt, für das zu kämpfen, was ihr wichtig war, und sie war der Meinung, dass es die Stunden des gemeinsamen Gesprächs durchaus rechtfertigen würden, wenn sie ihn am Montag oder Dienstag einfach einmal anrufen würde. Sicher verbrachte er am Tag einige Zeit in seinem Auto, um von Kunde zu Kunde zu fahren und die Chance auf ein lockeres Gespräch mit der Nachfrage, ob er gut nach Hause gekommen wäre, wäre ein passender Anlass den Kontakt so wieder aufzunehmen. Seine Telefonnummer könnte sie sicher den Stammdaten des Lieferanten aus der EDV entnehmen, auch ohne einen ihrer Kollegen hierzu um Hilfe zu bitten.
Marie öffnete die entsprechenden Seiten auf ihrem Computer und war erfreut, als sie alles, was sie brauchte, schwarz auf weiß vor sich fand. Sie war zufrieden mit ihrer Idee und ihrem Vorhaben und beschloss fest, ihn anzurufen.
Ihre Gedanken schweiften ab in die Ereignisse der vergangenen Nacht. Sie war gerade eben erst mit Fabian zusammen gewesen und schmiedete schon

einen Plan, Kontakt zu einem anderen Mann aufzunehmen. Sie bekam augenblicklich ein schlechtes Gewissen Fabian gegenüber, obwohl sie genau wusste, dass es zwischen ihnen keine feste Beziehung war, und sie im Laufe der Zeit ein unkompliziertes Abkommen getroffen hatten, dass keiner dem anderen etwas schuldig war oder etwas rechtfertigen müsste. Marie wusste, dass Fabian auch gelegentlich andere Frauen hatte, One-Night-Stands mit weitaus jüngeren Damen, eben in Fabians Alter, jedoch ohne große Bedeutung. Er hing immer noch an seiner Exfrau und war für eine neue langfristige Beziehung noch nicht bereit. Sie sprachen gelegentlich darüber. Marie wusste aber, dass viele dieser Frauen in große Anstrengungen verfielen, um ihn länger an sich zu binden oder eine Beziehung mit ihm einzugehen. Sie wusste aber früher als all diese Frauen, dass ihre Bemühungen im Moment sinnlos waren.

Ja, wie war es eigentlich dazu gekommen, dass sie und Fabian diese schon solange bestehende „Sache" hatten? Sie erinnerte sich genau und manchmal dachte sie sich über fünf Jahre in die Vergangenheit zurück, was damals passiert war:
Sie kannten sich schon einige Jahre und die Chemie zwischen ihnen stimmte von Anfang an. Als er noch ihr Nachbar war, standen sie oft lange im Gespräch zusammen, wenn sie sich zufällig trafen und wenn sie auf gemeinsamen Feten waren, verbrachten sie meist den Abend in gemeinsamer Runde, tanzten

miteinander und fanden sich gegenseitig sehr sympathisch.
Er war jung, gerade verheiratet. Dann kamen das erste und zwei weitere Kinder. Marie war sowohl auf seiner Hochzeit als auch auf den Partys zu Geburt der Kinder gewesen und kannte seine Frau, sowie die übrige Familie. Dann war er weggezogen und somit war der Kontakt auf ein Minimum geschrumpft. Trotzdem folgten viele Jahre, in denen sie eine gute Freundschaft pflegten.
Und dann war etwas passiert, was Sie zuerst vehement versucht hatte, abzuwenden.
Es war vor fünf Jahren im Juli. Marie war wieder einmal von ihrem Expartner verlassen worden. Das war nicht das erste Mal innerhalb der vielen Jahre ihrer Beziehung. Nach wenigen Monaten meldete er sich dann immer wieder bei Marie und bekannte, dass es der größte Fehler war sie zu verlassen und er werde alles tun, wenn sie nur zu ihm zurückkäme. Es war ein leidvolles Thema, an das Marie am liebsten überhaupt nicht mehr denken wollte. Dieser Mann hatte über dreizehn Jahre an ihrem Leben teilgenommen. Die wenigste Zeit davon war gut gewesen und sie hatte Jahre gebraucht, um sich freizumachen von ihm. Sie hielt an ihm fest, weil sie an das Gute glaubte, weil sie es sich nicht immer leicht machen wollte, weil sie sich einmal geliebt hatten und weil Marie Beständigkeit für ein hohes Gut hielt. Es hatte nicht funktioniert. Sie war mehrere Male fast zerbrochen an dieser Beziehung, sie hatten zwei Mal zusammengewohnt, jedes Mal ging es schief und vor gut drei Monaten hatte sie

endlich, für immer den Entschluss getroffen, dass es keinen Sinn mehr machte. Das erste Mal in der ganzen Zeit, war sie diejenige, die gegangen war, die beendet hatte und das war für immer.

Während dieser Beziehungspause, traf sie Fabian auf einer Party. Sie begrüßten sich herzlich, freuten sich, sich zu sehen und sprachen ein paar Sätze miteinander. Den Abend verbrachten sie allerdings jeder bei seinen eigenen Bekannten, mit denen sie gekommen waren.
Als Marie am Abend dieser Party zuhause war, erhielt sie eine Nachricht von Fabian. Er wollte wissen, ob sie schon zuhause wäre, sie solle doch nochmal zur Party kommen, er würde gerne noch etwas mit ihr trinken.
Sie antwortete ihm aber, dass sie schon im Bett wäre und auf keinen Fall zurückkäme. Dann wollte er zu ihr kommen. An diesem Abend gelang es ihr, ihn zu überzeugen, dass es nicht gut wäre, sie beide zuviel getrunken hätten, und überhaupt konnte sie sich nicht vorstellen, wie ein solches Treffen ausgehen sollte.
Fabian jedoch blieb hartnäckig und das gefiel ihr. Nachdem er wusste, dass Marie wieder allein war, meldete er sich in den darauffolgenden Wochen öfter bei ihr. Manchmal mitten in der Nacht mit eindeutigen Angeboten, aber auch tagsüber, mit der Bitte um ein Treffen, bei dem man einfach nur mal quatschen können.

Eines Tages willigte Marie ein. Um der Freundschaft Willen, weil sie ihn mochte und weil ihr Gefühl ihr sagte, dass bei ihm irgendetwas nicht stimmte.
Sie trafen sich zu einem Spaziergang und dabei erfuhr sie, dass Fabians Frau eine Affäre hatte und seine Ehe vor dem Aus stand.
Sie war bestürzt und wusste zuerst gar nicht was sie sagen sollte. Dann hatte er ihr alles erzählt, was ihn bedrückte. Marie vertraute ihm auch ihre Sorgen an und dann waren sie in Freundschaft, mit dem Angebot sich immer behilflich zu sein, wenn es gewünscht wäre, auseinander gegangen.
In diesem Sinn schrieben sie sich unregelmäßig Nachrichten, manchmal telefonierten sie und er berichtete oft von den neuen Ereignissen in seiner Ehe. Marie half ihm so gut sie konnte und das war vor allem mit den Denkweisen einer Frau.
Irgendwann, an einem Freitagabend, trafen sie sich dann zufällig in einer angesagten Kneipe. Und hier spürte Marie das erste Mal eine andere Art von Zuneigung als Freundschaft ihm gegenüber. Er war ein gutaussehender, großer Mann, der top gekleidet war und er strotzte nur so vor Selbstbewusstsein. Sie mochte sowas. Allerdings nur, wenn die Herren, die so auftraten, auch wirklich etwas „auf dem Kasten“ hatten. Dass dies bei Fabian der Fall war, wusste sie natürlich schon lange. Seine dunkelbraunen Haare trug er in einer eigenwilligen, modernen Frisur und sein perfekt gestutzter Bart, gefiel wohl fünfundneunzig Prozent aller Frauen weltweit.
Nach einer kurzen Begrüßung und einer Umarmung hatten sie den Abend an getrennten Tischen

verbracht. Als Marie jedoch einmal zur Toilette musste, wurde sie beim Öffnen der Tür von hinten umfasst. Jemand zog sie an sich und flüsterte ihr ins Ohr „Wollen wir heute noch zu dir gehen?“
Marie war an jenem Tag empfänglich für so einen Satz und ahnte, dass sie einen enorm starken Willen aufbringen musste, wenn sie dieses Angebot ablehnen wollen würde.
„Schauen wir mal.“, hauchte sie, löste sich schnell aus der Umarmung und verschwand in der Toilette.
Um es kurz zu fassen, als Marie das Lokal später verließ, hielt sie jemand am Arm „Warte bitte, ich komme mit. Bezahle eben schnell meinen Deckel.“ Sie hatten beide ein paar Bier getrunken, waren aber nicht betrunken. Nebeneinander gehend machten sie sich auf den Weg zu Maries Wohnung. „Fabian, was machen wir hier?“, fragte Marie irgendwann fast panisch. „Einfach ein bisschen Spaß haben! Stell dich nicht so an.“
Marie hasste diese Antwort. Warum mussten alle Männer immer diesen Scheiß Satz sagen? < *Spaß haben... Ja ... bloß keine Gefühle haben .... Spaß wollt ihr!* >
„Spaß haben, toll ... es wird danach nichts mehr so sein wie jetzt.“, gab sie ihm fast ärgerlich zurück.
Sie nutzte den kurzen Weg um ihn, und auch, wenn sie ehrlich war, sich selbst zu überzeugen, dass es keine gute Idee wäre, gemeinsam zu ihr zu gehen. Fabian wollte davon nichts hören und verlieh seinem Vorhaben eindeutige Willenskraft mit allen Argumenten, die er finden konnte.

An der Wohnung angekommen machte Marie einen weiteren Versuch ihn loszuwerden. Sie schloss die Tür zum Hausflur des Wohn- und Geschäftshauses auf, in dem sie wohnte und bat ihn nicht mit ihr zu kommen, doch Fabian war schon in der Dunkelheit an ihr vorbei durch die Tür geschlüpft, nahm sie in den Arm und küsste sie voller Leidenschaft. „Lass uns einfach ein bisschen Spaß haben, Marie! Wir haben es beide verdient." Sie konnte und wollte dem nicht mehr widersprechen.

Dann hatten sie sich an der Hand gefasst und gingen gemeinsam in ihre Wohnung in den ersten Stock. Sofort führte ihr Weg in Maries Schlafzimmer und dort standen sie voreinander. Marie klein und damals Mitte Vierzig, mit einer Konfektionsgröße entfernt von 36. Keine Modelmaße und sie wusste das auch. Fabian groß und erst Anfang dreißig. Ein äußerst attraktiver Mann im allerbesten Alter.

Er hatte sie stürmisch geküsst und war angefangen ihre Bluse aufzuknöpfen, als Marie plötzlich von einer so großen Panik überfallen wurde, die sie auf der Stelle erstarren ließ. Sie nahm seine Hand und hielt sie fest, denn sie ahnte gleich kam der Augenblick, in dem sie sich entkleiden würden, und sie wusste, dass sie mit all den anderen jungen Frauen, die er sonst entkleidete, niemals mithalten konnte. Sie schämte sich und ihr wurde augenblicklich klar, dass sie an dieser Stelle nicht weitermachen wollte.

Da sie immer ehrlich zueinander gewesen waren, sprach sie ihre Worte langsam und bedächtig, konnte ihn dabei keineswegs ansehen und schaute traurig an

ihm vorbei auf den Fußboden. „Fabian, stopp! Bitte, ich kann das nicht. Ich kann doch mit den jungen Dingern, die sonst auf dich stehen gar nicht mithalten. Ich bin schon alt und nicht mehr knackig, so wie die Frauen in deinem Alter. Das geht nicht!"
Sie wusste nicht, was sie erwartet hatte, aber es passierte etwas, was in Maries weiterem Leben eine enorme Bedeutung hatte, und dafür würde sie Fabian immer dankbar sein.
Er nahm seine beiden Hände und legte sie links und rechts an Maries Kopf, dann hob er ihn hoch, so dass sie sich beide unausweichlich in die Augen sehen mussten. Dabei sprach er kein Wort. Sie war verwirrt, weil sie nicht wusste, was das zu bedeuten hatte und sah ihn einfach nur an, beschämt und mit einem freien Blick tief in ihre Seele und ihre Verletzlichkeit.
Dann sagte er leise: „Aber dafür sind die nicht halb so verführerisch wie Du."
Dieser Satz war von so tiefer Ehrlichkeit umgeben, dass Marie keinen Zweifel hatte, dass er wahr war. Sie hatte danach jemanden selten Worte mit so viel Ehrlichkeit sagen hören in ihrem Leben und war dankbar dafür, dass sie ausgesprochene Worte und deren Echtheit und Ehrlichkeit erkennen konnte.

Mit diesem Satz waren alle ihre Zweifel in Luft aufgelöst. Sie fühlte sich auf der Stelle frei und konnte sich hingeben und vertrauen.
Dieses Vertrauen bestand nun seit fünfeinhalb Jahren und seitdem trafen sie sich unregelmäßig und unkompliziert und voller Leidenschaft.

****

Marie seufzte tief, als sie an diese Situation dachte und wusste gar nicht wie lange sie in ihrem Büro, in Gedanken versunken, gesessen hatte, als plötzlich ihr Handy piepte und sie aufschreckte.
Mit dem Blick auf das Display traute sie ihren Augen nicht und nahm sofort ihr Smartphone in die Hand. Eine Freundschaftsanfrage über Facebook von Philip Sandmann. 10.40 Uhr
„Ach, da schau mal an!“, kam es laut aus ihrem Mund und war begleitet von einem breiten Grinsen, von dem sie glaubte, dass sie damit jeder Grinsekatze weltweit Konkurrenz machen konnte.
Herr Sandmann dachte also auch noch an sie und war ihr jetzt tatsächlich zuvorgekommen. < *Schön…* > was auch immer das bedeutete.
Nervös stand sie auf und fragte sich, wie lange sie wohl warten sollte, bis sie seine Anfrage bestätigen sollte. Sie kannte sich mit sowas nicht aus und hatte eigentlich nur einen Account auf dieser Plattform, weil sie ab und an betriebliche Dinge veröffentlichte auf der Geschäftsseite ihrer Firma.
Sie beschloss erst einmal auf die Toilette zu gehen und legte ihr Telefon wieder auf den Schreibtisch zurück. Doch schon während sie sich die Hände wusch, entschied sie nicht länger zu warten und bestätigte die Freundschaftsanfrage sofort, als sie wieder in ihr Büro zurückkam.
Danach wechselte sie auf sein Profil und scrollte durch seine Posts.

Es waren fast nur berufliche Veröffentlichungen. Das Profil war in allen privaten Angaben verschlossen für die Öffentlichkeit.
Tatsächlich dauerte es nicht lange, bis ihr iPhone eine eingegangene Nachricht für sie anzeigte.

„Hey. Bist du gut nach Hause gekommen?"
Und sofort folgte eine zweite:
„Ich wollte mich erst als Taxi anbieten..."

Sie schrieb ihre erste Antwort und konnte kaum glauben, was gerade passierte.
„Hey, das wäre es auch noch gewesen! Du warst eh so lange da, dass wir schon ein schlechtes Gewissen hatten... Um halb zwölf habe ich mir ein Taxi bestellt."
Seine Antwort kam prompt:
„Hätte ich aber gerne gemacht."

„Oh, das ist aber nett! Ich bin schon wieder bei der Arbeit, habe es aber gleich geschafft..."

Sie sah, dass er schrieb, „Wow. Ich fand unser Gespräch sehr, sehr angenehm und super kurzweilig."

„Ja, das ging mir genauso! Ich hätte auch noch Stunden weiter so machen können..."
„Ich auch... Vielleicht haben wir ja die Chance in Kürze..."

Marie glaubte es kaum, vor einer halben Stunde hatte sie noch überlegt, wie sie es anstellen könnte, mit diesem Mann wieder in Kontakt zu kommen, und nun bot er ihr so etwas wie ein Date an.
„Vielleicht, aber ich glaube, das müssten wir dann aber planen oder verabreden, sonst laufen wir uns vielleicht erst im nächsten Jahr oder gar noch später über den Weg.“, schrieb sie und war schon gespannt auf seine Antwort.

Doch die kam nicht.

VIER

Am Abend löste Marie mit einer Freundin einen Kinogutschein ein, den sie ihr im letzten Monat zum Geburtstag schenkte. Für solche Verabredungen fehlte oft die Zeit, denn Sabine und ihr Mann waren im Polizeidienst. Durch die Schichtdienste waren sie natürlich auch an Wochenenden im Einsatz und dann wollten Haus, Garten, drei Hunde und ein erwachsener Sohn betreut werden.

Irgendwie war Marie nicht bei der Sache, sondern in Gedanken bei Philip Sandmann. Sie konnte es nicht glauben, dass sie am Abend zuvor scheinbar auf einen Mann getroffen war, bei dem in ihren Augen auf den ersten Blick alles stimmen sollte. Und eigentlich war sie noch gar nicht bereit und fähig mit einer solchen Begegnung umzugehen.

Es waren genau drei Monate her, dass Marie mit einer kleinen, gefüllten Reisetasche vor der Wohnung ihrer jüngsten Tochter aufgetaucht war. An einem Sonntagmittag. Verstört, verweint, verstummt....
Reglos hatte sie sich auf ihr Sofa gesetzt und in den Raum gestarrt. Ihre Tochter bemerkte sofort, dass etwas nicht stimmte, denn sie kam zwar in der letzten Zeit manchmal zu ihr, um über das so enorm schwierige Zusammenleben mit ihrem Lebensgefährten zu sprechen, aber niemals hatte sie konkret über Auszug oder Trennung gesprochen, geschweige denn eine Reisetasche dabeigehabt.

Annabell hatte an diesem Zusammenleben selbst einige Jahre teilgenommen und wusste um die Vorkommnisse, die sich in der ganzen Zeit, in der dieser Mann an der Seite ihrer Mutter war, zugetragen hatten.
Wie lange ihre Mutter insgesamt mit ihm genau zusammen war, wusste sie nicht, es spielte aber auch nicht wirklich eine Rolle. In dieser Zeit hatte er sie mehrmals verlassen und nach ganz kurzer Zeit wieder eine andere Frau, die er sofort in seinem Familienkreis integrieren wollte, um dann wiederum nach ein paar Monaten Kontakt zu Marie aufzunehmen, ihr mitzuteilen, dass es die falsche Entscheidung war sie zu verlassen und sie zurückhaben wollte.
Er sagte, er wisse, dass die Probleme vorwiegend an ihm gelegen hätten und er mit Diesem und Jenem jetzt besser klarkommen würde und sich geändert hätte.
Annabell wusste auch nicht genau, warum ihre Mutter dann immer wieder zu ihm zurückgekehrt war, aber damals, an diesem Sonntag im August, als sie mit der Reisetasche neben sich auf dem Sofa in ihrem Wohnzimmer saß, da wusste sie, dass es jetzt vorbei war und dass zum allerersten Mal in den ganzen Jahren ihre Mutter diese Beziehung beendet hatte.
Und sie kannte ihre Mutter und wusste, dass es endgültig war.

Die Freundinnen hatten Spaß im Kino und freuten sich, sich wiederzusehen. Es lief irgendeine Komödie, ein Frauenfilm, einer, von dem man mitgerissen wurde, auch wenn man in Gedanken eigentlich woanders ist. Sie aßen Popcorn und tranken dazu ein Bier. Mehr war nicht drin, denn beide mussten noch Auto fahren.
Als der Film beendet war, verabschiedeten sie sich herzlich, gaben sich das Versprechen einen solchen Abend bald zu wiederholen und fuhren getrennt voneinander heim. Auf Maries Frage ob alles okay wäre und ob es etwas Neues gäbe, versicherte Sabine, es wäre alles in Ordnung und Marie hatte, auf die, ihr natürlich gleichlautende Gegenfrage, dasselbe geantwortet.
Für Neuigkeiten des letzten Abends und über das Kennenlernen von Philip war es viel zu früh, als dass sie es zum Thema machen wollte. Sie war diesbezüglich ehr ein Mensch, der nicht über ungelegte Eier redete und in diesem Fall, wollte sie sogar warten, bis die Eier auch ausgebrütet waren.

Auf der Rückfahrt musste sie bald an einer roten Ampel halten und nutzte die Gelegenheit ihr Smartphone aus der Handtasche zu holen. Natürlich hoffe Sie auf eine Nachricht von Philip und seine Antwort auf ihre letzte Nachricht mit der Feststellung, dass man sich verabreden müsse, um sich wiederzusehen.
Doch Nichts...
Enttäuscht ließ sie ihr Telefon wieder in die Tasche gleiten und ging, zuhause angekommen, sofort ins

Bett. Schließlich hatte sie noch etwas Schlaf aus der letzten Nacht nachzuholen und mittlerweile war es nach dreiundzwanziguhrdreißig.
Doch die Gedanken an Philip, die bisher fehlende Antwort und die letzte Nacht mit Fabian ließen sie keine Ruhe finden und sie wälzte sich noch lange von einer Seite auf die andere, bis sie viel später dann doch irgendwann einschlief.

FÜNF

Es war schon hell als sie wach wurde. Das bedeutete, es war mindestens irgendwas um acht Uhr.
Sonntag, also keine Arbeit, nicht verschlafen... waren Maries erste Gedanken...
Sie würde sich einen Kaffee machen, noch etwas lesen und einen gemütlichen Vormittag verbringen. Das war ihr Plan, mehr nicht.
Auf dem Weg in die Küche griff sie beiläufig nach ihrem Handy, das sie eigentlich nachts an ein Ladekabel anschloss. Jetzt fand sie es auf dem kleinen Schrank in ihrem Flur. Das Display erleuchtete und darauf wurden Marie mehrere Nachrichten angezeigt. Emails, WhatsApp ihrer Freundin und eine Nachricht von Facebook Messenger: Philip Sandmann.
Augenblicklich hellwach, öffnete sie die Nachricht, die etwas über eine halbe Stunde alt. „Das machen wir.“, und ein Smiley der verlegen-freudig mit roten Wangen dreinschaut.
< *Kurze Antwort* > dachte Marie und wusste spontan gar nicht ob und was sie darauf antworten sollte. Mit der Kaffeetasse in der Hand begab sie sich zurück ins Bett. Dann würde sie eben die Unterhaltung fortsetzen. „Prima! Was hast du noch gemacht gestern? Ich habe noch eingekauft und mein Auto gewaschen und es mir am Nachmittag gemütlich gemacht... Wünsche dir ein schönes Wochenende! Schön, dass du dich gemeldet hast.“

Sie öffnete ihr E-Book und begann zu lesen. Doch die ersten Sätze musste sie mehrmals lesen und war dann immer noch nicht bei der Sache. Während sie noch überlegte, ob es überhaupt Sinn machte ihren Focus, der seit neuestem Philip galt, mit einem Buch zu teilen, kündigte ihr Smartphone den Eingang einer neuen Nachricht an.
Er hatte bereits geantwortet. „Guten Morgen, ich war gestern auch den ganzen Tag aktiv. Garten, Friedhof, Auto, Haushalt... dann bin ich um einundzwanzig Uhr auf der Couch eingeschlafen. Also ehr langweilig. Hast du gestern noch Party gemacht? Ich wünsche dir einen gemütlichen Sonntag."
Marie legte das Handy neben sich auf die Matratze und starrte an die Decke ihres Schlafzimmers. Sie überlegte, ob sie sofort antworten sollte, sie war aus der Übung in solchen Dingen, wollte keine Fehler machen im Umgang mit dieser neuen Bekanntschaft, wollte es auf keinen Fall „vergeigen", wollte aber auch nicht, dass Philip glaubte, sie säße nur da und würde auf seine Nachrichten warten.
Daher trank sie erst einmal ihren Kaffee aus und überlegte sich, was sie antworten sollte.
Ihre Überlegungen diesbezüglich führten aber zu nichts und nach einer weiteren Tasse Kaffee und der Erkenntnis, dass sie auf keinen Fall anfangen wollte zu überlegen, wann man am besten auf Nachrichten antwortet und wie lange man warten sollte damit der Andere nicht meint, dass man nichts Besseres zu tun hatte als zu warten... und so weiter... das war ihr zu kompliziert und so wollte sie auch nicht sein.

Sie begann mit einer förmlichen Anrede: Guten Morgen Philip, Party, nee, ich war mit einer Freundin im Kino. Hatte ich ihr zum Geburtstag geschenkt (Mädelskinoabend). Danach bin ich schlafen gegangen.... Ich wünsche dir auch einen schönen Sonntag...!

Keine Antwort.

Den Tag über beschäftigte sie sich mit dem Umräumen, Einräumen und Ausräumen ihrer Habseligkeiten in der Wohnung ihrer Tochter, in der sie jetzt lebte. Es war ein Behelf, aber es war der Beginn des Neuanfangs.

****

Vor knapp drei Monaten war sie nach dem Verlassen, des mit ihrem Ex-Partner gemieteten Hauses, an diesem Sonntagmittag im Sommer, nie wieder dorthin zurückgekehrt.
Nachdem Sie damals Ihrer jüngsten Tochter Annabell in kurzen Stichworten erzählt hatte, was vorgefallen war, hatte sie nur einen Satz geantwortet: „Mama, dahin gehst du nicht zurück."
Dann führte sie ein Telefonat mit Laura, das nur aus einem Satz bestand „Mama ist hier, sie braucht unsere Hilfe."
Das hatte ausgereicht, dass es ungefähr dreißig Minuten später an der Tür läutete und Laura zur

Stelle war. Marie hörte ihre beiden Mädchen im Flur flüstern, bevor sie zu ihr in den Raum kamen.
Dann erzählte sie ihren beiden Kindern die Vorkommnisse des Tages, der vergangenen Tage und der Wochen zuvor und dass sie unter all diesen Umständen, nicht mehr mit diesem Mann zusammen sein wollte.
Die Mädchen sahen das mit weitaus größerer Entschiedenheit genauso. Sie hatten ihre Mutter, die sie eigentlich immer als taffe, selbstbewusste Frau kannten, in letzter Zeit sehr angespannt, ernst, unspontan und oftmals traurig erlebt. Das war absolut ungewöhnlich und sie beobachteten dies mit gewisser Sorge.
Gemeinsam beschlossen sie, dass Marie die ersten Tage bei Annabell bleiben könnte. Sie könnte auf dem großen Sofa schlafen, denn die Wohnung war für eine gewisse Zeit sicher groß genug um zu zweit darin zu wohnen.
Laura wohnte in einer smarten Dachgeschosswohnung mit Balkon, verbrachte aber viel Zeit bei ihrem Freund und es gab den Plan, dass sie in ein paar Monaten in das Haus, dass Marie mit ihrem geschiedenen Mann, dem Vater ihrer Töchter, gebaut hatte, einziehen würde, nachdem dieser ein neu erworbene Haus, das er mit seiner Lebensgefährtin bewohnen wollte, fertig renoviert hatte.
Um den Jahreswechsel sollte es so weit sein.
Sie bot ihrer Mutter großzügig an, aufgrund ihrer neuen Situation bei ihr einzuziehen und die

Wohnung dann, als ihre Nachmieterin zu übernehmen.
Marie nahm diese Idee dankend an. Sie war müde und ausgelaugt und fühlte sich kaum in der Lage, eine neue Wohnung suchen zu müssen. Sie war in den letzten fünfzehn Jahren mehrmals umgezogen, mit den Kindern, mit ihrem Ex zusammen und wieder auseinander. Nie hatte sie ein langfristiges Zuhause gefunden.
Vor zehn Jahren machte er ihr erstmals den Vorschlag zusammen eine Doppelhaushälfte zu mieten. Sie war wunderschön mit einem großen Garten....
Es gab schon damals eine Stimme tief in Marie, die sie warnte diesen Schritt zu gehen, aber Marie hatte nicht auf sie gehört, sie ignoriert und glaubte, sie wüsste es besser. Jedoch stellte sich schon nach zwei Monaten heraus, dass das Zusammenleben eine Katastrophe war. Ein ständiger Kampf um ein ausgeglichenes, harmonisches Miteinander, für das Marie sorgen musste, damit ihre beiden Kinder, damals elf und neun Jahre, sich einigermaßen behütet und wohlfühlen konnten.
Während er sich wie ein Bulldozer benahm und alles platt machte, was ihm in die Quere kam, um seine Angelegenheiten durchzusetzen.
Er nahm die Kinder nicht an, schenkte ihnen kein Vertrauen, übernahm keine Aufgaben im Bezug auf sie und benahm sich wie ein egoistisches Macho-Arschloch. Allerdings eines, das selbst wenig auf die Kette bekam.

Marie versuchte an allem festzuhalten und wollte Verbinder, Schlichter, Mutter und Geliebte sein. Aber jede Frau weiß, wie unmöglich das ist, wenn der neue Partner die eigenen Kinder nicht richtig behandelt. Es kostete sie so viel Kraft, dass sie nach kurzer Zeit erschöpft und ausgelaugt war. Fast zwei Jahre hielt sie das aus.

Dann, an einem Nachmittag, als sie aus dem Büro kam, eröffnete er ihr nebenbei, dass er ausziehen werde, dass er Ruhe und Abstand brauche, auch wegen ihrer Kinder... Er hatte bereits einen Mietvertrag für eine Wohnung unterschrieben... und vier Wochen später saß Marie mit ihren beiden Mädchen in einer Doppelhaushälfte, die sie nicht bezahlen konnte.

Gelähmt irgendetwas zu tun, enttäuscht, verletzt und wütend auf sich selbst, dass sie nicht auf ihre innere Stimme gehört hatte, machte Marie einfach weiter und merkte gar nicht, dass sie von Tag zu Tag verschlossener wurde. Nach einiger Zeit nahm sie allerdings ein aufmerksamer Arbeitskollege zur Seite und fragte sie, ob alles in Ordnung mit ihr wäre. Allein diese Frage hatte gereicht, um Marie aus der Fassung zu bringen und sie brach innerhalb einer Sekunde sinnbildlich in sich zusammen.

Ihr Kollege, der um kleinere Schwierigkeiten ihres Zusammenlebens wusste, hörte aufmerksam zu, bis Marie fertig erzählt hatte. Dann nahm er sie in den Arm und sagte „Marie, du musst dir jetzt eine Wohnung suchen. Je länger du wartest, desto mehr Monate musst du Miete aufbringen für dieses Haus."

Er merkte, dass Marie gar nicht wusste wie sie das anstellen sollte, und hatte sofort alle seine Beziehungen eingesetzt, um ihr zu helfen.
Über einen dieser Kontakte kam Marie auf Umwegen zu einer großen Altbauwohnung mitten in der Stadt, die sie aufgrund einiger kleiner Mängel, mit denen Marie aber gut leben konnte, für eine ihrerseits erschwingliche Miete, anmieten konnte.
Sie war damals erleichtert, dachte aber mit Respekt an den bevorstehenden Umzug, zu dem ihr aber sowohl ihre Brüder als auch Kollegen und Freunde ihre Hilfe anboten.
Gerade, als sie dachte, dass jetzt alles wieder bergaufgehen würde, musste sie allerdings mit einer weiteren Entscheidung klarkommen. Ihre Tochter Laura eröffnete ihr, dass sie nicht mit in die neue Wohnung ziehen, sondern zu ihrem Vater ziehen möchte.
Das war ein schmerzhafter Schlag, mit dem es klarzukommen galt. Würde nicht jede Mutter in dieser Situation denken, dass sie versagt hatte, dass ihr eigenes Kind sich gegen sie entschied, von ihr weg wollte... Marie war sehr traurig und zweifelte eine gute Mutter zu sein.
Als sie merkte, dass sie sich selbst aus dieser Traurigkeit nicht herausholen konnte, suchte sie sich professionellen Rat. Marie hatte keine Probleme damit, sich kompetente Hilfe zu holen bei Dingen, die sie nicht allein bewerkstelligen konnte. Diese Sache gehörte dazu. Es musste eine Sichtweise aus einer anderen Richtung auf diese Entscheidung von Laura erfolgen und diese konnte nur ein Fachmann geben.

Es folgte ein wunderbares Gespräch, bewandert und vertrauensvoll. Der Mitarbeiter, der eine gute Stunde lang Marie gegenübersaß und zuhörte, konnte ihr schlussendlich glaubhaft versichern, dass es keine Entscheidung gegen die Mutter, sondern für den Vater ist, der im Übrigen dieselben Rechte, wie die Mutter habe und vielleicht könne sie bestätigen, dass Laura und ihr Vater irgendwie gleich ticken und sich eventuell näher sind, was aber überhaupt nicht schlimm wäre. Manchmal hätte der eine Elternteil eine engere Bindung zu einem und der andere Elternteil zu einem anderen Kind. Sie möge die Chance nutzen, und nach dem Auszug eine neue, besondere Art der Bindung zu Laura aufbauen.
Marie musste zustimmen, Laura war ihrem Vater schier unendlich ähnlich. Von diesem Tag an versuchte sie die Schuld nicht mehr bei sich zu suchen und konnte sich im Laufe der Jahre halbwegs damit arrangieren und abfinden.
Sie war damals noch nicht einmal in die neue Wohnung eingezogen, da hatte sich ihr Expartner wieder bei ihr gemeldet. Ihr geschrieben, dass er sie vermisse, dass er einen Fehler gemacht habe, dass er schrecklich einsam sei und dass er sie bitte zurückkommen zu dürfen.

Das Alles hatte jetzt endlich ein Ende.

****

Das Wetter war so richtig mies. Wie ihre Stimmung.
Warum Philip sich den ganzen Sonntag nicht meldete, wusste Marie natürlich nicht, aber es beschäftigte sie.
Was sollte sie jetzt tun? Warten?
Am frühen Abend entschied sie sich für eine weitere Nachricht.

"Hey, hast du einen gemütlichen Tag gehabt, bei diesem schlechten Wetter?"

SECHS

Erst am nächsten Morgen sah sie seine Antwort, die kurz vor Mitternacht eingetroffen war.
"Hey, ja, ging so. Haus geputzt, Sport gemacht. Und du, schöne Frau?"
Und eine zweite Nachricht: "Schlaf gut."

Nur den Hauch einer Sekunde, einen Kolibri-Flügelschlag lang hatte Marie ein merkwürdiges Gefühl im Bauch: ... schöne Frau ...
Ist das angebracht nach zwei Tagen? Nach vier geschriebenen Nachrichten? Mitten in der Nacht?
Schnell unterdrückte Marie diesen Gedanken. Sie hatte keine Ahnung wie man heutzutage jemanden kennenlernte, was man schrieb und was nicht. Sie sah sicher Gespenster und vermutete Dinge da, wo sie nicht waren. Aber, sie konnte sich bisher immer auf ihren gesunden Menschenverstand verlassen und der sendete ihr eine klitzekleine Nadelspitze der Achtsamkeit.
Nachdem sie schon eine gute Stunde fleißig im Büro war, war es Zeit für eine Antwort.
"Guten Morgen! Ich wünsche dir einen guten Wochenstart."

Bis sie gegen 16.30 Uhr den Betrieb verließ, blieb ihre Nachricht unbeantwortet.

Wie viele Fragen sich seit zwei Tagen auftaten und unbeantwortet blieben, und deshalb nach kurzer Zeit erneut gestellt wurden, um jedoch wieder ohne eine plausible Erklärung zu bleiben.

< *Hat man einen ganzen Tag lang so viel zutun, dass man keine kurze Antwort senden kann?*

Würde man das machen, wenn man jemanden neu kennengelernt hat und augenscheinlich Kontakt möchte...? wäre das die nötige Wertschätzung, die man entgegenbringen sollte? Dachte er den Tag über mal an sie...? >

Marie wollte diese ganzen Fragen nicht in ihrem Kopf haben und nach Antworten suchen.... Sie wollte die Leichtigkeit behalten des ersten Kennenlernabends und die Freude, einem Mann wie Philip begegnet zu sein und die Überraschung, dass sie sich mochten und hieraus ein ... ja was? ... und dann stolperte sie über all diese Fragen, und wusste nicht, was hieraus entstehen könnte...

Die kurze Fahrzeit vom Büro bis zu ihrer Wohnung verbracht sie mit diesen Gedanken und wurde dabei von einer Stimmung übermantelt, die sie gar nicht gebrauchen konnte. Die Traurigkeit der letzten Wochen und Monate über das Scheitern ihrer Beziehung, den spontanen Entschluss auszuziehen und alles, was damit verbunden war, hatte schon genug an ihren Nerven gezehrt und sie ausgelaugt und erschöpft. Marie brauchte neue positive Energie und nicht ein weiteres Thema, über das sie grübeln musste und sie traurig werden ließ.

Als sie in ihrer Wohnung ankam, war sie resigniert und unmotiviert. Sie nahm ihre Trinkflasche und das

Handy aus der Handtasche und fand darauf eine Nachricht von Philip. "Ich kämpfe mich so durch. Wie is es bei Dir?"

Ein bisschen Enttäuschung machte sich breit. Irgendwie war das nicht die Antwort, die sie erwartet hatte. Warum waren diese Nachrichten so anders als ihr persönliches Gespräch von vor drei Tagen. Welche Antwort wollte sie denn, acht Stunden nach ihrem morgendlichen Gruß an ihn?
Entschieden, weil sie merkte, dass sie diese Gedanken überforderten, legte sie das Telefon auf den Kommodenschrank, ohne etwas zu schreiben. Dann machte sich schnell frisch und verschwand sofort wieder zu einem Termin mit der Leiterin einer Kindertagesstätte, um ein geplantes Projekt zu besprechen, das Marie in zwei Wochen beginnen würde.
An einem Nachmittag in der Woche würde sie einen Musikkurs für Kinder im Grundschulalter, als freiwilliges Nachmittagsangebot der Tagesstätte anbieten. Marie freute sich sehr darauf. Sie hatte im letzten Jahr schon einmal einen solchen Kurs als Ferienfreizeit gegeben und die Kinder und sie selbst waren sehr begeistert von diesem Unterricht, der viel Spaß gemacht hatte. Daraus entstand die Idee eine fortlaufende AG anzubieten. Marie hatte Lust dazu und es war eine willkommene Aufgabe in ihrem Neubeginn.
< *Ich bin gespannt, wie viele Kinder sich angemeldet haben* > dachte sie, als sie die Wohnung verließ und

freute sich über die erzwungene Abwechselung ihrer Gedanken.

Es war weit nach Neunzehnuhr, als sie zurück war und jetzt konnte sie es kaum erwarten, eine Antwort an Philip schreiben. Sicher lag es an ihr, dass sie glaubte irgendetwas wäre merkwürdig. Kurz überlegte sie, ob sie Gleiches mit Gleichem vergelten sollte, was in diesem Fall heißen würde, dass sie auch mal einen halben Tag vergehen ließe, bis sie eine Antwort schreiben würde. Aber das hatte sie unmittelbar verworfen. Das war nicht ihre Art, bis sie Gleiches mit Gleichem tat, mussten noch ein paar andere Dinge passieren.
Bevor sie sich etwas zum Abendessen machte und aus ihren Klamotten stieg, öffnete sie also Facebook und ihren Chat mit Philip. Ihre Nachricht begann sie förmlich und korrekt: "Hallo Philip, ..."
Sie schrieb, dass sie gerade erst heimkäme und berichtete kurz von ihrem Projekt mit den Kindern und vom Büro und dass sie sich nun freue zuhause zu sein... „Und was machst du?"
Noch bevor sie in ihren Wohlfühlklamotten aus dem Bad kam, hatte Philip ihr schon geantwortet "Ich bin noch bei der Arbeit und gerade beim letzten Kunden raus. Fahre jetzt nach Hause."
"Ach herrje, so spät noch, wo bist du denn?“, fragte sie und war überrascht, dass auch hierauf, während er vermeintlich am Steuer saß, postwendend eine Antwort kam.
"Gute Heimfahrt“, dann ging sie offline.

Während sie aufräumte und sich etwas zu Essen bereitete zwang sie sich, nicht über die Fragen nachzudenken, dir ihr durch den Kopf gingen. Für Vermutungen war es viel zu früh. Zur Sicherheit ließ sich von Günther Jauch und potenziellen Millionären ablenken, indem sie den Fernseher anmachte.
Nach zweiundzwanzig Uhr meldet sich Philip wieder. Er schrieb mehrere kurze Nachrichten sofort hintereinander. Dass er ihr Hobby klasse fände, dass er ihr eine gute Nacht wünsche und eine weitere mit "sweet dreams"
„Danke, ich bleibe noch etwas auf.“
„Wie kommt´s?“
Sollte sie ehrlich sein? Wie viel wollte sie einem Mann von sich erzählen, den sie erst seit ein paar Tagen kannte?
„Ich schlaf nicht gut zurzeit, deshalb gehe ich lieber später zu Bett, in der Hoffnung, dass es dann besser klappt.“
Wieder antwortete er sofort: "Woran liegt das, wenn ich fragen darf."
„Ich habe gerade viel im Kopf. Im Betrieb und privat muss gerade viel organisiert werden. Ich glaube, dass es daran liegt.“
Das sollte erstmal reichen an privaten Informationen. Seine prompte Antwort freute Marie: "Oh, dann wird das aber knapp, wenn wir uns vor deinem Urlaub noch treffen wollen..."

Ach ja, ... sie hatte ihm ja an dem Abend, als sie sich kennenlernten erzählt, dass sie in drei Wochen mit ihrer jüngsten Tochter eine Kreuzfahrt gebucht hatte.

Er war scheinbar ein aufmerksamer Zuhörer, dachte Marie und schrieb voller Selbstbewusstsein "Nee, das wird nicht knapp, wenn wir das wollen! Das ist doch was Schönes..."
Ein bisschen war diese Antwort auch darauf gerichtet, dass er acht Stunden gebraucht hatte, um auf ihren Guten-Morgen-Gruß zu antworten, auf den man aber schneller antworten könnte, wenn man es wirklich wollte.
Marie sah, dass er schrieb.
"Das stimmt. Das müssen wir unbedingt machen. Ich bin total neugierig."
Sie musste lächeln. "Worauf?", fragte sie neckisch nach.
"Mit dir zu reden, dich kennenzulernen..." und sofort folgte
"Du nicht?"
Marie wollte diese Chance nutzen, in der er scheinbar das erste Mal Zeit für eine Nachrichtenunterhaltung hatte. "Ich weiß gar nicht, wie das kommen konnte, dass wir uns so sympathisch waren?" und weiter auf seine Frage "Doch, klar, geht mir genau so."
Und weil sie ehrlich sein wollte und auf seine Antwort gespannt war, eine weitere Nachricht "Ehrlich gesagt, habe ich das glaube ich noch nie so gehabt."
Er antwortete bereits, das sah sie an den kleinen sich bewegenden Punkten im Facebook-Messanger.
"Du hast den Bann mit deiner forschen Ansprache gebrochen... glaube ich."

Mit dieser Aussage hatte sie überhaupt nicht gerechnet und war sich plötzlich gar nicht sicher, ob das etwas Gutes war...
Ihre Finger tippten bereits "Waaaaas??? Forsche Ansprache?? das ist doch was Negatives, oder?"
"Nee. Du... sie... du...ich bin Marie. - tja, und dann war es passiert."
Maries Herz klopfte vor Aufregung, wie das einer siebzehnjährigen "Oh Scheiße, war das peinlich?"
"Nein. Ich fand es klasse."
Sie war erleichtert und froh über diesen scheinbar ehrlichen und offenen Austausch.
„Ich fand dich einfach nett und wollte mit dir ins Gespräch kommen."
"Ja nee, is klar... Dann quatsch man einfach fremde, alte Männer an ..."
"Ich finde dieses Aufeinandertreffen äußerst... ach, keine Ahnung..."
"Ja?" ... "Was?", er forderte eine Antwort auf ihre nicht zu Ende geschriebenen Frage.
"Mir fehlen noch die richtigen Worte... schön halt!"
"Allerdings"
"Verrückt irgendwie"
"Diese offene Unterhaltung"
Und Marie konnte nur zustimmen "Ja, scheinbar ja."
Ihre schriftliche Unterhaltung ging weiter in dem sie feststellten, dass sie sich fühlten, als wären sie längst alte Freunde, dass sie sich geärgert hatten, als Maries Arbeitskollegen oder ihr Chef dazu kamen, und wie es sein konnte, dass sie sich zuvor niemals gesehen hatten ...

Dann dachte Marie es wäre ein guter Zeitpunkt, um nach einem Wiedersehen zu fragen "Wie sieht denn dein Terminkalender aus in den nächsten Wochen?"
"Ohje. Da muss ich gucken. Gibt es Wochentage bei dir, die grundsätzlich nicht gehen?"
Noch beim Lesen war wieder ein Hauch von Enttäuschung da.
Sie konnte einfach nicht verstehen, dass es scheinbar so schwer sein würde, ein Treffen für ein Wiedersehen auszumachen. Komisch...
„Nach Feierabend und abends kann ich eigentlich fast immer."
„Warte, ich schaue mal eben in meine Termine... Wie wäre es mit nächstem Montag, da bin ich relativ nah bei dir unterwegs. Ich würde dich abholen und könnte dann gleich meine Taxifahrt einlösen, die ich dir angeboten hatte, als du dich dem Rotwein verschworen hast."
„Ganz so war das aber nicht!"
„Natürlich, genau so. Ich war schließlich dabei."
Sie schrieben noch ein paarmal hin und her, wann und wo man sich treffen könne, und Marie versprach, sich um ein passendes Restaurant zu kümmern.
Danach verabschiedeten sie sich und wünschten sich eine gute Nacht.
Maries Finger zitterten ein wenig als sie ihm schließlich noch schrieb "Möchtest du mal meine Telefonnummer haben?"
"Wenn du magst"
Augenblicklich folgte eine weitere Nachricht mit einer Handynummer.

"Wenn du mal im Auto unterwegs bist, können wir ja mal telefonieren.... ", schlug sie vor und sendete ihm danach auch ihre Mobilnummer.
"Sleep well" ein Kusssmiley und dann war er verschwunden.

Als sie viel später wieder nicht einschlafen konnte, suchte sie nach positiven Gedanken, die all ihre kleinen Bedenken in den Hintergrund drängen sollten. Diese klitzekleinen Fragezeichen sollten verschwinden, wünschte sie sich und damit das auch wirklich gelänge, wollte sie seine netten Aussagen, wie „ich freue mich schon dich kennenzulernen..." und noch ein paar andere schöne Nachrichten des Abends nochmals schwarz auf weiß lesen.
Sie knipste die kleine Lampe auf ihrem Nachttisch an, nahm ihr Handy und öffnete Facebook.
Es war kurz nach Mitternacht.
Von ihren Facebookfeunden waren nur noch drei Personen online. Unter ihnen Philip.
Die positive Energie, die Marie aus dem erneuten Besuch des Chats Philip erhofft hatte, indem sie seine schönen Nachrichten nochmals las, blieb aus.
Dafür gesellten sich weitere Fragen hinzu, ob er wohl jetzt gerade mit jemandem schrieb?
Vielleicht gab es noch andere Frauen, mit denen er flirtete, so wie mit ihr?

Es dauerte lange, bis Marie endlich einschlief.

SIEBEN

Am nächsten Morgen schob Marie alle Gedanken an Philip, ihre schönen Erinnerungen an den Abend, als sie ihm das erste Mal begegnet war, aber auch alle Zweifel und negativen Gedanken beiseite. Sie musste jetzt erst die Reste ihres früheren Lebens beseitigen und zu Ende bringen, was sie vor drei Monaten im August, entschieden hatte.

Die Trennung und ihr abrupter Entschluss an jenem Sonntagmittag, mit der kleinen Reisetasche zu gehen, war der Beginn eines sich immer noch hinziehenden Auszuges aus dem gemeinsam gemieteten Haus.

Sie hatte, nachdem sie ungefähr eine Woche nach diesem Sonntag ein Gespräch mit ihm geführt hatte und ihr dabei auf einmal glasklar wurde, dass sie nicht zu ihm zurückkehren wollen würde, ihrerseits das Mietverhältnis gekündigt. Hatte sich dabei natürlich an die gesetzliche Kündigungsfrist gehalten und weitere drei Monate ihren Anteil zur Miete beigesteuert, obwohl sie keinen Tag mehr in diesem Haus verbrachte. Auf seine Bitte hin "Räum deine Sachen raus, wenn ich nicht da bin“, sich auch daran gehalten. Jeden Morgen war sie mit ihrem kleinen Mercedes vor der Arbeit zum Haus gefahren und hatte alles, was sie mit ihrem Auto transportieren konnte, eingeladen. Dann war sie zum Betrieb gefahren und hatte das Auto jeweils nach Büroschluss wieder ausgeräumt. Warum sie das gemacht hatte, wusste sie selbst nicht genau, und ob sie es getan hatte, weil er sie darum gebeten hatte,

auch nicht. Sie glaubte, sie tat es auch für sich selbst, denn sie konnte sich dabei langsam verabschieden.
Jeden Morgen nahm sie sich einen anderen Raum vor, um ihn von ihren Habseligkeiten zu befreien.
Sie war jedes Mal erstaunt, wie viele Dinge in eine sportliche A-Klasse passten und wie trostlos jedes Zimmer zurückblieb, wenn sie Einrichtung, Dekoration, Lampen, Gardinen und Bilder entfernt hatte. Alle Gegenstände, die sie mitnahm, gehörten ausschließlich ihr. Sie konnte dabei so vorgehen, wie sie es wollte. Musste keine Gespräche über irgendwas mit ihm führen, sich keine weiteren Vorhaltungen seinerseits anhören und schon gar nicht diskutieren, welche Sachen von welchem Geld gekauft worden waren und sich eventuell auch noch rechtfertigen, warum sie Dieses oder Jenes mitnahm.
Bei den wenigen Einrichtungsgegenständen, die sie gemeinsam angeschafft und bezahlt hatten, hatte er ihr kurz nach ihrer Kündigung des Mietvertrages mitgeteilt "Ich behalte das TV Board, den Esstisch kannst du mitnehmen." Sie hatte sich auch darangehalten. Es war ihr egal... Er musste sich selbst hierbei noch profilieren und zeigen, wer der Boss war. Und er konnte es natürlich auch nicht lassen, ihr mitzuteilen, dass das erst vor einem halben Jahr angeschaffte neue Sofa ihm gehörte, weil er es ja in einem Anflug von Kompetenz und Großzügigkeit ("Geld spielt keine Rolle" war eine seiner Lieblingsaussagen) allein bezahlt hatte.
Marie erwiderte auf diese Mitteilung nur ein unterwürfiges "selbstverständlich" und wusste, dass er sich dadurch erhaben und mächtig gefühlt hatte.

Sie hingegen genoss insgeheim die Bestätigung, dass er sich auf diese Weise so unglaublich gut fühlte in seiner eigens geschaffenen Hierarchie, von der er glaubte, dass sie die Macht und die Großartigkeit eines Mannes auszeichnen, aber in Wirklichkeit ein Nichts ist, was einen Mann wirklich ausmacht.
Es war eine weitere Bestätigung, dass ihre Entscheidung richtig war.
Mehrmals hatte er ihr schon eine E-Mail geschrieben, wie schlimm es sei, wenn er nachmittags nach Hause kam und wieder Sachen fehlen.
Manchmal antwortete Marie darauf, meistens aber nicht.
Ihren WhatsApp-Kontakt hatte er blockiert, nachdem er ein Profilbild mit ihm und seiner Tochter eingestellt hatte, auf dem sie die Motorradkleidung von Marie trug und Marie ihm daraufhin schrieb "das sind ja meine Ledersachen und mein Helm! Ohne mich zu fragen? du schreckst ja vor gar nichts zurück..."
Anstatt es einzusehen, sich dazu zu äußern oder sich vielleicht sogar zu entschuldigen, hatte er kurzerhand ihre Nummer und den Chat blockiert.
Die Telefonnummer des Menschen, mit dem er fünfzehn Jahre lang zusammen war, den er mehrere Male verlassen, dem er mehrmals einen Heiratsantrag gemacht und den er am Ende nicht nur einmal unverständlich und in ihren Augen mies behandelt hatte....

Dieser Auszug war eine logistische Meisterleistung, wenn man bedenkt, dass alles, was Marie aus dem Haus holte, irgendwo untergebracht werden musste. In Lauras Wohnung, die eine fünfundachtzigquadratmetergroße Dachgeschosswohnung war, standen noch Lauras Möbel und die komplette Einrichtung samt Inhalt. Dorthin holte Marie nur die lebensnotwendigen Dinge. Vieles, von dem sie schon jetzt wusste, dass es nicht in die neue Wohnung passen würde, verkaufte sie, und für alle anderen Dinge hatte sie eine Garage angemietet.

An diesem Morgen hatte es geregnet und als Marie auf den keinen Hof des angemieteten Hauses fuhr, sah sie noch die trockene Stelle, auf der, bis vielleicht zehn Minuten zuvor, das Auto ihres Expartners gestanden hatte. Mit einem unguten und flauen Gefühl im Bauch schloss sie die Haustür auf. Sie wusste nie, was sie erwartete.
Einmal hatte er ihr einen Zettel mit einem 20Euro-Schein an die Schlafzimmertür geklebt, mit der Bitte die Gardinen hängen zu lassen. Marie konnte und wollte seiner Bitte nicht nachkommen. Es ihm einfach machen .... Nein, das wollte sie nicht. Er hatte es ihr auch nie einfach gemacht!
Sie teilte gerecht. Von einem der zwei Fenster im Schlafzimmer nahm sie die Gardinen samt Gardinenstangen ab und den, an der Tür klebenden Zettel ließ sie unbeachtet.

Daraufhin gab es am Abend desselben Tages natürlich eine entsprechende E-Mail von ihm, in der er sich u.a. über ihre rabiate Art beklagte.

An einem weiteren Morgen waren Teile ihrer bereits zusammengestellten Sachen, wie Bettwäsche und Handtücher durchwühlt worden und Marie glaubte, dass etwas fehlte. Aber es war ihr egal.

Einmal war das ehemals gemeinsame Schlafzimmer abgeschlossen und der Schlüssel fehlte. Obwohl sie nicht hineinmusste, machte sie sich einen kleinen Spaß und fragte sich, wo er wohl den Schlüssel versteckt haben würde. Sie ging ins Badezimmer, das an das Schlafzimmer grenzte, stelle sich auf Zehenspitzen und fuhr mit den Fingern über die vordere Kante des hohen Badezimmerschrankes. Sie hielt den Schlüssel in der Hand. Und weil sie ihm zeigen wollte, dass sie nicht dumm war, steckte sie ihn kurzerhand von innen wieder in das Schlüsselloch der Schlafzimmertür.
Hierauf bekam sie abends keine E-Mail.

An diesem Morgen fand sie, erfreulicher Weise, keine Überraschung vor. Bei einem kurzen Blick in die Küche, sah sie seine abgestellte Kaffeetasse auf der Arbeitsplatte stehen. Instinktiv fühlte sie mit der Oberseite ihrer Finger daran. Sie war noch warm.... < *verrückt* > dachte sie < *was machen wir hier eigentlich* > ...er war bestimmt noch keine fünf Minuten aus dem Haus.

Er hatte die Küche unsauber hinterlassen. Es roch nach Biomüll und die Arbeitsoberflächen waren nicht gereinigt. In der Spüle stand dreckiges Geschirr und Besteck, auf dem Herd eine oberflächlich gesäuberte Pfanne und das Geschirrtuch lag zusammengeknüllt daneben.
Das war alles Maries Eigentum. Die gesamte Küche musste noch ausgeräumt und abgebaut werden. Hierzu brauchte sie natürlich Unterstützung und ein Transportauto, aber das hatte sie schon organisiert. In der nächsten Woche sollte es so weit sein. Es blieben ihr auch nur noch zwei Wochen, bis der Mietvertrag ihrerseits abgelaufen war.
Marie dreht sich einmal um sich selbst und machte eine Bestandsaufnahme der Küche. Sie hatte das Gefühl, alles in diesem Raum, hatte in den letzten zwei Monaten, seit sie nicht mehr hier wohnte, enorm gelitten. Die Schränke waren nicht geputzt, im Kühlschrank stand nichtabgedecktes Essen und es roch danach und es war weder gesaugt noch gewischt. Die Spüle war in einem Zustand, der Marie fast Ekel hervorrief.
Schnell drehte sie sich um und verließ den Raum.

In den folgenden fünfzehn Minuten verstaute sie den Inhalt einer im Wohnzimmer stehenden Vitrine aus Pinienholz. Sie gehörte zu einer kompletten Wohnzimmereinrichtung, die Marie mit ihrem Ex-Mann vor ungefähr zwanzig Jahren gekauft hatte, als sie in das neu gebaute Haus zogen. Bei ihrer Trennung nahm Marie diese Vitrine und einen passenden Fernsehschrank mit. Der ebenfalls

dazugehörende große Wohnzimmerschrank verblieb damals beim Vater der Kinder.
Alle Umzüge danach hatte diese Vitrine mitgemacht.
Nun war Schluss, hatte Marie beschlossen.
Sie wollte etwas Neues und fand nach über zwanzig Jahren war es angebracht. Das Geld dafür hatte sie gespart.
Der Schrank wurde kurzerhand zum Verkauf angeboten und es dauerte nicht lange, da hatte er einen neuen Besitzer. An diesem Tag, in Maries Mittagspause, sollte er abgeholt werden.
Sie beeilte sich, alles in die mitgebrachten Umzugskartons zu packen und diese in ihrem Auto zu verstauen.

Es war kurz nach sieben Uhr morgens und wieder einmal verließ sie durchgeschwitzt das Haus und saß pünktlich um 7.30 Uhr an ihrem Schreibtisch.
Noch zwei Wochen, dann war es vorbei.
Es machte sie fertig, aber sie kam voran.
Ein Glück, dass sie, sobald sie im Büro war, auf andere Gedanken kam. Sie hatte keine Zeit für Grübeleien und ihre Gesamtaufmerksamkeit galt ihrer Arbeit, bis sie sich mittags wieder auf den Weg machte, um sich mit dem Käufer der Vitrine zu treffen. Auf dem Weg dorthin, fuhr sie schnell an der angemieteten Garage vorbei, um die Kisten mit dem eingepackten Geschirr von morgens auszuladen.
Der Wagen mit dem Anhänger stand schon vor dem Haus, als sie an ihrer ehemaligen Wohnstätte ankam. Zwei junge Männer stiegen aus und Marie begrüßte beide herzlich. Während die Herren den Schrank im

Anhänger verstauten, räumte Marie weitere Dinge aus ihrem, erst vor knapp zwei Jahren eingerichteten Wohnzimmer und verstaute sie wieder in ihrem Auto. Bilder, Dekoration, ein Kuhfell, das als Teppich vor dem Sofatisch lag, Gardinen, Kerzenleuchter und Vasen.
Als Marie und die beiden Männer das Haus verließen, sah das hinterlassene Wohnzimmer trostlos und schrecklich aus.
Sie nahm das vereinbarte Geld entgegen, verabschiedete sich und fuhr wieder ins Büro zurück.

Endlich war in ihrem Kopf wieder Raum für Gedanken an Philip und während sie noch überlegte ihm einen Gruß zu schreiben, war er ihr zuvorgekommen.
„Wie läuft es bei Dir?"
Marie las und schüttelte den Kopf... Eine sehr eigenartige Weise Kontakt aufzunehmen. Ihr fielen spontan eine Million andere Nachrichten ein, die vielleicht angebrachter gewesen wären.
Die Antwort verfasste sie extra nicht genauso knapp.
„Alles gut, ich habe heute ordentlich was geschafft bisher... wollte Dir auch gerade schreiben und mal fragen, was denn der sympathischste Außendienstler, den ich kenne, so macht..."

Bis Marie an diesem Abend ins Bett ging, kam keine weitere Nachricht. Die Suche nach einer Erklärung hatte ihren Abend gefüllt, das Fernsehprogramm hatte sie auch nicht abgelenkt und eine E-Mail ihres Ex, dass es wieder so schlimm sei, wenn er nach

Hause käme und erneut Möbelstücke fehlten, zog sie mental auch noch einmal ganz runter….
Maries Akku war wirklich leer und dieser aufregende Mann, der sich angeblich freute, sie weiter kennenzulernen, schien ihr nicht, oder wenigstens zurzeit nicht, den nötigen Aufrieb zu geben, den Marie sich gewünscht und versprochen hatte.
„Mariechen geht schlafen …. Gute Nacht“
Volle Enttäuschung. Es war 23.17 Uhr. Sie löschte das Licht.
Seine Antwort kam eine knappe halbe Stunde später.
„Gute Nacht“ küssender Smiley mit einem roten Herzchen…

ACHT

Marie erwachte aus einer unruhigen Nacht. Das Gedankenkarussell drehte sich ununterbrochen. Über die Trennung, über den Auszug, über ihr Hab und Gut, über die Wohnung in der sie jetzt lebte, über den Abbau und Transport der Küche, darüber, dass sie das nicht alleine schaffte würde und die Hoffnung, dass die zugesagten Helfer auch tatsächlich kommen würden und darüber ob sie wohl die richtige Entscheidung getroffen hatte, als sie ihn verließ und ob es dieses Mal anders sein würde, als die letzten zwei Male, als er sie verlassen hatte und ob sie jemals wieder einen Mann kennenlernen würde, den sie ernsthaft lieben könnte. Seit der letzten Woche kamen nun auch noch die Gedanken und die vielen Merkwürdigkeiten über Philip hinzu. Sie fühlte sich gerädert, angespannt und ausgelaugt.

Der Start in den Tag begann mit einer ausgiebigen Dusche, von der sie sich erhoffte, die benötigte Frische zu bekommen, um den Tag zu meistern. An diesem Morgen machte sie sich sofort auf ins Büro, ohne vorher am Haus vorbeizufahren.

Sie war mit der Ausräumung gut in der Zeit und wollte sich einen Tag Pause gönnen von der Anspannung, die sie empfand, wenn sie morgens mit ihren Wagen auf der Auffahrt des Hauses parkte.

Ihre volle Aufmerksamkeit wurde zum Glück sofort für betriebliche Dinge in Anspruch genommen, sobald sie an ihren Schreibtisch saß und den Computer anstellte.

Ohne, dass Marie es bemerkte, stand das Karussell still und ihr Geist, ihre Seele und ihr Körper entspannten sich von Minute zu Minute.
Als sie aus einem kurzen Meeting mit zwei Kollegen zurück an ihren Arbeitsplatz kehrte, sah sie auf ihrem iPhone eine Nachricht von Philip Sandmann.
Ihr Herz pochte sofort vor Freunde als sie den Messanger öffnete.
„Moin, Komm gut in den Tag“ zwei aneinanderstoßende Sektgläser und ein Glücksklee.
Wieder war der Freude die Enttäuschung gefolgt und Marie schüttelte unweigerlich den Kopf.
< *was ist los mit dem?... schreibt man das einer Frau, die man kennenlernen möchte?* >
Fast sauer darüber, drückte sie ihr Handy aus und ließ es mit einem entsprechenden Rumms auf den Tisch fallen.
Jedoch nahm sie es nach ein paar Minuten und einigen Überlegungen wieder zur Hand. So schnell wollte sie nicht aufgeben, sie wollte herausfinden, wie das von ihm gewollte Kennenlernen weiterging.
„Guten Morgen, Ich bin schon voll drin und wünsche Dir einen guten Arbeitstag!“
Der Vormittag verging wie im Flug und kurz nach Zwölf kam wieder eine Nachricht.
„Wann machst du nochmal Mittag?“
„Ganz egal, ich muss nur um dreizehn Uhr wieder hier sein, da hab ich ein Meeting.“

Was sollte diese Frage? Sie war sich plötzlich gar nicht mehr sicher, ob sie das Passende geantwortet hatte? < *wann ich immer Mittag mache? Wann ich*

heute Mittag mache? warum? ein bisschen mehr Information wäre großartig! >
Es dauerte fast eine Stunde, bis Philips Antwort kam.
„Das schaffe ich nicht, sorry."
Marie las die Zeile. Legte das Handy weg und arbeitete weiter. Sie wusste nicht einmal, „WAS" er nicht schaffte...
Nachdem sie das Büro verlassen hatte und allein in der Wohnung war, bestanden ihre Gedanken eigentlich nur aus einem Wort... immer wieder und wieder
< *MERKWÜRDIG* >
Es war der vierte Tag nachdem sie Philip kennengelernt hatte...
Sie war sich sicher, dass Kennenlernen anders ging und stellte sich die Frage, ob sie aufgeben sollte, jedoch war Philip es wert, noch etwas dranzubleiben. Er war perfekt und machte sie nervös. Das war sehr gut.
„Hallo.... hattest du einen guten Arbeitstag?"
Sie knüpfte bewusst nicht an die Nachrichten vom Mittag an und warum sie ihm überhaupt schrieb, wusste sie auch nicht so richtig. Es lag vielleicht an der Erkenntnis, dass er irgendwas in ihr auslöste und sie herausfinden wollte, was.
Aber gleichzeitig fiel ihr auf, dass sie nichts von ihm wusste und sie kannte weder seine Intentionen noch seine Ziele, die hinter seiner Nachricht von vor zwei Tagen steckten, als er ihr schrieb, dass er sie kennenlernen möchte.
Es dauerte zwei Stunden, bis er eine Antwort sendete.

„Schon. Sitze noch im Büro und versuche Termine für die kommende Woche zu koordinieren. Und du? Hätte dich gerne am Mittag gesehen."
"Das war ja eine schöne Idee. Wenn es nicht klappt, ist doch nicht so schlimm... Versuchen wir es wieder, wenn wir wollen..."
Marie wählte diese Worte extra genau so, um ihn aus der Reserve zu locken und war gespannt auf die Antwort.

„Ich möchte gerne..."

Das war schlicht, erfüllte Marie aber mit Freude und diese drei Worte machten, dass sich alle Fragezeichen und Merkwürdigkeiten, die sich um Philip Sandmann aufgetan hatten, auf einen Schlag in Luft auflösten.
Sie schrieben sich weitere Nachrichten und planten ein Treffen mit einem Essen in der kommenden Woche. Der Vorschlag kam von Philip. Der Ort kam von Philip, weil er an diesem Tag beruflich in der Nähe zutun hatte. Er bat Marie ein Restaurant auszusuchen. Nachricht um Nachricht folgte, bis kurz vor Mitternacht.
„Ich bin müde und schon ins Bett umgezogen. Schlaf gut." Sie hängte ihrer Nachricht einen kleinen Halbmond an.
Seine Antwort machte Marie für einen Augenblick glücklich und das hatte sie lange nicht mehr erlebt „Schlaf du auch gut, schöne Frau."
Sie machte ihr Handy aus und legte es beiseite. Dem Gedanken, später noch einmal seine Nachrichten zu

lesen, widerstand sie, denn so konnte sie auch nicht wieder enttäuscht werden, wenn er wieder online wäre...

„Hey, guten Morgen! Hast du gut geschlafen? Ich wünsche Dir einen wunderschönen Arbeitstag."
Eine Stunde verging. Dann kam seine Antwort.
„Moin. Das habe ich. Den wünsche ich dir auch."

Am Abend suchte Marie die Stelle in ihrem bisherigen Chat mit Philip, an der sie sich ihre Telefonnummern geschrieben hatten. Sie notierte seine private und geschäftliche Nummer auf einem Block und pflegte sie dann sorgfältig in die Kontaktliste ihres iPhone ein.
Sie fand, es wäre jetzt an der Zeit zu WhatsApp zu wechseln.
Scheinbar wollte er ihr den Zeitpunkt überlassen, denn er hatte bisher kein weiteres Wort darüber verloren, seit sie vor drei Tagen ihre Nummern getauscht hatten.
Mit zitternden Fingern öffnete sie die App mit der grünen Sprechblase und dem Telefonhörer. Dann gab sie in die Suchleiste seinen Namen ein. Sie hatte den Kontakt nur mit seinem Vornamen erstellt, weil sie vorsichtig war und auf keinen Fall wollte, dass jemand im Betrieb auf ihrem Handy durch Zufall eine Nachricht von Philip Sandmann las.
Ganz förmlich und ganz anders als seine, schrieb sie ihre erste WhatsApp-Nachricht an Philip:
„Hallo Philip, hast du schon Feierabend? Ich hoffe, du hattest genauso einen interessanten Arbeitstag wie

ich. Ich habe gerade noch meinen Musikunterricht vorbereitet und mache es mir jetzt gemütlich."
Marie sah sein Profilbild nicht, scheinbar hatte er die Einstellungen so gewählt, dass nur seine Kontakte es sehen konnten.

Bis sie an diesem Abend schlafen ging, schrieb er nicht zurück.
Vier Stunden.
Wieder kam die Traurigkeit, die sie lähmte und deshalb rollte sie sich wie eine kleine Schnecke unter die Bettdecke. Sie verstand das alles nicht und wusste nicht, was sie machen sollte.

„Ich habe noch zutun und sitze im Büro. Gute Nacht."
Kurz vor Mitternacht.

Marie schlief schon.

Das Profilbild, das am nächsten Morgen mit seiner Nachricht sichtbar geworden war, musste sie sich genauer ansehen. Sie tippte mit dem Finger darauf, um es zu vergrößern und verharrte lange bei dem Anblick, der sich ihr bot.

Es war ein Bild zu sehen, das in einer abstrakten Zeichnung eine Bar mit einer Theke darstellte. Hinter der Theke war eine typische Wand mit Gläsern und Alkoholflaschen und vor dem Tresen standen Frauen. Viele Frauen, mit unterschiedlichen Haarfarben, in hohen Schuhen, sexy gekleidet. Alle hatten knackige

Figuren. Jede hielt ein Glas in der Hand und alle prosteten in ihrer Mitte einem einzigen Mann zu.

Was sollte sie dazu sagen?

Das war ein sehr merkwürdiges Bild. Sie verkleinerte es wieder, schloss die App und ging ins Bad. Nach ein paar Minuten schaute sie erneut darauf und wiederholte es sogar noch ein paar Mal, bis sie das Haus verließ.

„Guten Morgen, schöne Frau. Hab einen guten Tag und lass dich nicht ärgern!" Glücksklee und Kaffeetasse.

Der Tag im Büro war ruhig, einzig das Bild in Philips Profil beschäftigte sie ununterbrochen, sodass sie es auch während der Arbeit immer wieder aufrufen und ansehen musste. Sie hatte wieder dieses komische Gefühl in ihrer Magengegend, das ihr gar nicht gut tat. Und mit einigen Gedanken, die in ihr aufkamen, könnte sie, wenn sie falsch lag, Philip in ein ganz schön übles Licht stellen.

Sie verdrängte diese Gedanken.

NEUN

Oh happy day!... Marie war viel zu früh wach... der Wecker würde erst in einer Stunde klingeln, aber sie war jetzt schon bereit für den Tag. Sie freute sich so unglaublich auf den Abend. Es war der Tag, an dem sie mit Philip zum Essen verabredet war.
Er wollte sich melden, sobald er abschätzen konnte, wie viel Uhr es würde und dann wollten Sie sich in einem Nachbarort treffen.
Sie war beflügelt, konnte es kaum erwarten, wollte, dass endlich der Tag anfing und freute sich unsagbar Philip wiederzusehen.
Sie würde diesen kleinen Monstern, die sie neuerdings manchmal mit ihren spitzen Stacheln stupsten, um sie auf irgendwelche Merkwürdigkeiten aufmerksam zu machen, denen würde sie schon zeigen, dass Philip nur gute Absichten hatte, er ein wunderbarer Mann war und dass es ein Wink des Schicksals sein musste, dass sie sich begegnet waren.
Sie sollten endlich still sein, diese Biester, die ihr immer wieder den Tag über und vor allem nachts irgendwelche Fragen stellten und von Marie Antworten forderten und sie ermahnten auf ihr Bauchgefühl zu hören und auf den gesunden Menschenverstand zu vertrauen.
Sie wollte das an diesem Tag nicht mehr zulassen!
Sie wollte auch keine Sachen aus dem Haus räumen, sie wollte sich nur mit schönen Dingen beschäftigen und sich auf den Abend freuen.
Noch bevor sie unter die Dusche ging, machte sie sich einen Kaffee, krabbelte damit wieder unter die

Bettdecke und entschloss sich, Philip eine Nachricht zu schreiben.
Absenden würde sie diese erst später, aber sie konnte sie vorbereiten, weil sie gerade in einer so guten Stimmung war. Als sie erst die App und dann den Chat mit Philip öffnete, sah sie, dass sein Profilbild geändert worden war. Das Bild von den vielen Frauen, die sich um einen Mann scherten und ihm zuprosteten, war einem harmlosen Weihnachtsgebäckfoto gewichen.
Obwohl ein blödes Profilbild doch eigentlich nichts zu sagen hat, war Marie sichtlich erleichtert und sendete einen kurzen Gruß an ihre Monsterbiester
< na, da seht ihr es...! Was ihr immer habt...>
Sie verfasste einen Guten-Morgen-Gruß und wünschte ihm einen guten Arbeitstag, dann bat sie ihn, ihr im Laufe des Tages kurz zu schreiben, ob es am Abend bei der Uhrzeit bliebe, damit sie planen könne. Alles Weitere könne man ja dann kurzfristig besprechen.
Bevor sie das Haus verließ, um ins Büro zu fahren sendete sie die Nachricht ab und freute sich, bestens gelaunt, auf ihre Arbeit und die Herausforderungen des Tages.
Auf ihre Nachricht hörte sie bis zum Mittag nichts und sie hatte Mühe die Monsterbiester, die sich im Laufe des Vormittags wieder vorlaut zu Wort meldeten, kleinzuhalten.
Marie war enttäuscht, wurde traurig und trauriger und je länger sie ihr Handy anstarrte, das so stumm war wie ein Fisch, umso mehr Raum ließ sie den aufkommenden Einwänden ihrer eigenen Monster,

die es ja eigentlich nur gut mit ihr meinten. Es war ein gemeiner Kampf, der sich tief in ihr drinnen abspielte und der bisher keinen Sieger der Erkenntnis hervorgebracht hatte, der Marie Gewissheit über die Intentionen dieses Mannes geben könnte.
Sie konnte sich kaum noch auf ihre Arbeit konzentrieren und zu der Traurigkeit gesellte sich eine immer stärker werdende Wut.
Sie verließ das Büro wie immer an diesem Wochentag früher, um sich ihrem Projekt in der Musikschule zu widmen.
Hier wäre sie den ganzen Nachmittag beschäftigt und danach würde eigentlich nur kurz Zeit sein, um sich frisch zu machen für das anstehende Date mit Philip.
Immer wieder stelle sie sich dieselbe Frage: < *Wie kann es sein, sich am Tag des ersten geplanten Treffens auf eine Nachricht nicht zu melden?* > Beim besten Willen fand sie darauf keine plausible Antwort. Am liebsten wäre sie nach Hause gefahren und hätte sich verkrochen und auf eine Regung von Philip gewartet, doch als sie mit ihrem Auto auf den Hof der Musikschule kam, standen schon die ersten Kinder vor der Eingangstür.
Sie stellte den Motor ab, suchte ihre Unterrichtsunterlagen und ihr Smartphon aus ihrer Handtasche, die auf dem Beifahrersitz stand, dann atmete sie einmal ganz tief durch und öffnete die Autotür. Sie wusste, dass, sobald sie das getan hatte, die Kinder ihre ganze Aufmerksamkeit fordern würden. Sie mochte diese Nachmittage und die Gespräche mit den Kleinen, die alle zwischen sechs und zehn Jahren alt waren. Sie liebte die kindlichen

Erzählungen und war stolz, wenn ihr die Kinder nach einiger Zeit Vertrauen schenkten und ihr für sie wichtige Dinge aus ihrem Leben erzählten.
So war es dann auch an diesem Tag. Kaum hatte sie die Fahrertür einen Spalt geöffnet, kamen die wartenden Kinder auf sie zugelaufen und begrüßten sie herzlich. Es würde ab jetzt keine Zeit für Grübeleien mehr sein. Sie versuchte die negativen Gedanken wegzuschieben und ganz bei den Kindern zu sein, dennoch schaute sie während der nächsten Stunden viele Male auf ihr Handy. Doch außer dem von ihr eingerichteten Home-Bildschirm, einem selbst gemachten Foto mit Blick auf die Nordsee, sah sie bis zum Ende des Unterrichtes nichts.
Nachdem sich das letzte Kind herzlichst von ihr verabschiedet hatte, brach Marie fast in sich zusammen.
Enttäuschung und Traurigkeit kamen aus allen Körperteilen hervor und bewegten sich langsam und schmerzend zu ihrer Mitte. Sie befielen jede Ader, jede Faser und jedes Organ auf ihrem Weg weiter durch ihren Körper, um sich an der Stelle zu treffen, an der Enttäuschung und Traurigkeit den größten Schaden anrichten kann. Wie mit tausend Monsterkrakenarmen umschlangen sie ihr Herz aus allen Richtungen ihres Körpers kommend und zogen sich fest und fester darum, um es so einzuengen, dass der Schmerz kaum auszuhalten war.
Marie sank auf ihr Sofa, froh endlich allein zu sein und die aufgestauten Emotionen und Gefühle zulassen zu können. Sie wusste nicht, was sie machen sollte... Eigentlich wusste sich gar nichts...

Außer: sie hatte vor einer Woche einen Mann kennengelernt, den sie seit dem ersten Blick außerordentlich anziehend fand, er hatte Kontakt zu ihr aufgenommen und ihr geschrieben, dass er sie kennenlernen möchte und nun hatte er die erste Verabredung platzen lassen und sich den ganzen Tag nicht gemeldet.
Das waren die Fakten. Marie besann sich darauf und ermahnte sich selbst, als sie sich ihrer Gefühlslage bewusstwurde und sich so klein und verletzt auf ihrem eigenen Sofa sitzend, wahrnahm.
Wie ein Ruck, der dann durch ihren Körper ging, stellte sie sich die Frage, was eigentlich mit ihr los war, dass sie so schmerzlich empfinden konnte, dass jemand sie nach so kurzer Zeit so verletzen konnte, dass jemand solche Macht über sie hatte nach einer Woche. Sie war wie vor den Kopf gestoßen und schockiert hatte sie sofort das Bedürfnis, sich selbst helfen zu müssen. Sie glaubte, einen leisen Verdacht zu haben, was mit ihr los war, aber den wollte sie auf keinen Fall zulassen und sich eingestehen.
Abrupt stand sie auf. Fing an, auf dem Weg ins Schlafzimmer sich auszuziehen, um in bequemere Kleidung zu schlüpfen und überlegte sich, was sie sich zum Abendessen bereiten könnte, da ja ihr geplanter Besuch in einem Restaurant ausfiel.
Ein Hungergefühl hatte sie nicht, obwohl sie den ganzen Tag noch nichts gegessen hatte. Sie hatte es einfach vergessen vor lauter Aufregung, Vorfreude und Kribbeln im Bauch.

Das Klingeln ihres Handys störte sie in diesen Gedanken. Hüpfend, mit einem Bein bereits in der Jogginghose steckend, folgte sie dem Telefonklingelgeräusch und fischte es aus ihrer Handtasche, die im Flur stand. Es war 18.17 Uhr und auf dem Display stand in großen Buchstaben: Philip Sandmann ruft an.
Augenblicklich schlug Marie das Herz bis zum Hals. Es hatte mindestens schon zehn Mal geläutet, doch der Anrufer schien nicht aufgeben zu wollen.
Ihr Zeigefinder berührte den Annehmen-Button auf dem Display.
„Marie Schubert"
„Oh, Du gehst ja ran.", vernahm sie seine Stimme.
„Warum sollte ich nicht?", gab sie knapp zur Antwort und wartete auf seine Erklärung, die ja nun zwangsläufig folgen musste.
„Es tut mir leid, ich habe es nicht geschafft heute. Meine Termine dauerten alle so viel länger und ich bin gerade erst bei meinem letzten Termin raus. Müsste jetzt noch ca. 80 km fahren, um im verabredeten Ort zu sein." Marie hörte zu, was er sagte, unterbrach ihn nicht, musste während er noch sprach, überlegen, wie sie reagieren wollte und bemerkte, dass sie auf so ein Telefonat gar nicht vorbereitet war. Sie hatte bei all ihren Gedanken an diesem Tag nicht einmal daran gedacht, dass er anrufen könnte und sich für das geplatzte Date entschuldigen würde, und somit hatte sie auch keinen Plan, wie sie jetzt reagieren sollte.
Fest stand aber, dass sie ihm keine Vorhaltungen oder eine Szene machen würde, dass sie nicht zickig,

aufbrausend oder eingeschnappt und schon gar nicht traurig reagieren würde.
Das wollte sie ihm auf keinen Fall zeigen und war sich ehrlicher Weise selbst im Klaren darüber, dass sie dazu auch kein Recht hatte. Sie kannte ihn erst ein paar Tage, im Bezug auf Termineinhaltungen, Verlässlichkeiten und Prioritäten noch gar nicht und schließlich konnte jedem einmal bei einem Termin etwas dazwischenkommen... Blöd nur, wenn es gerade beim ersten Date ist!
Er versprach, es ganz bald erneut zu versuchen und Marie war bereits nach dem zweiten Satz beschwichtigt. Seine Stimme zu hören hatte genügt, alle negativen Gedanken und Gefühle, die sich seit dem frühen Morgen aufgestaut hatten, zu neutralisieren. Marie dachte nicht mehr an die Versetzung, nicht mehr an ihre unbeantwortete Nachricht vom frühen Morgen, nicht mehr daran, ihn zu fragen, warum er nicht geschrieben hatte und auch im Laufe des Tages keine, und sei es eine noch so kleine Mitteilung gesendet hatte. Sie war sanft und voller Freude jetzt mit ihm zu telefonieren.
Sie sprachen über Dies und Das und lachten dabei aus vollem Herzen und Marie erinnerte sich wieder an den ersten Abend, an dem sie seine Stimme genauso in ihren Bann gezogen hatte, wie jetzt. Nach ungefähr vierzig Minuten sage er dann „Ich bin jetzt zuhause. Ich entschuldige mich nochmals, aber ich habe so viel Arbeit. Wir werden es wieder planen nach deinem Urlaub. Oder vielleicht schaffe ich es ja, bis zu deinem Urlaub mal auf einen Kaffee vorbeizukommen, wenn ich darf. Bis ganz bald...“,

verabschiedete er sich. Marie antwortete auf seinen Vorschlag mit dem Kaffee „sehr gerne“ und sagte auch zum Abschied „Bis ganz bald!“

Sie hatte sich im Laufe des Telefonates ihre Hose weiter angezogen und sich dann rücklinks auf ihr Bett fallen lassen. Jetzt war es still. Sie lag noch da, mit der schwarzen Jogginghose und ihrem BH gekleidet und war so besänftigt, dass sie ihr Handy an ihre Brust drückte, so als würde sie ihn an ihre Brust drücken, um ihm nah sein.
Um kurz vor dreiundzwanzig Uhr war Marie an diesem Abend so geschafft, dass sie beschloss, schlafen zu gehen. Diese unterschiedlichen Gefühle des Tages hatten Kraft gekostet.
Kurzerhand griff sie noch schnell zu ihrem Handy und schrieb eine kleine Nachricht.
„Schlaf gut, Philip!“
Tatsächlich kam fast unverzüglich eine Antwort.
„Du auch, Marie. War echt toll mit Dir zu telefonieren. Danke dafür.“
„Das gebe ich zurück. Du kannst mich immer wieder gerne anrufen, wenn du unterwegs bist.“
Dann machte sie das Handy und das Licht aus.

Die Monsterbiester waren still, eingeschlossen im hinterletzten Verlies, das Marie in sich finden konnte.

Es war alles gut…

ZEHN

In den nächsten Tagen hatte Marie einiges zu erledigen. Der Mietvertrag des Hauses lief für sie in wenigen Tagen aus und bis dahin musste sie alle ihre Sachen abgeholt haben.
Sämtliche Dinge, die sie selbst transportieren konnte, hatte sie weggeschafft. Tatsächlich alle Möbelstücke, die sie nicht mehr behalten wollte, verkauft und war dann mit einem Kofferraum voller Dinge, die sie geeignet für die Mülldeponie hielt, zu einer Entsorgungsfahrt aufgebrochen.
Es gab kein Aufeinandertreffen mit ihrem Ex und er hatte auch keine Emails mehr geschrieben. Diese morgendlichen Fahrten zu ihrem ehemaligen Haus, waren ihr in den letzten Wochen zu einem Begleiter geworden, der sie über diese lange Zeit jeden Tag an den Abschied erinnerte. Nur an einigen wenigen Tagen hatte sie dieses Prozedere unterbrochen. Entweder, weil das Scheitern und die Traurigkeit darüber sie an bestimmten Tagen zu sehr schmerzte, wenn sie an die vielen verschwendeten letzten Jahre dachte, oder weil ihr Unterstellmöglichkeiten für Hab und Gut fehlten, denn die Garage füllte sich mit jedem Tag mehr. Manchmal wollte sie auch einfach mal einen Tag haben, der nicht mit ihrer Vergangenheit beginnen sollte.

In dieser Woche war Marie jeweils mit leeren Umzugskisten angekommen, um die Küchenschränke auszuräumen. Am ersten Morgen war sie sichtlich überfordert. Sie wusste gar nicht, wo sie anfangen sollte, und musste beim Anblick ihrer Küchenmöbel erst einmal tief durchatmen, als sie den Zustand und die Sauberkeit aus nächster Nähe sah. Wie immer, blieb ihr nur wenig Zeit, bis sie sich ins Büro aufmachen musste. Also begann sie einfach und räumte Töpfe, Schüsseln, Geschirr, Gläser und Besteck in die mitgebrachten Kisten.

Aus dem Keller holte sie einige Wäschefässer und füllte sie mit Konserven und anderen Lebensmitteln. Einen gefüllten Korb brachte sie in ihr Auto, den Rest stellte sie in den Keller, um sie vor Ort zu lassen.

Den Inhalt der Schränke beurteilte sie nach Dingen, die sie zusammen angeschafft hatten oder schon lange ihr gehörten. Nach dieser Beurteilung teilte sie auf, nahm mit oder ließ es da.

Es gab ein paar Dinge, die ihr wichtig waren, diese verpackte sie zuerst. Dann gab es das eine oder andere, von dem Marie glaubte, dass er es ihr nicht gönnen würde, obwohl es ihr gehörte. Dieses brachte sie zur Sicherheit gleich in ihr Auto.

In ihrem zuletzt geführten Gespräch hatte er ihr unter anderem vorgeworfen, Gläser ohne seine Rücksprache gekauft zu haben. Er betonte ausdrücklich, dass er diese Gläser fürchterlich gefunden habe und beschwerte sich über solche Alleingänge. Marie hatte sich damals nur kurz über solche Kritiken gewundert, weil sie sie für Lächerlichkeiten hielt.

< wenn, das seine Gründe zum Scheitern unserer Beziehung seinerseits sind, dann ist das ein Witz.

Und außerdem habe ich meinerseits niemals erwartet, dass er mit mir abstimmen muss, welchen

Besen, oder welchen Schraubenzieher er kauft. Ich wollte ihm vertrauen, dass es das Richtig war...>
Noch während sie an diese Situation zurückdachte, verpackte sie diese ausgefallenen Gläser in einer Umzugskiste. Natürlich, ohne ihm davon auch nur eines da zu lassen.
Überrascht, wie schnell man eine Küche ausräumen kann, auch wenn man allein ist, hatte sie im Nu alle Oberschränke geleert. Die Kisten stellte sie in die zum Haus gehörende Garage.
Für den Abtransport der Küche hatte sie einen Sprinter organisiert und ein paar Helfer, die am nächsten Nachmittag tatkräftig zur Hand gehen wollten.

Unweigerlich fiel ihr Blick auf das Motorrad, das unübersehbar vor der Rückwand in der Garage stand. Es war eine Honda XX mit viel PS und einem starken Motor.
Die Maschine hatte er erst vor zwei Jahren im Sommer angeschafft und Marie erinnerte sich in diesem Moment an die Geschichte, die damit verbunden war:
Sie selbst war es, die in einem Gespräch in jenem Jahr beiläufig erwähnte, dass sie gerne mal wieder mit ihm Motorradfahren würde und stellte die Frage, ob man sich vielleicht für eine Tour mal eines ausleihen sollte. Diese Äußerung führte dazu, dass er kurzerhand ein Motorrad kaufte. Doch das Erste, das er aus einer Verkaufsanzeige einem leidenschaftlichen Biker, der sein Hobby wegen einer schweren Lungenerkrankung nicht mehr ausüben

konnte, abkaufte, musste bereits nach einigen Wochen einem anderen weichen. Marie war damals dabei gewesen, als der Besitzer unter Tränen von seinem „Baby“ Abschied nahm und dachte, es in gute und vertrauensvolle Hände abzugeben. Doch ihr Ex hatte sich im Vorfeld mal wieder nicht genug mit dem Thema beschäftigt, und so musste es nach wenigen Wochen Platz machen, für ein anderes. Marie sagte damals wenig dazu, weil so etwas nicht ihre Art war. Sie hatte das Gefühl den vorherigen Besitzer verraten zu haben, als sie an den Schmerz in seinen Augen dachte, während sie die Maschine damals mitnahmen.
So etwas Ähnliches hatte er ein paar Jahre zuvor auch einmal mit einem Auto gemacht.
Marie würde so niemals Entscheidungen treffen. Wenn sie sich einmal entschieden hatte, dann blieb sie ihrer Entscheidung treu. Dafür informierte sie sich vorher genau und wusste, was sie wollte.
Nachdem das Motorrad dann angeschafft war, musste bei jeder passenden Gelegenheit eine Ausfahrt gemacht werden. Es wurde schon morgens nach dem Wetterbericht geschaut und entsprechend geplant. Von Marie erwartete er unausgesprochen, dass sie stets dabei war, und bald führten ihre Absagen mit den Gründen: ich muss noch einkaufen, oder Wäsche machen oder Kochen oder die Kinder kommen oder ich habe keine Lust heute oder ich hatte so viel Stress bei der Arbeit, dass ich gerne etwas ausspannen möchte oder irgendetwas anderes, zu den ersten Spannungen zwischen Ihnen beim Thema Motorradfahren. Wenn Marie nach

einem Acht-Stunden-Tag aus dem Büro kam, war er schon zwei Stunden zuhause und saß auf sie wartend, in Motorradbekleidung bereit.
Nach dem ersten Sommer ersehnte sie sich das Datum herbei, nachdem die Maschine nicht mehr gefahren werden durfte, weil sie ein Saisonkennzeichen hatte und war erleichtert, als es so weit war und das Thema Motorrad für ein paar Monate pausieren würde.
In der nächsten Saison erzählte er ihr eines Abends, dass er mit dem Motorrad bei einer Ausfahrt, die er allein unternommen hatte, während des Rangierens umgefallen war. Er hatte scheinbar den Wendekreis völlig falsch eingeschätzt. Den Führerschein besaß er tatsächlich schon seit er 18 Jahre alt war, hatte allerdings nie ein eigenes Motorrad besessen und daher fehlten Fahrpraxis und Erfahrung.
Bei einer Ausfahrt wenige Wochen später, passierte dasselbe wieder. Dieses Mal saß Marie allerdings mit auf der Maschine. Dabei verletzte sie sich leicht das Handgelenk und Bein und nach einem Tag, war sie sich sicher, dass sie auch einen Schock hatte. Ihr gesunder Menschenverstand sagte, dass keinem Fahrer zweimal derselbe gravierende Fehler passieren durfte.
Seit diesem Tag fehlte das Vertrauen beim Motorradfahren und sie vermied es fortan, sein Sozius zu sein.

****

Nachdem sie ihr Werk für diesen Morgen erledigt hatte, machte sie wieder einen kleinen Rundgang durchs Haus. Einmal deshalb, weil sie sich vergewissern wollte, dass sie in allen Räumen nichts vergessen hatte, aber auch, weil sie neugierig war.
Seit ein paar Tagen fand sie neue Gegenstände vor, an den Stellen, an denen sie ihre mitgenommen hatte. Im Wohnzimmer hingen neue, riesige Bilder. Eines mit einer Kuh darauf, die einen Hut trug. Es war mindestens einen Quadratmeter groß und hing direkt über dem Sofa an der Stelle, an der zuvor ein großes modernes Metallbild gehangen hatte. Ein weiteres, noch größeres hing über der Essecke, in der auch ein neuer Tisch mit Stühlen stand, weil Marie auf seinen Wunsch hin, das vorhandene Mobiliar mitgenommen hatte. Marie ließ kurz ihren Blick darüber huschen und beurteilte die Möbelstücke als gewöhnlich, langweilig und das exakte Gegenteil von denen, die sie damals ausgesucht und gewollte hatte. Sie war eine Frau, die egal um was es sich handelte, mit maximaler Leidenschaft ans Werk ging. Sie verschenkte nur Dinge, die ihr auch selbst gefielen. Sie gab sich nur ungern mit Kompromissen zufrieden, bei sich selbst, aber auch z.B. bei der Suche von Einrichtungsdingen und verschob lieber einen Kauf für irgendetwas, wenn sie nicht annähernd das fand, was sie sich vorgestellt hatte. Ihr Ex handelte in solchen Fällen völlig anders. Emotionslos und gleichgültig. „Wieso, ein Stuhl ist ein Stuhl.... muss man doch nur darauf sitzen. Warum soll ich für den Stuhl, den du ausgesucht hast, 150

Euro mehr bezahlen als für diesen... wir sitzen eh nur mit dem Hintern drauf.“
Solche oder ähnliche Aussagen kannte Marie aus den gemeinsam verbrachten Jahren zu Genüge und sie hatte das Gefühl, dass in den letzten beiden Jahren die Gegensätze noch deutlicher geworden waren. Vielleicht lag es aber auch daran, dass zu der Zeit schon ein Abschied voneinander begonnen hatte. Die unterschiedlichsten Begebenheiten kamen ihr manchmal in Erinnerung, während sie stumm ihre Kisten packte. Dann wurde sie kurz mitgerissen und versank in Gedanken daran, bis die Realität sie kurze Zeit später wieder hatte. Sie musste nie weinen, seit sie mit dem Ausräumen begonnen hatte und fand eigentlich in allen Gedanken an die vielen vorgefallene Situationen, die Bestätigung, den richtigen Entschluss gefasst zu haben. Allein für das Gefühl, viele Jahre mit dem falschen Menschen verbracht zu haben, tat es ihr leid.
Ihr Blick fiel wieder auf das neue große Bild über dem Esstisch. Die Freiheitsstatur war darauf in schemenhafter, abstrakter Weise zu sehen. An mehreren Stellen des Bildes war die amerikanische Flagge abgebildet. Manchmal nur ein Teil daraus oder angedeutet.
Die Bilder und der Essbereich waren auf jeden Fall völlig anders, als die vorherige Einrichtung und es kam ihr so vor, als wenn er es extra so gravierend verändert hätte.
Marie seufzte und wollte das Wohnzimmer verlassen, als ihr Blick auf den Couchtisch fiel. Seitdem sie ihren mitnahm, stand nun sein alter

Tisch, der seit ihrem Einzug sein Dasein im Keller zugebracht hatte, an dieser Stelle.
Die Schublade, des Kieferntisches stand einen Spalt auf, so dass sie Maries Aufmerksamkeit auf sich zog. Im Bruchteil einer Sekunde glaubte sie, das würde jemand so verlassen, der es vielleicht eilig hatte noch ein paar Sachen verschwinden zu lassen. Etwas unwohl setzte sie sich auf das Sofa und zog die Schublade auf.
Wie Recht sie doch hatte...
Marie klopfte sich selbst gedanklich auf die Schulter
< Braves Mädchen. Du hattest mal wieder den richtigen Riecher >
Sie zog einen großen braunen Umschlag hervor, auf dem eine Chiffre-Nummer notiert war. Sie konnte nicht widerstehen den Inhalt zu sichten und so zog sie mehrere kleine Umschläge und einzelne Blätter heraus. Den Ersten faltete sie auf und begann zu lesen...

Er hatte eine Kontaktanzeige aufgegeben!
< Alter Verwalter....... Der hat es aber eilig ...>

Marie sah auf die Uhr. Sie musste sich eigentlich schnellstens auf den Weg zur Firma machen, wenn sie nicht zu spät zur Arbeit kommen wollte. Doch sie konnte sich nicht losreißen, es war zu spannend, was sie gerade gefunden hatte.
Der Zettel, den sie in Händen hielt, man konnte es auf keinen Fall Brief nennen, bestand aus einem Blatt eines herkömmlichen Schreibblocks mit Linien darauf.

Es waren ungefähr zehn Zeilen beschrieben und sie begannen mit „Hallo Unbekannter“.
Sie überflog den Text, faltete das Papier wieder zusammen und fischte das Nächste aus dem großen Umschlag. Dieses Mal hielt sie einen richtigen Briefumschlag in der Hand. Der Brief darin war allerdings noch gruseliger als der zuvor. Keine Anrede, jede Menge Rechtschreibfehler und an Kreativlosigkeit und Lieblosigkeit kaum zu überbieten.
< *Wenn das potenzielle Bewerberinnen sind, dann wünsche ich viel Spaß* >
Sie hatte genug gesehen. Packte alles zurück, wie es war und ließ auch die Schublade wieder einen Spalt geöffnet.
Von Traurigkeit keine Spur stieg sie in ihr Auto, um zur Arbeit zu fahren. Sie war wirklich spät dran.

****

Mit Philip schrieb sie jeden Tag eine und mehrere kleine Textnachrichten. Manchmal schon morgens, tatsächlich auch tagsüber oder abends. Es war nichts Tiefgründiges. Aber so erfuhr sie manchmal ein ganz kleines Stückchen mehr von ihm. Dennoch wurde ihr schnell klar, dass sie mehr preisgab als er. Er antwortete fast immer zeitnah und zweimal kam es sogar vor, dass es so etwas wie eine kleine Unterhaltung mit Nachrichten gab.

Marie kannte Textunterhaltungen mit Fabian, die über Stunden zwischen ihnen andauern konnten.
Mit ihm hatte sie manchmal halbe Nächte lang geschrieben über alle möglichen Themen, auf die sie einfach so kamen. Über Gott und die Welt, über sich und es war immer ehrlich und vertrauensvoll und manchmal war es auch voller Lust und dann schrieben sie über ihre geheimen Gelüste und versprachen sich diese beim nächsten nächtlichen Treffen wieder in Erinnerung zu rufen.
Die kurzen Nachrichten-Austausche mit Philip waren dahingehend für sie eher fremd und ungewöhnlich.
Doch sie fühlte sich in diesen Tagen nicht mehr traurig, ihre Monster waren ungewöhnlich still, denn mit Philip plante sie ja ein neues Treffen für ihr erstes Date. Es gab noch nichts Konkretes, aber ein festes Vorhaben. Und nicht zuletzt freute sich Marie wahnsinnig auf ihren Urlaub, den sie in etwas mehr als zwei Wochen mit ihrer Tochter Annabell antreten würde. Sie hatte für sie beide eine Kreuzfahrt über die kanarischen Inseln gebucht.

ELF

Es war für einige Sekunden still.

Marie hatte die Autotüre des Sprinters hinter sich zugeschlagen und atmete tief ein und aus.
„Das war es“, stellt ihr Bruder fest, der neben ihr am Steuer, des von ihrem Arbeitgeber ausgeliehenen Autos saß.
„Können wir? Bist du so weit?“ Er sprach ruhig und sachlich und sein Tonfall gab ihre Ruhe und Kraft. Er bemerkte, wie aufgeregt und angespannt seine Schwester in den letzten Stunden war und doch hatte der Abbau und Abtransport der Küchenmöbel und letzten Dinge aus ihrer ehemaligen Wohnstätte viel rascher geklappt, als gedacht. Nun war alles in den Autos verstaut. Marie starrte gedankenverloren auf das Gebäude, in dem sie keine zwei Jahre gewohnt hatte. Alles, was ihr gehörte und was sie mitnehmen wollte war ausgeräumt. Die zur täglichen Routine gewordenen Fahrten mit ihrem Auto vor der Arbeit, würden ab Morgen nicht mehr stattfinden. Sie hatte es geschafft, sie hatte sich von Allem, was zu diesem Haus gehörte, gelöst. Das hatte sie, bis auf den Abtransport der Küche und einiger anderer größerer Möbelstücke wie Waschmaschine, Trockner und Esstisch, ganz allein geschafft. Mit jeder Fahrt und jedem Wegschaffen, hatte sie sich mehr von diesem Zuhause, diesem Ort und diesem Mann verabschiedet. Und mit jedem Tag war sie sich sicherer geworden, dass es das Richtige war.

Nur noch eine Nacht würde sie ihren Haustürschlüssel behalten und diesen am letzten Tag ihres Mietverhältnisses in den Briefkasten werfen. Und dann war sie frei!

„Wir können!“, sprach sie leise. Mehr zu sich selbst als zu ihrem Bruder und als Antwort auf seine Frage, die Marie nur entfernt wahrgenommen hatte.
Er startete den Motor, legte den Rückwärtsgang ein und rangierte den Bulli langsam aus der Einfahrt.
Marie war in einer merkwürdigen, bedrückten, traurigen Stimmung. Aber nicht, weil sie bereute, dass sie diesem Mann verlassen hatte oder es für einen Fehler hielt, sondern weil ihr genau in diesem Moment, als der Wagen mit ihren restlichen Möbeln langsam auf die Straße rollte, bewusstwurde, dass sie wieder alleine war. Sie war kurz vor Fünfzig und fing ihr Leben von vorne an. Alles, was sie hatte, war in diesem Bulli und in einer vorübergehend angemieteten Garage.
Wortlos entluden alle Helfer den Inhalt des Sprinters aus, einige Küchenteile wurden zu Laura gebracht und dann das Auto wieder abgegeben. Große Worte waren bei der anschließenden Verabschiedung nicht von Nöten. Marie bedankte sich bei ihren Brüdern und ihren Kindern und deren Freunden. Versicherte ihnen, dass sie es ihnen bei Gelegenheit wieder gutmachen würde, und dann fuhren alle davon. Annabell bot ihrer Mutter an, später noch zu ihr kommen zu können, damit sie an diesem Abend nicht allein sein müsse, aber Marie lehnte dankend

ab. „Es geht mir gut. Macht euch keine Sorgen!“ Nach diesen Worten fuhr sie los.

Am nächsten Morgen fühlte sich Marie erleichtert und von einer Last befreit, die nun drei Monate auf ihren Schultern gelegen und sie nicht selten in die Knie gezwungen hatte. Sie war trotz allem guter Laune und ging motiviert ins Büro. Dort war sie immer beschäftigt und es dauerte nie lange, bis ihr Focus ausschließlich betrieblichen Dingen zugewandt und für andere Gedanken und sich daraus ergebende Grübeleien, einfach kein Raum war.
Sie war froh darüber und ihr Körper dankte es ihr, indem er sich in diesen Stunden im Büro entspannte.
Als sie am späten Nachmittag die Firma verließ, wollte sie eigentlich den Wohnungs- und Briefkastenschlüssel, den sie vorsorglich schon von ihrem Schlüsselbund entfernt und in einen neutralen Briefumschlag gesteckt hatte, loswerden. Das machte man doch üblicher Weise so, wenn der letzte Tag eines Mietverhältnisses gekommen war. Jedoch entschied sie sich kurzerhand, aus unüberlegten Gründen, dies nicht zu tun, sondern fuhr direkt nach Hause. Vielleicht wollte sie eine Art Macht auskosten, eine Freiheit, das tun zu können, was sie wollte. Vielleicht konnte sie ihrem ehemaligen Mitbewohner aber auch einfach nicht den Gefallen tun und vorschriftsmäßig und korrekt am letzten Tag die Schlüssel abgeben. Sie wusste, dass er das unausgesprochen erwartete. Sie würde es einfach am nächsten Morgen machen, oder in ihrer

Mittagspause... Wenn es ihm nicht passte, konnte er ja wieder eine E-Mail schreiben.
Sie hatte einfach keine Lust zu diesem Haus zu fahren und vielleicht noch eine Begegnung zu riskieren.
Den Abend verbrachte sie mit fernsehen und der Erkenntnis, dass die letzten Wochen sie mehr gefordert hatten, als sie es gedacht und sich eingestanden hatte. Schon früh merkte sie, dass sie auf dem Sofa mehrmals eingenickt war und dem Fernsehprogramm nicht mehr folgen konnte. Selbst für eine Kontaktaufnahme mit Philip fehlte ihr die Motivation. Nachdem sie das dritte Mal kurz eingeschlafen war, zog sie ins Bett um und schlief bis zum Wecker am nächsten Morgen.

Es war der 1. Dezember und sie war frei....

Ein letztes Mal fuhr sie den Weg zu ihrem früheren Zuhause. Parkte das Auto nicht auf dem Hof, sondern vor dem kleinen Vorgarten, den sie in den letzten zwei Jahren immer gepflegt hatte. Sie würde an diesem Morgen nicht mehr ins Haus gehen, denn sie war ja kein rechtmäßiger Mieter mehr. Marie musste einfach nur den Umschlag mit ihren Schlüsseln in den Briefkasten werfen und dann war alles Vergangene hoffentlich Geschichte.
Sie hob den Deckel des modernen Briefkastens, den sie, ebenfalls wie die dazu passende Außenlampe, kurz nach dem Einzug ausgetauscht hatte, weil das Vorhandene nicht ihren Vorstellungen entsprach und in die Jahre gekommen war. Der Briefkasten, die

Lampe und die Haustür waren seit Wochen nicht geputzt worden. Sie waren dreckig, ungepflegt und in einem schrecklichen Zustand. Marie griff in ihre Manteltasche und holte den Umschlag hervor. In diesem Moment fiel ihr auf, dass er bereits ihren Namen auf dem Klebeschild des Briefkastendeckels entfernt hatte. Sie hielt einen Moment inne und spürte einen Stich in ihrer Brust. Es war der erste Tag, nachdem sie offiziell hier nicht mehr wohnte. Es war morgens um kurz nach sieben. Dieser Tag war erst wenige Stunden alt und er hatte bereits ihren Namen entfernt!
Hastig ließ sie die Schlüssel in den Kasten fallen und ging schnell zum Auto zurück. Selbst am letzten Tag schaffte er es noch, ihr einen Hieb zu verpassen.
Während sie den Motor startete und einen letzten Blick zum Haus und damit auf ihre Vergangenheit warf, entfernte sie sich mit einer seltsamen Gefühlsmischung aus der Wohnsiedlung.

Wahnsinn, dieser Typ war ein Arschloch.

****

Der Vormittag verging wie im Flug. Als das Telefon auf Maries Schreibtisch läutete und ihre Hand bereits in Begriff war, den Hörer abzunehmen, sah sie im letzten Moment auf dem Display, den Anrufer. Sie selbst hatte den Kontakt eingespeichert und so stand auf der Anzeige: Innenausstattung AD Sandmann.

Sie nahm ab, meldet sich, wie sie es immer tat in der Firma und hörte dann seine warme Stimme, die sie gleich mit dem ersten Satz zum Lachen brachte. Er war im Auto unterwegs und wollte nur mal kurz „Hallo“ sagen. Marie freute sich sehr darüber und sagte es ihm ehrlich. Sie sprachen ein paar Minuten über Belangloses, als er dann fragte, ob sie am nächsten Tag, einem Samstag, zuhause sei.
„Ich denke schon, hab nichts Besonderes vor.“
„Ich muss auf eine Weihnachts-Hausmesse eines Kunden und könnte eventuell auf dem Rückweg bei dir vorbeikommen. Wir könnten das ausstehende Essen nachholen. Ganz spontan und auch unverbindlich bei der Uhrzeit, denn die kann ich nicht genau vorhersagen.“
„Von mir aus gerne. Wir können uns ja kurzfristig Morgen noch über Alles absprechen.“
„So machen wir das! Bis Morgen…“
Überrascht und gut gelaunt, legte Marie den Hörer auf und voller Vorfreude kribbelte es wunderbar in ihrem ganzen Körper.

Am Abend fuhr Marie mit Freunden zu einem Fußballspiel ihres Lieblingsvereins. Sie mochte diese Fahrten in einem Bus voller Fans, mit Bier, Gesprächen über Fußball und dem Zusehen des Spiels in der Kurve stehend und Stadionlieder singend. Es war weit nach Mitternacht, als sie endlich in ihrem Bett lag.

„Guten Morgen Philip. Ich wünsche Dir einen interessanten Tag heute. Wie läuft es denn?“

Es war später Vormittag, als sie ihm die Nachricht schrieb.

Nach über drei Stunden erhielt sie seine Antwort:
„Ich friere mich so durch... werde es wohl heute wieder nicht schaffen. Die wollen mich heute Abend zur Xmas Party hier behalten.... Verdammt.“
Angehängt waren zwei traurige Smileys.
Marie war traurig und enttäuscht, als sie las, was er geschrieben hatte, und wusste nicht, was sie darauf erwidern sollte. Sie ließ ihn über zwei Stunden auf die Antwort warten.
„Da kann man nichts machen.“

Weder er noch sie schrieben sich weitere Nachrichten an diesem und am Tag danach.

Es war der 1. Advent....

< ich werde mich jetzt nicht mehr melden, jetzt muss aber eindeutig mal was Handfestes von ihm kommen...>

Das war das Mantra seit seiner letzten Nachricht, das sich in Marie am Wochenende festgesetzt hatte. Erstaunlicher Weise hatte sie keinen Moment gehabt, an dem sie diesem Vorhaben nachgeben wollte.
Sie war dieses Mal gar nicht traurig, sie war sauer, ja fast wütend!
Was war das nur für ein Mann?

Was stimmt mit dem nicht?

Ihre Monsterbiester hatten bereits die „rote Rundumleuchte“ eingeschaltet, was so viel bedeutet wie: Achtung! Höchste Alarmstufe!! Schutz des Wertvollsten ist dringend erforderlich!
Marie bekam von dieser Maßnahme wenig mit, die Monsterbiester machten einen guten Job. Durch ihre Wut war sie unfähig gefährliche Gefühle zu empfinden und blockierte alles mit Gleichgültigkeit ab bis um acht Uhr am Montagmorgen eine Nachricht von Philip kam. Und bevor sie sie öffnete, eine weitere.
Ein Guten-Morgen-Gruß und die Frage, ob sie einen schönen Ersten Advent hatte. Dann den Wunsch nach einem Guten Tag für sie.
Ihre persönlichen Monster-Biester-Aufpasser hatten einen so guten Job gemacht, dass sie mit extremer Coolness ihr Handy wieder beiseitelegte, nachdem sie die beiden Nachrichten gelesen hatte.
< *mal sehen, wann ich darauf antworten werden!* >
Die Rundumleuchte wurde wieder ausgeschaltet, keine höchste Alarmstufe mehr.... Keine Gefahr für Marie! Sie ist cool drauf.... war das Statement der Wachmannschaft.
Erst am Abend befand sie es an der Zeit zu antworten. Diese fiel jedoch sachlich und emotionslos aus.
„Hey, komme gerade erst heim. Ich hatte einen schönen ersten Advent.“

Vielleicht merkte Philip, dass Marie reservierter war als sonst, und er aktiver werden musste, denn er antwortete fast unmittelbar und daraus ergab sich sogar eine Nachrichtenunterhaltung, die in Maries Augen ein Fortschritt war, dennoch aber unverbindlich blieb. Kurz vor Mitternacht wünschten sie sich eine Gute Nacht mit einem Kuss Smiley.

Sie hatte alle Hände voll zutun am nächsten Tag im Büro und wunderte sich über die viele Arbeit, die sie in den nächsten Tagen noch erledigen musste, bevor sie ihren Urlaub antrat.
Erst am frühen Nachmittag gönnte sie sich einen ausgiebigen Gedanken an Philip und an die Nachrichten des letzten Abends. Kurzerhand nahm sie das Handy und schrieb:
„Na, was macht denn mein Lieblingsaußendienstler?"
„Der steht an der Hauptstrasse im Cafe und trinkt Cappuccino."
Sie traute ihren Augen nicht „Hier im Ort????" Das waren keine zwei Straßen weiter, keine zwei Minuten von ihrem Arbeitsplatz. Sie hatte ihm doch jetzt mehrmals gesagt, dass er sich melden solle, wenn er in der Nähe sei, sie würde ihn dann gerne treffen und würde das bestimmt mit ihrer Arbeit hinbekommen.
Seine kurze Antwort lautete: „Jeppa"
„Ach so... Kleiner Zwischenstopp?"
„Kaffeezeit halt..."
Marie war verwirrt. Was sollte sie jetzt tun? Es wäre ein leichtes, ihre Tasche zu nehmen und auf einen Kaffee zu ihm zu fahren. Sie würde die Stunde

nacharbeiten können oder von ihrem gut gefüllten Überstundenkonto schöpfen. Alles kein Problem, einzig war das wohl nicht sein Wille, sonst würde er doch fragen, ob sie Zeit habe und vorbei kommen wolle....
Eigentlich war Marie spontan und verrückt genug, um solche Dinge sofort umzusetzen, aber in diesem Moment war sie verunsichert und blockiert.
Sie legte schweren Herzens das Handy weg, ohne eine weitere Nachricht zu schreiben. Damit konnte sie nicht umgehen, dafür kannte sie ihn zu wenig.
Die Gedanken an diese Merkwürdigkeit ließen sie aber den Rest des Tages nicht los und auch später zuhause konnte sie sich diese Situation nicht erklären.
Kurz vor Zweiundzwanziguhr summte ihr iPhone.
„Hatte auf dich gewartet“
„ich wünsche dir einen wunderschönen Urlaub“
Hinter der ersten Nachricht ein trauriger, hinter der Zweiten zwei Kuss Smiley.
Sprachlos und kopfschüttelnd saß Marie auf ihrem Sofa, nachdem sie das gelesen hatte.
Und wütend wurde sie auch!
< *warum konnten wir das nicht händeln??????* >
„Oh Mann... und ich dachte, wenn er nicht fragt ob ich komme, dann möchte er es wohl nicht. So ein Scheiß!!!!“
„Beim nächsten Mal... Natürlich hätte ich das gewollt“
“Ich war sogar ein bisschen traurig – beim nächsten Mal sagen wir aber was wir möchten!“

Auf die Nachricht, dass sie traurig war, kamen zwei Küsschen mit roten Herzen und auf die Nachricht, dass man sagen soll, was man möchte, antwortete er „Immer.... Egal was..."
„Das ist ja nicht so einfach, wenn man sich nicht kennt."
„Immer raus damit..."
„Wenn ich mir gerade vorstelle, du sitzt zwei Straßen weiter und wartest, dass ich vorbeikomme, und ich denke, ich bin nicht willkommen.... Und ich hätte mich gerne sofort auf den Weg gemacht!"
„Wie lange warst du denn noch im Büro?"
„Bis kurz vor fünf"
„Siehste, und ich war bis fünf Uhr da"
„Das war ja eine Stunde. Aber das war doch ein Zufall, dass ich dir geschrieben habe. Hättest du dich denn auch gemeldet, dass du hier im Ort bist? – Ist jetzt auch nicht mehr zu ändern. Scheiß Missverständnis... ich hätte dich gerne wieder gesehen!"
Ihre Frage blieb unbeantwortet. Es folgten nur drei Herzchenaugen.
„Beim nächsten Mal machen wir es besser!"
„Ja, das machen wir."
„Moin" und vier Kaffeetassen.
Es war kurz nach zehn.
Was war das wieder für eine Nachricht?
„Guten Morgen Philip. Ich wünsche dir auch einen guten Morgen und einen tollen Tag."

Es war ihr letzter Arbeitstag und sie hatte noch einiges zutun, um beruhigt in den Urlaub zu gehen.

Am späten Nachmittag konnte sie endlich den PC ausschalten, sich von lieben Kollegen verabschieden und für die nächsten zwei Wochen die Firma verlassen. Sie freute sich sehr auf die geplante Schiffreise, die Sonne und die gemeinsame Zeit mit Annabell.

Dann überraschte sie eine Nachricht:
„So, Feierabend. Jetzt geht's heim…. Und was machst du?"
„Bin zuhause."
„Wenn du nen Tee oder Kaffee machst, dann komme ich mal eben rum…"
< *ACH DU SCHEISSE!* > Marie wusste nicht, was sie tun sollte…
Sie war gar nicht vorbereitet….
Die Wohnung war zurzeit ein Behelf, weil nicht ihre Eigene…
OH JE!!!! Und wie sah sie überhaupt aus?
„Klar, warum nicht, wenn du magst. Wo bist du denn gerade?"
Seine Antwort bestätigte, was sie sich dachte… Er war ganz in der Nähe und würde in ungefähr sieben Minuten bei ihr sein…
„Haste ne Adresse?"
Marie schrieb ihre Adresse und teilte ihm mit, wo er parken könne.
Sie versuchte alles Mögliche, um sich und die Wohnung in der kurzen, ihr verbleibenden Zeit, besuchsfähig zu machen und wusste gar nicht, womit sie anfangen sollte.

Keine zehn Minuten waren vergangen, als es klingelte…

… „Ich bringe dich noch zur Haustür."
Philip zog sich die Jacke an, um zu gehen.
Es war kurz vor Mitternacht und ein sehr schöner Besuch gewesen. Sie hatten Cappuccino getrunken, Schokolade gegessen. Hatten sich gegenüber am Esstisch gesessen und sich gegenseitig etwas aus ihrem Leben erzählt. Eigentlich hatte Marie mehr erzählt als Philip. Es war ihr unangenehm, dass sie ihn in einer Wohnung empfing, die ihr gar nicht gehörte. In der vieles improvisiert war seit ihrem Einzug. Und die natürlich völlig anders eingerichtet war, als sie es wäre, wenn es ihre Wohnung wäre. Aber er gab ihr ein gutes Gefühl, so als wäre das alles selbstverständlich und als würde das für ihre beginnende Freundschaft überhaupt keine Rolle spielen. Sie erzählte von ihren Möbeln in der angemieteten Garage, dem geplanten Auszug ihrer Tochter und der Übernahme der Wohnung.
Philip fragte wenig, aber wenn er etwas fragte, dann antwortete sie darauf immer ehrlich und so kamen sie von einem Thema zum anderen.
Marie merkte nicht, dass er von sich viel weniger erzählte und bei vielen Themen oberflächlich und indirekt blieb.
Aber, es war, wie auch am Abend ihres Kennenlernens eine besondere Atmosphäre zwischen ihnen, die sie die Zeit vergessen ließ und in der es viele Momente gab, in denen es erfrischend

lustig war und sie beide aus tiefstem Herzen lachten. Dann hatte er auf seine große, sportliche, schwarze Armbanduhr geschaut und erstaunt gesehen, dass er seit fünf Stunden bei ihr war und sich nun leider auf den Weg machen müsse. Schließlich lagen noch einhundert Kilometer vor ihm.
Gemeinsam gingen sie durch das dunkle Treppenhaus. Marie hatte ihre Wohnungseingangstür weit aufgestellt, sodass der Schein ihrer kleinen Flurlampe das Treppenhaus in ein indirektes Licht hüllte und die Straßenbeleuchtung ihr Übriges dazu beitrug, dass sie auf die große, helle Treppenhausbeleuchtung verzichten konnten.
Er öffnete die Haustür und stand ihr direkt gegenüber. „Das war ein sehr schöner Besuch.... Vielen Dank, das machen wir gerne einmal wieder, wenn du magst“, sagte sie mit leiser Stimme und schaute ihm dabei fest in die Augen. „Das fand ich auch. Und wir haben unsere angenehme Unterhaltung wieder genauso weitergeführt. Das war toll!“, antwortete er und hielt ihrem Blick stand.
„Dann komm gut nach Hause, Philip.“ In ihren Worten lagen Wehmut und Freude zugleich. Sie öffnete die Tür ein Stückchen weiter, sodass er an ihr vorbeikonnte, um hindurchzugehen. Und als er auf gleicher Höhe mit ihr war, drehte er sich zu ihr um, sah ihr in die Augen und dann auf ihren Mund. Dann sah er ihr wieder in die Augen, als suche er eine stumme Zustimmung und dann küsste er sie. Zuerst vorsichtig und zart. Marie war überrascht. Es fühlte sich gut an. Ihr wurde so heiß wie bei einem

Fieberschub, in ihrem Bauch flatterten plötzlich Millionen Schmetterlinge, von denen sie gar nicht wusste, dass sie sie in sich hatte und ihr ganzer Körper vibrierte, dass sie glaubte jedermann würde es sehen können.

Sie selbst hätte es nicht gewagt ihn zu küssen, obwohl sie in den vergangenen Stunden mehrmals große Lust dazu gespürt hatte. Der Anblick seines Mundes, seiner Hände und der großen, schwarzen, stählernen Armbanduhr an seinem Handgelenk, die ihm einen unfassbar starken und männlichen Ausdruck verschaffte, fand sie magisch anziehend und löste Wünsche und Fantasien aus, die sie lange nicht mehr gespürt hatte. Jedoch fühlte sie sich so schrecklich unbeholfen, weil sie schon so viele Jahre keinem fremden Mann mehr begegnet war, der solche Gefühle in ihr auslösen konnte. Sie hatte wirklich nicht in Erwägung gezogen, dass sie sich küssen würden und deshalb überforderter sie dieser Augenblick.

Ihre Hände waren feucht und es durchzog sie in dieser Sekunde, als sie seinen Atem spürte und sich ihre Lippen berührten eine wunderbare Glückseligkeit und eine innere Vorfreude auf alles, was mit diesem Mann noch kommen würde. Als er merkte, dass auch sie die vorsichtige Berührung ihrer Münder zuließ und es genoss, wurde aus dem Hauch der Berührung ihrer Lippen ein wirklicher, zarter Kuss, der ein paar Sekunden andauerte, bevor sich Philip langsam von ihr löste und durch die aufstehende Haustür verschwand. „Bis bald. Schlaf gut!“, waren seine letzten Worte, die fast zärtlich flüsternd durch die Nacht schwebten. Marie konnte nichts anderes darauf erwidern, als „Schlaf du auch gut!“ und dann ging er.

Sie blieb noch ein paar Sekunden in der Tür stehen und wollte den Zauber des Augenblicks bewahren, bis sie das Zuschlagen der Autotür hörte und wie kurz darauf der Motor startete. Als sein Wagen sich in Bewegung setzte, schloss Marie die Tür und ging zurück in ihre Wohnung.

Zwölf

Am nächsten Tag war Nikolaustag. Marie war früh wach und konnte es kaum erwarten eine Nachricht zu schreiben.
< *So ging das doch weiter, oder...*> war sie sich sicher.
Sie wünschte ihm einen guten Morgen und ein paar schöne Gedanken für den Tag und er sendete ihr ein Bild mit einem Nikolausgruß, wenn auch fast zwei Stunden später.
Am Abend schickte sie ihm ein paar Fotos ihres gerade adventlich dekorierten Wohnzimmers. Darauf antwortete er erst spät, dass es schön aussehen würde und fragte sie, ob sie die Dekoration gekauft oder aus der gemieteten Garage geholt habe.
„Sag mal, haben sich gestern unsere Lippen berührt?", fragte er plötzlich.
„Jaaa, schlimm?"
„Nein, das war irgendwie überraschend, aber extrem schön."
„Ja, das hatte ich mir gar nicht vorgenommen"
"Was hattest du dir denn vorgenommen?"
„Gar nichts!! Sowas kann man sich doch nicht vornehmen, das müssen doch beide wollen – da kann sich einer alleine schlecht was vornehmen. Hattest du das geplant?"
„Nein... wobei das Verlangen danach im Verlauf des Abends stieg..."
„Jaaa? - aber bei mir auch, ich dachte aber nicht, dass es bei dir auch so war."
„Was wohl passiert, wenn wir uns das nächste Mal sehen?", wollte er wissen.

„Kommt vielleicht darauf an, wo wir uns treffen. In einem Restaurant oder Cafe wären wir bestimmt artig."
„Okey, da wäre es auch warm..."
Das war eine Anspielung auf den vergangenen Abend und darauf, dass es scheinbar extrem kalt in Maries Wohnzimmer war. Sie hatte seit einiger Zeit die üblichen, grauenvollen, von Männern kaum nachzuvollziehenden unschönen Zeichen des Klimakteriums, mit denen sie sich rumschlagen musste und deshalb war ihr ständig warm und bestimmt ein paar Grad zu wenig Raumtemperatur in ihrer Wohnung. Nachdem er ihr geschrieben hatte, dass er sie ein paar Minuten später besuchen kommen würde, war ihr vor Aufregung so heiß geworden, dass sie weitere Fenster aufgemacht hatte, an diesem kalten Dezemberabend.
Er beschwerte sich darüber, als er nur in einem Oberhemd bekleidet an ihrem Esstisch im Wohnzimmer saß und eine Gänsehaut nach der nächsten bekam.
Im Laufe des Abends, war dies zu einem ständigen Hin und Her zwischen ihnen geworden, indem er sich über die Kälte beschwerte und sie ihm entgegnete, er sei eine Memme.
„Oder ich komme zu dir mit ner Decke..."
Darauf machte sie ein Foto von der grauen Joop-Wolldecke, die fein säuberlich aufgefaltet, auf ihrem Sofa bereit lag, und sandte es ihm mit dem Vermerk: „Ich hab auch ne Decke"

Dann fragte sie ihn noch ob er fernsah und er antwortet „Ich liege im Bett unter der warmen Decke."
Maries Frage: „Ist da auch ein Fernseher?" wurde an diesem Abend nicht mehr beantwortet. Ohne einen Abschied hörte die Unterhaltung plötzlich, abrupt auf.
Sie wunderte sich kurz darüber und hatte zuvor gar nicht bemerkt, dass seine Antwort auf die Frage, ob er fernsah, augenscheinlich nicht ehrlich, sondern ein weiteres Konterfei, immer noch auf die Raumtemperatur des letzten Abends bezogen war.

Die nächsten Tage vergingen ohne besondere Vorkommnisse. Marie genoss ihren Urlaub, freute sich auf die anstehende Kreuzfahrt und schrieb sich täglich ein paar Nachrichten mit Philip. Tagsüber merkte sie, dass er auf ihre Nachrichten manchmal erst Stunden später antwortete und glaubte natürlich den Grund in bestehenden Kundenterminen zu wissen, die auch mal länger andauerten. Abends jedoch, meistens weit nach Zweiundzwanziguhr ergab sich auch schon einmal ein Austausch von mehreren kurzen Nachrichten nacheinander. Sie erfuhr, dass er abends lange in seinem Büro saß, um die Termine des Tages abzuarbeiten und einige Male kam es tatsächlich vor, dass er auf ihre Nachricht vom frühen Abend, ob er schon Feierabend habe, erst nach Zweiundzwanziguhr antwortete
„Ich sitze noch im Büro."

Eigentlich fand sie das ungewöhnlich und fragte sich mehr als einmal insgeheim, ob sie das glauben konnte. Jedoch erinnerte sie sich, einmal in einem E-Mail-Verteiler gewesen zu sein, in dem eine Information über Produkte von Philip weitergeleitet wurde. Diese Informationsemail war tatsächlich um 22.34 Uhr von
Herrn Sandmann verschickt worden. Also schien er wohl wirklich Abende im Büro zu verbringen.

Am nächsten Tag machte Marie Besorgungen für den Urlaub, der in drei Tagen begann, sortierte schon einmal Kleidung, die sie mitnehmen wollte und holte ihren Koffer hervor. Als ihr Handy klingelte, freute sie sich über einen Anruf von Fabian. Die Telefonate mit ihm waren vertrauensvoll und wunderbar.
Schon sein erster Satz, der stets begann, mit „Hey, ich wollte mal hören, wie es dir geht...“, war für Marie eine Bestätigung von Freundschaft, Beständigkeit, Verantwortung und Zusammenhalt, auch, wenn man mal einige Zeit keinen Kontakt hatte. Sie erzählte ihm von ihrem Leben in Lauras Wohnung. Die er im Übrigen kannte, genauso wie Annabell. Laura wusste allerdings nichts von der besonderen Art der Freundschaft zwischen ihnen. Annabell hingegen schon. Einmal beobachtete sie die Beiden nachts, als Marie ihn nach Hause fuhr, nachdem er ein paar Stunden bei ihr war. Damals wohnte Annabell noch mit ihrer Mutter zusammen. Es muss dann wohl irgendwann nach dem Abend gewesen sein, als Fabian das erste Mal mit zu Marie gegangen war, damals, als sie sich in der Kneipe

trafen. Denn danach war Fabian regelmäßig zu ihr gekommen. Meistens spät am Abend oder in der Nacht. Beide dachten immer, Annabell würde dann bereits schlafen.... Da hatten sie wohl falsch gedacht! Sie war allerdings verschwiegen und hatte sich lange Zeit nichts anmerken lassen. Irgendwann erzählte sie dann aber ihrer Mutter, was sie wusste. Es war eine komische Situation für Marie. Aber sie beide hatten ein tolles Verhältnis zueinander, das weit über das einer Mutter und Tochter hinausging und Annabell mochte Fabian und wusste, dass er ihrer Mutter guttat. Somit war es für sie okay und wurde mit Stillschweigen nie mehr zum Thema gemacht.
Fabian erzählte von sich, als Marie ihn fragte, wie es ihm ging und berichtete ihr von neuen Vorkommnissen mit seiner Ex-Frau und den Kindern. Die Mutter seiner Kinder hatte einen schwierigen Charakter und Fabian ordentlich unter ihr zu leiden. Das war schon während ihrer Ehe so, aber auch jetzt nach der Trennung. Marie fragte sich manchmal, warum er bei ihr und den Kindern nicht so auftrat, wie es sonst seine Art war. Er war kompetent, sicher, verbindlich, unter Umständen kompromisslos und selbstbewusst. Sie mochte diese Eigenschaften an ihm, genau diese Dinge machten einen Mann für Marie attraktiv und sexy. Dazu kam sein geschmackvoller Kleidungsstil und mit seiner Körpergröße zusammen, machte ihn das zu einer ausdrucksstarken Erscheinung.
Privat war er da anders, aber Marie wusste, dass er zum Wohle der Familie und der Kinder alles tun

würde und somit oft anders reagierte als vielleicht in anderen Situationen.
Sie telefonierten über eine Stunde, in der Marie ihm erzählte, wie sie alleine zurechtkam, wie der Stand der Wohnung war und ihn fragte, ob er ihr bei der einen oder anderen Sache handwerklich behilflich sein würde. Was er ihr natürlich zusagte. Sie fragte ihn, nach seinem Befinden und gab ihm den einen oder anderen Rat, von dem sie aber eigentlich wusste, dass er ihn sowieso nicht befolgen würde. Und sie fragte nach dem Stand der Frauen, die sich um ihn bemühten. Das waren nicht wenige, Fabian erzählte ihr immer ehrlich, was da abging und Marie konnte es nicht glauben, wenn er erzählte, wie sich junge Frauen, teilweise sogar in festen Beziehungen, ihm mit eindeutigen Angeboten an den Hals warfen.
Marie hörte diese Geschichten mit einer erstaunlichen Gelassenheit. Das, was sie und Fabian verband, würde er so schnell mit keiner anderen haben.
Er wünschte ihr einen schönen Urlaub und bat sie auf sich aufzupassen. „Bis bald. Ich drücke Dich!“, waren ihre Worte, bevor sie das Telefonat beendeten.

Kurze Zeit später klingelte es an der Wohnungstür und im selben Moment hörte Marie den Wohnungsschlüssel im Schloss. Das konnte nur bedeuten, dass Laura kam. Da es ihre Wohnung war, hatte sie natürlich einen Schlüssel, klingelte aber aus Respekt, bevor sie eintrat, weil jetzt Marie darin wohnte.

Sie wollte nur ein paar Kleidungsstücke holen und Schmutzwäsche bringen. Dann fragte sie Marie, ob sie zurechtkomme und alles finden würde, bevor sie kurz über Lauras Arbeit und über Maries Urlaub sprachen und sie dann mit einer großen Tasche voller Wäsche wieder verschwand. Sie hatte sich bei ihrem Freund eingenistet, seit Marie in ihre Wohnung gezogen war und das schien auch gut zu funktionieren.

Es war früher Abend und dunkel geworden, deshalb machte Marie die gemütlichen kleinen Lämpchen im Wohnzimmer an, als wieder ihr Telefon klingelte. Beim Anblick von Philips Namen auf dem Display, schlug hier Herz wild gegen ihren Brustkorb.
Mit einem freundlichen „Hallo“ nahm sie das Gespräch an. Philip redete nicht lange drumherum und fragte sie, ob sie Zeit und Lust auf einen Kaffee habe. Er wäre in der Nähe und könnte vorbeikommen, wenn Sie möge.
„Sonst sehen wir uns vor deinem Urlaub ja gar nicht mehr…“, waren seine Worte, die er mit einem traurigen Unterton verstärkte dem Marie automatisch nachgeben musste. Natürlich wollte sie ihn auch wieder sehen, also stimmte sie zu und beeilte sich, sich selbst und die Wohnung so gut es ging, herzurichten. Wieder blieb ihr fast genauso wenig Zeit dafür, wie beim letzten Mal…
Es dauerte ungefähr zwanzig Minuten, bis Philips Auto vorfuhr und Marie ihn durch ihr Schlafzimmerfenster beobachtet, wie er ausstieg und sich der Haustür näherte.

Sie begrüßten sich freundlich mit einer Umarmung, als er ihre Wohnung betrat, dann zog er seine schwarze Steppjacke aus. Als er sie an den Garderobenhaken hing, sah Marie ein angesagtes teures Modelabel. Er hatte einen sehr guten Modegeschmack, der Marie gefiel.
Dann setzten sie sich wieder an den Esstisch. Sie konnte ihn kaum ansehen. Verlegen fragte sie ihn, was er trinken möchte. Dabei viel ihr Blick auf seinen Mund. Der Anblick seiner perfekt geformten Lippen und seiner tadellosen weißen Zähne, machte sie nervös und bewirkte, dass sie zu schwitzen begann und sich nach einer Berührung dieses Mundes sehnte. Philip entschied sich für einen Cappuccino und Marie schloss sich ihm an. Er entschuldigte sich währenddessen für den kurzfristigen Überfall und Marie versicherte, dass es kein Problem sei, und sie sich freue.
Sie redeten, ohne auch nur einen Moment den Gesprächsfluss zu verlieren, neckten sich und lachten, jedoch sprachen sie nie über ihre Vergangenheit, ihr früheres Leben oder über die Absichten, die jeder von ihnen hatte, seit sie sich vor nun knapp vier Wochen kennen gelernt hatten. Sie tranken einen weiteren Cappuccino und dann fragte Philip, ob er ihr Bad aufsuchen dürfe. Als er wieder ins Wohnzimmer kam, setzte er sich nicht wieder an den Esstisch, sondern nahm auf der Couch Platz. Mit einer Anmerkung „Oh hier ist es auch sehr bequem“, wollte er wohl ausdrücken, dass er nicht wieder am Esstisch platznehmen wollte.

So kam es, dass sie kurze Zeit später nebeneinander auf dem Sofa saßen.
Marie hatte kalte Getränke mitgebracht und sie auf dem kleinen Couchtisch abgestellt.
„Wie möchtest du es hier einrichten?"
„Ich weiß noch nicht genau, aber ich streiche erstmal alle Wände weiß."
„Hast du Möbel oder kaufst du neue?"
„Ich habe ein bisschen was, aber ich habe auch Lust auf neue Sachen. Es wird sich finden... Im Moment fühle ich mich wie in einem Chaoszustand. Sowohl im Bezug auf die Wohnung als auch mental."
Marie nahm, während sie sprach, ihr Glas, trank einen Schluck und stelle es wieder auf dem Tisch ab, als sie bei ihren letzten Worten plötzlich seine Hand auf ihrem Rücken spürte. Ganz zart und nur eben so wie ein Hauch. Doch die Wärme, die von seiner Hand ausging, bewirkte, dass ihre Haut erst nur an der Stelle, die er berührte, dann aber sich rasant über den ganzen Rücken ausbreitend, kribbelte und sie augenblicklich in eine besondere Stimmung versetzte. Er streichelt ganz vorsichtig an ihrer Wirbelsäule entlang.
„Das schaffst du schon, mach einen Schritt nach dem nächsten."
Marie erschauderte kurz bei dieser Berührung und wünschte sich, er würde seine Hand nicht wieder wegnehmen. Einen kurzen Moment lang sah sie ihn an.
„Ja, meinst du? Gerade bin ich mir da manchmal gar nicht sicher."

„Das glaube ich ganz bestimmt, das machst du schon."
Er sprach leise, mit einer trostspendenden Wärme in seiner Stimme und dabei fuhr sein Arm um ihre, ihm abgewandte Schulter. Langsam zog er sie zu sich hin, sodass sich ihr Kopf an seinen Hals schmiegte. Sie roch ihn, seinen markanten Duft vermischt mit einer ganz kleinen Nuance eines Aftershaves. Spürte seine heiße Haut. Die Nähe seines Mundes machte sie wahnsinnig. Sein Brustkorb bewegte sich schnell. Sie spürte seinen hämmernden Herzschlag unter seinen Rippen.
Seine Hand fasste unter ihren Haaransatz und bewegte sich langsam um ihr Kinn, bis ihre Wange so perfekt in ihr lag, als wäre sie für nichts anderes bestimmt. Sein Daumen streichelte sanft über die zarte Haut unter ihrem Auge.
Eine kaum spürbare Drehung seines Handgelenkes bewirkte, dass sie sich eine Sekunde später direkt in die Augen sahen.
Dieser Blick sagte tausend Worte und fragte tausend Fragen. Auf jeden Fall war er das wortlose Einfordern einer Zustimmung für den nächsten Schritt, den beide kaum noch erwarten konnten.
Ganz langsam näherte er sich ihrem Mund und dann berührten sich ihre Lippen. Anders als noch vor ein paar Tagen, wurde aus dieser Berührung schnell ein fordernder, leidenschaftlicher Kuss, der Marie überwältigte.

Sie hatte in den letzten Jahren nur ihren Ex-Partner und Fabian geküsst. Der Erstere pflegte mit seiner

Zunge in ihrem Mund zu rühren, wie eine Küchenmaschine... immer rund.... und produzierte so eine sabbernde Waschküche, der Marie zuletzt nichts mehr abgewinnen konnte...
Oh Gott, wie klar ihr in der letzten Zeit Dinge wurden, warum diese Partnerschaft schon lange dabei gewesen war, sich aufzulösen. Viel länger, als sie gedacht und viel früher, als sie es sich eingestanden hatte. Sie hätte damals erst gar nicht mit ihm in das Haus einziehen dürfen. Die Renovierung und die Entscheidungen, die damit verbunden waren, hatten ihr damals bereits gezeigt, wie weit ihre Bedürfnisse und Wünsche auseinandergedriftet waren.
Beim Küssen war das wohl genauso gravierend.

Philips Kuss war atemberaubend. In Maries Körper machte sich eine Hitze breit, die sich in ihrem Schoß sammelte und sie eine unsagbare Lust verspüren ließ. Seine Hand fuhr wieder über ihren Rücken und dabei inszenierten seine Finger einen bedeutungsvollen Stopp vor dem Verschluss ihres BHs, so als wolle er damit ausdrücken, dass diese Unterbrechung auf ihrem Brücken eliminiert werden müsse.
Er suchte zwischen ihrem Hosenbund und dem Saum ihrer Bluse die Möglichkeit ihre nackte Haut zu berühren. Zuerst ganz vorsichtig, jedoch dann im Einklang mit zunehmend forderndem Kuss, bewegte sich seine Hand höher bis unter den rückseitigen Verschluss ihres BHs, dem er ja zuvor schon verheißungsvoll angekündigt hatte, was ihm

widerfahren würde. Marie wünschte sich so sehr, er würde ihn öffnen. Ihr ganzer Körper stand bereits in Flammen und die Hitze steigerte ihre Lust auf ein Level, in dem sie sich nichts mehr wünschte, als weiter und mehr von ihm berührt zu werden.
Seit der Nacht mit Fabian, an dem Abend als sie Philip kennenlernte, hatte sie keinen Sex mehr und ihn auch nicht vermisst. Es gab andere, wichtigere Dinge zu regeln. Und wenn sie ihn gewollte hätte, dann hätte sie nur Fabian bitten müssen, dann wäre er zu ihr gekommen.
Aber jetzt, jetzt war sie unersättlich und ihr gefiel, wie Philip sie küsste und berührte.
Genau in diesem Moment nahm er seine Hand von ihrem Rücken, legte sie auf ihren Kopf, streichelte ihre blonden Haare und verstärkte den Druck und die Intensität des Kusses um ein Vielfaches.
Marie fühlte, wie bereit sie war und dies machte sich so offensichtlich in ihrem Körper bemerkbar, dass sie verwundert war, wie lange sie nicht mehr so empfunden hatte.
Oder hatte sie überhaupt schon einmal so empfunden…? Sie zweifelte daran und in diesem Augenblick fragte sie sich, ob es richtig wäre, das zu tun, was sie sich gerade am meisten wünschte.
Ohne den Kuss zu unterbrechen, hauchte sie leise in seinen Mund „Wir müssen aufhören, sonst kann ich gleich nicht mehr…“
Er drückte sie daraufhin noch fester an seine Brust. Seine Küsse wurden noch intensiver, obwohl das schon fast nicht mehr möglich war.
„Dafür ist es schon zu spät.“

Er entschied es. Fragte nicht, ob sie aufhören wollte. Er sagte es, ohne den Kuss zu unterbrechen.
Ob er wusste, dass sie froh war, dass er es entschied?
Es war wirklich zu spät. Sie wollte ihn auch berühren. Ihn riechen, ihn schmecken und seine Haut streicheln. Sie wollte endlich tun, was sie den ganzen Abend, ihm gegenübersitzend, in ihrer Fantasie schon hundert Mal getan hatte. Sie wollte endlich die Knöpfte seines Oberhemdes öffnen. Ganz langsam, einen nach dem anderen.
Dann wollte sie mit ihrer Hand hineingleiten und die warme Haut auf seiner Brust spüren.
Knopf für Knopf abwärts arbeitete sie sich vor. Ungeduldig, bis sie an seinem Hosenbund angekommen war. Erwartungsvoll zog sie den verbleibenden Stoff aus seiner Jeans. Dabei strich sie zufällig mit ihrer Hand über seinen Reißverschluss und erschrak, wie präsent und hart seine Lust darunter zu spüren war. Sie keuchte auf. Er auch, in dem Moment ihrer zufälligen Berührung.
Ihr Atem-Rhythmus war gestört und konnte sich nicht wieder normalisieren.
Ihrer beider Hände streichelten nun des anderen Haut.
Philip öffnete im nächsten Moment endlich, mit einer gekonnten Handbewegung den Verschluss ihres BHs und drehte sie in derselben Bewegung so, dass sie sich auf dem Sofa hinlegen konnte. Nun lag er über ihr und glitt vorsichtig mit seiner Hand über ihren Bauch hinauf zu ihren Brüsten.

Marie bebte... Ihre Hände fuhren unter sein weißes T-Shirt und berührten seine Brust. Sie spürte rasierte Brusthaare. Wärme und Geruch, vermischt mit Parfüm und Haut. Gerade so viel, dass es sie verzauberte, aber nicht seinen eigenen Geruch dominierte.
Sie fühlte sich so aufgeregt und unerfahren wie ein Teenager, der zum ersten Mal mit einem Jungen zusammen Erfahrungen machte. Ihr gingen in Sekundenbruchteilen so viele Gedanken durch den Kopf. Seit mehr als zwanzig Jahren hatte es keinen Mann gegeben, den sie neu kennengelernt, und mit dem sie eine solche Situation gehabt hatte. Als sie das erste Mal mit Fabian intim wurde, da hatten sie bereits ein so großes Vertrauen zueinander, das es, bis auf die Unsicherheit mit ihrem Körper, der in ihren Augen „in die Jahre gekommen“ war, und mit Fabians Körper nicht mehr mithalten konnte, keine weiteren Unsicherheiten gegeben hatte.
Keine Sekunde gab es Zweifel daran, dass sie für Fabian alles richtig machen würde und sie selbst konnte sich gleichwohl vertrauensvoll hingeben, weil sie wusste, dass er für sie alles perfekt machen würde und sie beide voller Lust und Leidenschaft genießen konnten.
Das war mit Philip jetzt anders. Sie kannten sich erst kurz und wussten nichts von ihren Vorlieben und Leidenschaften. Genau das verunsicherte sie zutiefst, machte aber gleichzeitig unfassbar neugierig auf den anderen. Marie war bis in ihre Haarspitzen angespannt vor Angst, Ungeduld, Neugierde, Lust und Verlangen.

Ob es Philip genauso ging, wusste sie nicht, sie hörte nur sein lustvolles Atmen an den Stellen, an denen er sie liebkoste.
Sie hatten immer noch nicht aufgehört sich zu küssen und keiner von ihnen hatte ein weiteres Wort gesprochen. Nachdem Philip Maries Brüste gestreichelt hatte, bewegte sich seine Hand langsam, aber zielsicher ihren Bauch hinab und ohne zu stoppen glitt seine Hand unter dem Hosenbund hindurch und bewegte sich weiter auf ihrem glatten Satinslip hinunter zwischen ihre Beine. Endlich war nun auch Marie an der Reihe weiter zum Zentrum seiner Lust vorzudringen. Sie wartete nur darauf, dass er den ersten Schritt machte und konnte es kaum erwarten den Knopf seiner Jeans zu öffnen und langsam den Reißverschluss herunterzuziehen. Ihre Hand und ihre Finger zitterten vor Ungeduld und nicht abwarten könnender Lust.
Dann war Sie am Ziel. Er war so hart wie Stein.
Marie konnte ein lautes Aufstöhnen nicht unterdrücken, als sie ihn so spürte.
Vorsichtig griff sie in seine Boxershorts und umfasste seine erregte Männlichkeit mit ihrer ganzen Hand und einem festen Druck. Genau in diesem Augenblick hatte Philip sich ebenso ihrem Zentrum genäherte und glitt mit seinem Finger in sie hinein.
Beiden entfuhr zugleich ein erlösendes Aufstöhnen und Marie hatte den Eindruck, dass jetzt der Augenblick des Ersehnten gekommen war, auf den sie und Philip seit ihrem ersten Augenblick, seit ihrem ersten Aufeinandertreffen, seit ihrem ersten Ansehen, seit ihrem ersten gesprochenen Wort und

ihrer ersten Berührung an dem Abend vor vier Wochen, gewartet hatten.

Es war einige Zeit später. Philip hauchte ihren Namen in dem Moment, in dem das geschah, was Marie noch am frühen Abend niemals zu träumen gewagt hatte.

Etwa eine dreiviertel Stunde später stand Marie am Schlafzimmerfenster und sah Philip davonfahren.
Der Blick auf die Uhr zeigte, dass es nach zweiundzwanzig Uhr war als sich sein Wagen in Bewegung setzte. Es gab keine Peinlichkeiten zwischen ihnen, auch nicht, als sie aufstanden und sich anzogen, weil Philip fahren musste.
Einen Moment blieb er, mit schon angezogener Boxershorts auf der Sofakante sitzen und Marie kratzte vorsichtig mit ihren Fingernägeln über seinen Rücken. Sie lag noch hinter ihm und wollte den kurzen Augenblick, als er dasaß ausnutzen, um ihn noch einmal zu berühren. Philip entfuhr ein genussvoller Seufzer und er bat sie, noch ein paar Momente so weiterzumachen.
Irgendwann stand er auf und zog sich an.
Marie tat es ihm gleich, jedoch nicht so gründlich wie er. Sie ließ den BH und die lange Hose weg und verabschiedete ihn kurz darauf nur in ihrer Bluse.
Dieser Besuch hatte Sie völlig durcheinandergebracht. Es war eine Mischung aus Aufregung, Freude, Ungläubigkeit und Erschöpfung zugleich. Und auch ein bisschen Traurigkeit, weil er schon gegangen war.

Was hatten sie getan?

Das war unglaublich. Sie mochte ihn. Alles an ihm. Er brachte sie in Auffuhr, allein mit seiner Anwesenheit. Er machte sie nervös, nur wenn er sie ansah.
Das war so, seit der ersten Sekunde, in der sie ihn gesehen hatte und gerade hatte sie mit ihm geschlafen.

Irgendwann war Marie eingeschlafen.
Mit Erinnerungen an die schönsten Momente des Abends.

DREIZEHN

Um kurz vor Mitternacht wurde die Truppe zusammengetrommelt, weil der letzte Zug nach Hause fuhr. Marie war mit einer Gruppe Kollegen auf einem Weihnachtsmarkt. Es war reichlich Glühwein getrunken worden und die Stimmung war perfekt. Keiner wollte aufbrechen, aber es musste sein.
Marie sah Fabian an, den sie zufällig getroffen hatte.
„Kommst du mit...?“
„Nein, Engelchen, das geht nicht. Ich bin auch mit meiner Clique hier und was werden deine Leute sagen, wenn du mich im Schlepptau hast.“
Marie sah es ein. „Du hast Recht. Aber dann sehen wir uns nicht mehr vor meinem Urlaub und wenn ich wiederkomme, ist Weihnachten.“
„Ich melde mich nach deinem Urlaub. Versprochen!“, flüsterte er ihr ins Ohr. „Hab eine schöne Zeit auf der Kreuzfahrt und schick mir mal ein Bild. Pass auf dich auf, Schnuckel.“ Während er ihr das sagte, fuhr er mit einer Hand unter ihre Jacke und streichelte sanft ihren Rücken. Im Getümmel der Kneipe hatte das keiner mitbekommen und als Fabian sich sicher war, dass er etwas riskieren konnte, tat er so, als wolle er sich mit einer Umarmung von ihr verabschieden, küsste sie aber dabei zärtlich und streichelte ihr verheißungsvoll über ihren Hintern.
„Bis bald, Großer!“ hauchte sie dabei.
Dann suchte sie seine Hand und sie berührten sich an den Händen und Fingern so lange, bis sie sich so weit voneinander entfernt hatten, dass die Verbindung

getrennt wurde. Ihre Blicke hielten Stand bis Marie die Tür nach draußen durchquert hatte.
Es war wunderbar geheimnisvoll, wenn nur sie beide verstanden, was dieser Blick zu sagen hatte.
Marie war so froh, dass es Fabian gab.

Als sie endlich im Bett lag, war es kurz vor eins. Vielleicht machte es der Alkohol oder die aufkommende Sehnsucht nach Philip, die sie schon den ganzen Tag und den Tag zuvor verspürte, denn sie hatte plötzlich das Bedürfnis ihm eine Nachricht zu schreiben. Er war mit Nachrichten in den letzten zwei Tagen sehr sparsam, womit Marie überhaupt nicht umgehen konnte, vor allem, nach ihrem gemeinsamen Abend. Es beschäftigte sie jede Sekunde und ließ sie einfach nicht zur Ruhe kommen.
„Hey. Ich war mit Kollegen auf dem Weihnachtsmarkt und komme gerade heim. Schlaf gut."
Sofort nachdem sie die Nachricht gesendet hatte, bereute sie es. Warum musste sie ihm jetzt noch schreiben, wo sie sich doch den ganzen Tag über ihn geärgert hatte, enttäuscht und traurig und wütend war und der Cocktail aus all diesen Emotionen tat ihr überhaupt nicht gut.
Fabian hatte sie an diesem Abend so toll abgelenkt und sie vergessen lassen. Und jetzt musste sie Philip wieder schreiben.
Marie war richtig wütend auf sich selbst. < *bist selber Schuld, wenn du dich verarschen lässt. Brauchst dich nicht wundern! Der antwortet doch sowieso nicht!* >

Mit diesen Gedanken legte sie das Handy weg, machte das Licht aus und kuschelte sich zum Einschlafen in ihr Kopfkissen. Doch in diesem Augenblick summte das Telefon. Philip. „Supi. Biste stramm? (Roter Kussmund)"

Was für eine ernüchternde Antwort. Marie konnte trotzdem nicht anders, sie musste ihm antworten. „Oh, du bist ja noch wach. Nee, nicht richtig stramm. Aber es war gut. Wie war dein Tag?"

„Nicht so flüssig. Nee. War alles gut. Bin jetzt nur müde.

Schlaf gut. (5Kusssmily)"

„Du auch (3 Kuss Smiley)"

< *Das war eindeutig eine Abfuhr* > registrierte ihr Verstand.

Ihr Herz allerdings sprach:

Na also!
Monsterbiester waren in Alkohol ertränkt.
Fabian getroffen, berührt und geküsst.
Wut und Traurigkeit über Philip verschwunden.

Der nächste Tag war geprägt von Urlaubsvorbereitungen. Letzte Besorgungen, Wäsche und Wohnung herrichten für eine Woche in der sie nicht benutzt wird. Und natürlich Koffer packen. Marie war aufgeregt wegen dem bevorstehenden Urlaub. Das erste Mal seit vielen Jahren war sie allein verantwortlich, dass alles klappte. Mit dem Auto zum Flughafen, mit dem Flugzeug auf die Kanaren und dann aufs Schiff. Respektvoll blickte sie dem entgegen und kontrollierte mehrmals die Reiseunterlagen, die Fahrstrecke zum Flughafen per

Routenplaner und die Unterlagen zur Auslandskrankenversicherung und zur Reiserücktritt/Abbruch-Versicherung. Sie wunderte sich über sich selbst bei diesem Verhalten, denn solche Unsicherheiten kannte sie eigentlich gar nicht von sich. Gut, früher hatte sie zu zweit solche Reisen unternommen, da lag nicht alles allein in ihrer Verantwortung. Schalter und Gates am Flughafen musste sie nicht allein suchen, Parkplatz für eine Woche nicht allein reservieren und eine Autofahrt zum Flughafen, hatte immer ihr Partner übernommen. Dieses Mal war es anders und Marie merkte, wie ihr das zusetzte. Sie wurde alt, war nicht mehr so spontan, risikofreudig, ungezwungen und ausgelassen, wie noch vor ein paar Jahren und das machte sie traurig, gerade in solchen Momenten, in denen ihr das richtig bewusstwurde. Vielleicht hatte sie ihre Ungezwungenheit in den letzten Jahren ihrer Beziehung verloren und es dauerte sicher noch eine Zeit, bis sie sich davon erholen würde und wieder frei und unbefangen sein würde.

Fürs Erste würde es schon reichen nicht den ganzen Urlaubsdruck auf ihren Schulten allein zu tragen. Annabell war schließlich auch noch da. Sie war zwanzig Jahre alt, selbst schon mehrmals geflogen und eine selbstbewusste, verantwortungsvolle junge Frau.

Marie nahm sich vor, sie nicht mehr wie ein Kleinkind zu behandeln und den Urlaub und die Anreise als gemeinsame Herausforderung zu sehen und war daraufhin guter Gedanken, dass schon alles klappen würde.

Wenn sie jedoch ganz ehrlich zu sich selbst war, machte sie sich viel mehr Gedanken um Philip. Seit er bei ihr war und sie miteinander geschlafen hatte, waren drei Tage vergangen und sie hatten so wenig Kontakt wie noch nie, seit sie sich kennenlernten. Keine Telefonate, die Nachrichten waren auf ein Minimum zurückgegangen und es gab nicht ein einziges Wort über das Geschehene. Sie war außerstande einen klaren Gedanken zu fassen und dieser Zustand machte ihre ganze Vorfreude auf die kommenden Tage und den Urlaub zunichte. Marie fühlte sich hundeelend. So etwas war ihr noch nie passiert. Sie hatte immer ein Gespür für Empfindungen und eine gesunde Auffassung von zwischenmenschlichem Verhalten. Und wie auch immer sie es drehte und wendete, sie konnte keine richtige Einschätzung von Philip und seinem Verhalten finden.
Jeder ihrer Gedanken begann mit den Worten Warum? Und tatsächlich fand sie auf keine einzige dieser Fragen eine vernünftige, ehrliche und glaubwürdige Antwort.
Es war ein ständiger Wechsel von Traurigkeit, Hilflosigkeit, Wut und Verzweifelung und am Ende führten alle Gedanken und Überlegungen immer wieder dazu, dass sie wütend auf sich selbst war, dass dieser Mann, den sie kaum kannte, so eine Macht über sie hatte, solche Gefühle in ihr auslöste und es schaffte, all ihre Gedanken zu lenken.

Kurz vor halb acht hatte Marie einen Guten Morgen-Gruß an Philip gesandt, der widererwartend nach

bereits einer Viertelstunde mit einem „Moin ...“, einer Schneeflocke und einem roten Kussmund beantwortet wurde. < *Was war das wieder?* >
Jedoch in der Hoffnung, dass daraus vielleicht eine kleine Unterhaltung entstehen könnte, schrieb sie „Gut geschlafen?“ und seine Antwort darauf ließ vierzig Minuten auf sich warten „Wie ein kleines Kind.“ < *Meine Güte, was soll das* >
Damit bemerkte sie, dass aus ihrem Wunsch nach einem regen Nachrichtenaustausch nichts wurde. Er war wieder so kurzsilbig. Deshalb wünschte sie ihm in ihrer nächsten Nachricht einen guten Arbeitstag und gab auf.
Mittlerweile war es früher Nachmittag geworden. Marie war die Lust auf Kofferpacken und Urlaub vergangen und ihre Laune wurde von Stunde zu Stunde übler. Monster-Biester gab es auch wieder so viele, wie noch niemals zuvor. Absolute Alarmbereitschaft! Marie war so mit ihren Gedanken beschäftigt, dass sie davon allerdings nichts bemerkte. Es lag wohl daran, dass sie mit Philip geschlafen hatte. Ihre Verletzlichkeit war dadurch um ein Vielfaches gestiegen.
Sie machte noch einen Versuch, weil sie sich mit den bisherigen Nachrichten an diesem letzten Tag vor ihrem Urlaub nicht zufriedengeben wollte. Daher schrieb sie am Nachmittag „Huhu, wie läuft es bei dir? Wo bist du denn heute unterwegs?“
Er antwortete darauf erst nach achtzehn Uhr. „Ich mache gleich Feierabend. Hast du alles vorbereitet.“
Das waren alles nicht die Worte und Nachrichten, die Marie gerne hören wollte. Sie hätte sich über ein

Telefonat, vielleicht auf seinem Heimweg sehr gefreut. Aber das blieb aus. Keine weiteren Nachrichten. Kein Telefonat. Keine Verabschiedung in den Urlaub.
Nichts!!!
Was für eine Enttäuschung! An welchen Mann war sie da nur geraten?
Marie wiederholte zum tausendsten Male alle Eventualitäten, warum das so war, kam aber nie zu einer Antwort. All ihre Gefühle waren schließlich, nach einer schrecklichen Nacht, am nächsten Morgen zu einer Empfindung gebündelt, und das war Wut.
Hieraus verfasste sie am sehr frühen morgen eine Nachricht.
„Moin Philip. Draußen ist das richtige Wetter, um sich in den Urlaub aufzumachen... ich habe scheiße geschlafen und laufe hier seit zwei Stunden rum. Sicher die Anspannung, ob alles klappt heute, aber irgendwie auch, weil ich gerade nicht so checke, was bei uns scheinbar seit Dienstag passiert ist. Keiner von uns hat auch nur mit einer Silbe erwähnt wie er es gefunden und empfunden hat. Ich kann nur für mich sagen, dass ist nicht meine übliche Vorgehensweise! Eine Vermutung macht sich breit: das muss ja echt scheiße gewesen sein! Beide schweigen darüber und die WhatsApp Kommunikation ist auf das Minimale geschrumpft. Hmmmmmmm.........
Da wir aber in vielen Dingen noch gar nicht wissen, wie der andere tickt, könnte es auch wieder ein Missverständnis sein.

Ich habe keine Ahnung, aber es beschäftigt mich sehr…“

Zehn Mal las sie die Nachricht noch durch und überlegte ob es richtig war, was sie geschrieben hatte, dann schickte sie sie los.
Bereits eine Sekunde später bereute sie es schon und hätte sie dafür sorgen können, dass die Nachricht gelöscht würde, hätte sie es getan. Sie hatte keine Ahnung, wie Philip auf diese Nachricht reagieren würde. Vielleicht würde er eine solche Ansage nicht haben wollen und den Kontakt mir ihr beenden. Vielleicht war ihm das schon zu kompliziert.
Marie dachte wieder einmal über das Profilbild nach, dass sie gesehen hatte an dem ersten Tag als sie Philips Nummer einspeicherte.
Das Bild, das am nächsten Tag bereits wieder verschwunden war. Das Bild, auf dem sich viele Frauen um einen Mann versammelt hatten vor einer Bar mit Gläsern in den Händen und diesem Mann zuprosteten. Einige Male hatte sie sich bei ihren ganzen Überlegungen um Philip und um sein merkwürdiges Verhalten gefragt, ob sie wohl nicht die Einzige war, die er nach einem Firmenevent oder einem anderen Kennenlernen am nächsten Tag anschrieb, um Kontakt aufzunehmen. Marie kam der Vergleich mit den Seemännern, denen nachgesagt wurde, dass sie in jedem Hafen eine andere haben, und im Herzen entschuldigte sie sich bei allen Außendienstlern, denn eine Parallele machte sich breit, dass vielleicht Außendienstler an jedem Autobahnkreuz eine Andere haben könnten.

Am Ende gab sie sich die Schuld für diese ganze komplizierte Denkweise, die sie scheinbar nur deshalb an den Tag legte, weil sie so verwirrt über sein Verhalten war. Philip könnte auch einfach nichts Böses im Schilde zu führen, sondern dieses eine Mal mit ihr einfach nicht so ernst nehmen, wie sie. Es gab schließlich viele Menschen, auch in Maries Freundes- und Bekanntenkreis, die gegen einen One-Night-Stand nichts einzuwenden hatten. Selbst wenn man in einer Beziehung war. Alles war scheinbar kein Problem, allerdings sollten beide Beteiligten auf Augenhöhe darüber Bescheid wissen.
Wahrscheinlich war sie es, die viel zu hohe Erwartungen in dieses Kennenlernen setzte. Philip hatte ihr nie irgendetwas versprochen, dass musste sie zugeben, sondern nur gesagt „Ich freue mich schon dich weiter kennenzulernen.“ Hatte sie das so missverstanden?

Am Vormittag machte sie sich mit ihrem Gepäck auf den Weg zum Flughafen. Marie holte Annabell ab, die bereits mit ihrem Koffer vor der Haustür auf sie wartete. Mit der festen Absicht sich zu entspannen, machten sie sich auf den Weg.
Sie wollte den Urlaub nutzen, um ihre Trennung zu verarbeiten und ihren merkwürdigen Auszug, der so gut wie ausschließlich auf ihren Schultern lag. Sie hatte sich diesen Urlaub verdient und wollte jetzt endlich aufhören nur an Philip zu denken. Jedoch merkte sie, dass ihr das bisher nur unzureichend gelang. Die Tatsache, dass er seit über drei Stunden nicht auf ihre Nachricht geantwortet hatte, versetzt

Marie wieder in enorme innere Unruhe. Sie war sich sicher, dass er ihre Nachricht bereits gelesen haben musste.
Was sollte sie nur tun, um sich von diesen Gedanken nicht die Laune vermiesen und den weiteren Tag verderben zu lassen?
Nach einer Autobahnfahrt von knapp zwei Stunden erreichten sie den Flughafen und fanden dort sofort den gemieteten Parkplatz in einem Parkhaus. Wenig später standen sie in der Schlange am Schalter, um einzuchecken. Marie nutzte die Zeit, um auf ihr Handy zu schauen.
Nur eine Nachricht von Fabian fand sie vor. „Hey Kleine. Ich wünsche e

uch einen schönen Urlaub. Pass auf dich auf!“
Beim Lesen der Nachricht huschte ein Lächeln über Maries Gesicht, dass Annabell sofort auffiel. „Wer hat dir geschrieben?“, fragte sie daraufhin. „Der Fabian wünscht uns einen schönen Urlaub.“
Als sie das sagte dreht sie ihr Handy zu Annabell, damit sie die Zeilen selbst lesen konnte. „Das ist aber lieb.... Du weißt schon, was das bedeutet, wenn man schreibt pass auf dich auf ... oder?“
„Was denn?“, fragte Marie. Sie wusste es, wollte es aber einfach nochmal bestätigt haben wollen „Das heißt so viel wie ... ich hab dich lieb!“
„Hmmm“, gab Marie in Gedanken von sich und dachte dabei an die Bedeutung zwischen ihr und Fabian. Sie schrieb einen Gruß zurück und steckte das Telefon zurück in ihre Handtasche. In diesem Moment nahm Annabell sie in den Arm und flüsterte ihr zu „Ich hab dich lieb, Mama!“ „Und ich dich auch,

mein Kind. Und jetzt machen wir uns eine tolle Woche“, gab sie ihrer Tochter zur Antwort und das war auch wirklich ihr festes Vorhaben.
Annabell hatte eine besondere Bindung zu ihrer Mutter. Die schon seit ihrer Geburt so bestand. Laura war fast zwei Jahre älter als ihre jüngere Schwester und von Anfang an ein selbständiges Kind gewesen. Sie wollte immer nur in ihrem Bettchen schlafen, gab sich stets mit allem zufrieden und spielte oft allein mit ihren Spielsachen. Annabell war völlig anders. Sie musste in den Schlaf getragen werden, wollte jede Nacht bei ihren Eltern ins Bett und ging Marie auch tagsüber nicht von der Seite.
In den letzten Jahren hatte sich das Mutter-Tochter Verhältnis in ein Freundinnen-Verhältnis gewandelt, jedoch niemals mit dem fehlenden Respekt, den Kinder ihrer Mutter entgegenbringen sollten, wenn sie eine gute Erziehung genossen haben.
Die kürzliche Trennung ihrer Mutter befürwortet Annabell und hoffte insgeheim, sie würde dieses Mal standhaft bleiben, falls er sie wieder nach ein paar Wochen kontaktieren würde, um sie zurück haben zu wollen. Sie merkte, wie es ihrer Mutter in den letzten zwei Jahren nicht gut ging und war froh, dass sie diesen Mann endlich los war. Jedoch wünschte sie sich aber einen neuen, liebevollen Partner an der Seite ihrer Mutter, der ihr guttat. Sie wusste von Fabian, weil sie ihn und ihre Mutter eines Nachts zusammen hatte wegfahren sehen. Und sie ahnte, dass das eine spezielle Geschichte war. Marie hatte ihr das Versprechen abgenommen, niemals mit irgendjemand darüber zu reden.

Auch von Philip wusste sie. Marie hatte ihr kurz nach dem Event in ihrer Firma von ihm erzählt, weil sie dachte es wäre eine wunderbare Fügung, dass er in ihr Leben getreten war und sie glaubte, dass Annabell sich für sie freuen würde.
So kam es, dass sie ab und zu fragte, was mit diesem Philip wäre und Marie ihr fast alles, was bisher passiert war, erzählte. Annabell hörte sich immer still alles an und sagte dann, weil sie bemerkte, wie aufgewühlt ihre Mutter durch das Verhalten dieses Mannes wurde „Mama, pass auf dich auf!"
Nachdem sie das Check-in erledigten, die Koffer aufgegeben waren und sie die Bordkarten in ihren Händen hielten, entspannte Marie sich merklich. „Sollen wir uns ein Laugenbrötchen und etwas Kaltes zu Trinken besorgen? Ich habe Hunger und Durst", fragte Annabell und Marie stimmt ihr zu, obwohl sie eigentlich nichts von Beidem verspürte. Trotzdem wäre es vernünftig, eine Kleinigkeit zu essen. Der Tag würde noch lang werden und trinken musste sie auch längst etwas. Sie trank eh viel zu wenig. Im Wartebereich vor Gate 26 saßen sie nebeneinander und aßen, während der sich langsam mit weiteren Passagieren füllte. Sie waren gut in der Zeit und hatten noch über eine Stunde bis zum Abflug. Marie war es lieber sie war viel zu früh dran, als das sie auf den letzten Drücker kam oder sogar jemand auf sie warten musste. Bei dieser Einstellung gab es tatsächlich manchmal Unstimmigkeiten zwischen ihr und Annabell, die das für ihr Alter wahrscheinlich angemessen, immer etwas cooler sah und ihre Mutter dann mit Sprüchen wie „Mama, chill mal, wir

sind viel zu früh dran..." in Schach hielt. Meistens konnte Marie mit solchen Bemerkungen locker umgehen, doch manchmal erklärte sie ihrer Tochter, dass sie es für richtig hielt, lieber früher dran zu sein und dass sie sich damit abfinden müsse, wenn sie mit ihrer Mutter unterwegs sei. Und dann gab es einen dieser wenigen Momente, in denen man merken konnte, dass sie Mutter und Tochter waren und Marie in ihrer Eigenschaft als Mutter keinen Zweifel daran ließ, wie sie es haben wollte und dass Annabell sich fügen musste. Keine von Beiden war darüber allerdings verärgert und solche Situationen waren im Nu mit Verständnis für den anderen aus der Welt geschafft. „Gibt es schon eine Antwort von Philip?", traute sich Annabell plötzlich zu fragen, weil sie merkte, dass ihre Mutter gedankenversunken vor sich hinstarrte und von dem regen Treiben um sie herum überhaupt nichts mitbekam. Immer mehr Gäste trafen ein, die sich in der viel zu kleinen Sitzecke am Gate versammelten. Kleine Kinder, die scheinbar müde waren von einer langen Anreise, weinten auf den Armen ihrer Mütter und Väter. Ihnen gegenüber saß ein junges Paar, das sich in den Armen lag und sich augenscheinlich auf ihren Urlaub freute. Zwei ältere Damen hatten sich die zuhause vorbereitete Verpflegung ausgepackt und aßen schweigend ihre belegten Butterbrote. Doch Marie war so weit weg mit ihren Gedanken, dass sie von alledem nichts mitbekam. Erst als Annabell sie ansprach war sie plötzlich wieder da, wo auch ihr Körper war. „Ich weiß es nicht", gab sie mechanisch zurück und begann gleichzeitig in ihrer Handtasche, die neben ihr auf dem Boden stand, nach ihrem Handy zu kramen. Sie sah auf das Display und im selben Moment schlug ihr das Herz bis zum Hals. Sie konnte gar nichts sagen, sondern dreht das Handy nur in Annabells Richtung, so, dass sie sehen konnte, dass auf dem Display stand: Nachricht von Philip. Marie wurde augenblicklich schlecht. Sie spürte ihr Herz so heftig in ihrer Brust schlagen, dass es sich schmerzhaft anfühlte und der Puls in ihrer Halsschlagader pochte so sehr, dass sie glaubte, jeder der Anwesenden würde es bemerken. „Willst du es nicht lesen, Mama?“, fragte Annabell, als sie sah, dass ihre Mutter weiterhin das Telefon anstarrte, ohne sich zu regen. Sie tat ihr in diesem Augenblick so leid und sie hätte ihr gerne geholfen, jedoch konnte sie nichts tun. Dennoch hakte sie sich durch Maries Arm, der neben ihr auf der Lehne des Sitzes lag, hindurch und streichelte ihn, um sie zu bestärken und um ihr zu zeigen, dass sie für sie da war. Marie erkannte, dass die Möglichkeit die Nachricht nicht zu lesen, um Befürchtungen und Enttäuschungen zu vermeiden, keine wirklich gute Variante war, denn dann konnte sie sich genauso wenig entspannen. Also trank sie noch einen Schluck aus der Flasche, die sie zwischen ihre Beine geklemmt hatte, verschloss die Bäckertüte mit dem Rest des Brötchens und legte sie neben sich auf den Sitz. Dann schaute sie Annabell an. Beide sagten für ein paar Sekunden kein Wort. Dann nickte Annabell ihrer Mutter auffordernd zu. „Lies es!“, flüsterte sie mit einer weichen, lieben, Vertrauen schenkenden Stimme und der Druck ihrer Hand, auf der ihrer

Mutter, nahm im selben Moment etwas zu. Ohne ein Wort zu sagen, öffnete Marie die Nachricht und las. Es war eine lange Nachricht. Die längste, die Philip bisher jemals an sie geschrieben hatte. Annabell wandte den Blick ab und beobachtete das verliebte Paar gegenüber. Sie wollte ihrer Mutter diesen Moment geben, in dem sie allein mit der für sie bestimmten Nachricht war. Sie wollte nicht den Eindruck erwecken, dass sie sie drängelte ihr den Inhalt mitzuteilen. Sie wusste, dass ihre Mutter ihr den Inhalt der Nachricht sagen würde. Vielleicht würde sie sie ihr sogar zeigen. Deshalb konnte sie ihr ganz ruhig und respektvoll diesen Augenblick geben, der nur ihr und der Nachricht von Philip galt. Und sie hoffte für ihre Mutter, dass ihr dieser Philip mit seiner Nachricht nicht wehtun würde. Aus den Augenwinkeln heraus und an Maries Körperhaltung, die sich von Sekunde zu Sekunde etwas entspannte, während sie las, merkte Annabell, dass Philips Worte sie zumindest nicht grundtief verletzten. Das erleichterte sie und sie wartete, bis ihre Mutter aufhörte zu lesen. Sie schien die Zeilen mehrmals zu lesen. Dann hob sie den Kopf und sah ihre Tochter an. „Er wünscht uns einen schönen Urlaub. Es war alles okay und er fand den letzten Abend toll. Er fand es schön und erotisch und leidenschaftlich. Er ist etwas peinlich berührt, weil sich die Situation auf dem Sofa so entwickelt hat und das für ihn auch spontan war. Und, er hat große Probleme mit einem Wirbel seiner Halswirbelsäule, die auf einen Nerv drückt und seine Arme schmerzen und einschlafen lässt. Deshalb schreibt er zurzeit nicht viel. Wir sollen die Zeit genießen und er drückt mich. Kuss Smiley“

Annabell hatte in den Tagen zuvor bemerkt, dass Marie irgendetwas bedrückte. Sie war in Gedanken oft woanders, wenn sie sich trafen. Sie war in sich gekehrt und lachte selten. Daher hatte sie gefragt, ob etwas nicht in Ordnung war und dann erzählte sie, was sie mit Philip bisher alles erlebt und welche Merkwürdigkeiten sich ergeben hatten. Bei der Autofahrt zum Flughafen hatte Marie dann erzählt, was sie in den letzten Tagen so bedrückte und dass sie Philips ganzes Verhalten nicht richtig verstehen konnte.

Marie war immer hin und hergerissen, was sie Annabell erzählen sollte. Schließlich war sie ihre Tochter und es gehörte sich nicht, wenn Eltern ihren Kindern von ihren Liebschaften erzählten. Jedoch hatte sie das Zusammenleben mit Maries Ex-Partner selbst miterlebt, konnte die Trennung von ihm nur gutheißen und freute sich, dass ihre Mutter einen Mann kennengelernt hatte. In den ersten Tagen nach ihrer Begegnung hörte sich ja auch alles noch nach einem ganz normalen Kennenlern-Vorgang an. Dass aus einer oder zwei geplatzten Essengeh-Verabredungen auch nach fünf Wochen nichts geworden war, sich Philip manchmal über Stunden oder Tage nicht meldete und sich herausstellte, dass er der Bestimmer dieser sich als ungewöhnlich entwickelnden Bekanntschaft war, konnte Marie ja nicht wissen, als sie vor ein paar Wochen ihrer Tochter freudestrahlend erzählte, dass sie einen netten Mann kennengelernt habe, mit dem sie sich schrieb und verabredet hatte.

Seitdem fragte Annabell natürlich, wie sich alles entwickelte und nahm wahr, dass ihre Mutter manchmal ausgelassen und bester Laune, aber an anderen Tagen verschwiegen, nachdenklich und traurig war. Jedenfalls war Annabell so weit beruhigt, dass durch die Nachricht von Philip scheinbar nicht der Urlaub und die Stimmung gefährdet waren. „Ich antworte später darauf…“, sie atmete hörbar auf und steckte das Handy zurück in ihre Tasche. Dann aß sie weiter von ihrem Brötchen und trank einen großen Schluck aus ihrer Flasche. „Siehst du, es ist alles in Ordnung so weit. Hattest du gewusst, dass er Probleme mit einem Wirbel hat?“, fragte Annabell. „Ja, er hat davon erzählt und bei seinem letzten Besuch hat er auch ein paar Mal seinen Arm ausgeschüttelte, so wie man es automatisch macht, wenn es kribbelt oder schmerzt“. „So und jetzt wollen wir mal eine wunderschöne Urlaubswoche beginnen und das Grübeln lassen. Es ist ja alles in Ordnung“, sagte Marie und es hörte sich an, als wäre es ein für sie selbst angesagtes Mantra.

Bald darauf wurde ihr Flug aufgerufen und ungefähr zwanzig Minuten später saßen sie beide auf ihren Plätzen im Flugzeug. Marie überließ Annabell den Fensterplatz und beide beobachteten die Flugpassagiere, die an Bord kamen, ihre Plätze suchten und ihr Gepäck verstauten. Ein paar Mal stießen sie sich gegenseitig an den Knien an, wenn ihnen jemand besonders auffiel. Dann tuschelten und lachten oder lästerten darüber. In ein paar Stunden würden sie auf Teneriffa landen und den tristen Winter in Deutschland für eine Woche vergessen können. Annabell nahm die Hand ihrer Mutter, drückte sie fest und sagt „Mama, vielen Dank für diesen Urlaub, zu dem du mich eingeladen hast. Wir machen uns eine schöne Woche und jetzt entspann dich mal.... Du fährst mit mir in den Urlaub!"

Es ist ein Glück, wenn man so ein Mutter-Tochter-Verhältnis hat. Marie investierte viele Jahre und viel Energie und Kraft, um mit ihren Töchtern eine ehrliche, vertrauensvolle, freundschaftliche und respektvolle Verbindung zu schaffen. Es waren keine leichten Jahre nach der Trennung vom Vater der Mädchen. Die Kinder waren damals erst sechs und vier Jahre alt und Marie besaß keine Arbeit als sie mit den Beiden aus dem gemeinsam erbauten Haus auszog. Irgendwie war ihr Alles gelungen. Wie, wusste sie heute nicht mehr. Es war schon so lange her. Aber was sie noch wusste, war, dass die Kinder immer an erster Stelle standen.

In diesem Augenblick erinnerte sie sich daran und dachte mit einer dankbaren und zufriedenen Stimmung an das, was daraus geworden war. Sie schaute Annabell an und antwortete: „Das habe ich gerne gemacht und vielen Dank, dass du mit mir fährst."

Dann nahm sie ihr Handy aus der Handtasche. Es dauerte noch ungefähr eine Viertelstunde bis zum

Start und es gab noch keine Aufforderungen technische Geräte auszumachen und deshalb wollte Marie schnell die Zeit nutzen, um eine Antwort an Philip zu schreiben.

„Hey Philip. Wir sitzen im Flieger und warten auf den Start. Ich wusste nicht, wie groß deine Probleme mit der HWS sind, glaube aber, dass diese Probleme das tägliche Leben sehr beeinträchtigen. Ich wünsche dir gute Besserung und heute eine schöne Weihnachtsfeier. Kuss Smiley"

Als sie das Handy ausmachte und in ihre Tasche gleiten ließ, tadelte sie sich selbst:

< das war mies! Du bist den geringsten Widerstand gegangen! Warum hast du nicht gefragt, ob die HWS- Probleme wirklich der Grund sein können, dass man so reagiert wie er! Da kann man auch keine Telefonate führen? Da kann man nicht mal sagen, dass es schön war? Deswegen reagiert man über mehrere Tage so merkwürdig? Stattdessen hatte sie rumgesäuselt und ihm gute Besserung gewünscht und sich mit seinen Erklärungen zufriedengegeben, obwohl ihr Bauchgefühl etwas ganz anderes sagte. Das durfte doch nicht wahr sein!!>

Es war nach Einundzwanziguhr, als beide ihre Kabinentür öffneten und sich mit einem „Rumms" auf ihre Betten fallen ließen. Endlich an Bord, endlich auf der Kabine. Sofort sprang Marie wieder auf. Öffnete die große Glasschiebetür und trat einen Schritt auf den Balkon, der zu ihrer Kabine gehörte. Trat weiter an die Reling und schaute hinaus in den

Hafen von Teneriffa, in dem noch ein geschäftiges Treiben und Gewusel war. Sie hätte diesen Augenblick so gerne mit Philip geteilt und machte deshalb schnell ein Foto um es an ihn zusenden. „... Gerade angekommen. Liebe Grüße, ich drücke Dich Kuss Smiley“

Über eine Stunde später erhielt sie seine Antwort „Ich Dich auch. Kuss Smiley“

< *enttäuschend* >

VIERZEHN

Die Urlaubswoche war perfekt. Sie genossen die Zeit, lasen Bücher und schauten aufs Meer. Bei den Stopps auf den verschiedensten Kanarischen Inseln machten sie Ausflüge, verstanden sich gut und lachten viel. Marie zeigte Annabell einen typischen Markt auf Madeira. Sie probierten exotische Früchte und ließen sich inspirieren von den vielen neue Eindrücken. Es war herrlich warm. Sie konnten in kurzen Hosen und Sonnentops ihre Ausflüge bestreiten und sich an Seetagen im Badeanzug an Deck sonnen. Marie war großzügig und gönnte sich und ihrer Tochter alles, was das Herz begehrte. Abends zeigte sie, wie man mit herzlicher Art auf Menschen zugeht und so saßen sie nach den Mahlzeiten oft mit fremden, gerade erst kennengelernten Menschen am Tisch zusammen und tranken noch Wein oder Bier in herrliche Gespräche vertieft. Diese Menschen traf man an den folgenden Tagen irgendwo wieder und so kam es, dass es über die Woche hinweg immer geselliger wurde. Annabell liebte diese Gabe an ihrer Mutter und nahm sich vor, genauso herzlich und emphatisch durchs Leben zu gehen, wie sie.

Manchmal machten sie aber auch Dinge getrennt voneinander und trafen sich dann später wieder auf ihrer gemeinsamen Kabine. Am zweiten Abend saßen sie an einem großen Tisch in einem Restaurant, um zu essen, als zwei Männer sie ansprachen, ob sie sich zu ihnen an den Tisch setzen dürften.

Natürlich bejahten beide diese Anfrage. Das Aufeinandertreffen war eine glückliche Fügung und so kam es, dass sie an allen weiteren Tagen irgendwie und irgendwann miteinander zusammen waren. Die Männer kamen aus St. Peter-Ording und waren Freunde, die gemeinsam eine Woche Urlaub machten. Einer von ihnen war verheiratet, der andere Single. Sie waren Mitte Dreißig und hatten eine gute Mischung aus Humor und Intellekt, sodass sie neben lustigem Bullshit auch über ernste Themen sprechen konnten. Mehrmals trafen sie sich zum Essen oder spät abends in einer Bar. Dann tranken sie sie etwas zusammen und hatten lustige Abende. Annabell flirtete mit einem Barkeeper, mit dem sie sich später in dieser Nacht noch heimlich in irgendeinem Treppenhaus, das nur dem Personal zugänglich war, verabredete. Das erzählte sie ihrer Mutter aber erst auf dem Heimflug. Die kennengelernten Jungs luden sie hin und wieder zu einem Drink ein und Marie revanchierte sich natürlich später bei ihnen. Und ein anderes Mal trafen sie sich zufällig auf einem Shoppingausflug, bei dem sie einen Kaffee miteinander tranken. Mutter und Tochter hatten irgendwie eine neue Zeit. Beide erwachsen, beide tranken an der Bar ihre Drinks. Marie sah, wie Annabell ihr eigenes Ding machte. Sie wurde von Jungs in ihrem Alter angesprochen und hatte es immerhin geschafft diesen Barkeeper, der sicherlich seine ausdrückliche Anweisung hatte, sich nicht mit den Gästen abzugeben, so zu beeindrucken, dass es zwischen den beiden knisterte, wenn sie sich ansahen und er ihr hin und wieder einen der angesagtesten Drinks über den Tresen schob. Das war ein lustiger Abend, nachdem Marie und die Männer aus St.-Peter das bemerkten und ihre Späße dazu machten. Auch Marie wurde manchmal von jemandem angesprochen und zu einem Getränk eingeladen, der urplötzlich neben ihr an der Bar stand und sie in ein Gespräch verwickelte. An einen Abend blieben sie bis weit nach Mitternacht, am nächsten nur auf einen Drink und am wieder nächsten bis morgens um Fünf. Es war herrlich unkompliziert. Als sie an einem Abend noch keine Lust auf ihre Kabine hatten als die Bar schloss, beschlossen sie noch einen Besuch in der Diskothek zu machen. Das war die einzige Lokation, die bis morgens aufhatte. Annabell staunte nicht schlecht, als ihr Barkeeper dort im Dienst war. Und wieder ging die Flirterei los, allerdings nur so, dass keiner der Gäste oder Bediensteten es bemerken konnten. Marie musste grinsen und stellte fest, dass ihre Tochter einen außerordentlich speziellen Geschmack für ihren Flirt hatte. Der junge Mann war etwas Besonderes. Er trug ein schwarzes Oberhemd, unter dem man einen sehr guten Körperbau erkennen konnte. Die Ärmel waren bis zum Oberarm aufgekrempelt und am Handgelenk saß eine fette goldene Armbanduhr. Bei einhundert Männern hätte Marie diese Uhr doof gefunden, aber zu ihm passte sie. Sehr authentisch. Genauso, wie seine außergewöhnliche Frisur. Denn er trug seine pechschwarzen Haare in einem verwegenen Durcheinander, bei dem ihm hin und wieder eine Haarsträhne ins Gesicht fiel. Mit einem Schmunzeln sah Marie ihrer Tochter zu, wie sie den Abend verbrachte und ordentlich Spaß dabeihatte. Sie selbst wurde an diesem Abend von einem Gast eingeladen, der augenscheinlich mit ihr ins Gespräch kommen wollte. Eigentlich gab es nichts gegen ihn einzuwenden. Er war gut gekleidet, in ihrem Alter und schien sehr nett zu sein, jedoch stand Marie nicht der Sinn nach flüchtigen Männerbekanntschaften. Außerdem machte eine Unterhaltung in diesem Club, in dem die Musik so laut war, dass man sich anschreien musste, wirklich keine Freude. Daher verabschiedete sie sich kurzerhand und ging. Annabell gab sie noch schnell Bescheid und wünschte ihr noch einen lustigen Abend. Dann sagte sie ihrem Verehrer sie müsse mal kurz zur Toilette, und auf seine Frage, ob sie wiederkäme, nickt sie nur, wissend, dass das nicht der Fall sein würde. Sie freute sich, als sie in ihrer Kabine ankam. Ganz allein nach einem schönen Abend. Zuerst öffnete sie die Glasschiebetür nach draußen und trat dann hinaus auf den Balkon. Es war stockdunkel und sie hörte die Wellen, die durch die Verdrängung des Schiffes entstanden, das leise summend durch das Meer glitt. Marie liebte dieses Geräusch. Das war auch der Grund, warum sie auf all ihren Schiffsreisen eine Balkonkabine buchte. Damit sie nachts einen Spalt die Tür auflassen konnte, um genau dieses Geräusch zu hören. Dann nahm sie sich einen

Piccolo aus der Minibar, suchte ihr Telefon und setzte sich mit beidem auf den Balkon.

Was für ein Moment.

Marie war dankbar dafür. Nach alledem, was in den letzten Monaten geschehen war. Dass sie die Möglichkeit und die Mittel hatte, diese Reise zu machen. Auf dem Display des Telefons gab es jede Menge Mitteilungen. Emails, Facebook, ein Anruf ihrer Mutter und eine Nachricht von Fabian. „Hoffe, ihr habt es schön und du kannst es genießen! Liebe Grüße und bis bald."

Marie drückte ihr Telefon kurz an ihre Brust, vielleicht um Fabian damit nah zu sein. Es war bestimmt der Alkohol, der sie glauben ließ, dass das wirklich funktionierte. Aber es war ihr egal. Sie schrieb ihm eine Antwort und wusste, dass es weniger Worte bedurfte, um alles auszusagen, was nötig war zwischen ihnen. Es war eine wunderbare Sache und manchmal erwischte sie sich dabei, wie sie über die Möglichkeit einer ernsthaften Beziehung mit Fabian nachdachte. Jedoch verwarf sie jedes Mal diese Überlegung mit einem heftigen Kopfschütteln und den Gedanken an den bestehenden Altersunterschied. Das ginge nicht gut. Schade, Fabian war ein Goldstück von Mann. Er tat ihr leid, wenn sie daran dachte, was er durchgemacht hatte in den letzen Jahren und er war noch lange nicht fertig damit, dass ahnte sie. Seine Kinder waren noch klein und es würde in den nächsten Jahren eine Vielzahl von Berührungspunkten geben, in denen er mit seiner Ex-Frau über die Belange der Kinder zusammentreffen würde. Er war noch längst nicht befreit von dieser schwierigen Frau.

Von Philip hörte sie nichts und das machte sie traurig.

Nach der Nachricht am ersten Abend bei Ankunft an Bord und ihrem Bild mit den Worten „ich drücke dich“ und seiner Antwort „ich dich auch“, hatte Marie absichtlich gewartet, ob er sich mal bei ihr meldete. Nach drei Tagen des Schweigens konnte sie dann nicht anders, als ihm am Tag zuvor ein Foto von Madeira zu schicken, mit einem kleinen Gruß und dem Wunsch nach einem schönen Tag für ihn. Das war morgens. Darauf kam abends um kurz vor neunzehn Uhr seine Antwort „den wünsche ich dir auch.“ Da war es mal wieder so weit, dass Marie erst unsagbar traurig war und kurze Zeit später vor Wut kochte .... Wut auf ihn und noch mehr Wurt auf sich selbst. Sie sollte ihn einfach in den Wind schießen. Feierabend.

Auf keinen Fall würde sie sich in den nächsten Tagen bei ihm melden. Irgendwann war schließlich auch ihr Konto der Enttäuschungen mal voll. Das war im Übrigen noch voll von ihrem letzten Partner, diesem blöden Oberarschloch, mit dem sie so viele Jahre ihres Lebens verbracht und der sie am Ende genauso ausgetauscht hatte, wie sein Motorrad, sein Auto, sein Instrument oder sonst irgendetwas anderes.

Maries Gedanken kamen jetzt so richtig in Fahrt. Alle aufgestauten Gefühle mussten in diesem Augenblick, als sie allein auf dem Balkon ihrer Kabine auf Deck 10 in der Nacht auf dem Atlantik saß, raus. Sie merkte nicht, wie lange sie dasaß, doch plötzlich stand sie auf, stelle die leere Sektflasche auf dem Fußboden ab, ging ins Bad, um sich die Zähne zu putzen und sich frisch zu machen und kroch danach unter die Bettdecke und löschte das Licht.

Zu vielen Gedanken war sie nicht mehr fähig.

Scheiß Alkohol. Macht sensibel. Macht schwach.

< *Philip kann ich immer noch abschießen... Später...* >

Es folgte noch zwei großartige Tage an Bord mit Besuchen auf Fuerteventura und Las Palmas, und dann die Rückreise, mit schönen Erinnerungen an einen perfekten Urlaub.

Erst spät in der Nacht landete die Maschine in Deutschland. Nachdem das Gepäck abgeholt und im Auto verstaut war, machten sie sich auf den zweistündigen Weg nach Hause. Als Marie endlich völlig geschafft in ihrem Bett lag, war es viertel vor Vier nachts.

Am nächsten Tag war der 4. Advent und in zwei Tagen Weihnachten.

FÜNFZEHN

Es war schon hell als Marie wach wurde und sich erst einmal zurechtfinden musste. Normalerweise hatte sie ein Gespür dafür, wie spät es ungefähr war, wenn sie erwachte, doch an diesem Morgen war das anders. Da sie erst gegen vier Uhr in der Früh schlafen gegangen war, konnte sie nicht einschätzen, wie viel Uhr es war. Gespannt schaute sie auf den Wecker, der auf dem Nachttisch stand. 10.38 Uhr. Marie war gelassen erfreut. Es war Sonntag, sie hatte keine Termine und konnte sich an diesem Tag alle Zeit der Welt nehmen für alles, was sie machen wollte. Sie kletterte aus dem Bett ging im Badezimmer vorbei und machte dann ihren Kaffeeautomaten an. Im Kühlschrank fand sie frische Milch, die Laura für sie eingekauft hatte. Erst jetzt sah sie, dass ihre Esszimmerlampe über ihrem Esstisch angebracht war, und voller Freude betätigte sie den entsprechenden Lichtschalter. Sie sah wunderschön aus. An einer der vier Lampenschirme, die von der Decke herunterhingen, klebte ein Zettel auf dem stand „Willkommen zurück". Der Gruß war von Laura, denn sie war es, die die Lampe angebracht und installiert hatte. Laura arbeitete in der Entwicklung eines großen Industriebetriebes. Seit ihrer Ausbildung war sie für alle anfallenden handwerklichen Tätigkeiten zuständig, die sie mit Bravur und größter Kompetenz ausführte. Als der Kaffee mit dem bekannten Summen aus der Maschine in die Tasse lief und sich Kaffeegeruch im ganzen Raum breit machte, überkam Marie ein schönes Gefühl von Zufriedenheit. Mit der Kaffeetasse in der Hand kniete sie sich im Wohnzimmer auf den Fußboden, um das große Paket anzusehen, dass während ihrer Abwesenheit angekommen war. Marie freute sich auf den Inhalt. Es war ihr neues Fernseh-Lowbord das sie sich vor ihrem Urlaub noch bestellt und Laura in der vergangenen Woche für sie angenommen hatte. Leider musste es noch montiert werden. Eigentlich dachte sie selbstbewusst, dass sie das, allein übernehmen könnte. An den anstehenden Feiertagen hatte sie sicherlich dafür Zeit, jedoch war sie sich dessen überhaupt nicht mehr sicher, als sie die Montageanleitung in ihren Händen hielt. Oh je… hier war schon auf der zweiten Seite von zwei Personen die Rede, die zur Montage empfohlen wurden. Etwas frustriert ließ sie die Anleitung einfach fallen und ging mit dem Kaffee zurück in ihr Schlafzimmer. Sie stelle die Tasse auf die Anrichte und öffnete ihren Koffer. Nach und nach entnahm sie zuerst die Kulturartikel und verstaute alles wieder im Bad, wo es hingehörte. Dann sortierte sie die getragene Wäsche aus dem Koffer nach dunkel und hell und machte daraus zwei Häufchen für die Waschmaschine. Im Nu war der Koffer leer und sie verstaute ihn schnell wieder im Abstellraum auf dem Schrank. Saubere Wäsche wurde wieder im Kleiderschrank einsortiert und dann huschte sie schnell im kurzen Nachthemd, dass sie noch trug über den Flur zum Wäscheraum, indem alle Mietparteien ihre Waschmaschinen und Waschutensilien hatten. Mit der zweiten Tasse

Kaffee kuschelte sie sich noch einmal ins Bett und nahm ihr Handy. Auf dem Display las sie: eine neue Nachricht von Philip.... Diese Anzeige war von 8.13 Uhr und fast drei Stunden alt. Fast hätte sie angefangen sich darüber zu ärgern, dass Philip ihr schon vor Stunden geschrieben und sie es noch nicht gesehen hatte. Aber der aufkommende Ärger wich sofort der Freude über die angekommene Nachricht, deren Inhalt Marie noch nicht kannte.

„Hey. Ich wünsche Dir einen schönen 4. Advent" vier Kuss Smiley.

Welchen Inhalt sie erwartete, darüber hatte sie nicht nachgedacht, denn im Urlaub war sie von so vielen Gedanken gefesselt worden, dass sie fast verrückt geworden war und irgendwann, vielleicht an dem Abend als sie allein noch spät auf dem Balkon ihrer Kabine saß, hatte sie beschlossen, dass Schluss damit sein musste. Erstaunlicher Weise hatte das funktioniert. Es war bestimmt der Selbstschutz vor weiteren Enttäuschungen. Immerhin dachte er an sie und schrieb sofort, als sie zurück war.

„Hey, vielen Dank! Ich wünsche Dir auch einen schönen, ruhigen 4. Advent." Kuss Smiley.

Und eine weitere „Ich muss mich erstmal wieder einnorden... Bin erst seit heute Nacht um vier wieder zuhause."

Seine Antwort darauf kam um 13.31 Uhr. „Oh. Willkommen in D."

„Habe schon Koffer ausgepackt und Wäsche angestellt. Ab jetzt widme ich mich Weihnachten. Und du? Urlaub?“

Nach mehr als einer Stunde eine Antwort. „Jap, habe jetzt frei, werde aber ab und zu geschäftliche E-Mails bearbeiten.“ Eigentlich hätte sie erwartet, dass er vielleicht mal eine Verabredung vorschlägt, ein Essengeh-Termin oder eine Einladung zu sich nach Hause. Wenigstens aber eine Frage, ob er mal wieder bei ihr vorbeikommen solle. Nachfragen zum Urlaub oder zu den bevorstehenden Feiertagen kamen auch nicht. Deshalb entschied sich Marie für eine sachliche weitere Nachricht, um ihr Vorhaben, keine Enttäuschungen zu bekommen, weiter beizubehalten. „Ich wünsche dir auf jeden Fall schöne freie Tage und eine gute Entspannung für deine HWS!“ Seine Antwort kam sofort „Das wünsche ich dir auch.“ Weihnachtsbaum und Nikolausbild.

Kurz fragte sich Marie, warum sie jetzt zum Beispiel kein Telefonat führten. Das wäre doch eine gute Möglichkeit und sicher das Selbstverständlichste auf der Welt... gerade war es ihr aber egal, denn sie hatte bereits andere Pläne für den Tag.

Während sie seit dem Aufstehen bestimmt schon zehn Mal an dem aufgerissenen Paket, das in ihrem Wohnzimmer lag, vorbeigelaufen war, war ihr immer klarer geworden, dass sie dieses Möbelstück wohl allein nicht aufgebaut bekam. Aber eigentlich freute sie sich so sehr drauf und wollte es auch gerne montiert haben. Sie war da genauso, wie eigentlich alle Frauen. Konnte es nicht abwarten und alles musste immer sofort sein. Also hatte sie eine Idee. Sie nahm ihr Handy und schrieb eine Nachricht an Fabian.

„Hey Großer, ich bin aus dem Urlaub zurück und habe eine unverschämte Frage. Hast du heute vielleicht Zeit und Lust mit mir ein kleines Fernseh-Lowbord aufzubauen. Ich kann das nicht allein…“

Dann schickte sie ihm noch das Bild von der Montageanleitung, damit er wusste um was es sich handelte. Fabian antwortete unmittelbar. Begrüßte sie kurz und freute sich, dass sie wieder da war. Dann schrieb er, dass er schon seine Sportklamotten anhabe und auf dem Weg zum Basketballtraining wäre, er aber gegen Abend sicher eine Stunde für sie Zeit hätte. Er würde sich bei ihr melden. Marie freute sich schon jetzt. Auf ihren lieben Fabian war Verlass. Er war handwerklich begabt und sie konnten sehr gut zusammenarbeiten. Das hatten sie schon das eine oder andere Mal bewiesen.

Den Nachmittag verbrachte sie mit Zurückmeldetelefonaten bei ihren Eltern, ihrer Cousine und regem Nachrichtenaustausch mit Annabell, die viel länger geschlafen hatte als Marie.

Gegen achtzehn Uhr meldete sich Fabian.

„Hey, ich kann in einer halben Stunde bei dir sein. Muss ich Werkzeug mitbringen?“

Für solche Dinge liebt sie ihn. „Super! Nein, ich habe alles da, was wir brauchen. Ich freu mich."

Eine kurze, feste Umarmung und Freude, dass sie sich wiedersahen. Dann standen sie beide vor dem Paket im Wohnzimmer. Fabian in Jeans und Shirt. Die Turnschuhe zog er im Flur aus. Marie in einem Wohlfühl-Jumpsuit, ohne BH und ungeschminkt. Ihr Lieblings-Rumgammel-Zuhause-Look. „Möchtest du etwas trinken?"

„Nee, lass erstmal.", er kniete sich hin und begann die Montageanleitung zu lesen. Marie öffnete den Karton vollständig, holte einen Sack für die Styropor Verpackung, die zwischen den Brettern und Glasscheiben lag und kam dann mit ihrer Werkzeugkiste wieder. Bis dahin sagte sie kein Wort, um Fabian Ruhe zum Lesen zu geben. „Kriegen wir das hin?", fragte sie jetzt etwas schälmisch, denn sie wusste natürlich, dass er es hinkriegen würde.

„Klar, bester Monteur" und dabei kniff er ihr ein Auge zu.

„Lass uns mal kurz knutschen, bester Monteur" und mit diesen Worten bewegte sie sich schon auf ihn zu. Eine kleine wilde Knutscherei folgte.

„An Bord nichts zu knutschen gehabt?" Fabian konnte es nicht lassen, sie mit solchen Äußerungen zu ärgern, aber vielleicht war auch ein bisschen Neugier dabei.

„Nee, nichts gesucht! Ich war doch mit Annabell unterwegs... Aber jetzt habe ich um so mehr Lust..."

„Erst wird hier mal richtig montiert.“, neckte er sie und schon hatte er wieder die Anleitung in Händen und Marie legte die ersten Teile sorgfältige auf eine Decke, die sie auf dem Fußboden ausgebreitete. Nacheinander begannen sie, ein Teil nach dem nächsten zusammenzufügen. Manchmal saß Marie nur da und schaute Fabian zu und sie lachten und redeten. Dann schwiegen sie wieder, weil Fabian lesen musste und dann wieder forderte er sie auf, ihm zur Hand zu gehen oder ihm irgendein Werkzeug zu reichen. Es war eine schöne, ruhige und vertraute Stimmung zwischen ihnen. Draußen war es schon lange dunkel geworden. Marie hatte die Kerzen des Adventskranzes angemacht. Für die Montage musste allerdings das große Deckenlicht im Wohnzimmer angemacht werden.

„Mach mal richtig Licht an, damit ich auch was sehen kann und nicht nur dieses Dämmerschuppenlicht.“, hatte sich Fabian zu Beginn beschwert. Zwischen ihnen entstand immer weiter das neue Möbelstück. Marie saß auf der einen und Fabian auf der anderen Seite und sie ging ihm zur Hand, wenn er sie darum bat.

Immer wieder kamen sie sich sehr nah und ihre Hände und Finger berührten sich zuerst zufällig, aber manchmal hielt Marie auch kurz seine Hand fest, wenn sie ihm den Schraubendreher hineinlegte und dabei sah sie ihn einfach nur an. Als sie ein Regalbrett festhalten musste, damit Fabian die entsprechenden Schrauben in die vorgebohrten

Löcher stecken und festschrauben konnte, kniete sie sich hin und beugte ihren Oberkörper herunter. Fabian schraubte....

„Ich kann dir bis auf den Bauchnabel sehen.... Keinen BH an heute, sowas aber auch!“

„Konzentrier dich aufs Arbeiten!“, rügte sie ihn. „Ich dachte hier zuhause brauche ich das mal nicht“, fuhr sie dann kleinlaut fort. „Ich glaube wir könnten gleich erstmal eine Pause machen und eine kleine Nummer einschieben.“, gab er überheblich und völlig unromantisch von sich und Marie verdrehte bei seinen Worten die Augen und antwortete „Auf diese Tour nicht, Herr Monteur!“

Und dann spielten sie dieses Spielchen noch eine Weile weiter. Er der grobe, ungehobelte Macher und sie das kleine, arme Mäuschen, das sich wehrte. Und es machte ihnen Spaß, weil sie wussten, dass weder er noch sie das waren, was sie gerade inszenierten.

Marie genoss die Zeit. Fühlte sich wohl. Fühlte sich behütet und verstanden. Es bedurfte nichts weiter. Gerade jetzt in diesem Moment.

Irgendwann griff Fabian völlig ohne Vorwarnung in ihren Ausschnitt und umfasste entschlossen, aber dennoch sanft ihre linke Brust, die ungebettet durch den großen Ausschnitt vor ihm lag, als Marie sich wieder einmal herunterbeugte. Das Spielchen von gerade eben war abrupt vorbei. Fabian ließ den Schraubendreher aus seiner Hand auf die Decke unter sich gleiten, umfasste mit seiner zweiten Hand ihren Kopf und zog sie dabei zu sich heran. Auch Marie war angefacht von Lust und erhob sich sofort, um über das fast fertig zusammengebaute Teil zu steigen, damit sie auf die andere Seite zu Fabian gelangen konnte. Er breitete seine Arme aus, als er sich auf die Decke fallen ließ und Marie legte sich auf ihn. Ihre Lippen suchten sofort wieder einander und es dauerte nicht lange bis Fabian versuchte, mit seiner Hand in ihre Hose zu greifen.

„Was ist das für ein Ding, was du anhast? Wie komme ich hier rein?“ Ungeduldig suchte er überall mit seinen Händen nach einer Möglichkeit und zerrte übertrieben an verschiedenen Stellen am Stoff.

„Gar nicht! Das ist ein Einteiler.“ Marie lachte sanft, küsste ihn weiter und knabberte dabei ganz leicht an seiner Unterlippe.

Seine rechte Hand schob dabei schon den Stoff über ihre Schultern, denn das schien der einzige Weg zu sein, um an sein Ziel zu gelangen.

Und dann waren sie beisammen, wie schon viele, viele Male in den letzten fünf Jahren, seit sie beide mit dieser „Geschichte“ angefangen hatten und scheinbar nicht aufhören konnten, oder wollten. Selbst dann nicht, wenn es zwischendurch vielleicht angebracht gewesen wäre.

Fabian war als erster wieder bereit die Montage fortzusetzen. Das lag sicher daran, dass er kein Romantiker war und vertrautes Beieinanderliegen

Arm in Arm mit ihm nur sehr selten vorkam. Es sollte ja auch nur eine kleine Montageunterbrechungspause werden... Er stand auf, suchte seine Boxershorts und sein T-Shirt und verschwand ohne ein Wort in ihrem Bad. Marie hörte Wasser laufen und etwas später die Frage „Welches Handtuch kann ich benutzen?“ „Nimm dir gerne ein Frisches vom Handtuchstapel auf der Ablage neben der Badewanne.“ Kurz darauf kam er zurück „Los, los Liebelein, nicht träumen und einschlafen jetzt, wir müssen noch fertig montieren.“ Um seinen Worten und seiner Aufforderung mehr Nachdruck zu verleihen, stupste er sie vorsichtig mit seinem Fuß an. Dann nahm er den Jumpsuit, der völlig wirr durcheinander gezogen, wie ein Knäuel auf dem Sofa lag und ließ ihn direkt über Maries Gesicht fallen. „Hier dieses Ganzkörperkondom... hab vergessen wie das heißt... zieh an, weiter geht's... und zieh das nie wieder an, damit komme ich nicht klar...“ Dabei beugte er sich zu ihr herunter und küsste sie kurz und zärtlich auf den Mund und beide lachten dabei. Und damit war, so schnell wie eben aus gemeinsamer Montage Sex geworden war, der Sex vorbei und wieder Montage angesagt. Doch es war gut. Es war für beide gut. Es war übereinstimmend leicht und unkompliziert und vertrauensvoll und wertschätzend.

„Ich wollte gar nicht mit dir schlafen“, stellte Marie fest, als auch sie aus dem Badezimmer zurückkam, wieder bekleidet in ihrem Jumpsuit. „So? im Urlaub genug davon gehabt?“, erwiderte er auf eine überhebliche und plumpe Art, die Marie so richtig reizte „Nein!!! Kein Bedarf..."

„So So..., dafür aber heute, Gott sein Dank!" gab er zurück. Auf diese Weise neckten sie sich noch ein paar Mal hin und her und es war nicht der kleinste Hauch von Ernsthaftigkeit und Boshaftigkeit dabei. Es war herrlich ehrlich.

Kurze Zeit später war das neue Möbel aufgebaut und sie schoben es unter den Fernseher, der bereits an der Wand hing. Marie war sehr zufrieden. Genauso hatte sie sich das vorgestellt. Sie dankte Fabian und etwas später wünschten sie sich Frohe Weihnachten, als sie sich mit einem Kuss verabschiedeten. Marie räumte noch in aller Ruhe den Verpackungsmüll zusammen und freute sich über die Veränderung und den Fortschritt in ihrem Wohnzimmer, das dadurch ein Stückchen weiter zu ihrem eignen wurde.

Zufrieden und geschafft ging sie bald danach schlafen.

Am nächsten Tag war Heiligabend. Am liebsten hätte sie diesen Tag übersprungen. Aber irgendwie würde er schon rumgehen und dann war sie froh, wenn es vorbei war. Bis vor ein paar Jahren, war es so, dass Marie Weihnachten liebte. Diese Atmosphäre, das adventliche und weihnachtliche Schmücken und die Geheimnisse rund um Geschenke. Sie machte sich immer sehr viel Mühe und ihre Kinder liebten ihre Ideen. Sie kochte besondere Gerichte zu Weihnachten und nahm sich unendlich viel Zeit eine wunderschöne Weihnachtstafel zu decken, mit einem englischen Weihnachtsservice, das sie sich seit Jahren zusammensammelte.

All diese Eigenschaften und Gebräuche waren ihrem Ex allerdings völlig fremd gewesen. Er steckte seinen Kindern lieber einen Geldschein in einen Umschlag und konnte einem geschmückten Zuhause und einem schön gedeckten Tisch leider gar nichts abgewinnen. So hatte er es geschafft, dass Marie des Weihnachtens müde geworden war. Denn für alle Mühe, die man sich machte, war doch am Ende der schönste Lohn die Anerkennung der Familie und des Partners. Ihre und seine Kinder waren dankbar und schätzten es Wert. Er jedoch nicht. Er hatte überhaupt kein Gespür dafür. So kam es wohl, dass Marie den Weihnachtszauber mit jedem Jahr mehr verlor.

Am nächsten Morgen machte sie es sich gemütlich. Alexa spielte Weihnachtslieder, auf dem großen Esstisch wurden noch ein paar Geschenke liebevoll eingepackt und ein Salat für den Abend vorbereitet. Annabell hatte sie gebeten zu ihr zu kommen. Sie wollten Raclette und sich einen schönen, gemütlichen Heiligen Abend machen. Während sie das Schleifenband anbrachte, vibrierte ihr Handy. Es war Philip. Natürlich hatte sie auch schon an ihn gedacht und sich gefragt, ob sie noch Kontakt haben würden, wie der wohl wäre, oder ob sie sich bei ihm melden sollte, wenn er es nicht täte. Marie hatte schnell entschieden, dass sie ihm am späten Nachmittag eine persönliche, Weihnachtsnachricht senden würde, wenn er sich bis dahin nicht gemeldet hätte. Jetzt war sie froh, dass sie diesbezüglich nicht enttäuscht wurde. Denn er hatte an sie gedacht, das bewies schließlich seine Nachricht. Als sie sie öffnete, war sie sprachlos... Sie fand nur ein Bild vor, auf dem ein Heißluftballon zu sehen war. Darauf war ein Elch, der einen Zettel hochhielt, auf dem stand: Merry Christmas! Happy New Year!

Sonst nichts! Das durfte doch nicht wahr sein! Kein einziges persönliches Wort...!?

Marie war auf der Stelle zu 100% enttäuscht und 1000% wütend. Sie legte sofort das Handy weg. Darüber musste sie erst einmal nachdenken. In welchem Verteiler war sie denn da geraten, dass sie von ihm solche Bilder zugesandt bekam. Marie hasste sowieso Nachrichten, die ausschließlich aus einem Bild oder einem Link bestanden, ohne dass der Absender etwas dazu schrieb. Aber von jemandem, der sagte, er freue sich schon auf das weitere Kennenlernen, mit dem man auch schon geschlafen hatte, von dem, hatte sie eindeutig etwas anderes erwartet.

Maries Gedanken überschlugen sich wieder einmal und wurden am Ende gemein.

< es ist ja auch einfach, allen Damen, die vor dem Tresen mit einem Drink in der Hand stehen und ihm zuprosten, einen gemeinschaftlichen Weihnachtsgruß in Form eines Bildchens zuzusenden!!!!>

< Gehörte sie jetzt etwa auch zu denen? Das wollte sie auf keinen Fall! >

Nach einer halben Stunde entschied sie sich zu antworten, damit sie endlich den Kopf frei bekam und sich auf andere, schönere Dinge an diesem Tag konzentrieren konnte.

„Ja, Philip, ich wünsche Dir auch Frohe Weihnachten", und dann hängte sie noch einen Weihnachtsbaum, ein Geschenk und einen Sternenschweif an.

Danach wollte sie ganz schnell an etwas anderes denken, damit sie nicht in einen Anflug von Traurigkeit fallen konnte, der diesem Weihnachtsfest sicher den Rest geben würde. Nachdem die Geschenke verpackt waren, räumte sie die Wohnung auf und nahm danach eine Dusche. Es war früher Nachmittag, als sie mit gefönten Haaren, nur in ein Badetuch gewickelt, auf dem Sofa saß. Sie hatte sich einen Kaffee gemacht und aß dazu ein Stück Christstollen. Dann machte sie den Fernseher an. Sie liebte die alte Gewohnheit am Heilig Abend „Drei Haselnüsse für Aschenbrödel" zu schauen. Das hatte sie schon früher mit den Kindern gemacht. Währenddessen nahm sie ihr Handy und sah, dass sie unzählige Nachrichten mit Weihnachtsgrüßen bekommen hatte. Liebe, persönlich verfasste Grüße. Keine Bilder! Auf jede einzelne Nachricht antwortete sie und schrieb noch weitere, an Freunde, Arbeitskollegen und Verwandte. Irgendwo im Ort spielte die Blasmusik Weihnachtslieder. Marie stellte den Ton des Fernsehers aus, öffnete ein Fenster und lauschte. Durch die Wohnsiedlung schallte „Oh Du fröhliche". Sie stand still und lauschte. Die Tränen bemerkte sie erst, als diese langsam über ihre Wange liefen und eine salzige Spur hinterließen. Dieses Weihnachtslied war für sie schon immer der Inbegriff von Weihnachten. In den vergangenen Jahren war es oft vorgekommen, dass sie beim Weihnachtsgottesdienst plötzlich weinen musste. Immer dann, wenn ein guter Organist bei diesem Lied sich und die Orgel mit hohen Ansprüchen forderte, das ganze Kirchengemäuer unter seinem Spiel bebte und der Klang und Schall die Anwesenden so einnahm, das man ehrfürchtig werden konnte. Dann musste sie mit ihren Tränen kämpfen, denn in diesen Augenblicken hatte sie das Gefühl, das ganze Leid und die Traurigkeit eines Jahres kam mit Macht an die Oberfläche. Einige Male war Annabell bei ihr gewesen, hatte ihre Tränen bemerkt und sanft nach ihrer Hand gegriffen, um sie festzuhalten, bis die letzten Zeilen gesungen waren…

Marie schloss das Fenster schnell wieder. An Weihnachten wird das Alleinsein bewusst. Besonders, wenn es neu ist. Aber sie hatte es ja selbst gewählt und das war auch gut so.

Etwas später am Abend traf sie bei Annabell ein und sie machten sich einen wirklich schönen Weihnachtsabend. Als sie vor Mitternacht heimkam, gönnte sich noch eine gute Flache Rotwein. Eine von denen, die sie von ihrem Vater geschenkt bekommen hatte. Er bestellte diesen Wein immer bei demselben Winzer, seit sie denken konnte. Es war der leckerste Rotwein, den Marie je getrunken hatte. Noch zwei Stunden blieb sie auf, trank Wein und schaute fern und später schlief sie mit einem gesunden, aber ordentlichen Alkoholspiegel ein. Heiligabend war vorüber und das hieß eigentlich auch Weihnachten war vorüber. Von Philip hörte sie bis Ende des zweiten Weihnachtstages nichts. Dann schrieb er.

„Hey. Wie war dein Tag? Warste unterwegs?“

„Nee, bin und war heute zuhause.“ Sie war immer noch sauer oder wie auch immer man das nennen sollte. Deshalb fiel ihre Antwort kurz und sachlich aus.

„Wie kommt das?“

„Weiß nicht, war gestern und vorgestern unterwegs“

„Ja dann muss auch mal ein Tag zum Regenerieren dabei sein (Kuss Smiley)“

„Und du, noch unterwegs?“ < *Was war das für eine komische Unterhaltung? So etwas habe ich noch nie erlebt* >

“Ich war gestern und heute am Schreibtisch. War auch schön. Bin zumindest nicht nass geworden.“

„Ohje, also kein Weihnachtsurlaub?“

“Das ist eh nicht so mein Ding. Wäre gerne draußen gelaufen, wenn es trocken gewesen wäre.“

“Ja. Das war nix. Ich war gestern aber trotzdem mal ne Runde Spazieren mit Schirm. Da hätten wir uns ja mal auf einen oder zwei Cappuccino treffen können, gestern oder heute.“

Sobald sie auf Senden gedrückt hatte. Bereute sie es schon wieder. < *Warum mache ich jetzt solche Vorschläge? Werde ich denn gar nicht schlau?* >

“Ich dachte, du wärst komplett familiär eingebunden“

“Nee, war ich nicht. Aber haben wir ja auch gar nicht drüber gesprochen.“

Dann schrieben sie noch über das Fernsehprogramm des Abends und dass sie beide denselben Film schauen wollten, zudem sie später jeweils noch ihre Meinung abgaben. Marie musste nach zwei Wochen Urlaub am nächsten Tag wieder arbeiten, deshalb schrieb sie während der Nachrichtenunterhaltung „Ich bin schon mal ins Bett umgezogen.“ und er antwortete „Hmmmm, das ist ja verlockend.“ Aber statt eines kleinen Flirts oder Kompliments wünschte er ihr danach einen guten Start im Büro und sie sich gegenseitig eine gute Nacht, jeweils mit einem Kuss-Smiley. Auf den Hinweis von Marie zu einem Treffen, reagiert er mit keinem Wort.

Der nächste Tag im Betrieb verging wie im Flug. Sie hatte jede Menge aufzuarbeiten. Emails zu beantworten und Anliegen ihrer Kollegen zu bearbeiten. Ehe sie sich versah, war schon Feierabend. Und sie hatte so gut wie gar nicht über Philip nachgedacht. Das hatte sie schon die letzten zweieinhalb Wochen gemacht und war zu keinem vernünftigen Ergebnis gekommen. Da kam ihr der Büroalltag gerade recht und außerdem freute sie sich, ihre Arbeitskollegen wiederzusehen. Marie liebte diese Zeit zwischen den Jahren, wenn nicht so viel los war und überließ gerne Kollegen diese Tage, um Urlaub zu machen. Ihr wäre die Decke auf den Kopf gefallen, wenn sie nach den Weihnachtstagen auch noch die Jahreswechseltage frei hätte. Das war schon immer so. Irgendwann am Nachmittag schrieb Philip eine Nachricht, die Marie allerdings erst sah, als sie zum Feierabend ihre Tasche packte.

„Na, wie läuft es auf Arbeit?“

Sie antwortete erst, als sie zuhause war.

„Jede Menge Arbeit. Es ist schön, die Kollegen wieder zu sehen. Ich war einkaufen und koche jetzt.“

„Supiiiiiii „fünf Daumen hoch.

„Und was machst du noch heute? Ausgehen?“

„Ich gucke jetzt noch ein bisschen fern?“

Fünf Daumen hoch. „Was kochst du?“

„Mediterranes Gemüse“

„Ich habe mich heute für ARD entschieden“

„Lecker!!!“

„Ich bin ja nicht son Fleischesser“

Drei traurige Smileys, ein Augenzwinkersmiley, ein Kuss Smiley

Diese Unterhaltung fand Marie mehr als öde und langweilig. Wenn man selbst schreibt und der andere nur mit Symbolen antwortet, konnte das nur heißen, dass er keine Lust hatte oder nicht allein war. Sie antwortete nicht mehr und somit war die Schreiberei an diesem Abend zu Ende. Marie war schon wieder an dem Punkt angelangt, an dem sie nichts mehr verstand und ihre Wut überwog. Mit diesen Gedanken und Gefühlen ging sie ins Bett. Irgendwie beschäftigte sie selbst im Schlaf diese ganzen unbeantworteten Fragen, die sie über Philip hatte und deshalb schrieb sie ihm am nächsten Vormittag. Eine extra lange Nachricht, die so ganz anders war wie seine.

„Hallo Philip, ich bin heute nur noch vormittags im Büro und dann hab ich tatsächlich bis Neujahr frei und keine Termine. Ich hätte Lust mit Dir mal wieder 2-5 Stunden nette Gespräche zu führen, falls Du auch Lust und Zeit hast, kannst du dich gerne melden. Hab noch einen schönen Tag!"

Ihre Nachricht verfasste sie um kurz nach 10 Uhr und Philips Antwort darauf kam mit einem Selfie und sein Worten „.... Liebe Grüße vom NordicWalker" Kuss-smiley um kurz nach 16 Uhr. Und sofort folgte eine weitere „Da sollte sich doch in den nächsten Tagen Zeit finden." Grinse-Smiley und Zwinkersmiley. Marie freute sich über seine Worte, die sie als Zusage für ein Treffen auffasste und sie malte sich bereits heimlich aus, wie sie einen schönen Abend verbringen würden und Philip bis zum nächsten Morgen bei ihr blieb.

Als im Büro alles erledigt war, trank sie mit ein paar Kollegen noch ein Radler auf das Jahresende und fuhr dann gut gelaunt heim. Zuhause nahm sie wieder ihr Handy und las nochmals seine Nachricht und sah sich sein Foto an. Er trug eine Mütze und hatte warme Sportsachen an. Mehr konnte Sie nicht sehen, da nur der Kopf und sein Oberkörper abgebildet waren. Dann tippt sie auf das Bild und zog es mit zwei Fingern größer. Philip war auf diesem Bild unrasiert... < *Herrlich unrasiert!!*> dachte sie und verharrte einen langen Augenblick darauf.

„Bestes Wetter zum Walken... sieht schön aus... und herrlich unrasiert“ Grinse Smiley, Kusssmiley

Wahrscheinlich war er da gerade unterwegs, denn es dauerte drei Stunden, bis eine Antwort darauf eintraf „Das habe ich dann mal eben geändert.... Hast du mich gezoomt?“

Und dann ein großer, dicker Kusssmiley.

Marie musste grinsen und ihre Gedanken und ihre Gefühle waren friedlich gestimmt. Sie schrieb „Ja, habe ich! Geändert.... Ich finde das schön...“ und auch sie fügte einen Kusssmiley an.

Nach einer dreiviertel Stunde begann tatsächlich eine kleine Unterhaltung

„Mit Bartansatz?“

„Jaaaa“

„OK. Dann lass ich mal wieder was stehen“

„Sehr gerne“

„Dauert bei mir immer etwas...“

„Das macht gar nichts“

„Ja schon.... Dann dauert es länger bis wie uns wieder sehen“

„Nee, dann nicht. Dann lieber nicht stehen lassen“

Es war kurz nach 23 Uhr und er schickte darauf zwei große Kusssmiley. Dann war die Unterhaltung beendet.

Keiner von beiden wünschte eine gute Nacht und Marie wusste insgeheim, dass er die Unterhaltung beendet hatte, durch seine Smileys als Antwort auf ihre zuletzt verfasste Zeile. Sie redete sich ein, dass alles in Ordnung wäre und all ihre Gedanken und Befürchtungen nur Hirngespinste und selbstgemachte Panik wären. Die Monsterbiester, die seit einiger Zeit immer in angemessener Anzahl parat standen, um frühzeitig Gefahr für Maries Herz zu erkennen und sie zu beschützen, versuchten sie auf ein Level herunterzudrücken, das keine Panik ausbreitete und sie friedlich stimmte. Dazu gehörten wohl gute Gedanken. Allerdings war ihr das in diesen Momenten gar nicht klar.

Sie verbrachte noch eine kurze Zeit vor dem Fernseher und schlief, sobald sie ins Bett gegangen war, ein.

Am nächsten Morgen hatte Sie eine Nachricht von Annabell auf ihrem Handy. „Mama, was machst du eigentlich Silvester?“

Ohje!!! Silvester…. Warum sie kein Weihnachtsliebhaber mehr war, wusste sie ja. Das hatte sich in den letzten Jahren erst so ergeben. Aber Silvester war noch nie ihr Tag gewesen. Sie hasste Silvester und fand es schrecklich, nur weil der 31.12. war, feiern zu müssen. Große Partys hatte sie bisher immer gemieden und für kleine Zusammentreffen mit Freunden und Bekannten war sie auch nicht wirklich zu haben. Am liebsten verbrachte sie einen ganz normalen Abend und ging irgendwann zu Bett.

Sie wollte auf keinen Fall von Annabell mitgenommen werden auf eine Party voller junger Leute. Sie wollte zuhause bleiben. Allein. Insgeheim wartete sie darauf, dass Philip sie fragen würde, ob sie den Abend zusammen verbringen würden. Er hatte schließlich zu einem Treffen geschrieben, das müsste sich einrichten lassen. Es waren noch vier Tage, dann war der 2. Januar und alle gingen wieder arbeiten. Also würde ja bald etwas passieren müssen. Annabell erteilte sie für Silvester eine Absage mit der Bitte, sich keine Sorgen zu machen, aber sie bliebe lieber allein. Dann verfasste sie einen keinen Gruß an Philip „Guten Morgen. Hast du gut geschlafen?“

Philip ließ tatsächlich den ganzen Tag nichts von sich hören. Ihr eigenes gutes Zureden für ihre Seele vom Vortag war verblichen und sorgte nicht mehr für die notwendige Entspanntheit und gute Gefühle. Wieder kamen die üblichen Fragen auf.

< *hatte jemand einen ganzen Tag lang keine Zeit sich kurz auf eine Nachricht zu melden?* >

Nun war von den vier Tagen, an denen ein Treffen möglich war, wieder einer weg. Irgendwie schaffte sie es, den Tag herumzubekommen. Lesen war nicht möglich, weil die Gedanken woanders waren. Mit Freundinnen oder Annabell oder Laura treffen, dazu hatte sie keine Lust. Und unterschwellig war immer die Hoffnung da, dass Philip sich melden würde. Dann wollte sie auf jeden Fall vorbereitet sein. So kam es, dass sie Stunden um Stunden vor dem Fernseher verbrachte. Plötzlich klingelte es am frühen Abend

an der Tür. Marie schreckte kurz zusammen und ihre Gedanken überschlugen sich in diesem Moment. Mit zitternden Fingen drücke sie die Taste der Gegensprechanlage und fragte „Ja bitte?"

„Ich bin´s, Annabell!"

Sie drückte auf den Türöffner und in diesem Moment hätte sie sich am liebsten selbst geohrfeigt. Hatte sie allen Ernstes gerade gedacht und gehofft, dass Philipp vor der Tür stehen würde, um sie zu überraschen? und jetzt empfand sie Enttäuschung, weil ihre Tochter, ihr eigenes Kind sie besuchte?

< *unfassbar!! Schäm Dich, Marie* >

Bevor Annabell die Stufen bis ins Dachgeschoss geschafft hatte, rügte sie sich ordentlich, damit ihr die Enttäuschung, die Wut und das schlechte

Gewissen ihrem eigenen Fleisch und Blut gegenüber, nicht mehr anzumerken war.

< so weit darf das nicht kommen! >

Zur Begrüßung nahm sie Annabell in den Arm und hielt sie wegen ihrer Empfindungen von gerade, einen Augenblick länger gedrückt, als sie es sonst üblicher Weise tat. Ihre Tochter merkte davon allerdings nichts, sondern war gut gelaunt und fröhlich. Sie erzählte ihrer Mutter von ihrem Tag und was sie mit ihren Freunden an Silvester machen wollte. „Mama, du kannst gerne mitkommen, das wäre überhaupt kein Problem. Ich möchte dich an diesem ersten Silvester, an dem du allein bist, nicht alleine lassen." Marie versicherte ihrer Tochter, dass es ihr gut ginge und sie wirklich keine Lust habe auf eine Party zu gehen. Noch dazu wo nur junge Leute waren. Sie solle unbesorgt feiern. Dann erzählte Annabell vom Besuch bei ihrem Vater und von seinen Weihnachtsgeschenken für sie und von einem gemeinsamen Essen mit Oma. Als Marie kurz vor Mitternacht ins Bett ging, hatte sie auf ihren Morgengruß immer noch keine Antwort bekommen.

< Bitte jetzt nicht wieder nach möglichen Gründen suchen. Das macht nur wieder traurig und plausible Antworten auf all die Fragen gibt es eh nicht >

Sie kam aus dem Bad und suchte das Ladekabel für ihr Handy um es über Nacht aufzuladen und als sie es einsteckte leuchtete das Display auf. Sie sah eine Nachricht von Philip. Jetzt. Und gerade in diesem Moment folgte eine weitere und noch eine. Sie legte das Handy zurück, ohne die Nachrichten zu öffnen. Sie wollte es ihm gleichtun und auch nicht prompt antworten und schon gar nicht wollte sie sofort online sein und er wäre es vielleicht auch noch und würde es sehen. Gerade hatte sie gedacht, sie könnte ohne zu viele Gedanken schlafen gehen an diesem Abend und jetzt drehte sich das Gedankenkarussell wieder auf vollen Touren.

Zwanzig Minuten schaffte sie es zu warten. Dann öffnete sie seinen Chat.

„Moin“ und sieben Kusssmileys

„Bin ein bisschen spät dranne. Sorry“

„Wie war dein Tag?“

Eigentlich hätte sie darauf gar nicht antworten sollen. Das hätte sie sicher auch als Tipp jedem anderen gegeben, aber sie tat es dennoch.

Drei Affen die sich die Augen zuhalten „Aber echt.... Moin! Ruhiger Tag. Und du?“

„Ja. War wieder walken und habe die Weihnachtsdeko eingemottet.“ Obwohl sie ihn das gar nicht gefragt hatte. Aber vielleicht war das auch die Antwort auf ihre Frage, die sie vor über zwölf Stunden an ihn gerichtet hatte.

Das war es wieder...

Am nächsten Tag war Silvester.

Es sollte ein ruhiger und gemütlicher Tag werden. Und er sollte schnell vorüber gehen und dann sollten diese ganzen Feiertage endlich vorbei sein. Mehr Wünsche hatte Marie nicht.

Philip schrieb am Vormittag einen Guten-Morgen Gruß und die Frage, ob sie gut geschlafen habe. Marie antwortete kurz darauf, merkte aber wieder, dass keine Unterhaltung zustande kam und legte das Handy schließlich beiseite. Dann telefonierte sie mit Freundinnen und rief ihre Eltern an. Schrieb Silvestergrüße und beschäftigte sich irgendwie. Ihre Gedanken kreisten nur um Philip und die Stunden vergingen. Sie konnte nicht widerstehen ihn am frühen Abend zu fragen „Hey, wie steht´s bei dir?"

Was hatte sie erwartet? Sie wünschte sich etwas, nämlich insgeheim, dass er schreiben würde, dass er allein wäre und ein Angebot den Silvesterabend gemeinsam zu verbringen. Aber natürlich passierte das nicht, sondern es dauerte über zwei Stunden, bis er schrieb.

„Alles gut. Hab gerade gegessen"

Auf die Frage was gab es denn, schrieb er so einen Blödsinn von einem Gericht, das Marie noch nie gehört hatte.

„Bist du gleich unterwegs, oder hast du Gäste?"

Darauf antwortete er nicht mehr.

Wieder war der Punkt erreicht, der sie so traurig und wütend machte und sie schwor sich, sich endgültig nicht mehr zu melden. Sie konnte diesen Umgang nicht verstehen und nicht mehr haben.

Den Silvesterabend verbrachte sie in dieser Stimmung auf dem Sofa unter einer Wolldecke zusammengekuschelt mit irgendeinem Fernsehprogramm und wünschte sich nichts sehnlicher, als dass endlich dieser und der nächste Tag vergehen würde und sie wieder Arbeiten gehen konnte.

Irgendwann hört sie Feuerwerk, aber sie stand nicht auf.

< *Frohes Neues Jahr* >

Neujahr. Und alles ging so weiter wie am Tag davor. Liebe Nachrichten waren eingetroffen, die sie nachts gar nicht mehr gelesen hatte. Sie kochte Kaffee und antwortete auf alle Grüße. Von Philip nichts.

Dann ging sie duschen und verbrachte viel Zeit im Bad. Traf sich später mit Laura danach mit Annabell. Bloß nicht allein zuhause sein und bloß keine Nachricht schreiben!

Sie hatte es sich geschworen!

Und sie hielt durch!

SECHSZEHN

Es war später Nachmittag, als Marie an diesem Neujahrstag wieder Heim kam. Ihr Handy hatte sie absichtlich nicht mitgenommen. Sie hätte es alle paar Minuten zur Hand genommen, um nachzusehen, ob es eine Nachricht von Philip gab. Das wollte sie nicht. Sie wollte einfach frei sein und nicht in einer Warteschleife gefangen, die ihr wahrscheinlich auch ihre Töchter angemerkt hätten. Doch der Plan ging nicht auf. Marie war nicht frei. Sie war in einem Gedankenkarussell gefesselt, aus dem sie nicht ausbrechen konnte. Dieser Mann, die Gedanken um ihn und alles, was mit ihm zutun hatte, waren seitdem sie ihn kennengelernt hatte, ständig präsent. Wie ein Pegel, der einen bestimmten Stand haben musste und den sie nicht senken konnte, was immer sie auch versuchte. Diese Gefühle, die dadurch ausgelöst wurden, waren eine Achterbahnfahrt, wie sie wilder und schlimmer nicht sein konnte. Ein Hoch und Tief aus Traurigkeit und Wut, aus Hoffnung und Erwartung und aus Allem, was sich daraus noch entwickelte. Es machte sie einfach fertig. Es war das erste Mal, dass Marie sich vorsichtig eingestand, was mit ihr los war. Dass sie sich verbliebt hatte. Wie sonst konnte es sein, dass jemand sie so durcheinanderbringen konnte. Sie war eine Frau, die bisher alles gemeistert hatte und die sowohl in ihrem Privatleben als auch im Beruf sehr selten vor Herausforderungen stand, die sie nicht lösen konnte. Sie war besonnen und kompetent und selbstbewusst genug, um zu wissen, dass man nicht immer Allen alles recht machen konnte und dass man am Ende für sich selbst Verantwortung trug, denn das machte kein anderer Mensch. Sie hatte gelernt, dass man selbst für etwas sorgen musste, wenn man es wollte und dass man sich nicht auf andere verlassen konnte. Sie hatte die Gabe mit potenziellen Verehrern, die es auch gab, emphatisch und freundlich, aber dennoch bestimmt umzugehen und im Traum nicht daran gedacht, dass sie nach so kurzer Zeit, in der sie von ihrem Ex-Partner getrennt war, ihr Herz verlieren könnte. Sie hatte doch eigentlich erstmal genug von Männern. Es gab bis zu dem Aufeinandertreffen mit Philip keinen einzigen Mann, mit sie sich etwas vorstellen konnte. Den sie näher an sich heranlassen wollte, und von dem sie wollte, dass er sich weiter und stärker um sie bemühte. Marie war ratlos und das war immer so, wenn sie alle Möglichkeiten des Verhaltens von Philip durchdacht hatte. Sie verstand ihn nicht. Dann wurde aus Traurigkeit wieder Wut. Aber paradoxer Weise nicht auf den Mann, der Anlass dazu war, sondern auf sie selbst.

Weil sie so schwach war. Weil sie ihm nicht einfach sagen konnte, wie traurig sie sein Verhalten machte. Weil sie sich hinhalten ließ. Weil sie ihn nicht einfach in den Wind schoss. Ja, weil sie in ihn verliebt war und er sie nicht wertschätzte.

Jetzt war es endlich raus.

Sie musste sich wenigstens treu bleiben, indem sie ihm nicht hinterher hechelte, wie eine läufige

Hündin. Sie würde sich nicht melden. Das hatte sie geschworen...

Und als wenn das nicht schon Grund genug wäre, sagte sie sich in Windeseile, welche Merkwürdigkeiten es seit Wochen gab. Angefangen von den abgesagten Verabredungen zum Essen. Dieses Verhalten, nachdem sie miteinander geschlafen hatten. Dann sein Urlaub, in dem er sich auch nur gemeldet hatte, wenn sie vorher schrieb. Seine Antworten waren manchmal so kurz und knapp ohne Anrede und ohne Gefühl und es gab noch jede Menge anderer Gründe, warum sie ganz schnell die Finger von ihm lassen sollte. Sie kannte ihn doch erst seit sechs Wochen, da könnten doch die Gefühle noch nicht so groß sein, dass sie es nicht schaffen würde, ihn einfach wieder aus ihrem Leben zu streichen. Er wohnte so weit weg, dass sie sich niemals über den Weg laufen würden und wenn er beruflich alle paar Monate in ihren Betrieb kommen würde, bekäme sie es wahrscheinlich gar nicht mit. Und wenn doch, dann könnte sie einfach in ihrem Büro sitzen bleiben und sich nicht zeigen. Das wäre das Einfachste der Welt. Sie müsste nur die Entscheidung treffen und sich dann daranhalten. Es lag nur in ihren Händen, in keinen anderen...

Noch während sie über alle diese Dinge nachdachte und sich ermutigte das einzig Richtige zu tun, nahm sie ihr Handy, dass sie auf dem kleinen weißen Hängeschränkchen im Flur liegengelassen hatte. Sofort erleuchtete das Display und Marie las: zwei neue Nachrichten von Philip

Sie waren von kurz nach 15 Uhr, also über zwei Stunden her. Augenblicklich schlug Marie das Herz so heftig, dass sie glaubte, sie könne es durch ihren Pullover sehen. Doch das war quatsch und das wusste sie auch. Sie entsperrte und öffnete den Chat mit Philip.

„Hey... Ich habe schön in das neue Jahr hinein geschlafen. Und du?"

Die zweite Nachricht war ein Bild in schwarz-weiß auf dem stand nur „Happy New Year"

Jetzt war sie in der richtigen Stimmung für einen Konterfei. Daher drückte sie auf `antworten´ und schrieb zu seiner ersten Nachricht „Mit wem?", und dann machte sie sachlich weiter „Ich wünsche dir auch Ein Frohes Neues Jahr!" Sofort ging sie offline und legte das Telefon weg. Dann setzte sie sich aufs Sofa. Sie fühlte sich erschöpft, obwohl sie gar nichts getan hatte. Obwohl sie erst vor kurzem Urlaub hatte, die Weihnachts- und Neujahrstage erst gerade hinter ihr lagen und sie sich überhaupt nicht körperlich angestrengt hatte. Trotzdem fühlte sie sich ausgelaugt und müde. Es waren einfach die mentalen Dinge, die sie seit Monaten so sehr beschäftigten. Die Trennung von ihrem Ex-Partner. Der Auszug. Die Wohnung und das langsame Hinübergehen von Lauras zu ihrer Wohnung und dann dieser Mann.

< *Gedanken machen genauso müde wie körperliche Arbeit* > dachte sie, während sie dasaß wie ein Häufchen Elend. Doch als sie den Klingelton einer

Nachricht hörte, war sie sofort wieder besser gestimmt. Sie wartete eine Minute, dann entsperrte sie und las als Antwort auf ihre Frage. „Mit mir. War toll. Bin Selbstversorger."

< *Na also!!! Alle Bedenken umsonst. Er ist Single. Was willst du eigentlich, Marie?*>

„Willkommen im Club"

„Ach, guck mal" und drei Kusssmiley schrieb er zurück.

Marie witterte die Chance auf eine kleine Unterhaltung. Er antwortete ja sofort. „Warst du schon draußen heute? Die Sonne schein so schön", fragte Marie, doch da war er schon wieder weg und blieb es auch die nächsten zwei Stunden. < *Toll* > dachte sie. Es ist wie immer. < *Warum konnte er jetzt nicht mal anrufen und ihr persönlich ein Frohes Neues Jahr wünschen? Und mal eine Stunde zusammen telefonieren. Das konnten sie doch so gut. Miteinander reden. Von Hölzchen auf Stöckchen kommen. So, wie an ihrem ersten Abend* > Ihre Frage blieb natürlich unbeantwortet. Sie machte den Fernseher an und schlüpfte in bequeme Kleidung. Dann überlegte sie, ob sie sich etwas zum Abendessen machen sollte, aber sie hatte keine Idee was und eigentlich auch überhaupt keinen Hunger. Auf Annabells Frage bei ihrem Besuch eben, was denn mit dem Philip wäre, konnte Marie keine Aussage machen. Sie hatte sich geschämt ihrer zwanzigjährigen Tochter diese ganzen Sachen zu erzählen mit den dazugehörigen Merkwürdigkeiten, denn sie wusste ganz genau, was ihre Tochter ihr dazu sagen würde. Sie hatte ihre Mutter erlebt, am Tag als sie in den Urlaub gefahren waren. Sie hatte gesehen, wie es ihr ging und wie sie förmlich gelitten hatte. Annabell war eine sensible, junge Frau und hatte eine enge Bindung zu ihrer Mutter. Weil sie ihre Mutter liebhatte, riet sie ihr nur „Mama, pass bitte auf dich auf." Dieser Satz hatte gereicht, um alles auszusagen, was nötig war und Marie wusste das.

Es blieb auch in den nächsten Tagen genau so, wie die letzten Wochen. Seine Antworten waren knapp verfasst, hörten manchmal abrupt auf und blieben weiterhin unverbindlich und vage. Manchmal schickt er einen Kusssmiley mit oder schrieb sowas wie …"schöne Frau oder Darling" Einmal frage sie ihn „Schnucki, was ist denn mit unserem 2-5 Stunden Gesprächsdate …? Oder keine Lust, dann sag es, dann frag ich niiiiiiiiiie mehr." Vielleicht kann ich so etwas erreichen, dachte sie, als sie mal wieder in ihren Überlegungen nicht weiterkam. „Natürlich habe ich Lust… aktuell bin ich aber nicht so gut zufrieden wegen meiner HWS…"

< *Tja, das war ein Grund oder es war auch keiner…!* >

Jedes Mal, wenn sie genau an diesem Punkt angekommen war, ratlos, aufgebracht, wütend und traurig fragte sie sich, ob sie den Kontakt zu Philip beenden sollte, irgendetwas stimmte mit ihm nicht und dass aus seinen anfänglichen Ankündigungen scheinbar auch weiterhin nichts werden würde, bestätigte sich weiter. Jedoch kam dann jedes Mal wieder eine Nachricht oder ein Telefonat von ihm und das hatte zur Folge, dass Marie wieder dahin schmolz und alles wieder von vorne begann. Sie fand Abwechslung bei der Arbeit, fing an, ihre neue Wohnung zu renovieren, schrieb stundenlang abends mit Fabian und versuchte die Gedanken an Philip so klein wie möglich zu halten.

An einem Sonntagabend Mitte Januar bekam Marie eine Nachricht „Guck mal, heute schlafe ich ganz in der Nähe von Dir. Ich nähere mich an." Das konnte nur heißen, dass er zu einer Messe irgendwo im Umkreis war und dort übernachtete. „Ach, sieh an. Ist denn alles vorbereitet für einen hoffentlich großen Ansturm? Und wo schläfst du denn?"

„Es gibt hier ein ganz gutes Hotel. Es ist alles bestens vorbereitet."

Noch bevor Marie ihre Antwort verfasste schrieb er eine weitere Nachricht „Ich komme die Tage mal rum, wenn du magst."

Oh, sie liebte dieses wohlige, warme, freudige Gefühl, das sich augenblicklich in ihr bereitmachte. Ihren ganzen Körper zum Kribbeln brachte und mit einem Schlag wieder alle Fragwürdigkeiten, alle Ängste und alles Negative zunichte machte. Sie war auf einer Seite so voller Vorfreude und spürte auf der anderen Seite den inneren Kampf zwischen ihren Monsterbiestern und den ganzen anderen Stimmen, die sonst noch ihren Senf dazugaben, um zu warnen und zu hoffen und Freude spüren zu dürfen und was alles sonst noch dazugehört, wenn man verliebt ist. Marie kam sich plötzlich so lächerlich vor. Wie ein dummer Teenager. Meine Güte, sie war eine erwachsene Frau. Sie hatte erwachsene Kinder. Sie war fast 50 Jahre alt. Sie schüttelte den Kopf über sich selbst. Das musste aufhören. Das dauerte schon viel zu lange an, dieser innere Zwiespalt, dieses ständige Abwegen, ob Gut oder Schlecht, diese ständigen Fragen, die alle unbeantwortet blieben.

Warum war sie nur so schwach?

„Ja, gerne. Melde Dich einfach. Gute Geschäfte für Morgen."

Sie musste ihre Antwort so sachlich wie möglich verfassen nach dieser kurzen inneren Schlacht. Sie wollte sich wenigstens ein wenig treu bleiben und nicht voller Euphorie eine schmachtende Antwort schreiben.

„Das ist sehr lieb von dir!", danach war Stille an diesem Abend.

Der nächste Tag war ein normaler Tag im Büro. Marie hatte, trotz Januar, recht viel zu tun und die Zeit bis sie, wegen der Musikkinder, das Büro verlassen musste, verging wie im Flug.

Sie liebte die Montagnachmittage mit den Kindern und freute sich jedes Mal, wenn es wieder so weit war. Wenn sie auf den Parkplatz vor dem Schulgebäude angefahren kam, standen schon die ersten Kleinen vor der Tür und begrüßten sie stürmisch und voller Freude. Marie wollte so lange mit dem Unterricht weitermachen, wie sie diese vertrauensvolle Basis mit den Kindern beibehalten konnte, denn eigentlich ging es um viel mehr als nur um Musik. Auch hier verging die Zeit schnell und im Nu war es dunkel und sie zuhause. Sie räumte etwas auf, saugte ihre Wohnung und machte sich schnell einen Salat zum Abendessen. Dann schaltete sie den Fernseher ein, um die Nachrichten zu schauen, da war es kurz vor 20 Uhr, als ihr Handy eine Nachricht ankündigte.

„Schon Feierabend?“

„Jaaa. Und Du? Wie war der erste Tag?“

„Der war sehr voll. Morgen wird es noch voller ...“

„Ohje!! Und jetzt sitzt du zusammen mit Kollegen und ihr macht euch einen gemütlichen Abend?“

„Haste noch nen Kaffee?“

„Klar. Möchtest du auf einen vorbeikommen?“

„Würde ich tun ...“

„Dann mach das mal ...“

„Freue mich (zwei Winkesmiley)

„Ich mich auch.... (Grinsesmiley) ... mache schonmal die Heizung an ...“

Eine knappe halbe Stunde später klingelte es an der Tür.

Marie war in der kurzen Zeit völlig überfordert hin und her geflitzt wie eine wilde Maus. Sie hatte das Wohnzimmer nochmals aufgeräumt, obwohl es nichts, außer einer ausgebreiteten Wolldecke, aufzuräumen gab. Hatte sich im Bad frischgemacht. Neu frisiert und geschminkt. Und dann war sie ratlos, was sie anziehen sollte. Mehrmals rannte sie zum Kleiderschrank, suchte sich etwas heraus, zog es an, zog es wieder aus und nahm das nächste Teil. Nach einer gefühlten Ewigkeit entschied sie sich für eine schwarze bequeme Hose und eine lange Bluse darüber. Strümpfe zog sie aus und schlüpfte in ihre schwarzen Pumps. Schnell noch Parfüm aufgesprüht und einen letzten Blick ins Bad über Waschbecken und Toilette, denn sie legte Wert darauf, dass da alles sauber und ordentlich war. Dann klingelte es auch schon an der Wohnungstür.

Philip strahlte, als er die letzte Treppe hinaufkam und sie in der offenen Wohnungstür stehen sah. Er kam auf sie zu und nach einem ganz kurzen Zögern beiderseits, das nur eine kleine Sekunde dauerte, nahmen sie sich in den Arm und begrüßten sich, wie gute Freunde.

„Hey, komm herein. Das ist ja kurzfristig …", eröffnete Marie das Gespräch.

„Zu kurzfristig? Ich wusste nicht, wie lange ich zutun hatte. Aber ich dachte es lohnt sich noch …", gab er zurück und bereits zu diesem Zeitpunkt waren sie wieder, wie immer, in ein Gespräch verwickelt, das von Thema zu Thema kam. Sie sprachen über die

Messe und die Kunden und über Gott und die Welt, aber nicht über sie selbst. Marie machte Cappuccino und sie setzten sich wieder, wie beim letzten Besuch an ihren großen Esstisch. Die Kerzen waren angezündet und leise Musik spielte im Hintergrund. Es war wunderbar und Marie fühlte sich wie ein Teenager, so aufgeregt und verliebt. So verging mindestens eine Stunde. Nach der zweiten Tasse Kaffee stand Philip auf und stellte seine Tasse in die Spüle der offenen Küchenzeile hinter dem Esstisch. Als er wieder zurück an den Tisch kam, blieb er hinter dem Stuhl, in dem Marie saß stehen und strich ihr sanft über den Kopf. Seine Finger spielten mit ihrem Haar und als sie leise, wie eine kleine Katze anfing zu schnurren, fuhr er mit seinen Händen an ihrem Hals entlang zu ihrem Dekolleté. Sie schmolz dahin und innerhalb von Sekunden wünschte sie sich nichts mehr, als mehr von Philip berührt zu werden. Langsam strich er mit seinem Zeigefinger über ihre Brust und augenblicklich spürte Marie wie unter dem Stoff ihrer Bluse ihre Brustwarzen hart wurden. Er kraulte ihr den Nacken und ließ das lange Haar durch seine Finger gleiten. Dabei drückte er seinen Körper an Maries Rücken. Sie konnte nicht mehr dasitzen und selbst nichts tun. Sie wollte ihn anfassen und berühren und verspürte großes Verlangen, noch einen Schritt weiterzugehen. Dann stand sie auf, um auf ihn zuzugehen, er berührte sie an den Haaren und sobald sie aufgestanden war, stellte er sich hinter sie und umschlang sie mit beiden Armen. Marie spürte seine Lust und strich hinter ihrem Rücken mit der flachen Hand über die harte Beule, die sich hinter seinem Reißverschluss aufgetan hatte. Dabei stöhnte er lustvoll auf. Dann konnte Marie es nicht mehr aushalten. Sie wollte ihn küssen und schmecken und ihm dabei ins Gesicht sehen. Schnell drehte sie sich um und ehe sie sich versahen, waren sie in stürmische Küsse verschmolzen und ihre Hände berührten sich gegenseitig am ganzen Körper. Erst durch den Stoff ihrer Kleidung, doch nach und nach suchten sie sich Möglichkeiten, des jeweils anderen Haut zu spüren. Knöpfe wurden hastig aufgeknöpft, Reißverschlüsse geöffnet und bald vielen die ersten Kleidungsstücke auf den Fußboden. Marie lenkte sie beide langsam und vorsichtig zum Sofa. Da sie noch in dem Bett ihrer Tochter Laura schlief, weil die ihre großen Möbel noch nicht mitgenommen hatte und deshalb noch kein Platz für Maries Bett und Schlafzimmer da war, kam es auf keinen Fall in Frage, dass sie mit Philip ins Schlafzimmer ging. Ihre gute Erziehung und ihr Respekt würden es nie zulassen, dass sie Sex im Bett ihrer Tochter hatte. Schnell lagen sie auf dem breiten Sofa und es dauerte nicht lange, bis ihre Finger sich dort berührten, wo es kein Zurück mehr geben würde und es unweigerlich nur einen Weg vorausgeben würde, bei dem das Ziel sein würde, miteinander zu verschmelzen. Marie war bereits auf dem besten Weg dieses Ziel zu erreichen. Philip hatte eine Art sie zu berühren, die sie noch nicht oft in ihrem Leben genossen hatte. Frauen wissen genau, welche Techniken Männer manchmal ausüben, von denen sie glauben, dass es die richtigen sind. Meistens sind es aber überhaupt nicht die, die eine Frau zum Höhepunkt bringt. Philip wusste es. Marie konnte jede seiner Berührungen genießen und obwohl es erst das zweite Mal war, dass sie Sex miteinander hatten, ließ sie sich einfach fallen, weil sie ihm vertrauen wollte und glaubte, dass er sie ans Ziel bringen würde. Sie schliefen miteinander, berührten sich und küssten sich so stürmisch und grob, dass es fast wehtat, aber trotzdem konnten sie nicht genug von diesen Küssen und allem anderen bekommen. Irgendwann lagen sie still nebeneinander. Verschwitzt und ausgelaugt. Das war keine schnelle Nummer, nach der man aufsteht, sich die Hosen hochzieht und wieder seiner Wege gehen sollte. Das war höchste Anstrengung mit höchster Befriedigung.

Marie klebten ihre langen Haare am Gesicht und im Nacken und ihr Körper glänzte vom Schweiß. Ihre Kniee zitterten und sie lag hinter Philip auf dem Sofa, während er sich bereits auf die Kante gesetzt hatte und dort einige Sekunden schweigend saß. Er war tatsächlich schon im Begriff aufzustehen. Keine Zeit. Keine Nähe. Sie fand diesen Moment so befremdlich und merkwürdig. Warum sprach nur keiner von ihnen? Eigentlich liegt man doch in solchen Augenblicken vertraut nebeneinander. Sie suchte nach Worten oder Gesten, die angebracht wären, um diese Situation aufzufangen und die Stille und ihre Unbeholfenheit zu vertreiben. Wenn man mit seinem Partner solchen Sex hat, sagt man sich wahrscheinlich in diesem Moment so etwas wie „das war wunderbar, ich liebe Dich“

Fabian und sie sagten sich natürlich auch nicht, dass sie sich lieben, aber sie waren lange genug beisammen, dass sie wussten, was sie in solchen Momenten sagen mussten, damit die schöne Stimmung anhielt und es nicht einem billigen, schnellen Sexakt glich, zu dem man sich während einer Party auf irgendeiner Toilettenkabine, mit einem wildfremden Menschen, spontan hinreißen ließ und danach nicht wusste, was man sagen sollte. Marie hob ihre Hand und krabbelte vorsichtig mit den Fingernägeln über Philips Rücken. Er atmete daraufhin stoßend aus und sagte dabei „Oh, ist das schön! Mach bitte weiter."

Die peinliche Stille war gebrochen, Marie machte weiter und er gab Laute von sich, die keinen Zweifel daran ließen, dass er es genoss und Marie ihm scheinbar große Entspannung bescherte. So saßen sie bestimmt eine halbe Stunde und Philip bewegte sich nicht einen Zentimeter. Die Musik und die Teelichte waren längst ausgegangen.... „Wie spät ist es eigentlich?", brach er irgendwann die Stille und Marie flüsterte „Ich weiß es nicht." Dann stand er abrupt auf und sah auf seine Armbanduhr, die er auf dem Weg zum Sofa abgenommen und auf den Esstisch gelegt hatte. „Oh je, es ist ja schon kurz vor Mitternacht. Jetzt muss ich aber fahren." Bei diesen Worten war er bereits angefangen seine Kleidung aufzuheben und anzuziehen.

Marie kroch vom Sofa und suchte auch ihre Kleidungsstücke zusammen. „Meine Kniee zittern...", sagte sie, um die wieder eingetretene Stille zu vertreiben. Ach, wie kommt denn das?“, fragte er schälmisch und sah sie dabei kurz an. Sie musste unbedingt in den Spiegel schauen. Sie sah bestimmt fürchterlich aus. Während sie ihre lange Bluse anzog und zuknöpfte, macht sie sich auf den Weg ins Bad. Bei ihrem Anblick im Spiegel hatte sie mit ihrer Vermutung Recht behalten. Schnell kämmte sie sich mit ihrer Bürste das Haar und sah danach schon ein bisschen vorzeigbarer aus. Einzig ihr Lippenstift und ihr Makeup waren völlig verschwunden, was nicht zuletzt an den heißen, stürmischen Küssen und dem Aneinanderreiben ihrer Gesichter lag. Philip stand fertig angezogen vor ihr in der Badezimmertür.

„Musst du schon gehen?“

„Ja, ich habe morgen einen echt anstrengenden Tag. Und es ist ja auch schon spät.“

Damit nahm er seine Jacke vom Harken der Garderobe und im nächsten Augenblick hatte er die Türklinke der Wohnungseingangstür in der Hand und die Tür schon einen Spalt geöffnet. Dann drehte er sich noch einmal um und flüsterte „das war sehr schön…“ und Marie entgegnete genauso leise „Das fand ich auch.“ „Ja, das machen wir mal wieder, wenn du möchtest“, antwortete Philip darauf und hauchte ihr einen ganz kleinen, kaum dass sich ihre Lippen berührenden Kuss auf den Mund. Dieser Kuss war so krass anders als alle Küsse des Abends zuvor. So einer, den man mit spitzen Lippen jemandem gibt, den man eigentlich gar nicht küssen möchte. So einer muss es gewesen sein, den die junge Königstochter dem Frosch in Grimm´s Märchen gegeben hat, der von ihr geküsst werden wollte, dem sie es versprochen hatte und es dann, nur auf ausdrückliche Anordnung ihres Vaters, dem König, auch tun musste, obwohl sie es überhaupt nicht wollte. Sie merkte es nicht, aber ihre Monster-Biester-Armee.

Ehe sie sich versah, stand sie allein in der geöffneten Tür ihrer Wohnung. Philip war im Treppenhaus verschwunden. Sie hatte bereits die Haustür unten zuschlagen hören und das automatische Licht war schon ausgegangen, da stand sie immer noch so da.

Verzaubert irgendwie ….

In diesem Zustand gelangte sie ins Bett, nachdem sie alle Lichter ausgemacht und ihre übrigen Anziehsachen vom Boden aufgesucht hatte. Dann verschwand sie kurz im Bad und kuschelte sich danach unter die Bettdecke, immer noch festhaltend an allem, was eben geschehen war. Nach ungefähr dreißig Minuten klingelte ihr Handy. „Liege jetzt im Bett. Du auch? Es war wunderschön …"

„Ja, ich liege auch schon. Stimmt, das war wirklich sehr schön. Machen wir mal wieder, oder?"

„Ja klar"

„Morgen?"

Es folgte ein tränenlachender Smiley. Einer von Marie und einer von Philip.

„Schlaf gut, Philip" Kusssmiley

„Du auch" Kusssmiley

Am nächsten Morgen verfasste Marie eine Nachricht an Philip. Schrieb, dass sie gut geschlafen habe und hoffe, er auch und dann wünschte sie ihm einen erfolgreichen Tag. Das war um kurz vor acht Uhr. Seine Antwort darauf kam um 19.13 Uhr und bestand aus einem Smiley, der drei rote Herzchen im Gesicht hat.

Weitere Nachrichten gab es nicht. Sie hatte einen ganz normalen Tag im Büro und erwischte sich immer wieder, wie sie versunken in Gedanken an den vergangenen Abend, manchmal weit weg war.

Auch am Tag darauf blieb es den ganzen Tag über stumm. Keine Berührungspunkte mit Philip. Aber darüber war Marie dieses Mal gar nicht traurig, denn sie wusste ja, dass er schwer beschäftig präsent sein musste. Doch kurz vor Mitternacht war eine Nachricht gekommen, die Marie gar nicht mitbekommen hatte, weil sie völlig geschafft auf dem Sofa eingeschlafen war.

„So, die Messe ist gelesen... ich habe alles aufgearbeitet und das Büro ist wieder aufgeräumt. Wie war dein Tag?"

Sie antwortete darauf erst, als sie nach fast einer Stunde wieder aufgewacht war und sich auf den Weg ins Bett machte. Es folgte ein kleiner Austausch von ungefähr drei bis vier weiteren Nachrichten, die eigentlich keinen besonderen Inhalt hatten. Dann wünschten Sie sich gegenseitig eine gute Nacht. Marie fragte sich in diesem Moment, als sie versuchte einzuschlafen, ob sie sich die ganzen schlechten Wahrnehmungen und Befürchtungen der letzten Wochen nur eingebildet hatte und redete sich ein, dass doch alles wunderbar war und keine Sorge zur Beunruhigung bestand. Mit diesen Gedanken schlief sie irgendwann ein....

Auch an den folgenden zwei Tagen schrieben sie sich kleine Grüße. Manchmal schon morgens und er antwortete mal sofort darauf und manchmal antwortete er den ganzen weiteren Tag gar nicht. Aber immer waren seine Texte begleitend von Kusssmiley. Mindestens von einem, manchmal waren es auch drei oder vier. Konnte ein Smiley die Sicherheit geben, die es aussagte, die man sich dadurch erhoffte und erwartete? Das liegt wohl daran, wie gut man den Verfasser kennt. Denn die Aussagekraft eines Emojis, liegt scheinbar nicht in ihm selbst, sondern im Vertrauen der Person, die sie verwendet. Marie glaubte diesem kleinen runden gelben Gesicht mit dem roten Kussherzchen alles. Weil sie es glauben wollte und weil sie selbst dieses kleine Ding nur dann verwendete, wenn sie es wirklich herzlich und ehrlich und mit Liebe meinte. Sie konnte sich schlecht damit abfinden, dass es Tage gab, an denen sie nicht voneinander hörten, an denen sich Philip überhaupt nicht meldete. Und sie meldete sich auch nicht, weil sie nicht wollte, dass sie wieder traurig wurde, wenn er ihr über viele

Stunden nicht antwortete. Aber irgendwie kamen sie keinen Schritt weiter.

An einem Sonntag im letzten Drittel des Januars nahm sie allen Mut zusammen und schrieb am frühen Morgen eine Nachricht, weil sie zuvor wieder zwei Tage nichts von ihm gehört hatte und sie sich in dieser Zeit fragte, warum es wohl nicht weiter ging mit ihrem Kennenlernen. Warum er nicht den nächsten Schritt ginge und z.B. das verpasste Essen nachholte, an einem Samstag einen ganzen Abend oder an einem Sonntag einen Ausflug mit ihr machte. Oder er sie zu einem Kaffee zu sich nach Hause einlud.

„Guten Morgen. Du, ich habe heute den ganzen Tag nichts vor und wollte dich fragen, ob du Lust auf eine Kaffeeverabredung hast.... Dieses Mal könnte ich auch gerne zu dir kommen..."

Marie schlug das Herz bis zum Hals, als sie auf ´senden´ drückte. Aber sie musste ihn aus der Reserve locken, wollte wissen, wie er reagierte. Es dauerte eine Stunde, bis er antwortete: „Moin... das klappt leider nicht. Ich mache mich gegen Mittag auf nach Hamburg zu einer Messe. Morgen wird aufgebaut. Das holen wir nach. KUSSSMILY. Hab nen schönen Tag"

Wieder Enttäuschung. Aber was hatte sie erwartet? Hatte sie ernsthaft damit gerechnet, dass er sie zu sich einladen würde?

„... das geht vor. Da siehst du mal, wie wenig ich von dir weiß.... außer, dass du zaubern kannst. Gute Fahrt.... KUSSSMILEY“

Sie hatte sich mit dieser Antwort genauso viel Zeit gelassen, wie er zuvor mit seiner. Und dann dauerte es wieder eine Stunde, bis er schrieb „Merci SMILY mit 3Herzchen im Gesicht. „Ich kann zaubern...?“

Mit dieser Frage ließ Marie ihn allein. Den ganzen Tag über. Sie selbst musste auch noch darüber nachdenken, ob sie das Geheimnis um ihre Feststellung, nämlich, dass er zaubern kann, lüften wollte und ihm sagen wollte, was sie damit meinte.

Sie verbrachte einen rastlosen Sonntag. Mit sich selbst nicht im Reinen. Unzufrieden und enttäuscht. Am Nachmittag kam Laura und nahm mal wieder ein paar Sachen mit. Sie erzählte ihr, dass es mit dem großen Umzug in das Haus ihres Vaters noch länger dauern würde, weil keine Handwerker zu bekommen wären, um das neue Haus weiter zu renovieren. Und somit verlängerte sich auch die weitere Kette der Umzüge, an denen jeweils andere Menschen beteiligt waren. Wenn ihr Vater nicht umziehen konnte, dann konnte Laura nicht umziehen und dann konnte auch Marie nicht vollends einziehen.

Um kurz vor Mitternacht entschied sie sich endlich seine Frage nach der Zauberei zu antworten. Sie wolle ihm `Futter´ geben und wenn er nicht einen Schritt weiter ging, dann wollte sie es tun.

„Wer mir so wunderbare Befriedigung beschwert, der kann zaubern!"

Tatsächlich antwortete er fast unmittelbar „Es war die wunderbare, zauberhafte Situation..."

„Was auch immer, es war schön...", „Schlaf gut"

„Es war wundervoll. Gute Nacht KUSSSMILY"

Damit waren mal wieder die Monsterbiester in Schach gehalten, die natürlich immer noch von Zeit zu Zeit unterschwellig mitteilten, dass sie noch da waren und die ganze Situation im Auge hatten. Marie hatte aber einen Weg gefunden, wie sie ihr eigenes Alarmsystem beruhigen konnte. Sie musste sich einfach oft genug sagen, dass schon alles in Ordnung wäre. Sie durfte nicht alles so nah an ihr Herz lassen und musste einfach den vielen Kusssmileys glauben. Dieses Prozedere kostete sie allerdings ordentlich mentale Kraft und forderte ihr jeden Tag einiges ab.

So vergingen auch die nächsten Tage. Philip meldete sich nicht. Es war eine ganz normale Woche. Marie ging ins Büro, besuchte ihre Eltern, traf sich mit Annabell, hatte einen Temin beim Frisör und machte es sich gemütlich, wenn sie abends heimkam. Jedoch an jedem Tag, an dem sich Philip nicht meldete, fehlte irgendetwas. Eigentlich bestand jeder Tag unterschwellig nur aus Warten. Und aus den Anstrengungen dieses Wartens und allem, was es auslöste, um es zu neutralisieren, damit sich Maries Zustand nicht wieder so veränderte, dass ihre körpereigenen Monsterbiester, die es ja eigentlich nur gut mit ihr meinten, Alarm auslösten.

Ein langweiliger Samstagabend Ende Januar. Im Fernsehen lief Joko und Klaas. Marie hatte schon ihre Schlafsachen an und lag gemütlich auf dem Sofa.

Es war bereits kurz nach 22 Uhr als eine Nachricht auf ihrem Handy einging, das auf dem kleinen Glastisch vor ihrem Sofa lag.

Sie nahm es in die Hand und sah zu ihrer Verblüffung, dass es eine Nachricht von Philip war.

„Na, was machste Gutes?"

„Sehe fern."

„Allein?"

„Ja, mache ich öfters mal"

„Ach guck, und ich kommen gerade aus dem Ruhrgebiet."

„Und was hast du da gemacht?"

„Ich war Essen"

„Dann muss das ja entweder ein richtig tolles Restaurant oder ein richtig tolles Date gewesen sein, dass sich die weite Fahrt lohnte."

„Es war eine Verabredung mit einem anderen Außendienstkollegen, die wir schon ewig geplant hatten. Und da er aus genau der anderen Richtung kommt, haben wir uns in der Mitte getroffen."

„Und jetzt bist du auf dem Rückweg"

„Ganz genau"

„Und kommst du gleich an die Autobahnabfahrt, die zu mir führt?"

„Ja, die kommt gleich..."

„Und möchtest du da abfahren und noch auf einen Kaffee bei mir vorbeikommen?"

„Das würde ich machen..."

„In 23 Minuten"

„Bis gleich......"

Nach genau dreiundzwanzig Minuten fuhr das Auto vor und parkte an der Straße, die vor Maries Haus lag. Das dünne Schlafnegligee hatte sie in der Zwischenzeit gegen ein geschlossenes Wickelkleid getauscht. Ihre Schuhe stellte sie im Flur bereit, damit sie, wenn es läutete, nur noch hineinschlüpfen musste. Jetzt stand sie in ihrem dunklen Schlafzimmer hinter der Gardine und beobachtete, wie Philip vorfuhr und dann das Auto verließ. Kurz darauf klingelte es. Sie drückte auf den Türöffner und während Philip die Treppe heraufkam, zog sie die bereitstehenden Pumps an.

Wieder begrüßten sie sich wie alte Freunde mit einer Umarmung und es begann sofort eine Unterhaltung. Marie machte Kaffee, jedoch blieben sie dieses Mal auf der Couch sitzen und es dauerte nicht lange, bis

Philip ihr nebenbei über den Rücken strich und sie zu sich hinzog.

Danach schliefen sie miteinander, wie beim letzten Mal, jedoch wurden beide mutiger, weil sie einander besser kannten und wussten, was dem anderen gefiel und was sie tun mussten. Es war keine schnelle Nummer. Sie ließen sich Zeit und sahen einander tief in die Augen, wenn er sich über ihr bewegte. Sie trauten sich sogar, den anderen jeweils anzuspornen mit Sätzen wie „Ja Marie, komm, lass dich gehen …“ oder „Bitte Philip hör nicht auf…“

So verging über eine Stunde, bis sie beide erschöpft und still dalagen. Philip lag auf dem Bauch vorn und Marie auf der Seite hinter ihm. Wieder krabbelte sie mit den Fingernägeln über seinen Körper und er zeigte ihr, wie sehr er es mochte. Sie hörte nicht auf und er konnte nicht genug davon bekommen und nachdem Sie ihn bestimmt eine Dreiviertelstunde lang so verwöhnte, schliefen sie ein weiteres Mal miteinander. Philip hatte Marie damit mehr als dreimal zum Höhepunkt gebracht. Sie ihn jedoch nicht. Es war vielleicht nicht lebensnotwendig, wenn der Mann keinen Orgasmus hatte, aber irgendwie denkt man als Frau doch, dass man es nicht schafft ihn so weit zu bringen und es bleibt so ein Gedanke des Versagens. So ging es auch Marie. Der Gedanke verursachte einen unschönen Beigeschmack, der sich langsam breit machte. Philip hatte ihr allerdings in einem ihrer Gespräche erzählt, dass er gesundheitliche Probleme habe, dagegen Medikamente nehmen würde, die Nebenwirkungen hätten. Er hatte sich nicht geschämt dabei zu erwähnen, dass die Medikamente auch Auswirkungen auf das Verhalten beim Sex haben und Marie hatte verständnisvoll zugehört. Vielleicht hatte es damit zu tun und war ein Grund dafür, warum er keinen Orgasmus hatte.

Jedenfalls konnte sie damit besser umgehen, als wenn sie es als Versagen ihrerseits bewerten musste.

Als Philip in dieser Nacht ihre Wohnung verließ, war es schon nach drei Uhr.

Marie fiel in einen tiefen Schlaf, nachdem sie sich nochmals über alles Geschehene Gedanken gemacht hatte.

Und es blieb bei allem Schönen und dem Wunder, was aus einem Zusammentreffen mit diesem geheimnisvollen, umwerfenden Mann, der sie seit der ersten Sekunde verzaubert hatte, entstanden war, trotzdem eine unzufriedene Entwicklung, die Marie nicht glücklich werden ließ.

Am nächsten Tag meldete sich Philip tagsüber nicht. Es war schon nach zweiundzwanzig Uhr, da kam eine Nachricht.

„Wie war dein Tag?“

„Ich war bei einer Freundin zum Kaffee und bin spazieren gegangen.“

„Und ich war zwei Stunden walken“

„Bist du gut heimgekommen?“

„Ja, aber es war voll neblig“

„Dann musst du bestimmt noch Schlaf nachholen. Ich gehe jetzt ins Bett. Schlaf gut. Kusssmiley“.

****

Wieder einen Tag im Büro geschafft. Sie fuhr Heim und dachte dabei an Philip.

Bei seinem letzten Besuch erzählte er, dass er große Probleme mit seiner Halswirbelsäule habe. Es bestand der Verdacht, ein Nerv könnte einklemmt sein und die Folge daraus, dass sein Arm immer kribbelt. Sie erinnerte sich daran, dass er von einem CT-Termin erzählte, der an diesem Tag gewesen war.

„Wie war dein CT-Termin?“

Er antwortete ihr viel später darauf, dass er zur Physiotherapie müsse und hoffe, dass es damit besser würde. Er habe so viel zutun, lange Tage und wenig Schlaf. Dann fragte er nach ihrem Befinden.

Nach dieser Nachricht war tatsächlich über eine ganze Woche Funkstille.

Marie verstand das alles irgendwie nicht und zweifelte an sich selbst. Glaubte, sie sei zu altmodisch, um diesen Umgang richtig zu verstehen. In einem ihrer Telefonate mit Fabian, hatte er ihr erzählt, wie die Männer und Frauen zurzeit ticken. „Du glaubst gar nicht, was mir Frauen für Nachrichten schreiben.... Mit eindeutigen Angeboten zum Sex. Ganz unverbindlich“, hatte er erzählt und auf Maries Nachfragen wusste er mehrere Beispiele von sich selbst und Bekannten, bei denen Marie nur sprachlos zuhören konnte. Vielleicht war das auch Philips Intention. Und sie war so altmodisch und bekloppt, und verstand das nicht, und dachte die ganze Zeit, es wäre der Anfang einer beginnenden Beziehung...

Wofür der liebe Fabian doch alles gut war .... er erklärte ihr die Welt. In den nächsten Telefonaten fragte Marie ihn alles, was sie zu diesem Thema wissen wollte und als Fabian ein paar Tage später ganz kurzfristig bei ihr vorbei kam, machten sie sich beide über die eindeutigen Angebote ehrenwerter junger Damen lustig, während sie sich gegenseitig auszogen und miteinander schliefen. Ohne, dass sie sich vorher auf dieselbe Art und Weise dem anderen angeboten hatten.

Leider brachte Marie das in Sachen Philip auch nicht weiter, es öffnete aber eine mögliche und andere Sichtweise auf den Kennenlernverlauf, den Marie ständig hin und her dachte.

An einem Samstag war Marie mit Annabell verabredet, um gemeinsam mit einem befreundeten Fanclub zu einem Fußballbundesligaspiel ihres Lieblingsvereins zu fahren. Auf dem Weg zum Busparkplatz machten beide in Fanklamotten ein

Selfie, dass Marie sofort als ihr Profilbild bei WhatsApp einstellte und es dauerte keine halbe Stunde, da bekam sie eine Reaktion von Philip.

„Hey, tolles Bild von dir und deiner Tochter."

< *..... ach schau mal >,* dachte Marie, so tickt er also... Und ließ seine Nachricht den ganzen Tag über unbeantwortet. Sie verlebten einen tollen Nachmittag mit Freunden im Stadion, der sogar mit einem Sieg gekrönt wurde. Erst nach zwanzig Uhr war sie wieder zuhause und verfasste ihre Antwort, an der sie den ganzen Tag über in Gedanken gebastelt hatte.

„Hey, danke schön. Wir waren zum Heimspiel...

Immer ehrlich, ... ich hatte gar nicht gedacht nochmal etwas von dir zu hören."

< *So, mal schauen, wie der Herr Sandmann damit umgeht....* > dachte Marie und musste nicht lange auf eine Antwort warten.

„Es bleibt auch aktuell wenig Zeit sich zu melden. Die letzten 14 Tage waren es jeweils 70 Stunden pro Woche.... Sorry."

Mit dieser Antwort hat er alles abgedeckt, was zu diesem Thema gesagt werden muss. Er hat unter der Tatsache der Vielbeschäftigkeit alle Gründe hervorgebracht, warum er so handelt, wie er handelte und sich mitunter lange nicht meldet. Was sollte man dagegen vorbringen... Damit muss Frau sich abfinden... oder auch nicht ...

Sie konnte es aber nicht lassen und nutzte die Chance, wenigstens ein wenig ihrer Unzufriedenheit anzubringen, die sie in die nächste Nachricht verfasste:

„Das ist wirklich unfassbar viel! Du musst dich für nichts entschuldigen, ist halt schwierig, wenn man sich nicht so gut kennt und weiß, wie der andere so tickt. Wenn es uns wichtig ist und wir in Kontakt bleiben wollen, ist es einfach, mal darüber zu sprechen."

Keine Antwort!

Marie wurde sauer.... Das durfte doch nicht wahr sein!

Sie hätte ihm schon so lange gerne so viele Dinge gesagt. Dinge, die auch für ihren Umgang miteinander wichtig waren. Aber sie hatte keine Möglichkeit dazu. Er schaffte es irgendwie immer, diese Themen zu umgehen.

Nach zwei Stunden verfasste Marie eine weitere Nachricht, weil sie glaubte, sie müsse sich nochmals rechtfertigen oder ihn verärgert zu haben und das wollte sie natürlich nicht.

„Philip, nicht böse sein... Und ich mache dir nicht auch noch Stress. Es gibt aber auch ein paar Sachen von mir, die ich Dir mal gerne erzählen würde. Z.B., dass ich nicht mit jedem Mann, mit dem ich eine Stunde an einem Stehtisch stehe beim nächsten Mal gleich Sex habe!

Und, ich habe dich tatsächlich ein kleines bisschen vermisst letzte Woche..."

Auch diese Nachricht blieb von Philip unkommentiert. Im Laufe des Vormittags am nächsten Tag, es war Sonntag, bekam Marie aber zwei Nachrichten:

„Moin. Kusssmiley, zwei Sektgläser die aneinanderstoßen, Kaffeetasse, Daumen hoch"

Und

„Komm gut durch den Sonntag"

Bereits zwei Sekunden nachdem sie den Chat geöffnet hatte, schloss sie ihn wieder und warf ihr Handy mit einiger Wucht auf den Tisch. Obwohl ihr klar war, dass es nicht die Ursache ihrer Wut war, half ihr diese Reaktion des Abreagierens.

Damit hatte sich Marie aber nach einer kurzen Weile wieder im Griff und entschied, auf diese Ignoranz seinerseits ebenfalls genauso zu reagieren. Sie antwortete an diesem Tag nicht und versuchte den ganzen Herrn Sandmann in irgendeiner gedanklichen Kiste verschwinden zu lassen, die sie sinnbildlich in der hinterletzten Ecke ihres Gedankenschrankes verstaute.

SIEBZEHN

Die nächsten Tage verflogen nur so und im Büro gab es mehr als genug zu tun. Während der Zeit in ihrer Firma kam Marie nicht dazu, sich viele Gedanken zu machen. Trotzdem blieb unterschwellig immer ein Gedanke an Philip da, der, je mehr Zeit verging in eine bestimmte Richtung gelenkt wurde. Marie glaubte nicht mehr an ein normales Kennenlernen und einen weiteren „normalen“ Verlauf, der in einer Beziehung enden würde. Das wäre aber auch zu schön gewesen. Warum sollte ihr das auch passieren, warum sollte sie auch mal Glück in Sachen Liebe und Partnerschaft haben?

Je mehr Wochen vergingen, desto sicherer wurde sie sich, dass Philip ein Lebemann war, der sich zwischendurch mit wahrscheinlich mehreren Frauen den Alltag abwechslungsreich gestaltete. Welchen Grund sollte es sonst dafür geben, dass er so oberflächlich war, nichts von sich erzählte und keine Einladung zu sich nach Hause aussprach. Selbst das Essen, das in der ersten Woche verabredet war, hatten sie nicht mehr zustande bekommen. Und das lag sicher nicht an ihr. Sie hatte die ersten Wochen auf einen Vorschlag dieses Essens gewartet, aber er hatte nie wieder davon gesprochen, obwohl sie sich mittlerweile mehr als drei Monate kannten.

Während Marie an einem Nachmittag im Büro wieder von diesen ganzen Gedanken gefesselt und abgelenkt wurde, hatte sie plötzlich eine Idee.

Sie öffnete den Internetbrowser und gab in die Suchmaschine Philips Namen ein. Tatsächlich erschienen einige Einträge. An oberster Stelle sein Name, ein professionelles Bild, genau das hatte er auch auf seinem Facebook-Account, und ein entsprechender Eintrag der Firma, für die er arbeitete.

Danach einer seiner früheren Schule in seinem Heimatort, jedoch ohne weiteren Text und ohne Bild, gefolgt von einer Registrierung seines Namens in einer Jobbörse. Sie wollte die Seite schon wieder schließen, da entdecke sie einen Beitrag einer Tageszeitung mit einer anhängenden Datei, die sie durch Anklicken öffnete. Vor ihr erschein über den ganzen Bildschirm jetzt eine Traueranzeige. Sie war ungefähr drei Jahre alt. Die Verstorbene trug seinen Nachnamen und es hatte den Anschein, als wäre diese Person seine Mutter. Bereits am ersten Abend hatten sie sich gegenseitig erzählt, ob sie Geschwister hatten und ob ihre Eltern noch lebten. Philip hatte Marie berichtet, dass er Einzelkind und sowohl seine Mutter als auch sein Vater bereits verstorben sei. Marie las diese Anzeige ein paar Mal und überprüfte dann die angegebenen Informationen nach Übereinstimmungen, die Philip ihr erzählt hatte.

Als Hinterbliebener stand sein Name und der seiner Kinder in der Anzeige. Die Namen der Kinder stimmten mit denen überein, die er ihr genannt hatte. Dann stimmt es scheinbar auch, dass er keine Geschwister hatte. Es war kein weiblicher Name neben seinem aufgeführt, woraus Marie schloss, dass er zu diesem Zeitpunkt keine gefestigte Partnerschaft hatte. Nachdem sie mehrmals die komplette Anzeige gelesen und die Zusammenhänge konstruiert hatte, schloss sie die Seite wieder und versuchte vergebens sich ihrer Arbeit zu widmen. Plötzlich kam ihr ein Gedanke. Sie öffnete die Seite erneut und las die angegebene Traueradresse. Wenn er keine Geschwister hatte und der Vater bereits verstorben war, dann konnte doch die angegebene Traueradresse nur seine sein. Marie schrieb sie hastig auf ihre Schreibtischunterlage, auf der sie immer schnell etwas kritzelte, während sie telefonierte oder ihre Kollegen ihr etwas zuriefen, das sie sich merken musste. Dann schloss sie erneut die Seite im Internet. Sie schämte sich irgendwie, dass sie solch traurigen Anlass nutzte, um über Philip etwas herauszufinden. Aber sie hatte ja gar nicht spioniert, sie hatte doch nur einen Namen in die Suchmaschine eingegeben, das war doch in diesen Zeiten gang und gäbe. Jeder Chef machte das mittlerweile, wenn er über einen Bewerber etwas herausfinden wollte. Jedoch fühlte sie sich schlecht und versuchte alle Gedanken an das eben Gefundene und Gelesene zu verdrängen. Für die verbleibende letzte Stunde im Büro gelang ihr das auch und sie glaubte, dass es an ihrem schlechten Gewissen lag, das an ihr nagte und sie verdrängen wollte.

Auf der Heimfahrt rief Fabian an. In unregelmäßigen Abständen telefonierten sie, oder schrieben sich Nachrichten. Selten gab es besondere Anlässe dazu, sie fragten sich einfach gegenseitig, wie es ihnen ging. Fabian erzählte von den neuesten Streitigkeiten seiner Noch-Ehefrau und wie sie ihn mit Kinderseh-Entzug bestrafte und er fragte nach Maries Befinden und ob sie sich in Lauras Wohnung weiter gut eingelebt habe. Er erkundigte sich, ob sie von ihrem Ex noch hören würde und ob sie es bereute, dass sie ihn verlassen habe. Sie waren wirklich Freunde, ehrlich und vertrauensvoll. Manchmal verabredeten sie sich auch kurzfristig auf ein kleines Treffen, so wie sie es seit über fünf Jahren schon taten. Später am Abend, als Marie schon im Bett lag, nahm sie noch einmal ihr Handy und gab die Adresse, die sie sich auf ihre Schreibtischunterlage gekritzelt hatte in einen Routenplaner ein. Das Aufschreiben war im Übrigen völlig unnötig gewesen, denn Marie würde diese Adresse niemals wieder vergessen. Sie sah den Ort und die Strecke, die dorthin führte. Dann wechselte sie auf die Google Earth Oberfläche und beobachtete, wie sich langsam ein Luftbild aufbaute, das ein Grundstück und ein Haus darauf zeigte. Vergangenes Weihnachten hatte Philip ihr ein paar Fotos seiner Weihnachtsdekoration geschickt, auf denen Marie Teile seines Wohnzimmers erkennen konnte. Ebenso sah sie auf den Fotos unterschiedliche Fenster mit dem entsprechenden Blick hinaus in den Garten. Was sie erkennen konnte, war ein sehr schönes, modern und geschmackvoll eingerichtetes Haus. Dieses Haus sah Marie jetzt aus der Luftansicht auf ihrem kleinen Smartphone. Sie zoomte, soweit es möglich war, heran, aber irgendwann war die Auflösung so schlecht, dass Details nicht mehr zu erkennen waren. Sie glaubte seinen weißen Firmenwagen vor dem Haus erkennen zu können. Und als sie wieder von einem schlechten Gewissen übermannt wurde, schloss sie schnell die Datei, legte das Handy weg und löschte das Licht. Schlafen konnte sie allerdings erst viel, viel später. An diesem Abend quälte sie eigentlich nur die eine Frage: Warum kann er mir nicht sagen, was wirklich bei ihm los ist? Wie kann ich ihm so viel Vertrauen geben, dass er mir ehrlich sagt, welche Intentionen er hat. Auch wenn es bei ihm zuhause eine Frau gäbe, oder, so wie ihr Verdacht war, dass es mehrere Frauen, wie Marie, gäbe. Aber dann könne sie wenigstens selbst entscheiden, ob sie diese Sache unter den gesagten Umständen, weitermachen wollte. Was blieb, war wieder die Erkenntnis, dass Philip genau der Typ Mann war, den Marie wollte. Sie mochte alles an ihm. Das war ja das Schlimmste an der ganzen Sache!

In den darauffolgenden Tagen schrieben sich Marie und Philip selten Nachrichten. Und wenn, dann schrieb sie viel, er wenig. Sie war meistens diejenige, die doch als erste eine Nachricht sendete, womit sie ihrem eigenen Vorhaben untreu wurde.

Er antwortete, manchmal zügig, aber auch manchmal erst nach Stunden darauf. Meistens mit einer knappen Antwort oder mit nur einem Smiley, der dann oft ein Kusssmiley war. Damit konnte er Marie besänftigen und sie ärgerte sich über sich selbst, dass es so war. Manchmal gab es allerdings auch Tage, an denen sich eine kleine Unterhaltung auftat. Über Fußball, über eine Fernsehsendung oder wenn Marie ihm ein Bild über eine erfolgreich abgeschlossene Renovierungsarbeit in ihrer Wohnung zusandte. Meistens waren diese Unterhaltungen spät abends gegen Mitternacht. Hin und wieder rief Philip sie an, wenn er im Auto unterwegs zu einem Kunden oder auf dem Heimweg war. Marie sah dann gleichzeitig mit dem Klingeln ihres Handys sein Bild auf dem Display, dass sie zu seinem Kontakt eingespeichert hatte. Augenblicklich veränderte sich dann ihre Laune, sie musste lächeln, selbst, wenn sie Tage zuvor wieder ärgerlich und traurig über Philips Verhalten war. Auf der Stelle war sie beim Anblick seines Bildes besänftigt.

So vergingen ein paar Wochen, ohne dass etwas Außergewöhnliches passierte. Marie hatte das Geheimnis, dass sie herausbekommen hatte, wo Philip wohnte, in sich verschlossen. Sie würde ihm das auf gar keinen Fall sagen, dass sie wahrscheinlich seine Adresse kannte. Insgeheim glaubte sie immer mehr, dass sie nur eine von vielen Frauen war, mit denen er es genauso handhabte, wie mir ihr und das schmerzte sie sehr.

Kurze Zeit später erkrankte sie an einer fürchterlichen Grippe, die sogar so schlimm war, dass Marie zwei Tage nicht ins Büro gehen konnte. Auch darüber schrieb sie mit Philip und er wünschte ihr „Gute Besserung“ und rief sie sogar an, um sich nach ihrem Zustand zu erkundigen. Als Marie fast wieder genesen war, stand eines Abends Fabian vor ihrer

Tür. Auch er wollte nach ihr sehen und Marie ließ ihn gerne herein. Sie tranken Kaffee und unterhielten sich, während Fabian Marie in seinen Armen hielt. Beide konnten nicht widerstehen miteinander zu schlafen. Es war so einfach, ohne schlimme Gedanken hinterher, ohne Erwartungen. Nur schön. Jeder von ihnen gab dem anderen das, was er gerade brauchte und wurde mit einer wunderbaren Portion Vertrauen und Respekt beschenkt, die ihresgleichen suchte. Als Fabian ging, drückten sie sich fest zum Abschied.

****

Irgendwann im Februar bekam sie an einem Tag schon früh morgens eine Nachricht von Philip. „Moin“ mit einem Kusssmiley. Marie kannte diese Nachrichten jetzt schon, sie waren zwar selten so früh am Morgen, aber er nutzte sie zur Kontaktaufnahme, die später manchmal mit einem Besuch endete.

„Guten Morgen! Ich wünsche Dir einen schönen Arbeitstag.“

„Danke, geht es dir besser? Bist du wieder gesund?“

„Ja, alles wieder okay“

Sie war schon fast drei Wochen wieder gesund.

„Vielleicht komme ich heute auf dem Heimweg mal auf einen Kaffee vorbei, wenn du magst."

„Da würde ich mich freuen"

Danach verging der Nachmittag ohne weitere Nachrichten. Natürlich, denn Philip musste ja arbeiten und seine Arbeit bestand aus Kundenbesuchen, die manchmal auch ein oder zwei Stunden andauerten.

An diesem Nachmittag verließ Sie das Büro schon um kurz vor vier, denn sie hatte eine Idee, wie sie einem Besuch von Philip eine kleine Veränderung zufügen konnte. Sie wollte ein kleines Abendessen vorbereiten.

Aus diesem Grund fuhr sie schnell zum Supermarkt und kaufte das nötige ein.

Sie entschied sich für Pasta und Lachs.

Dann bereitete sie alles vor, auch auf die Gefahr, dass Philip nicht kommen würde, denn er hatte seinen Besuch ja nicht fest zugesagt. Wie immer ließ er Marie seine Entscheidung erst kurzfristig wissen.

Gegen 17.30 Uhr klingelte ihr Handy und im Display sah sie Philips Foto.

„Hey, Feierabend?"

„Hallo schöne Frau. Ja. Gerade beim letzten Kunden raus."

„Und, auf dem Weg nach Hause?"

„Ja, aber gerne mit einem kleinen Umweg, wenn du möchtest…“, er hatte dabei einen verheißungsvollen, schälmischen Ton aufgelegt.

„Das wäre ja eine ganz wunderbare Idee!“

„Dann wäre ich in fünfundzwanzig Minuten bei dir“.

„Dann mach das mal. Ich freue mich.“

„Dto. Bis gleich“, hörte sie ihn noch sagen und als sie noch überlegte, ob sie ihm wegen der Aussage „Dto.“ eine kleine lustige Szene machen sollte, hatte er bereits aufgelegt.

Sie würde sich die Szene bis später aufsparen, das wäre wieder ein Konterfei zwischen Ihnen, der im Nu für eine gute Stimmung sorgen würde, plante Marie.

Die Wohnung war in Ordnung, das Essen war vorbereitet. Sie trug noch die Kleidung, die sie auch im Büro getragen hatte und entschied sich, sie nicht zu wechseln. Sie trug Schwarz. Marie liebte schwarz. Der Style gefiel ihr und versteckte nebenbei auch noch das eine oder andere Gramm, das Marie zu viel auf den Hüften hatte. Die Strümpfe zog sie aus und schlüpfte in irgendwelche Sandaletten. Gerade, als sie am Fenster ihrer Küche stand und über den Balkon hinaus auf die Straße sah, erreichte sein Wagen die Einfahrt. Während Marie sich auf den Weg zur Tür machte, klingelte es schon.

„Ja bitte?“, fragte sie forsch und vorlaut in die Gegensprechanlage und konnte sich kaum noch einem Lachanfall entziehen, denn diese Frage war so unnötig. Sie wusste ja, wer da geklingelte. Sie waren ja verabredet. Aber es war die typisch neckische Art, mit der sie sich eigentlich von Beginn an begegneten und bei denen sie sich maßen, wer immer noch einen weiteren Konter geben konnte, der noch lustiger und noch selbstbewusster war als der vorherige des anderen.

Philip fuhr genau darauf ab. „Also, das darf doch wohl nicht wahr sein...", rief er von unten in die Sprechanlage. „Hier is er ..." Marie drückte den Türöffner und lachte dabei insgeheim, weil sie ihn wieder erfolgreich herausgefordert hatte. Schimpfend kam er die Treppen herauf und als er die letzte Treppe in ihre Richtung nahm, setzte er ein extra verärgertes Gesicht auf und brummelte „Ja bitte??? was ist denn das wieder für eine Frage? Wen erwartest du denn sonst noch?" und beide grinsten sich dabei an und der Spaß wich auf der Stelle einem Begrüßungskuss und einer Umarmung, als sie sich dann gegenüberstanden.

„Oh, bei dir riecht es aber gut", stelle er fest als er durch den Flur weiter in Maries Wohnzimmer mit integrierter, offener Küche kam. „Ja, ich habe mir Abendessen gemacht und dachte du möchtest vielleicht etwas mitessen."

Sie merkte kurz, dass er zögerte, dann fragte er „Was gibt es denn?"

„Lachs mit Tagliatellen. Magst du das?"

„Ja, ich denke schon.

Das ist aber nicht notwendig“, gab er schnell noch dazu, doch Marie hatte bereits angefangen den Tisch zu decken.

Sie legte zwei Platzsets auf und stellte darauf zwei große Pastateller und Besteck. Ebenso zwei Gläser.

„Kann ich dir helfen?“, fragte Philip.

„Es ist alles fertig. Setz dich einfach hin. Was möchtest du trinken?“

Sie entschieden sich beide für ein Glas Cola. Dann holte sie die Auflaufform aus dem Backofen, füllte die Tagliatelle auf und gab darüber ein Stück überbackenen Lachs mit Soße.

„Guten Appetit“ wünschten sie sich und Philip bemerkte, dass es herrlich duften würde und nach der ersten Gabel, die er gekostet hatte, machte er ihr ein Kompliment für den durchaus guten Geschmack.

Marie bemerkte, dass er wirklich hungrig war. Kein Wunder, es war bereits früher Abend und nach einem langen Arbeitstag machte der Duft eines leckeren Essens, dass man oft dann erst bemerkte, wie dringend man etwas zu sich nehmen musste. Philip nahm sogar noch einmal nach und half anschließend den Tisch abzuräumen.

< *Sehr gute Eigenschaften* >

Während des Essens hatten sie sich von der Arbeit erzählt und über Fußball gesprochen und sonstige aktuelle Themen. Nachdem Philip zum Schluss die Platzsets übereinander auf die Küchenzeile legte, umfasste er Marie in der Taille und flüsterte ihr leise an ihr Ohr „Danke, für das leckere Essen. Dir gegenüber zu sitzen hat aber noch einen anderen Appetit in mir geweckt.“

„So? Welchen denn?“ und nach dieser Frage dreht er sie zu sich und küsste sie. Zuerst zart und vorsichtig, dann immer fordernder. Dabei ließ er seine Hand durch Maries Haare gleiten und strich mit der anderen über ihre Brüste. Marie war durch seine Küsse schon so erregt, dass sie leise aufstöhnte und nach mehr verlangte, ohne dass sie auch nur ein Wort sprechen musste. Sie wusste genau, wie es jetzt weitergehen würde und konnte es kaum abwarten ihn überall zu spüren, ihn zu riechen und mit ihm zu verschmelzen. Doch genau in diesem Moment meldete sich die Armee ihrer Monsterbiester. Es war eine große Armee. Sie hatten alles zusammengetrommelt, was sie hatten. Sie waren so laut, dass Marie es nicht übergehen konnte:

< Stopp Marie!!!! – Nicht schon wieder !!!! und morgen bist du wieder traurig. Was machst du hier? Du wolltest ihm sagen, wie du empfindest, wenn er gleich wieder geht und sich dann wieder zwei Wochen nicht meldet. Du wolltest ihn fragen, was das für eine Sache ist zwischen euch. Du wolltest, dass er dir vertraut und dir die Wahrheit sagt. Du wolltest wissen, warum ihr immer noch nicht Essen gegangen seid. Du wolltest wissen, warum er nie am Wochenende zu dir kommt. Du wolltest ihn fragen, warum er nicht mal über Nacht bleibt.

DU WOLLTEST DOCH WISSEN, MIT WEM DU ES ZUTUN HAST!!! >

Sie machten einen guten Job, diese Biester!

Marie schaffte es nicht, sie zu überhören und zu ignorieren. Mussten sie ihr jetzt die Tour vermasseln? Sie wollte doch alles,

was gleich passieren würde. Sie wollte ihn doch....

Während sie sich küssten, versuchte sie, der Armee zu gehorchen. Sie war es ihr schuldig, weil sie sie so gut beschützt und ihr Herz bewacht hatte. Deshalb sprach sie, ohne ihre Lippen von seinen zu nehmen „Ich dachte, wir machen erstmal unsere kleine Besprechung heute. Du und ich an einem Tisch.... Die Papiere sind vorbereitet.... Der Fragenkatalog aufgelistet..."

Dieses kleine Szenario war sein Vorschlag und sie phantasierten es bei einem ihrer Telefonate. Ähnlich wie in dem Film „Fifty Shades of Grey" Mr. Grey mit Mrs. Steel an einem Tisch saßen und über ihren Vertrag verhandelten, wollten sie alle Fragen klären, die Marie auf der Seele brannten. Aber wie es den Anschein hatte, hatte sie nur Fragen an ihn und er nicht eine einzige an sie.

An irgendwelchen Ausreden seinerseits mangelte es nie und er schaffte es gekonnt, auf ein anderes Thema zu lenken, auf das sich Marie dann einließ, wenn sie versuchte, eines ihrer Fragezeichen aufzuklären und ihm diesbezüglich eine Frage stellte. Auf gespielte Äußerungen von ihm wie „Oh, jetzt habe ich meine Unterlagen noch gar nicht ausgearbeitet, den Fragen- und Antwortenkatalog noch nicht vervollständigt oder meine Aktentasche im Büro vergessen…“, lachten sie dann beide und somit wurde Maries Wunsch nach Aufklärung und Beantwortung ihrer Fragen zu Philip kurzerhand und automatisch verschoben, bis Marie sich einige Zeit später wieder traute, einen erneuten Versuch zu starten.

„Das müssen wir verschieben auf ein anderes Mal. Ich kann jetzt nicht mehr aufhören …. oder wir besprechen es später.“

Das war seine Antwort an diesem Tag und die Worte hauchte er Marie so überzeugend entgegen, ohne sich ebenfalls dabei von ihr zu lösen, dass Marie auf der Stelle beschwichtigt war und alle Bedenken zu Nichte gemacht waren.

Selbst die Armee der Monsterbiester wurde damit zum Schweigen gebracht und wieder im hinterletzten Verließ ihres Inneren verschlossen. Sich weiter küssend, gelangten sie zum Sofa und ohne damit aufzuhören, schälten sie sich gegenseitig aus ihrer Kleidung. Natürlich war es wieder schön, sie hatten guten Sex. Es war ungefähr das vierte Mal, dass sich trafen und miteinander schliefen und von Mal zu Mal besser und aufregender geworden. Ein halbes Jahr war vergangen, seit sie sich kennengelenten. So war auch an diesem Abend alles perfekt. Sie ließen sich Zeit und zwischendurch krabbelte sie wieder seinen Rücken, so, wie er es gerne hatte. Danach streichelte er sie wieder und wollte sie ein weiteres Mal zum Höhepunkt bringen, jedoch merkten diesmal beide, dass es genug war.

Es dauerte nicht mal eine Minute, da stand er auf und begann seine Anziehsachen zusammen zu suchen. Draußen war es schon längst dunkel geworden und als er seine Uhr anlegte, bemerkte er, dass es schon fast dreiundzwanzig Uhr sei und er jetzt aber dringend heimmüsse. „Ich sitze doch abends immer noch im Büro und arbeite den Schriftkram vom Tag ab. Das wird dann heute eine lange Nacht.“ bemerkte er. Marie merkte erst, als er sich seine Schuhe anzog, dass sie immer noch unbekleidet auf dem Sofa lag und zog sich schnell etwas über. Sie fand in unmittelbarer Nähe ihre lange Bluse und zog diese an. „Möchtest du noch etwas trinken?“, fragte sie ihn, damit überhaupt irgendjemand irgendetwas sagte. „Einen Schluck Cola vielleicht“, antwortete er und Marie goss sie ihm in sein Glas, dass noch auf dem Esstisch stand. Er leerte es in einem Zug, ging in den Flur, nahm seine Jacke von der Garderobe und klopfte sich mit beiden Händen an Bauch und Oberschenkel, um mit den Worten „Habe ich alles...“ nach Handy und Schlüssel zu tasten. Als zu seiner Zufriedenheit alles da war, drehte er sich um und gab Marie einen Abschiedskuss. Genauso einen, wie beim letzten Mal und ehe sie sich versah, war er schon bis auf den ersten Treppenabsatz hinab verschwunden. Das ging für Marie alles zu schnell und bereits jetzt machte sich schon ein ungutes Gefühl in ihr breit. Wie ferngesteuert rief sie „Philip...?“ Er war schon so weit die Treppe nach unten gegangen, dass Marie ihn nicht mehr sehen konnte aber als er seinen Namen hörte, den Marie als Frage formuliert hatte, kam er rückwärts ein paar Stufen wieder hoch, so dass sie sich wieder sehen konnte. Dabei antwortete er „Jaaaaa…?“

Marie sah ihn an und nahm allen Mut zusammen dann sagte sie leise mit einem kleinen Hauch von Traurigkeit „Bitte melde dich mal zwischendurch, sonst haben diese Besuche immer den Anschein von …“ Sie suchte noch nach dem passenden Wort, da unterbrach er sie schon: „… das ist es nicht!“

Und dann deutete er noch einen Kuss in ihre Richtung an und ging die Treppen wieder abwärts. Die Haustüre wurde leise zugezogen und fast im selben Augenblick erlosch das automatische Flurlicht. Es war still und Marie stand immer noch so da. In ihrer langen Bluse und darunter nichts. Die Haare zerzaust und verschwitzt, barfuß. Als hätte sie jemand aufgeweckt zuckte sie plötzlich zusammen und schloss die Wohnungseingangstür. Dann lief sie schnell in ihr Schlafzimmer und schaute unter der fast ganz heruntergelassenen Rolllade auf die Straße. Sie sah gerade noch, wie Philip die Autotür schloss und das automatische Licht in seinem Firmenwagen abblendete. Jetzt war es einen kurzen Moment dunkel im Wageninneren. Sie sah, wie Philip scheinbar aus der Mittelkonsole ein Handy nahm, denn der Lichtschein des Displays erhellte sein Gesicht. Nur kurz blickte er darauf und legte es dann wieder zurück. Nahm mit der rechten Hand den

Sicherheitsgurt und führte ihn in den dafür vorgesehenen Verschluss. Dann wurde der Motor gestartet. Ein letztes Mal konnte Marie Philips Gesicht sehen, als der Wagen sich langsam in Bewegung setzte und vor ihrem Fenster vorbeifuhr.

Marie fühlte jetzt schon, eine langsam ihren Körper einnehmende Traurigkeit, weil sie glaubte, dass es wieder genauso wie nach seinen letzten Besuchen, in den nächsten Tagen keine Nachrichten und keine Telefonate gab. Ja, Herr Sandmann einfach im Nichts verschwinden würde. Dabei wünscht sich doch jede Frau gerade nach einem solchen Abend einen liebenswerten, vertrauensvollen Umgang, auch wenn er vielleicht nicht aus zwanzig Nachrichten und fünf Telefonaten am Tag bestand. Nur Respekt und Wertschätzung. Aber null Nachrichten und null Telefonate über viele Tage hinweg, das machte einfach traurig. Sie wollte sich wehren und diese Traurigkeit nicht schon spüren, wenn sein Wagen noch nicht mal den Ort verlassen hatte. Bei den ersten Treffen war sie erst beflügelt von ihm und dem Sex mit ihm. Die Traurigkeit setzte erst viel später ein und wurde dann schnell durch ein neues Treffen neutralisiert. Aber die Unzufriedenheit über den Verlauf ihrer Bekanntschaft tat ihr übriges dazu bei, dass Marie so empfand, wie sie es gerade tat.

Traurigkeit.

Sie räumte das Wohnzimmer auf und stelle die Gläser in die Spülmaschine. Suchte ihre Kleidung zusammen und verschwand dann im Badezimmer.

Auf das Waschbecken gestützt schaute sie sich im Spiegel an und wenn sie ihren Gefühlen und Empfindungen freien Lauf gelassen hätte, wäre sie angefangen zu weinen. Daher schaute sie schnell weg und stellte die Dusche an. Das warme Wasser umfasste kurze Zeit später ihren ganzen Körper und sie hatte die Temperatur sicher ein paar Grad höher gedreht, als sie es sonst tat. Der dampfende Wasserstrahl sollte ihr die Wärme geben, die sie sich eigentlich von Philip erwünscht hätte. Geborgen in seinen Armen, nachdem sie miteinander geschlafen hatten. Marie blieb so länger als gewohnt unter dem Duschkopf stehen, bis ihre Haut schon ganz rot war, weil sie das Wasser zwischendurch immer wieder etwas heißer gedreht hatte. Mit dieser Wärme krabbelte sie ins Bett, allerdings mit der Befürchtung nicht in den Schlaf zu kommen. Ihr Handy steckte sie zum Aufladen in das Kabel, das neben ihrem Bett aus einer Steckdose kam. Dabei sah sie, dass eine Nachricht von Philip eingegangen war. Wie konnte es nur sein, dass auf der Stelle ihre Traurigkeit wie weggezaubert war. Ja, sie musste sogar schmunzeln vor Vorfreude, weil sie jetzt seine Nachricht öffnen durfte. Meine Güte, wie schaffte es dieser Mann nur, dass sie so empfinden konnte. Dieses Gefühl hatte sie ewig nicht, vielleicht noch nie, empfunden. So schön es auch mit Fabian war und sie wollte nicht undankbar sein, aber zu diesen Gefühlen hatte er es nicht gebracht bei ihr.

Die Nachricht war schon acht Minuten alt und Philip musste sie während des Fahrens, vielleicht an einer roten Ampel stehend, geschrieben haben, als Marie unter der heißen Dusche stand. Allein das Gefühl der Vorfreude als sie die Nachricht öffnete, machte sie glücklich. „Das war soooo schön!“ drei Kussmunde.

„Ich fand es auch sehr schön!! Komm gut heim“.

Und wieder war alles gut...

ACHTZEHN

Die neue Aufgabe bestand darin, eine Strategie zu entwickeln, die Marie nicht mehr so emotional berühren würde. < *Wie könnte das aussehen?* > fragte sie sich seit einigen Tagen. Scheinbar war der Grund den Philip hatte, sie damals nach dem Event in ihrer Firma, näher kennenzulernen, kein ernsthafter oder einer mit einer weiteren Entwicklung, die in einer Beziehung enden könnte. Das war Marie insgeheim bereits bewusst. Jedoch wollte sie das irgendwie nicht wahrhaben und suchte weiter nach Erklärungen, warum es so war, wie es war. Am besten war es, sie würde diese ganze Sache nicht mehr als ihren Tagesinhalt betrachten, sondern versuchen sie als eine nette, lockere, unverbindliche Sache nebenbei zu sehen. So, wie es scheinbar in der Gesellschaft modern war. Leider merkte sie aber schnell, dass dieses nicht so einfach war. Schließlich kannte sie sich und wusste, dass sie von Dingen, denen sie sich einmal mit dem Herz verschrieben hatte, nur sehr schwer wieder lösen konnte. Wenn es um Liebe ging, war das natürlich besonders schwer. Es wurde eine Herausforderung, die größer und höher war, als den Mount Everest zu besteigen. Im Büro stelle sie sich neuen Aufgaben bei denen sie Zeit, Energie und Initiative einbringen musste und schaffte es, ihre Gedanken dadurch tagsüber für diese Aufgaben zu nutzen. Das war eine sehr gute Möglichkeit die Aufmerksamkeit weg von Philip in andere Richtungen zu lenken. In ihrer Freizeit sah das leider anders aus. Sie befasste sich aber mit

Renovierungsarbeiten in den neuen Vier Wänden. Verlegte mit Laura neuen Fußboden in ihrem Wohnzimmer und räumte ihre Kisten aus in Schränke, die sie vorher ausgesucht und neu gekauft hatte. Nach und nach zauberte sie aus Lauras Wohnung ein ganz neues Gesicht und machte sie zu ihrer Wohnung und ihrem zuhause. Leider war es dabei allerdings so, dass sich ihre Gedanken, sobald sie allein war, nur um das Thema Philip drehten. Ein großes Kopfzerbrechen bereitete ihr dabei die Frage, ob sie Teil einer ganzen Reihe von Frauen war, die Philip genauso behandelte wie sie. Bei denen er genauso ab und zu vorbeischaute, wie bei ihr. Denen er genauso schrieb, so wie er es wollte und bestimmte, wie bei ihr. Wenn Marie sich mit diesen Fragen beschäftigte, wurde sie eigentlich am traurigsten, denn sie wollte sich auf keinen Fall benutzten lassen und Teil eines Spiels sein, das er mit einer Vielzahl von Frauen gleich spielte. Aber wie sollte sie das herausfinden? Gerade hatte sie sich die nächste Kiste aus ihrem Abstellraum geholt, um den Inhalt in ihre Schränke zu räumen, als ihr gedankenversunken eine Dose mit verschiedensten Utensilien aus der Hand fiel und mit einem lauten Krach auf dem Fußboden landete. Der Deckel verselbstständigte sich und der Inhalt landete in ihrem halben Wohnzimmer verstreut auf dem Fußboden.

< *ohje, auch das noch* > dachte Marie und begann langsam die Einzelteile aufzusuchen. Serviettenringe, Glasverschlüsse für Weinflaschen, USB-Sticks und ihr altes iPhone 4. Marie legte auf die neuste Technik in

Sachen Handy nicht viel Wert und war auch viel zu genügsam, um für aktuelle Handys viele Hundert Euro auszugeben. Aus diesem Grund gab sie sich bis vor ungefähr einem halben Jahr noch mit einem alten iPhone-Modell zufrieden, das sie aber austauschte gegen ein neueres Modell, als Annabell ihr zu einem guten Preis eines ihrer Arbeitskollegin anbot. Das Alte war seitdem samt Aufladekabel in dieser Kiste gelandet. Es verschwand mit den anderen Kleinteilen wieder darin und landete in einer der Schubladen des Lowboards unter dem Fernseher. Nachdem sie die große Umzugskiste leergeräumt, sich von Dingen getrennt, und alles, was sie behalten wollte an seinen neuen Platz geräumt hatte, beschloss sie das Auf- und Einräumen für den Tag zu beenden. Sie verspürte ein großes Hungergefühl und erst jetzt fiel ihr auf, dass sie den ganzen Tag, außer ein paar Keksen im Büro, noch nichts gegessen hatte. Sie hatte Appetit auf Gemüse. Jedoch stellte sie beim Blick in das kleine Eisfach ihres Kühlschranks fest, dass keines da war. Deshalb machte sie sich kurzerhand auf zum großen Discounter im Nachbarort. Aus dem Plan nur schnell Gemüse zu kaufen, wurde ein mittelgroßer Einkauf, der für die nächsten Tage reichen würde und nach kurzer Zeit stand Marie in der Warteschlange an der Supermarktkasse. Ihre Waren hatte sie schon auf das Kassenband gelegt. Wartend schaute sie sich um, was in den Regalen oberhalb des Laufbandes präsentiert war. Sie dachte darüber nach, dass diese Platzierungen genauestens, aus psychologischen Gesichtspunkten so angebracht waren, dass sie enorm umsatzsteigernd waren. Das hatten Studien über Kaufverhalten herausgefunden. Marie fand solche Themen sehr spannend, sie hatte mal eine Reportage darüber im Fernsehen gesehen. Ihr Blick blieb in diesem Moment auf einer Anreihung von Prepaid-Karten und Handykarten im Discountertarif hängen. Die Kassiererin begann ihre Artikel zu scannen und ohne, dass Marie überlegte, griff sie zu einer dieser Karten und legte sie zu den Lebensmitteln auf das Kassenband. Dann räumte sie ihr Gekauftes in die große, mitgebrachte Jutetasche, bezahlte und saß kurz darauf wieder im Auto. Die kleine Pappverpackung war kaum größer als eine Bankkarte stellte Marie fest, als sie diese aus der Tüte nahm und las, was zur Aktivierung der gerade gekauften neuen Telefonnummer notwendig war. Sie musste zu einer Postfiliale und die Telefonnummer mit ihrem Namen auf sich freischalten lassen. Dazu war ein Personalausweis nötig. Marie musste sich dazu animieren, jetzt auch den nächsten Schritt zu tun, da sie kurzerhand einen weiteren Telefonaccount gekauft hatte. Die unangenehmen und beschämenden Gedanken, die sie dazu verleitet hatten, schob sie erst einmal beiseite und fuhr kurzerhand zu einer Postfiliale um dort alles, was die kompetente Mitarbeiterin hinter dem Schalter von ihr verlangte, zu tun. Nach Vorzeigen ihres Ausweises und zwei Unterschriften war alles erledigt.

Zuhause angekommen machte sie sich eine duftende Gemüsepfanne. Die eben erworbene kleine, flache Verpackung mit den Zugangsdaten der neuen Telefonnummer und dem entsprechenden kleinen

Plastikchip legte sie auf den Esszimmertisch und starrte sie während des Essens an, als ob in ihr ein kleiner, böser, giftiger, unbekannter Alien wohnen würde, von dem sie erwartete, dass er jeden Moment aus der Pappschachtel hervor gekrabbelt käme. Nachdem sie aufgegessen hatte, wollte sie sich ihren Gedanken stellen und dem Plan, den sie mit der neu gekauften und aktivierten Handynummer verband. Als müsste sie sich rechtfertigen vor ihrem eigenen Gewissensgericht sagte sie sich ein paarmal:

< *Ich schwöre, dass ich diesen Plan noch nicht hatte, als ich den Lebensmittelladen betreten habe!* >

und dann gab sie sich endlich den längst fälligen Gedanken und dem gerade erst geschmiedeten Plan hin. Sie wollte eine Möglichkeit, mit der sie herausfinden konnte, wie Philips Verhalten auf WhatsApp war. Ob er andauernd online war, oder nur zu bestimmten Zeiten, ob er während er mit ihr schrieb auch noch mit anderen schrieb und noch andere Erkenntnisse, die sie noch nicht benennen konnte. Wenn Philip ihr nichts über sich erzählen wollte, dann gab es nur zwei Möglichkeiten für Marie, denn sie wollte sich nicht für dumm verkaufen und ausnutzen lassen und brauchte ihrerseits das Gefühl, dass sie auch Entscheidungen treffen konnte.

Nämlich erstens: dass sie den Kontakt unter den bisherigen Umständen abbrach, oder zweitens: dass sie auch ohne Philip weiter herausfand, was sie wissen wollte. Ja, was sie wissen musste, damit ihr

Kontakt weiter dieses Prickeln, diese Leichtigkeit, die gewisse Magie behielt, die sie am ersten Abend ihres Kennenlernens gespürt hatte. Diese Magie war dabei sich ganz langsam aufzulösen, merkte Marie. Und der Grund waren die vielen Ungereimtheiten....

Das alte Handy war stumm und Akkuleer, deshalb verband sie es mit dem Kabel und stecke es zum Aufladen in die Steckdose. Dann räumte sie den Esstisch ab und stellte das benutzte Geschirr und die Kochutensilien in die Spülmaschine. Säuberte Spüle und Arbeitsplatte und zog sich dann ihren Lieblings-Jumpsuit an, in dem sie bequem immer allein zuhause gammelte. Dann saß sie wieder vor der Pappschachtel an ihrem Tisch und starrte sie an. Meine Güte, hatte sie ein schlechtes Gewissen! Dabei hatte sie noch gar nichts gemacht. Mit dem Finger drücke sie auf die Home-Taste des Handys und siehe da, es war schon so weit aufgeladen, dass man damit hantieren konnte. Jetzt nahm Marie die „Alien-Schachtel" und öffnete sie langsam. Sie entnahm die kleine Karte mit dem Plastik-Chip, den sie noch verkleinern musste, indem sie ihn an den vorgestanzten Sollbruchstellen herausbrach. Mit einem Roulladenspieß aus ihrer Besteckschublade öffnete sie die kleine Schublade im Handy und steckte den Chip hinein.

Jetzt musste sie nur noch Philips Handynummer in die Kontakte eingeben und ihr Vorhaben konnte beginnen. Natürlich waren Philips Einstellungen so gewählt, dass nur seine Kontakte sein Profilbild sehen konnten. Daher erschien beim Öffnen seines

WhatsApp-Profils kein Bild, sondern nur sein Statusinfo. Marie öffnete Einstellungen in Nachrichten-Messanger und studierte die Möglichkeiten bei der Bildschirmsperre. Überrascht fand sie heraus, dass man die Bildschirmsperre ausschalten konnte. Das stellte sie so ein und dann stellte sie das Handy mit geöffnetem Philip-Chat aufrecht angelehnt an den Kerzenständer auf ihrem kleinen Glastisch vor dem Sofa. Dann schaltete den Fernseher ein und hatte den ganzen Abend nicht nur das gewählte Fernsehprogramm, sondern auch das Handy im Auge. Tatsächlich war Philip an diesem Abend nur zwei oder dreimal überhaupt online. Dann immer nur für eine kurze Zeit, nur ein paar Sekunden. Marie wusste, dass ihr ein Abend der Beobachtung nichts bringen würde, sie müsste seinen Chat dauerhaft beobachten, um herauszufinden, ob er Dauer-Onliner und wie sein Chatverhalten war. Und als sie an diesem Abend ins Bett ging, war es gegen 23.30 Uhr und sie nahm ganz vorsichtig das Handy mit und legte es neben ihr Buch, in dem sie noch ein Kapitel lesen wollte, bevor sie das Licht ausmachte. Fast genau um Mitternacht war Philip wieder online. Wieder nur für 10-15 Sekunden, dann war er wieder weg. Marie wartete und tatsächlich war er nach ein paar Minuten wieder online. Wieder nur kurz. Danach nicht mehr. Sie entschied sich, nach einer halben Stunde, das alte Handy auszumachen und wegzulegen. Sie war erschöpft von ihren geheimen Machenschaften, den ganzen Gedanken dazu und der Anspannung der letzten Stunden. Bis zum Wecker am nächsten

Morgen schlief sie aus diesen Gründen tatsächlich einen tiefen Schlaf.

NEUNZEHN

In der darauffolgenden Woche passierte rein gar nichts in Maries Alltag. Sie ging ins Büro und hatte dort alle Hände voll zu tun. Abends traf sie sich mit ihren Töchtern oder mit Freundinnen oder machte es sich einfach zuhause gemütlich. Einmal führte sie ein langes Telefonat mit Fabian. Er erzählte ihr von den neuesten Ereignissen seiner Trennung und wie seine Frau ihm eröffnet hatte, dass sie mit den Kindern ausziehen würde. Sie habe bereits eine Wohnung gefunden und stellte ihn vor vollendete Tatsachen. Fabian war voller Schmerz und selbst Marie schaffte es nicht, ihm irgendwie Mut zu machen oder ihm Tipps zu geben, wie er mit der Situation besser umgehen könnte. Sie hätte ihm gerne geholfen, aber sie war machtlos. Er versuchte neuerdings seinen Kummer mit Alkohol zu besänftigen. Das merkte Marie nur daran, dass er sich abends auf ihre Nachrichten nicht meldete und bei Telefonaten am nächsten Morgen völlig neben sich stand. Sie wollte ihn auch nicht kompromittieren und sprach ihn deshalb nicht auf ihre Vermutungen an, in der Hoffnung, es wäre nur eine vorübergehende Phase. Aber sie nahm sich vor, es im Auge zu behalten. Die andere Seite, die sie mit Fabian verband, trat sogar tatsächlich in dieser Zeit in den Hintergrund. Marie mochte Fabian nicht nach einem Treffen mit schnellem Sex fragen und Fabian fragte Marie nicht, einfach, weil es wichtigere Dinge gab, die das Leben gerade bestimmten. Die Lust auf Leichtigkeit und Hemmungslosigkeit und Wildheit war auf Eis gelegt.

Trotzdem bracht der Kontakt nicht ab und es war einer für den anderen da.

****

Bei einem Telefonat mit dem Außendienstmitarbeiter eines guten Lieferanten, dass Marie in der Mitte der Woche führte, sprachen sie über Einkaufspreise, Liefersituationen und neue Produkte. Schon seit Jahren pflegte Marie mit ihm ein gut bestehendes, Kunden-Lieferanten-Verhältnis und so kam es, dass er Marie einlud, kurzfristig zur Eröffnung eines neu gebauten Lagerstandortes zu kommen. Es sollte schon zwei Tage später stattfinden.

„Wo ist denn das und wie weit ist das zu fahren?“

„Eine Stunde ungefähr. Kannst du perfekt über die Autobahn erreichen. Komm doch Marie, wir machen uns einen lustigen Abend. Bei gutem Essen und einem Getränk. Du kannst meine Kollegen im Innendienst kennenlernen und meinen Chef. Und du kannst unser neues Lager ansehen, mit allen Neuheiten der Technik im Bereich Lager-Logistik“.

„Sag mal die Adresse, dann schau ich mal, was ich machen kann.“

„Also schreib: Brunnerstraße 78 in ...“ diktierte er.

Marie stockte der Atem. Es hatte ihr die Sprache verschlagen und deshalb schwieg sie einige Sekunden.

„Marie, bist du noch da? Hast du alles verstanden und mitgeschrieben?“

„Ähm .... Ja...“ stotterte sie und blieb danach wieder still.

Das war ja genau der Ort, in dem Philip wohnte, glaubte sie. Es war auf jeden Fall derselbe, der auf der Traueranzeige angegeben war, die sie im Internet gefunden hatte. Marie würde die angegebene Straße und den Ort niemals wieder vergessen. Sie hatte sich die Angaben damals auf ihrer Schreibtischunterlage notiert, aber das hätte es nicht gebraucht. Sie war bereits nach dem ersten Lesen in ihrem Gedächtnis eingebannt. Eingebrannt, wie es sonst vielleicht nur wenige Informationen sind. Geburtsdaten der Kinder, Pinnummern für Bankkarten oder Liederzeilen, die man schon tausendmal mitgesungen hat. Sie war augenblicklich wie hypnotisiert und in einem Bruchteil einer Sekunde gingen ihr so viele Gedanken durch den Kopf, dass sie es kaum aushalten konnte, dabei wollte sie, dass dieser Zustand sofort aufhören sollte.

Ihr Telefonpartner fragte ein weiteres Mal „Marie, bist du noch da? Ist alles okay?“.

Sie musste sich selbst richtig rütteln, damit sie aus diesem Zustand herauskam und war heilfroh, als es ihr endlich gelang. „Ja, sorry... mein Kollege hat mich gerade angesprochen", log sie „... Ich bin heute nicht Multitasking-fähig... habe alles notiert. Wann geht es los? Oder schickst du mir noch eine Einladung per E-Mail mit einem Programm?"

„Sehr gute Idee, das mache ich. Das wäre echt großartig, wenn du kämest. Ich würde mich sehr freuen!", schwärmte er und Marie versuchte dabei in Windeseile zu entscheiden, ob sie die Einladung annehmen würde. Jedoch kam ihr Telefongegenüber ihr dazwischen, in dem er sich gutgelaunt von ihr verabschiedete und mit den Worten „Bis Übermorgen!" das Gespräch beendete. Sie kam doch tatsächlich in Versuchung zu glauben, dass diese Einladung und das neu gebaute Lager eine Schicksalsfügung wären. Jedoch meldeten sich sofort ihre kleinen Monsterbiester, wie ein aufmüpfiger Schüler, der aufzeigend immer mit den Fingen schnippt und dabei jedes Mal stöhnende Laute von sich gab und dabei immer ein paar Zentimeter von seinem Schulstuhl abhebt, weil er unbedingt eine Antwort geben wollte auf eine Frage, die die Lehrerin gestellte hatte, aber eigentlich von den Schülern überhaupt keine Antwort erwartete.

< *Marie, du spinnst jetzt aber komplett! Das ist so was von einem Zufall!! Beruhige dich!!!*> Immerhin schafften sie es, sie wieder ein Stück auf den Teppich zurückzuholen. Im nächsten Augenblick stand ihr Chef vor ihrem Schreibtisch und stelle ihr eine Frage, das Telefon läutete erneut und der übliche Büroalltag hatte sie wieder fest im Griff. Bis sie an diesem Nachmittag nach Hause ging, kam sie nicht

mehr dazu sich über die Einladung, den Zufall desselben Ortes und am Ende natürlich wieder über Philip Gedanken zu machen.

War sie zuhause, war es bereits zu einer Angewohnheit geworden, das alte Handy mit der Dauereinstellung von Philips Chats zu öffnen und irgendwo aufzustellen, wo sie es beobachten konnte. Er war weiterhin nicht oft online. Und wenn, dann meistens nur kurz. Allerdings vermehrt am späten Abend zwischen 21.30 und 24 Uhr. Auch Marie schrieb er, wenn er schrieb, in dieser Zeit Nachrichten. Es war sehr spannend zu sehen, wenn er online war und plötzlich ihr richtiges Handy klingelte und eine Nachricht von ihm einging. Aber, es war auch umso trauriger, wenn Marie auf eine Nachricht von ihm wartete, vielleicht als eine Antwort auf eine WhatsApp, die sie ihm am Nachmittag geschrieben hatte, sie zwar sah, dass er mehrmals online war, aber ihr Handy nicht klingelte. Es gab Tage, da machte sie diese Beobachtung so traurig, dass es ihr wehtat und eigentlich wusste sie bereits nach ein paar Tagen, dass es keine gute Idee gewesen war, dieses alte Handy in dieser Form zu benutzen. Außerdem musste sie äußerst vorsichtig sein, wenn sie es bei offenem Chat bewegte, denn sie wollte auf keinen Fall, dass sie durch Unachtsamkeit aus Versehen eine Taste berührte, die bei dem geöffneten Kontakt irgendetwas auslöste. Es war bereits zu so einem Selbstverständnis geworden, dass Marie es vergaß auszumachen, als es an einem Abend an ihrer Tür klingelte und Annabell sie besuchte. Es stand mit hell erleuchtetem Display auf ihrem Glastisch. Natürlich war Annabells erste Frage als sie eintrat, was es mit dem Handy auf sich habe, und so musste Marie ihr erzählen, was sie tat. Annabell hörte zu und sagte nichts. Dann sah sie ihre Mutter an und sprach mit ernstem Tonfall „Mama, lass das! Was soll das bringen? Das hilft dir kein Stück weiter. Im Gegenteil!“

Ja, sie hatte Recht, aber Marie wollte sich nicht rechtfertigen. Sie wollte sich nicht von ihrer Tochter belehren lassen. Sie wollte in Ruhe gelassen werden. Sie wollte doch nur herausfinden, wie er tickte. Sie ärgerte sich schrecklich über sich selbst, dass sie vergessen hatte, das Ding wegzulegen. Das musste sie besser im Auge haben!

Sie sprachen nicht weiter darüber. Marie sagte „Ich weiß, ich mache das ja auch nur manchmal.“ Und merkte, dass sie ihr Kind gerade angelogen hatte. Die Stimmung war dahin. Beide versuchten noch ein normales Gespräch über den Tag und was es Neues gab zu führen, was ihnen aber nur oberflächlich gelang und bald verabschiedete sich Annabell und ging.

< sie hat wirklich recht. Manoman, welche Erkenntnis wirst du haben, wenn du weißt, wann er online ist und wie oft. Er hat Kinder, er wird Freunde haben. Arbeitskollegen, Verwandte ... online zu sein, kann Alles bedeuten ... Mensch Marie! >

Sie wusste es und es machte sie wahnsinnig. Marie nahm sich die Wolldecke, dreht sich so in ihr ein, dass nur noch die Nasenspitze und alles war darüber kam zu sehen war und wollte sich voller Selbstmitleid endlich dem Film im Fernsehen widmen. Warum musste sie an diesen Mann geraten? Sie hatte doch die letzten Jahre schon mit ihrem Ex genug Scheiß gehabt. Warum konnte nicht endlich mal der gutmütige, ritterliche Prinz daherkommen, der es gut mit ihr meinte? Und wenn der nicht kam, dann sollte keiner kommen! Aber auf gar keinen Fall einer wie Philip, der irgendeine „Leiche im Keller“ hatte und bei dem es ihr, auch nach Monaten nicht gelungen war, soviel Vertrauen aufzubauen, dass er ihr erzählte, welchen Grund es gab, dass er Kontakt mit ihr gesucht hatte und was er vorhatte. Das war so schrecklich respektlos und nicht wertschätzend.

Eine kleine Träne löste sich aus ihrem Auge und suchte sich in einer breiten Spur den Weg über ihre Wange.

Am Kinn angekommen tropfte sie dick und fett auf das neue Ledersofa und hinterließ einen klitzekleinen, kreisrunden, salzigen See.

< nicht auch noch weinen. Ich werde mit ihm reden. Es muss sein. Er wird es verstehen >

Dann rieb sie mit ihrer Hand, die immer noch unter der Wolldecke steckte und dem Stoff, den Tränentropfen weg und mit derselben Bewegung nahm sie das überschüssige Wasser, das sich in ihren Augen gesammelt hatte und drohte, zu weiteren Tränen zu werden, auf und hinterließ eine feuchte Stelle im Stoff der Decke, den Marie deutlich mit ihrer Hand von innen fühlen konnte. Sie musste sich jetzt endlich ablenken, sonst würde es eine schlaflose Nacht werden. Marie setzte alle Hoffnungen auf den Film, doch da klingelte es wieder an der Haustür. Es konnte nur Annabell sein, die irgendwas vergessen hatte. Sie konnte sich gerade nicht entscheiden, ob sie froh war, aus ihrem in Wolldecke-eingewickelten Selbstmitleid herausgeholt zu werden oder sie einfach liegen bleiben sollte. Aber während sie das noch dachte, war sie schon auf dem Weg zur Gegensprechanlage. „Hallo“, sagte sie mechanisch in Erwartung, dass Annabell ihr Antworten würde.

„Hey, ich bin´s“, kam ähnlich kurz und stupide zurück.

Sie drückte den Türöffner und ging schnell zurück ins Wohnzimmer. Nahm das alte Handy, schaltete es aus und legte es oben auf den Wohnzimmerschrank. Dann stellte sie sich wieder in die geöffnete Tür zum Flur. Das war ein überraschender Besuch, mit dem sie gar nicht gerechnet hatte. In der letzten Woche gab es weder ein Telefonat noch Nachrichten und das war eigentlich nicht ungewöhnlich, doch jetzt kam er leibhaftig die letzte Treppe herauf. Er sah so angeschlagen und mutlos aus, genauso wie Marie an diesem Abend. Es wäre jeder andere Abend besser gewesen, um zuzuhören, zu trösten, Ratschläge zu geben und vielleicht mehr, aber doch nicht an diesem Abend.

Marie flüsterte fast als sie ihn im fast dunklen Treppenhaus begrüßte „Hey, komm rein, mein Lieber! Was machst du denn hier? Ist alles in Ordnung?“.

Vor ihr stand Fabian. Groß wie ein Hüne aber in einer Verfassung wie eine kleine jämmerliche Maus. Er nahm sie wortlos in den Arm drücke sie fest an seine Brust und flüsterte fast tonlos „Darf ich hereinkommen? Hast du etwas Zeit für mich?“

Marie antwortete nicht sofort, sondern blieb genau so stehen und drückte ihn einfach zurück. Wortlos, einfach nur festhalten. Das hatte manchmal mehr Gewicht als alle Worte der Welt. Sie selbst merkte, dass die Umarmung auch ihr gut tat, deshalb standen sie beide bewegungslos da und drückten sich fest. Marie spürte seine Aufgewühltheit und Ruhelosigkeit, aber auch seine Wärme. Und dann war da dieser Duft, den sie nur zu gut kannte. Fabians Duft, den sie aus einhunderttausend Männerdüften herausfinden würde. Diesen, den es nur einmal gab und der nur erzielt werden konnte, aus diesem Aftershave und Fabians eigenem Geruch. Sie spürte einen Hauch von Sehnsucht nach seinen Berührungen und nach dem Gefühl, wenn er mit ihr schlief. Doch das war jetzt unangebracht. Sein Besuch war aus einem anderen Grund. Ihre Gedanken daran waren im Nu verschwunden. Nach einer Ewigkeit, in der sie so dastanden, löste er sich ein wenig, sah sie an und sagte „Ich kann heute Abend nicht allein sein. Darf ich ein wenig bei dir bleiben?“

„Natürlich darfst du das! Immer! Komm zieh deine Jacke aus und komm rein."

Sie schloss die Eingangstür und er hängte seine Jacke an den Harken im Flur. Legte sein Schlüsselbund und das Handy auf den kleinen Hängeschrank und ging voraus in Maries Wohnzimmer. Er kannte sich aus. Nicht nur von den Besuchen, bei denen sie miteinander schliefen, sondern auch von Besuchen, bei denen er Marie geholfen hatte.

„Wobei habe ich dich gestört?" fragte er, als er die zerknüllte Wolldecke auf dem Sofa liegen sah.

„Bei gar nichts. Annabell war eben noch da und jetzt wollte ich irgendwas im Fernsehen anschauen. Alles gut. Du störst nicht. Möchtest du etwas trinken? Und magst du mir erzählen, was passiert ist?"

„Nee, trinken nichts. Lass erstmal. Vielleicht später."

Dann erzählte er mit wenigen Worten, dass er sich wieder mit seiner Ex-Frau gestritten hatte. Dass sie ihn provozierte, wo es nur ging. Dass sie ihm auf seine Fragen nie die ganze Wahrheit sagte und sie immer alles vor den Kindern austrug. Und wenn er etwas gegen sie sagte, dann drohte sie damit, die Kinder nicht zu ihm zu lassen. Marie machten diese Drohungen so wütend. Er hatte ihr schon öfter davon erzählt und jedes Mal riet sie ihm, er sollte mutiger sein, ihr auch mal drohen, denn einem Vater, der sich nichts zu Schulden kommen ließ, konnte man nicht einfach so seine Kinder verbieten. Aber so selbstbewusst Fabian auch in allen Dingen war, in dieser Hinsicht war er der Mutter seiner Kinder gegenüber so zahm wie ein Lämmchen. Marie glaubte manchmal, er habe wirklich Angst vor ihr. Es machte sie so richtig wütend, wenn sie sah, welche Macht diese Frau über ihn hatte und was sie damit anrichten konnte. Sie merkte, dass er nicht diskutieren oder reden wollte und auch keine klugen Ratschläge wollte. Er wollte nicht allein sein, vielleicht, weil er wusste, dass er wieder eine Flasche Wein öffnen würde, wenn er es wäre. Deshalb hatte er sich wohl an diesem Abend entschieden zu Marie zu fahren.

„Würdest du mich auch ein bisschen halten?", fragte sie ganz leise. „Ja natürlich. Komm mal her", hauchte er und zog sie in seine Arme. „Wir reden einfach nicht, sondern halten uns nur warm, okay?", schlug Marie vor, formulierte es aber als Frage, der er immer noch etwas entgegenbringen konnte. Aber er tat es nicht, sondern zog die Decke über sie beide und drückte sie wieder an seine Brust. Marie schlang ihre Arme um seinen Brustkorb und drückte so fest sie nur konnte.

Sie wollte seinen Schmerz und ihren eigenen Schmerz zerdrücken.

So saßen sie lange, bis sie nicht mehr konnten und den Druck nachlassen mussten. Fabian fingerte nach der Fernbedienung und das Bild auf dem Fernseher wurde schwarz. Es war still und langsam kamen beide zur Ruhe. Seine Angespanntheit wurde mit jedem Atemzug weniger und sie genoss einfach die

Wärme und das Vertrauen, das damit zum Ausdruck gebracht wurde und sie von Philip noch niemals erhalten hatte.

„Noch nicht aufhören“, bat sie leise, weil er dachte sie wollte sich aus der Umarmung lösen als sie den Druck nachließ.

„Nein“ sagte er nur und hielt sie weiter fest und dann kippten sie sich mit der Wolldecke zur Seite und lagen gemeinsam auf dem Sofa. Marie zog die Decke so, dass seine Füße zugedeckt und ihre Körper fast komplett von ihr bedeckt waren. Und dann bewegte sich eine lange Zeit keiner von beiden. Sie lagen nur da und gaben sich, was sie am dringendsten brauchten: Halt und Wärme. Irgendwann unterbrach Fabian die Stille und sagte „Danke“.

„Aber doch dafür nicht. Das ist doch selbstverständlich. Und ich habe dich heute Abend wohl genauso gebraucht!“, antwortete sie. „Warum warst du heute so schlecht drauf?“, wollte er wissen. „Wegen Philip. Ich komme einfach nicht weiter und weiß mir keinen Rat. Ich habe die Befürchtung er verarscht mich und ich weiß es vielleicht schon und tue trotzdem nicht das einzig richtige. Das macht mich wahnsinnig, traurig und hilflos. Und heute ist mal wieder so ein Tag. Ich kann mit keinem darüber reden.“

Sie konnte ihren Zustand genau beschreiben und hatte gerade zum ersten Mal jemandem ehrlich erzählt, wie sie fühlte.

„Das ist ein Arschloch! Lass den laufen, Marie. Du hast was Besseres verdient.“ Seine Stimme wurde lauter als bisher, als er das sagte und Marie merkte, dass er genauso wütend auf Philip war, wie sie auf seine Ex-Frau, weil sie die Personen waren, durch die sie verletzt wurden.

„Wir sind ganz schön angeschlagene Krieger, wir zwei.“

„Ja, das sind wir!“, stellte auch Fabian fest und dann schwiegen sie wieder. Sie konnte der Versuchung nicht widerstehen und zog ganz langsam sein T-Shirt aus seiner Jeans. Zur völligen Vertrautheit mit Fabian gehörte, dass sie ihre Hände auf seine Brust legte und ihre Finger sich in seinem Brusthaar vergruben. Er wusste es und sagte deshalb nichts. Marie glaubte manchmal, dass sie die einzige Frau war, die das so sehr mochte und Fabian es insgeheim stolz machte, dass sie es ihm zeigte. Leise schnurrte sie wie eine kleine Katze und zeigte ihm, wie sie sich entspannte und er hielt sie weiter fest und küsste sanft ihren Scheitel. Wie Fabian fühlte, konnte Marie nicht sagen, und sie wollte ihn auch nicht fragen, aber für sie war in diesem Augenblick alles wunderbar. Vergessen war Philip, vergessen war alles andere. Männer sprechen nicht gerne über so was und sie hassen die Frage: Woran denkst du gerade? Und Fabians Sorgen waren am Ende des Tages größer als ihre. Dessen war sie sich bewusst. Deshalb schwieg sie. Irgendwann löste sich Fabian, nahm ihren Kopf in seine Hände und küsste sie. Ganz zart, es war anders als sonst. Nicht fordernd und hart, sondern vertraut und liebevoll. Marie hatte nichts dagegen. Sie ließ es geschehen und bald nahm er ihre Hand und schob sie auf den Reißverschluss seiner Jeans und Marie erkannte, was ihre Vertrautheit und ihre Nähe und das Kraulen auf seiner Brust und nicht zuletzt die Küsse bewirkt hatten.

„Ich möchte mit dir schlafen“ sagte er ganz direkt. „Möchtest du auch?“

So wunderbar war er. Er fing nicht einfach an, an ihr herumzufummeln, sondern fragte sie, ob sie auch in der Stimmung war. Marie freute sich, dass Fabian den Unterschied erkennen konnte zwischen einem Treffen mit wildem, heißem Sex, dass sie ja schon zu genüge seit Jahren verabredeten und einer Situation wie dieser. „Ja, ich möchte. Ich möchte es auch. Aber nur ganz vorsichtig und gefühlvoll.“

„Ich weiß. Vertrau mir!“ versprach er und dann schliefen sie miteinander. Nur einmal. Ohne Firlefanz. Ganz vorsichtig, aber der Höhepunkt, zu dem sie sich gegenseitig brachten, war größer und intensiver als viele zuvor. Als sie kam, hatte sie das Gefühl, aller Schmerz und alle Sorgen würden mit explodieren und sich dadurch in Luft auflösen und was blieb, war eine sanfte und tiefe Vertrautheit. Marie glaubte zu wissen, dass es Fabian genau so ging, auch ohne, dass sie ein Wort darüber verloren.

Fabian blieb noch lange bei ihr. Früher war er auch schon mal nach ein paar Minuten aufgesprungen und gegangen. Es war einer der Abende, an denen er sich Zeit ließ. Für die Sache, für Marie und sich selbst. Es blieb auch weiterhin der Abend der wenigen Worte. Sie brauchten etwas anderes an diesem Abend und das gaben sie sich noch eine Zeit lang, nachdem sie miteinander geschlafen hatten. Sie lagen nur eng aneinander, sich festhaltend, Arm in Arm und spürten des anderen Wärme. Es war schon nach eins, als Fabian sich reckte und flüsterte „Marie, ich fahre jetzt heim. Es ist schon spät."

Sie bot ihm an „Du kannst auch gerne bleiben und machst dich einfach Morgen ganz früh auf den Weg".

„Lieber nicht", antwortete er und dabei beließ sie es. Sie standen auf und Fabian zog sich an. Marie holte ihr Nachthemd und streifte es über. Sie würde sofort schlafen gehen. Fabian drückte sie nochmals an sich und gab ihr einen vertrauten Kuss.

„Danke! Danke für Alles!"

„Es war gut, dass du vorbeigekommen bist. Ich danke dir auch!" und dann verließ Fabian sie. Kurz bevor er im nächsten Treppenabsatz verschwand, stoppte er und sie schauten sich für zwei bis drei Sekunden lang stumm in die Augen, dann setzte er seinen Weg fort und verschwand aus Maries Sichtfeld.

Vielleicht dachten sie beide dasselbe.

< *Schade, dass der Altersunterschied so groß war, wer weiß was sonst zwischen ihnen passiert wäre* >

Als Marie kurze Zeit später schlafen ging. Nahm sie ihr Handy mit in ihr Schlafzimmer um es, wie jeden Abend, auf dem Nachttischchen an das Ladekabel anzuschließen. Dabei leuchtete das Display auf und zeigte eine neue Nachricht von Philip. Die Nachricht blieb an diesem Abend ungeöffnet. Sie wollte sich das soeben erlebte mit Fabian nicht durch eine oberflächliche, vielleicht sogar nur aus zwei oder drei Worten bestehende Mitteilung kaputt machen. So wie sie die letzten zwei Stunden erlebt hatte, gab es ihr mehr als die letzten Jahre zuvor. Marie konnte auf die Schnelle nicht sagen, wie viele Jahre sie ohne eine solche Intensität an Geborgenheit und Vertrauen gelebt hatte und dieses Gefühl gab ihr jetzt schon so viel Kraft, dass sie es in ihrem ganzen Körper bemerkte.

< *Nicht auszudenken, wie es zwei Menschen gehen muss, die sich dauerhaft eine solche Kraft geben*> dachte Marie, als sie den Wecker stellte und dann das Licht löschte.

Sie schaffte es sogar nicht weiter an Philip und seine Nachricht zu denken, weil die Geborgenheit von Fabian noch präsent und stärker war, als ihre Neugier zu wissen, was Philip ihr geschrieben hatte. Schon zu oft hatte euphorisch ihr Herz gehämmert, wenn sie eine Nachricht von ihm erhalten hatte und wurde dann, wenig später von großer Enttäuschung eingeholt, wenn sie den Inhalt seiner Nachricht dann las.

< *Heute Abend nicht!* > schwor sich Marie. Das wollte sie um ihres und um Fabians Willen nicht kaputt machen. Seine Wärme und Zärtlichkeit umhüllte sie noch unter der Bettdecke und sie versuchte sich

jeden wunderbaren und vertrauten Augenblick des Abends in Erinnerung zu rufen.

Darüber fielen ihr die Augen zu.

ZWANZIG

Zwei Tage später folgte Marie tatsächlich der Einladung des Außendienstlers zur Einweihung des neuen Lagerstandortes. Der Weg dauerte circa eine Stunde und mit Hilfe ihres Navis hatte sie keine Probleme die angegebene Adresse sofort zu finden. Es war schon komisch, gerade in demselben Ort zu sein, in dem Philip wohnte. Neben der Aufregung, die sie immer hatte, wenn sie allein mit dem Auto über Autobahnen in fremde Gegenden musste, ließ sie dieser Gedanke die ganze Fahrt nicht los und irgendwie war sie heilfroh, als sie nach einer knappen Stunde am Ziel ankam und gleich, nachdem sie ihr Auto verlassen hatte, von Daniel Fischer in Empfang genommen und herzlichst begrüßt wurde. Es waren allerhand Gäste erschienen und für Essen und Trinken war bestens gesorgt. Nachdem Daniel ihr ein erstes antialkoholisches Getränk besorgt hatte, ging er mit ihr durch den Neubau, zeigte ihr die neueste Technik der Lagerlogistik, der Maschinen, der Software und die eingelagerte Ware. Auf ihrem Weg trafen sie weitere Mitarbeiter aus dem Innendienst, die Daniel ihr vorstellte, den Vertriebsleiter, bei dem sie einen Moment stehen blieben und ein angeregtes Gespräch führten und andere eingeladene Gäste, von weiteren Kunden, so wie Marie. Nach kurzer Zeit fand sich Marie in einer Runde mit interessanten Menschen wieder, mit denen sie über Produkte des Lieferanten redete, über die Marktsituation insgesamt, über Schwierigkeiten und später auch über ganz andere, sowie über private Themen. Marie fühlte sich wohl und merkte gar nicht, wie die Zeit verging. Sie genoss die gedankenfreie Zeit von Philip und dem Ort, an dem sie sich befand und war mit ihrer emphatischen Art und ihrem Humor schnell gerngesehener Gast in verschiedenen Runden, zu denen sie sich gesellte. Als es dunkel wurde suchte sie ihren Gastgeber Daniel, um sich zu verabschieden und er begleitete sie noch bis zum Parkplatz. Es folgte ihrerseits noch ein Dank über die Einladung, die Bewirtung und die Stunden in netter Gesellschaft. Dann stieg sie ein und startete den Motor. Der freundliche Außendienstler war schon auf halbem Weg zum Fest zurück und Marie sah, dass er sich noch einmal umdrehte und ihr zu Abschied zuwinkte. An der Zufahrt vom Parkplatz zur Straße hielt sie wieder an und stelle ihr Navi auf „Heimatbasis“, wartete ein paar Sekunden, bis die Route angezeigt wurde und fuhr dann los. Sofort waren ihre Gedanken wieder bei Philip Sandmann. Wo er wohl wohnte? Wie er wohl wohnte? Ob es wohl weit entfernt, war von der Straße, auf der sie gerade unterwegs war? Wie aus einem inneren Zwang heraus, setzte Marie plötzlich den Blinker und fuhr auf den Parkstreifen der Straße, auf der sie gerade unterwegs war. Sie gab in ihr Navi die Straße ein, in der Philip wohnen sollte, die sie bisher erst einmal schwarz auf weiß gelesen hatte, die sie nie wieder vergessen würde und von der sie schlussendlich gar nicht wusste, ob sie wirklich die richtige war.

Bereits nach dem vierten Buchstaben wurde ihr eine Auswahl an Straßen mit der bis dahin eingegebenen

Buchstabenfolge angeboten. Darunter auch die Straße, die sie suchte und sie brauchte nur auf „übernehmen“ drücken. Dann gab sie die Hausnummer ein und bestätigte „Route finden“. Ihre Finger zitterten, als sie auf dem Display den Weg angezeigt sah, den Blinker setzte und den ersten Gang einlegte. In vier Minuten Ankunft, stand auf der Anzeige. Mittlerweile war es vollständig dunkel. 18.48 Uhr sah Marie beim Blick auf die Uhr. Der Winter lag, jetzt im März, in den letzten Zügen und man hatte das Gefühl, man könnte zusehen, wie es täglich länger hell blieb. Marie hätte niemals in Erwägung gezogen zu seiner Adresse zu fahren, wenn es hell gewesen wäre. Sie durfte auf keinen Fall gesehen werden. Als sie sich mit diesen Gedanken vorstellte, was dann passieren würde, wuchs ein enormer Druck in ihr und die Gewissheit, dass sie etwas Verbotenes tat, traf sie wie ein Hammerschlag. Sie schwitzte und war bis unter die Haarspitzen angespannt. Dem Routenplaner folgte sie jetzt in ein Wohngebiet. Noch zwei Minuten bis zum Ziel... Marie glaubte tausend Augen haben zu müssen, die die Umgebung abscannten nach seinem Auto, nach ihm als Fußgänger, nach ihm als Radfahrer und allem, was sonst noch eintreffen könnte und nicht eintreffen durfte! Das war eine üble Situation, in der sie sich befand, doch die Überlegung abzubrechen, wurde mit einem klaren „NEIN“ beantwortete. Es musste einfach gutgehen... Als sie jetzt den Anweisungen folgte und links abbog, sah sie schon das Straßenschild mit dem Namen, der sich in ihren Kopf eingebrannt hatte. Ihr Herz klopfte heftig und schob das pochende Pulsieren hoch bis zu ihrer Halsschlagader, die von einer Sekunde auf die nächste einem schmerzenden Druck unterhalb der Ohren ausgesetzt war. Diesem Zustand konnte sie nicht lange standhalten, merkte Marie, während sie hochkonzentriert weiter die Umgebung fixierte, hörte sie die Worte „sie haben ihr Ziel erreicht. Ihr Ziel liegt rechts“ aus den Lautsprechern ihres Cockpits. Auf der Straße bemerkte sie keine Menschen, das war schonmal gut. Dann bremste sie ein wenig ab und fokussierte sich auf das nächste, kommende Haus und die dazugehörige Einfahrt auf der rechten Seite. Marie war so aufgebracht und aufgewühlt, dass sie es kaum aushalten konnte. Vor ihr lag ein großes, schönes Haus mit weißem Putz. Nicht direkt an der Straße, wie die Nachbarhäuser, sondern einige Meter zurück auf dem Grundstück. Die Einfahrt führte zu einem Carport und links neben dieser Zufahrt stand auf einer gepflasterten Fläche ein Auto. Es war ein weißer BMW-Kombi. Sein Firmenwagen. Sie war hier tatsächlich richtig! Aus den Augenwinkeln vernahm sie Licht an verschiedenen Stellen im Haus und dann war sie auch schon am Grundstück vorbei. Marie atmete hörbar aus. Scheinbar hatte sie die letzten Sekunden, während sie am Haus vorbeigefahren war, die Luft angehalten. Das hatte sie gar nicht bemerkt. Die wenigen Sekunden, in denen sie Blick auf ihr Ziel hatte, hatten natürlich nicht gereicht, um alles zu sehen, was Marie so heiß interessierte. Erstmal war es wichtig, dass sie nicht gesehen worden war. Sie stellte sich kurz vor, was passiert wäre, wenn er vor dem Haus gestanden hätte, vielleicht an seinem Auto und durch Zufall auf die Straße geschaut hätte, als sie mit ihrem Auto dort vorbeigefahren wäre. Er kannte ihr Auto und ihr Nummernschild und hätte sie wahrscheinlich sofort als Fahrerin erkannt. Es wäre offensichtlich, dass sie ihm nachspioniert hätte, und sie hätte kein noch so kleines Argument gewusst, was dagegengesprochen hätte. Die Erleichterung darüber, dass genau das nicht passiert war, bemerkte sie sofort, dennoch verspürte sie den Drang, nochmals am Haus vorbeizufahren. Sie hatte in der kurzen Zeit noch nicht alles sehen können, was sie interessierte. Scheinbar war niemand draußen auf dem Grundstück unterwegs. Deshalb fuhr sie ein paar hundert Meter weiter die Straße entlang und drehte dann in einer Seitenstraße. Von weitem lag die ganze Straße nun vor ihr, auf der keine Menschenseele zu sehen war. Fast im Schritttempo steuerte sie dann den Wagen wieder an Philips Grundstück vorbei. Unter dem Carport glaubte sie ein weiteres Auto zu sehen. Davor lagen die Haustür und eine riesige Glasfront zu einem Wintergarten. Ebenfalls zur Straße sah sie Fenster, die zu einer Küche gehörten. Die Fläche hinter der Verglasung war durch ein gemütliches, indirektes Licht beleuchtet. In der vermeintlichen Küche war es dunkel und nur der Hauch eines Lichtscheines, wahrscheinlich durch die im Wohnzimmer befindliche Beleuchtung, gab dem sonst menschenleeren und dunklen Raum so viel Licht, dass ganz kurz Umrisse von Küchenschränken zu erkennen waren. Das war ein schönes Haus. Im

Obergeschoss waren mehrere bodentiefe Fenster, die zur Straße zeigten. Jedoch war es hinter ihnen dunkel. Im letzten Moment nahm sie noch das kleine dreieckige Fenster im Giebel wahr und dann war sie schon wieder am Haus vorbei. Wie ferngesteuert machte Marie das gleiche, noch einmal. Drehte in einer kleinen Seitenstraße und fuhr ein weiteres Mal die Straße entlang. Alles, was sie bei den ersten beiden Malen schon gesehen hatte, ließ sie außer Acht. Konzentrierte sich nur auf den Wintergarten, der ihrer Meinung nach das Wohnzimmer sein musste. Marie hatte Fotos von Philip bekommen, die Dekoration in der Adventszeit zeigten. Daher konnte sie sich ein wenig vorstellen, wie es hinter den riesigen Glasscheiben aussehen würde. Schemenhaft sah sie einen großen Esstisch mit Stühlen. Und dann war sie schon wieder am Haus vorbei. Sie hatte das Bedürfnis diese Fahrt noch tausendmal zu wiederholen, jedoch wurde sie von einer inneren Stimme ermahnt, es nicht herauszufordern. Und dem musste sie wohl oder übel zustimmen. Schließlich konnte er ja auch mal einen Spaziergang machen und ihr unverhofft zu Fuß von irgendwoher entgegenkommen. Also wendete sie ein letztes Mal und fuhr nochmals am Grundstück und Philips Haus vorbei. Dieses Mal versuchte sie nur Personen zu erkennen, aber es bewegte sich rein gar nichts im Inneren des Hauses und so folgte sie, fast erleichtert, ihrem Vorsatz nach Hause zu fahren. Es sollte reichen.

< Immerhin weiß ich jetzt, wo er wohnt. Das ist wirklich ein grandioses Haus. Passt zu ihm. Eigentlich habe ich fast nichts anderes erwartet >

Mit jedem Kilometer, den sie sich von Philip entfernte und näher nach Hause kam, entspannte sie sich. Das Pochen der Halsschlagader hörte auf und mittlerweile fror sie sogar. Jedoch spürte sie die Nässe unter ihren Achseln, weil sie zuvor vor Aufregung und Angespanntheit so sehr geschwitzt hatte. Als sie den Ort verließ und auf der Autobahn war, fühlte sie sich langsam sicherer und war erschrocken, was sie getan hatte. Aber es legte sich auch eine gewisse Zufriedenheit über sie, die zur Folge hatte, dass sie sich nicht mehr so verraten und benutzt vorkam. Wenn dieser Mann tatsächlich mit ihr ein Spiel spielte, sie weiterhin ohne Nähe und Vertrauen behandelte und er auch in Zukunft genauso agieren würde, wie die letzten Monate, dann wüsste sie jetzt wenigstens, wo er wohnte und sie genoss insgeheim die Tatsache, dass sie Dinge von ihm wusste, von denen er niemals glaubte, dass es so sein könnte. Eine knappe halbe Stunde fuhr sie noch über die Autobahn und dann brauchte sie weitere zwanzig Minuten, bis sie ihre Wohnung erreichte und ihr Auto auf dem zu ihrer Wohnung gehörenden Parkplatz abstellte. Erst als der Motor aus war, bemerkte sie, wie angespannt sie eigentlich gewesen war. Der Sitz in ihrem Rücken war genauso klamm, wie ihr T-Shirt und ihre Hände hinterließen eine klebrige Schweißspur auf dem Lenkrad.

Marie schloss ihre Augen und atmete ein paarmal tief ein und aus.

< *was hatte sie getan*? *Jemandem hinterher spioniert …* >

Sie war fast schockiert, als ihr das bewusst wurde.

< *Ach was, das war doch gar nichts, du bist doch nur drei Mal an einem Haus vorbeigefahren, jetzt mach es nicht schlimmer als es war* >

Endlich waren die Monsterbiester mal auf ihrer Seite!

An diesem Abend war Marie zu nichts mehr fähig. Selbst für ein Abendessen hatte sie keinen Elan mehr. Sie machte den Fernseher an, legte sich aufs Sofa und es dauerte keine halbe Stunde, da war sie eingeschlafen. Wie oft war sie in den letzten Jahren mental so erschöpft gewesen, dass sie, so wie an diesem Abend, nur noch schlafen musste. Allerdings waren die Gründe dafür unterschiedlichster Art. Es zerrte an ihrer Kraft. Irgendwann wurde sie wach und quälte sich mit enormen Verspannungen vom Sofa. Ihre Haare waren verschwitzt und klebten an ihrem Hals. Auf dem Weg ins Schlafzimmer zog sie ihre Anziehsachen aus, ließ sie einfach fallen und schlüpfte in ihr Nachthemd. Ohne das Licht anzumachen, krabbelte sie unter die Bettdecke und bald war sie wieder in einen traumlosen Schlaf gefallen.

Als sie am nächsten Morgen aufwachte, begrüßte sie als erstes das schlechte Gewissen und erinnerte sie daran, was sie am Tag zuvorgetan hatte. Seltsamerweise war sie sich aber auch sicher, dass ihr dieses Gesehene Kraft gab, und sie merkte im Laufe des Vormittags, dass sich ihre Stellung in dieser rätselhaften und undurchsichtigen Bekanntschaft veränderte. Sie war plötzlich nicht mehr das dumme Ding, dass man klein an Informationen hielt und mit dem man machen konnte, was man wollte. Sie wusste jetzt, mit wem sie es wirklich zutun hatte. Natürlich würde sie ihr neues Wissen über Philip nicht ausnutzen oder gegen ihn verwenden, dafür war Marie zu gut erzogen. Er hatte ihr nie irgendetwas versprochen, vielleicht hatte er sie noch nicht einmal angelogen. Er sage nur einfach nichts. Über bestimmte Dinge wollte er einfach nicht sprechen. Er hatte ihr sogar schon Bilder geschickt, auf denen Teile des Hauses, des Gartens und der Inneneinrichtung zu sehen war. Aber er würde wohl niemals damit rechnen, dass sie seine Adresse mit einer Eingabe seines Namens im Internet herausfinden würde. Marie empfand dieses Wissen als einen Kraftschub, eine Stärkung ihrer Person, in diesem „merkwürdigen Spiel", in dem es ungleiche Positionen gab, die sie und Philip einnahmen, in dem er, in ihren Augen die Regeln bestimmte. Sie hatte seit gestern ein Ass im Ärmel und es lag allein an ihr, ob und wann sie es ziehen würde. Allein dieses Wissen gab ihr eine Stärkung, die ihr merklich guttat.

****

Zwei Tage später sprach das ganze Land über ein neues Virus und die Regierung erhob erste Maßnahmen, die auch den Betrieb in dem Marie arbeitete, betrafen. An den nächsten Abenden schrieben sich Marie und Philip ab und zu, tauschten sich über die Situation aus Kunden- und Lieferantensicht aus und hielten sich über die Lage in ihrem jeweiligen Arbeitsalltag auf dem Laufenden. Tatsächlich kam hierbei nicht selten die erste Initiative von ihm. Dann ergab sich daraus manchmal eine kurze Nachrichten-Unterhaltung. Manchmal antwortete er aber schon auf Maries erste Antwort, zu seiner vorherigen Nachricht, nicht mehr. Es war meistens spät abends zwischen zweiundzwanzig Uhr und Mitternacht. Bei diesen Austauschen über die Neuigkeiten schickte er immer Kuss-smileys mit und sie gab diese in ihren Antworten zurück. An einem Abend schrieb er zum Abschluss einer kleinen WhatsApp- Unterhaltung „Pass bitte auf dich auf, bis wir uns hoffentlich bald mal wiedersehen.“ Es kam vor, dass er Marie mit einem Anruf überraschte, und sie freute sich wirklich von Herzen darüber und sagte ihm das auch. Aber sowohl bei ihren Telefonaten, also auch bei allen WhatsApp Nachrichten, sprachen sie weiterhin nie über privates, nie über sie beide und nie über Gründe und Wünsche ihrerseits an den anderen oder an die Verbindung, die sie beide zueinander hatten. Philip wollte augenscheinlich nicht darüber reden und Marie fügte sich, weil sie glaubte, dass er sich sonst nicht mehr melden würde und weil sie ihn so mochte.

So vergingen die Tage und eine Woche nach der nächsten. Die Veränderungen und Neuigkeiten im Bezug auf das Virus bestimmte Maries Alltag, so, wie es alle Menschen veränderte auf der ganzen Welt. Im beruflichen Alltag wurden die Regeln durch ihren Arbeitsgeber und die Gesetzte bestimmt. Privat hielt sich Marie fern von anderen Menschen. Besuchte keine Veranstaltungen, ging in kein Restaurant und blieb fern von Menschen in großen und kleinen Räumen. Sie hatte Angst vor diesem Virus, weil ihre Lunge sowieso nicht die stärkste war. Das jahrelange Rauchen in früheren Jahren und eine starke Hausstaubmilbenallergie beeinträchtigten sie. Sportlich hatte sie sich nie betätigt und ihr wurden schon beim Treppensteigen ihre Grenzen aufgezeigt. Beim Anblick der Bilder von Intensivstationen im Fernsehen, war Marie tief betroffen und verängstigt. An einem Abend Ende März klingelte das Telefon und Fabian war in der Leitung. Sie führten ein langes Gespräch und erzählten sich seit langem mal wieder alles von der Seele. Die Unterhaltungen mit Fabian waren wunderbar. Sie konnten über alles reden und es entstand niemals eine Redepause oder Schweigen. Marie und er führten seit vielen Jahren solche Gespräche. Selten Auge in Auge, aber sehr oft in einem Telefonat oder manchmal stundenlang per WhatsApp spät in der Nacht. Sie waren so vertraut, dass sie sich in einer Nachrichtenunterhaltung gegenseitig so heiß machen konnten, dass sie zwar getrennt voneinander, jedoch trotzdem gemeinsam Sex hatten. Verrückt.... aber wunderbar! An diesem Abend gab es jedoch andere Dinge zu erzählen.

Marie ließ sich erstmal alles berichten, was mit seiner Trennung und den neuesten skurrilen Machenschaften seiner Noch-Ehefrau zusammenhing. Hörte still zu, bis er ausgeredet hatte und stellte dann Fragen, die er manchmal gar nicht beantworten konnte, weil er an diese Dinge, die Marie in fragte, noch gar nicht gedacht hatte. Natürlich sprachen sie auch über das neue Thema, dass die ganze Erde betraf und kamen dabei von Hölzchen auf Stöckchen. Nach weit über einer Stunde Telefonat fragte Fabian plötzlich „Du, bist du gleich zuhause? Ich muss dringend noch einkaufen und könnte dann noch auf einen kurzen Besuch bei dir vorbeischauen...".

„Oh ja, gerne! Ich bin zuhause. Hab nichts mehr vor. Gute Idee.", freute sich Marie und fragte schnell noch „Soll ich uns etwas kochen? Hast du schon gegessen?"

„Nee, lass mal. Ich hab heute Mittag unsagbar gesündigt und mir so den Bauch vollgeschlagen, da muss Ich heute Abend echt verzichten. Aber Danke Dir!"

„Okey, wie du möchtest." Mit ihrem Angebot für ihn zu kochen, wollte sie dafür sorgen, dass Fabian sich mal nicht selbst etwas zubereiten musste und sie glaubte, es wäre eine gute Abwechselung, wenn er einmal nicht allein essen musste. Dass Fabian kochen konnte, wusste sie, es sollte einfach nur ein Angebot für eine andere Variante in ihrer beider Single-Mahlzeiten- Leben sein.

„Also dann los, bis später!“, drängelte er und dann beendeten sie umgehend das Telefonat. Es blieb unausgesprochen, aber beide wussten, was sie tun würden, wenn er gleich zu ihr käme. Dennoch machten sie es nicht zum Thema, weil nach dem langen Telefonat über so viel Ernstes, über so viel Gescheitertes und über so viel Schmerz, einfach nicht der richtige Moment war, um über Sex zu sprechen und sich zweideutige Anmachen zu einer offenkundigen Verabredung zu machen. Es gehörte einfach nicht dahin. Deswegen brachte es keiner von ihnen zur Sprache. Sie schlüpfte in lockere Klamotten, in denen man aber trotzdem Besuch empfangen konnte und zog die Strümpfe aus, damit sie später barfuss nur noch in ihre Absatz-Pantoletten treten musste, die im Schlafzimmer neben dem Kleiderschrank standen. Diese dummen Seidenstrümpfe hinterließen so schreckliche Abdrücke der Gummibündchen oberhalb ihrer Knöchel, stellte Marie fest und fragte sich, ob diese Rillen wohl weg sein würden, wenn Fabian gleich da wäre. Dann räumte sie noch ein paar Sachen auf und sah, bei einem Blick auf ihr Handy, dass Philip eine Nachricht gesendet hatte. Eben wollte sie sie öffnen, da klingelte es auch schon an der Tür. Also würde Philip warten müssen! Fabian war da... In wenigen Sekunden war der große Kerl die Treppen hinaufgehechtet, indem er immer drei Stufen auf einmal nahm. Ohne weitere Worte trat er durch die geöffnete Wohnungseingangstür an Marie vorbei. Und als sie dann die Tür geschlossen hatte, nahm er sie schon in den Arm und sagte leise „Na, du Kleine..."

„Na, Großer. Schön, dass du da bist"

Sie standen eng voreinander. Seine Arme um ihre Taille geschlungen und ihre Hände lagen auf seinem Po. Sie musste ihren Kopf ganz in den Nacken legen, damit sie ihn ansehen konnte, so groß war er und so klein war sie, trotz ihrer hohen Absätze. Dann senkte sie ihren Kopf und atmete Fabians einzigartigen Duft ein und als sie daran dachte, dass genau an der Stelle, auf die sie jetzt fokussiert war, hinter dem dünnen Stoff seines T-Shirts, ihre Lieblingsstelle war, wurde sie von einem warmen Gefühl ausgefüllt, das zur Folge hatte, dass sie und ihr ganzer Körper Fabian augenblicklich spüren wollte. Warum konnte er nur bewirken, dass sie in solchen Momenten alles andere vergessen konnte. Dass sie keinen einzigen Gedanken an Philip vergeudete und alle Fragen, die sich um diesen Mann sonst in jeder Sekunde des Tages auftaten, plötzlich verschwunden waren. Sie zog sein T-Shirt aus dem Bund seiner Jeans und fuhr mit ihren beiden Händen seinen Bauch hinauf, bis zu seiner Brust. Und als sie angekommen war, raunte sie vor Genuss und Wohlbefinden.

„Wer hat denn da so große Lust auf mich?", fragte er schelmisch, weil er genau wusste, wie sehr ihr dieser Augenblick gefiel. Er bewegte sich deshalb nicht einen Millimeter und ließ sie ein paar Mal mit den Fingern durch sein Brusthaar fahren.

„Oh, das ist wunderbar! Du bist wunderbar! Gut, dass du hier bist!“, hauchte sie kaum hörbar.

„Das finde ich auch!“, gab er zurück, in dem er ihren Kopf in seine Hände nahm und sie küsste. Marie hatte immer noch ihre Hände auf seiner Brust. Die schönste Männerbrust, die sie je gesehen hatte. Sie war nicht besonders breit oder fest, aber für Marie war sie vollkommen. Weil sie Fabian gehörte und weil sie so eine wunderbare Behaarung hatte. Marie konnte nicht genug davon bekommen und er wartete geduldig ab, bis sie ihren ersten „Heißhunger“ gestillt hatte. Dann schob er sie und sich langsam durch die Tür ins Wohnzimmer. Geredet hatten sie an diesem Abend genug, daher wollten beide nur noch den anderen spüren und sich gegenseitig weiter anspornen, um irgendwann zu einem feuerwerkartigen Höhepunkt zu kommen. Das würde heute kein sachter, vorsichtiger Blümchensex in ihrem Bett werden, das war beiden klar, obwohl es niemand aussprach. Das brauchten sie nicht.

„Hey, nur, damit wir darüber gesprochen haben und uns einig sind. Wir haben Viruszeit. Eigentlich darf man niemand zu Nahe kommen...“ Marie wollte es wenigstens ansprechen.

„Kleine, passt schon... Ich bin sauber. Keinen weiteren Bedarf zurzeit.“

Fabian fingerte nach der Wolldecke, die gefaltet über der Lehne des Sofas lag und schmiss sie auf den Fußboden. Danach flogen noch ein paar Kissen an dieselbe Stelle und dann drückte er Marie langsam, während sie sich weiter küssten, in die Knie auf den Holzboden, den sie beide zusammen verlegt hatten. Eigentlich war sein Plan wohl, dass sie sich gemeinsam auf die Decke legten, aber Marie nutzte die Chance, um etwas ganz anderes zu tun. Sie kniete jetzt vor Fabian, sah ihm ins Gesicht und öffnete gleichzeitig den Knopf seiner Jeans. Dann zog sie langsam den Reißverschluss herunter, ohne den Blick von ihm abzuwenden. Fabian stöhnte leise, weil er sie dabei ansah und wusste, was sie als nächstes tun würde. Aber zu seiner Verwunderung fuhr sie nur mit ihrer Nasenspitze im Zeitlupentempo über den Stoff seiner Boxershorts, genau an der Stelle, die hinter dem geöffneten Reißverschluss lag. Ihre Berührung war nur ganz vorsichtig und kaum spürbar und ihren heißen Atem platzierte sie beim Ausatmen genau dorthin, wo er etwas anrichten konnte, was Fabian zum Wahnsinn treiben würde. Marie war eine erwachsene Frau und in den letzten Jahren hatte sie Fabian gut genug kennengelernt, dass sie wusste, was diese kleine Berührung mit ihm machen würde. Und tatsächlich wurde er mit jeder Sekunde härter, während er immer tiefere Laute von sich gab. Nach einer Ewigkeit, die diese Liebkosung mit ihrer Nasenspitze gedauert hatte, ließ sie von ihm ab und sah seine Sehnsucht und seine stumme Bitte, endlich weiterzumachen und ihn richtig zu berühren. Und nachdem sie ihn noch ein paar kleine Sekunden zappeln ließ, fasste sie in seine Boxershorts und befreite seine erregte Männlichkeit. Fabian entwich ein langer Seufzer, als sie fest ihre Hand darum schloss und langsam auf und ab bewegte.

Dann begann wieder einmal eine fantastische Reise, die sie beide mitzog in bekannte und ferne Sphären, in die sie sich gegenseitig und miteinander hineinmanövrierten, in denen beide ihre eigenen Bedürfnisse auslebten und am Ende vollends befriedigt auf den Holzfußboden in Maries Wohnzimmer zurückkehrten.

EINUNDZWANZIG

Beflügelt saß Marie am nächsten Morgen im Büro. Endlich mal wieder bester Laune. Sie nahm sich vor, an diesem Tag dankbar zu sein auf, dass, was sie am Abend zuvor erlebt hatte. Das war nicht selbstverständlich und sie war fest davon überzeugt, dass bei weitem nicht viele Menschen so vertrauensvoll zusammen sind, wie sie es mit Fabian war. Unbewusst hob sie bei diesem Gedanken den Kopf und sah über ihren Bildschirm hinweg durch die offenstehende Bürotür in den dahinterliegenden Verkaufsraum, in dem sich Kunden und Kollegen aufhielten. An so einem Tag wollte sie auch nicht an Philip denken oder darüber, was mit ihm los war und warum er sich so ihr gegenüber verhielt. Als sie am letzten Abend im Bett lag, hatte sie in der Nacht noch seine Nachricht geöffnet und war, wieder einmal, enttäuscht von drei Worten: „Und, wie war´s?".

< *Ja, was denn???????????????* > gab sie wütend und genervt laut von sich.

< *Der Arbeitstag? der Virus-Alltag? oder der Sex mit Fabian?? Wie war WAS???* > Wieder einmal ärgerte sie sich über die Art und Oberflächlichkeit der Nachrichten von Philip. Gut, dass sie gestern Abend Prioritäten gesetzt und seine Nachricht nicht geöffnet hatte, sondern sich für Fabian entschied. Und außerdem hatte sie auf diese Nachricht auch bis jetzt noch nicht geantwortet. Sie wusste einfach nicht, was sie darauf schreiben sollte. Wenn er es

genau wissen wollte, konnte er sie ja anrufen und sie persönlich fragen. Auf einmal wurde ihr der Unterschied zwischen dem Kontakt mit Fabian und dem mit Philip klar. Es war die Ehrlichkeit, die Vertrautheit, die Wertschätzung und die Beständigkeit. Auch wenn man sich nicht jeden Tag sah oder nicht jeden Tag Kontakt zueinander hatte, auch wenn man keine Beziehung führte und auch keine wollte und auch, wenn man sich zu nichts verpflichtet hatte, konnten doch alle Werte, die wichtig für Menschen sind, die sie beeinflussen in ihrem Tun und Handeln, jeden Tag und jeden Moment, vorhanden sein. Sie waren wichtig im gegenseitigen Umgang und sie prägten das weitere Miteinander, spornten den anderen an und festigten die Beziehungen zwischen Menschen, egal ob privat oder geschäftlich, sie waren die Basis für Alles. Die Basis für alles Weitere.

Wie eine Erleuchtung lagen diese Erkenntnisse auf einmal vor ihr und damit auch die Gewissheit, dass an der Beziehung, gleich welcher Art sie war, zwischen ihr und Philip etwas ganz und gar nicht stimmte. Und das lag sicher nicht an ihr.

Ihr scheiß Bauchgefühl hatte sie die ganze Zeit nicht getäuscht!

< So klar wie Kloßbrühe – danke Fabian! >

Er zeigte es ihr unbewusst immer wieder auf, wie es eigentlich aussehen müsste, wenn man vertrauensvoll und wertschätzend miteinander umging. Egal auf welcher Ebene man sich bewegt und egal welche Art von Arrangement man miteinander hat. Es IST möglich einen respektvollen Umgang zu pflegen.

< *Marie, dieser Typ tut dir nicht gut…* > War ja klar, dass ihre Monsterbiester in diesem Moment auch noch ihr kurzes Statement abgeben würden!

Das Pling ihres Handys riss sie aus ihren Gedanken und gleichzeitig klingelte das Telefon auf ihrem Schreibtisch. Sie nahm den Hörer ab und entsperrte das Smartphon.

„Hallo Martin. Lange nichts gehört. Ich hoffe, es geht dir gut“, sprach sie, denn in der Leitung war ein ihr langjährig bekannter Mitarbeiter eines Lieferanten, mit dem Marie zusammenarbeitete. Als er auf ihre Begrüßung antwortete, fokussierte sie sich kurz auf die eingegangene Nachricht auf ihrem iPhone. Sie war von Fabian.

„Danke, dass du immer für mich da bist!“ und eine Zweite „Das war wundervoll gestern Abend…“

Sie legte das Handy zur Seite, weil sie sich wieder auf ihr Telefonat konzentrieren musste. Eine herzliche Unterhaltung, bei der natürlich auch geschäftliches geklärt wurde, folgte und beendet wurde das Gespräch mit den Wünschen, die sich zu diesen Zeiten alle sagten „Bis bald und bleib gesund!“

Marie wurde von vielen Geschäftspartnern und Arbeitskollegen geschätzt und auf ihre Meinung und ihre emphatische Art legten viele Menschen, mit denen Marie es privat oder beruflich zu tun hatte, großen Wert. Bei einem offiziellen Anlass auf einem Firmenjubiläum hatte ihr Chef sie einmal einem Geschäftspartner vorgestellt mit den Worten „Das ist Marie Schubert, die gute Seele unseres Hauses." Sie legte auf solche Äußerungen eigentlich keinen Wert, jedoch halfen sie ihr zeit Wochen, bei den Überlegungen und Fragen zu Philip, denn mit ihr war doch irgendwie alles in Ordnung, oder? sonst würden doch nicht die meisten Menschen um sie herum ihre Art mögen und sie deshalb auch immer gut und respektvoll behandeln. Und egal welche Probleme sie hatten oder Hilfe sie benötigten, sie wurde immer gerne um Rat gefragt. Umso missverständlicher wurde es ihr, wenn sie daran dachte, wie sie oft von Philip behandelt wurde. Sie tippte eine Antwort für Fabian „Sehr gerne. Du kannst dich immer bei mir melden. So sind Freunde!" und eine weitere Antwort auf seine zweite Nachricht „... das fand ich auch! erstaunlich, dass du noch zu mir kommst, bei den ganzen Angeboten der Jungen Dinger!" hinzu fügte sie einen Zwinkersmiley und einen Affen, der sich die Augen zu hielt.

Marie hatte den Chat noch geöffnet, da sah sie schon, dass Fabian eine Antwort schrieb. Doch plötzlich war er offline.

< *wer weiß, was ihm gerade dazwischen gekommen war* > dachte Marie und war ganz entspannt dabei, dass sie scheinbar jetzt gerade keine Antwort von ihm bekam. Sie legte ihr Handy weg und widmete sich ihrer Arbeit und als das Bürotelefon wieder klingelte, nahm sie, ohne auf das Display zu schauen

den Hörer ab und meldete sich mir ihrer geschäftlichen Begrüßung.

„Hey du, darauf wollte ich dir gerne eine persönliche Antwort geben“, hörte sie Fabians Stimme.

„Ach du bist es…“, freute sie sich erstaunt und ließ ihn dann sagen: „Du bist immer meine beste Wahl! Das weißt du doch!! Ich hab auch nicht viel Zeit. Hab Stress im Betrieb, aber das wollte ich dir schnell sagen und nicht einfach blöd eine Nachricht schreiben. Bis bald mal…. Pass auf dich auf, Kleine!“

„Und du auf Dich, Großer!“, gab sie noch schnell zurück und dann hatte er auch schon aufgelegt.

< *ja, so geht das auch, wenn man will* > waren ihre einzigen Gedanken dazu und damit war eigentlich alles gesagt.

****

Ohne, dass irgendetwas Veränderndes geschah, verging der April und der halbe Mai. In aller Munde waren das Virus und die noch nie dagewesene Situation weltweit.

Ebenfalls die damit verbundenen Einschränkungen in den unterschiedlichsten Bereichen und die traurigen Nachrichten über die Krankheitsverläufe und Todeszahlen, die mit dieser schrecklichen Pandemie einhergingen. Die Welt war aus ihrer Bahn geworfen und den Menschen wurde vor Augen geführt, dass immer höher, immer schneller, immer größer, immer weiter und immer teurer, ganz plötzlich keine Rolle mehr spielte.

Marie war viel zuhause. Optimierte weiter ihre Wohnungseinrichtung, telefonierte viel mit Freundinnen und arbeitete sehr viel. Gott sei Dank war der Betrieb, in dem sie arbeitete, nicht betroffen von den Auswirkungen der Pandemie, ganz im Gegenteil. Dadurch, dass die Menschen zu Hause bleiben mussten und auch nicht reisen konnten, machten sie es sich in ihren vier Wänden gemütlich und gaben Geld für Renovierungen aus. Marie hatte wirklich viel Arbeit und machte fast täglich Überstunden.

Nachrichten mit Philip schrieb sie auch weiterhin aber unregelmäßig. Jedoch blieb die Art und Weise der Nachrichten dieselbe. Er schrieb kurze Texte. Stelle eine Frage, auf die Marie dann antwortete und eine Gegenfrage ihrerseits wurde oftmals von ihm dann gar nicht mehr beantwortet. Sie hatte das alles genau im Blick, jedoch glaubte sie, dass sich das noch ändern könnte, ja ändern würde! Ganz bestimmt am nächsten Tag oder in der nächsten Woche……

Tagsüber schrieben so gut wie nie, und obwohl er seit Wochen im Homeoffice war, telefonierten sie äußerst selten. Niemals hatten sie bisher mal abends telefoniert oder am Wochenende. Wenn er sie bisher anrief, dann immer über seine Firmennummer, wenn er im Auto unterwegs war. Sie drehte sich im Kreis, immer und immer wieder. Sie musste mit ihm reden

– sie würde mir ihm reden! Bei der nächsten Gelegenheit.

Erst einige Wochen später war ihr aufgefallen, dass sie in einem Zeitraum von über zwei Wochen von Philip überhaupt nichts gehört hatte. Durch ihre neue Strategie, nämlich eine andere Sichtweise auf dieses Arrangement zwischen ihnen zu legen und nicht alles so bedeutungsvoll an sich heranzulassen und die Höhe der Erwartungen bis auf das Kleinste zurückzuschrauben, damit sie nicht immer so schrecklich enttäuscht war, wenn Philip sich nicht meldetet oder ihr nicht antwortete, hatte sie ja beschlossen, erstmal nur noch auf seine Nachrichten zu antworten und nicht als erste zu schreiben. Dadurch waren die Tage vergangen und eine Woche schnell herum, ohne dass sie besonders traurig oder verletzt war. Sie war Philip nah, wenn sie abends zuhause war und ihrer Angewohnheit nachkam, das alte Handy mit geöffnetem, aber leerem Chat von Philip im Dauerbetrieb zu beobachten. Er war nicht oft online und wenn, dann meistens nur kurz. Wenn Marie ehrlich war, dann war er eigentlich sogar ziemlich selten aktiv. Weiterhin meistens am späten Abend. Tagsüber selten, und wenn, dann nur wenige Sekunden. Während dieser Beobachtung über Wochen hinweg, stellt sie sich sogar die Frage, ob diese Telefonnummer, die er ihr gegeben hatte, tatsächlich seine richtige private Nummer war, oder ob sie eine private Privatnummer war. So eine, die eigens für Marie und mögliche andere Frauen da war. Das würde erklären, warum er so spät abends so aktiv war und das dann auch schon mal einige

Male hintereinander, wie bei einer Unterhaltung. Aber es waren alles nur ihre eigenen Spekulationen. Nichts davon war bewiesen und es konnte alles bedeuten.

So waren auf jeden Fall zwei Wochen vergangen ohne einen Kontakt zwischen ihnen. Marie hatte es registriert und hingenommen. Sie wurde dann aber stutzig, als sie vor ihrem Büro an einem Tag einen Kollegen ein Telefonat führte hörte, bei dem er seinem Gesprächspartner sagte „Ich werde, mich in den nächsten Tagen darum kümmern, habe es nicht vergessen, aber der Außendienstler unseres Lieferanten war zwei Wochen im Urlaub." < *wer mag das sein* > fragte sich Marie und als ihr Kollege sein Telefonat beendet hatte fragte sie „Manuel, gibt es Ärger? Oder was war das? Ein Kunde?" Bereitwillig erzählte er ihr sofort „Nee, Ärger glaube ich nicht, aber der Kunde hatte eine Reklamation, die ich aber noch nicht bearbeiten konnte, weil der zuständige Mitarbeiter vom Lieferanten zwei Wochen Urlaub hatte." „Wer ist das denn?", fragte Marie neugierig, aber dabei versuchte sie so beiläufig wie möglich zu klingen, damit der Kollege dem tatsächlichen Grund ihrer Nachfrage nach auf die Schliche kam. „Herr Sandmann. Aber der ist diese Woche wieder im Dienst und ich nehme gleich mal Kontakt zu ihm auf. Alles easy, dann ist das keine große Sache mit dem Kunden" und mit dieser Erklärung machte er sich wieder an seine Arbeit und verschwand aus Maries Sichtfeld.

< U R L A U B !! ach, sieh mal an .... Genauso wie der letzte Weihnachtsurlaub, da war es um Philip auch besonders still. Dabei hätte man da doch vielleicht mal Zeit für Telefonate, Besuche oder gemeinsame Ausflüge! Es sei denn...>

In Marie machte sich ein Gedanke breit, der ihr in den letzten Wochen immer häufiger unterschwellig gekommen war, den sie aber noch nicht wirklich zulassen wollte, ihm noch keinen Raum geben wollte und ihn deshalb bisher im Keim erstickt hatte: Philip lebte nicht allein! Und deswegen hatte er im Urlaub besonders wenig Zeit für Schreiberei oder Telefonate, weil da vielleicht noch jemand zur gleichen Zeit Urlaub hatte. Oder man natürlich auch zu zweit wegfahren wird im Urlaub. Auf einmal ergab einiges einen Sinn, glaubte sie und zum ersten Mal ließ Marie diesen unmöglichen, unsinnigen und unwahrscheinlichen Gedanken in voller Länge und vollem Ausmaß zu:

< Philip Sandmann ist vermutlich nicht allein! >

Bähm!!!!!

< Ja, schon gut ihr Scheiß-Monster-Biester, jetzt habt ihr es ja endlich geschafft. Ihr habt mir schon länger eure bösartigen Vermutungen um die Ohren gehauen, aber bisher habe ich euch dann erfolgreich angeschrieben, dass ihr eure vorlaute Schnauze halten sollt und euch um eure eigenen Angelegenheiten kümmern sollt. Und dann hab ihr euch wieder in euer hinterletztes, dunkles, kellerartiges Verlies verzogen, bis ihr euch bei der

nächsten Gelegenheit wieder auf den Weg an meine Oberfläche getraut habt. Zufrieden jetzt, ihr Aasgeier? >

Marie wurde richtig wütend. Von einer Sekunde auf die nächste stand sie unter Schock und Wut und hätte innerlich zerreißen können.

< wer ist hier eigentlich der Boss in diesem Organismus?? Ich doch wohl !!!!! verpisst euch endlich! >

In diesem Moment war Marie von einer Traurigkeit umgeben, der sie nicht gegenwirken konnte.

Dabei hatte der Tag so gut angefangen und sie ganz klargesehen, was wichtig war und was fehlte bei Philip. Sie war so guter Vorsätze nach so einem Abend mit Fabian. Die Traurigkeit ließ sie in sich zusammensacken, wie ein Luftballon aus dem plötzlich die Luft entweicht und Marie war heil froh, dass es mittlerweile kurz vor Feierabend war und sie hoffentlich keinem Kunden und keinem Kollegen mehr über den Weg laufen würde. Am nächsten Tag war Christi-Himmelfahrt. Also Feiertag, den sie allein verbrachte. Gut, dass sie am Freitag keinen Brückentag hatte. Sie hatte ihren Kollegen, die sich ein freies langes Wochenende machen wollten, den Vortritt gelassen. Vier Tage hintereinander frei, ganz allein, das ging nicht. Das vermied Marie wie die Motte das Sonnenlicht. Um Ihrer Selbst Willen. Die Seele wurde schwer und die Traurigkeit kroch aus allen Richtungen im Körper hervor und schnürte sich geballt um ihr Herz. Die Monsterbiester kamen aus ihrem Keller und wollten gegen die Traurigkeit ankämpfen, wie gegen einen mächtigen Feind, aber Marie bat sie still, nicht einzugreifen. Sie sollten die große Macht der Traurigkeit nicht bekämpften, sie sollten sie zulassen und sie Besitz über Marie ergreifen lassen. Vielleicht würde Marie dadurch geheilt... Vielleicht!

Es wurde ein einsamer Mittwochabend und ein trauriger freier Tag. Marie war in Selbstmitleid versunken und rief alle Parameter im Bezug auf Philip wieder und wieder ab, während das alte Handy geöffnet auf ihrem kleinen Wohnzimmertisch stand. Den ganzen Tag lang, ihren Blick nicht abwenden könnend und selbst wenn sie zur Toilette musste, nahm sie vorsichtig das Handy mit, um keinen kurzen Online-Besuch von Philip zu verpassen und dadurch ihre Recherchen lückenlos weiterzuführen, die sie irgendwann sicher zu einem standfesten Fazit führen würden. Nach allen negativen Zeichen führte sie sich anschließend stets die schönen Begegnungen und das erste Aufeinandertreffen mit ihm in Erinnerung und versuchte dadurch die Einwände und das Negative zu neutralisieren. Das dies gelang, kostete sie eine fast unmenschliche mentale Kraft. Am Nachmittag kam Gott sei Dank Annabell auf einen Besuch vorbei. Sie brachte Kuchen mit und Marie riss sich zusammen und ließ sich ihren Zustand nicht anmerken. Insgeheim war sie ihrer Tochter wieder einmal dankbar, dass sie sie „gerettet" hatte. Wenn auch nur für ein paar Stunden an diesem Nachmittag. Wieder hatte sie nicht daran gedacht, das alte Handy verschwinden zu lassen, als sie Annabell hereingelassen hatte.

< *vielleicht merkt sie es nicht* > dachte Marie, aber das glaubte sie natürlich selbst nicht. „Mama, schaust du immer noch auf dieses Ding? Lass das, das macht dich doch wahnsinnig und es gibt überhaupt keine Gewissheit und keine Antworten auf deine ganzen Fragen. Bitte Mama!"

Marie blieb nichts, außer zu antworten „Ich weiß!"

Wieder einmal kam Marie in Versuchung ihrer Tochter ihre Gedanken im Bezug auf Philip zu erzählen. Sie um Rat zu fragen, sich einfach alles von der Seele zu reden, was sie seit Monaten beschäftigte. Wie traurig sie das alles machte und ja, eigentlich hätte sie gerne einmal laut ausgesprochen, was sie sich selbst nur in ganz wenigen Momenten eingestand: dass sie sich in Philip verliebt hatte. Doch gerade noch rechtzeitig schaffte sie es, das nicht zu tun. Sie konnte doch ihrer Tochter solche Dinge nicht erzählen! Nein, sie konnte sie nicht. Sie wollte Vorbild für ihre Töchter sein. Das hatte sie in allen Bereichen bisher so vorgelebt. Da konnte sie doch auf keinen Fall preisgeben, dass sie sich scheinbar von einem Mann seit Monaten an der Nase herumführen ließ, indem sie in ihn verliebt war und er...? Ja, was eigentlich....

Annabell wusste schon mehr als Marie lieb war darüber. Durch den gemeinsamen Urlaub und die damals erstmals aufgetretenen vielen Merkwürdigkeiten. Und diese Sache mit dem alten

Handy wusste sie ja auch schon. Also schaffte Marie es, ihrem Drang nach einer erlösenden Aussprache nicht nachzugeben. Das war nicht das richtige Thema für ein Kind. Aber für wen war es eigentlich das richtige Thema? Marie hatte ein paar Freundinnen, mit denen sie sich sehr gut verstand. Aber wenn sie recht überlegte, dann war keine dabei, mit der sie über Philip reden konnte und von der sie wirklich Rat und Hilfe erhofft hätte. Aus diesem Grund hatte sie wohl auch bisher keiner dieser Freundinnen etwas erzählt, obwohl es Situationen gab, in denen es förmlich fast aus ihr herausgebrochen wäre, als sie mit der Einen oder Anderen zusammen war. Marie konnte sich an Momente erinnern, in denen sie schon den Mund geöffnet hatte, um von Philip zu erzählen, weil dieses Thema wie ein Fass voller Wasser war, dass überzulaufen drohte oder wie eine Tüte, in die man immer mehr schwere Dinge packt, die zu zerreißen droht oder wie Bombe, deren Lunte schon brennt und die zu explodieren droht, wenn nicht schnell die brennende Zündschnur ausgetrampelt wird. Sie hatte es bisher immer geschafft still zu schweigen. Insgeheim wusste sie, dass ihr nicht geholfen werden konnte. Jeder vernünftige Mensch würde nur einen Satz sagen, wenn sie ihre Philip-Geschichte erzählen würde: Lass den sausen, der verarscht dich!

Sie selbst würde diesen Rat jedem anderen Menschen geben, der sie nach ihrer Meinung dazu fragen würde. Damals schon, bei der Trennung von ihrem Ex und dem Auszug, hatte sie zuerst gar nichts darüber erzählt und später, als die Entscheidung getroffen war und sie ihren Freundinnen, Bekannten, Kollegen und ihrer Familie eröffnen musste, dass sie ihn verließ, da hatte sie sie nur das Nötigste wissen lassen. Marie wusste, dass sie von all diesen Freundinnen die Stärkste war. Die anderen fragten sie um Rat und Hilfe und waren dankbar für ihre Meinung, aber sie war überzeugt, dass sie ihr nicht helfen konnten. Deshalb machte sie immer Alles mit sich allein aus. Es wurden zwei schöne Stunden, die Marie und Annabell miteinander verbrachten. Sie machten sich Cappuccino und aßen den Kuchen, den Annabell mitgebracht hatte. Sie erzählten sich den neusten Tratsch ihrer Arbeit und lachten zusammen. Marie hatte in dieser Zeit ihren Kummer vergessen und nachdem ihre Tochter die kurze Anmerkung zu dem geöffneten Chat des alten Handys gesagt hatte, hatte Marie es ausgemacht und weggelegt. Am Abend schlief sie auf dem Sofa beim Fernsehen ein und trottete irgendwann in der Nacht rüber in ihr Bett.

Der Feiertag war überstanden und am nächsten Morgen saß sie erleichtert an ihrem Schreibtisch. Auch am Samstag war Marie im Büro. Ihr Angebot, an alle Kollegen, die sich ein langes Wochenende machen wollten, wurde dankend angenommen. Nachdem auch der geschafft war, machte sie sich einen gemütlichen Nachmittag zuhause. Die Sonne schien und es war tatsächlich möglich auf ihrem Balkon in der Wärme der Nachmittagssonne draußen zu sitzen und sie zu genießen. Gerade als Marie sich überlegte, war sie am Abend kochen sollte und ob sie noch etwas einkaufen müssen, klingelte ihr Telefon.

Es war Sabine ihre Freundin, die ungefähr zehn Kilometer entfernt wohnte. „Hey, lange nicht gehört von Dir."

„Ja, stimmt. Die Zeit läuft aber auch wie verrückt" war die Antwort ihrer Freundin. < *typisch!* > dachte Marie.

„Du, ich komme gleich zur Sache. Wolfgang ist zu Besuch und wir haben uns überlegt zu Grillen gleich. Möchtest du vorbeikommen? würde uns sehr freuen."

„Ja, gerne. Hab nichts vor heute. Wann soll ich da sein? Soll ich etwas mitbringen?" Eine Abwechselung würde ihr guttun.

„Komm, wann du magst. Wir sind zuhause und mitbringen musst du nichts. Ich fahre jetzt einkaufen und besorge alles. Wir freuen uns. Bis später!" flötete sie und beendete dann das Gespräch.

Ihre Freundin hatte Wolfgang vor einigen Jahren im Urlaub kennengelernt, seitdem besuchte er sie zwei bis drei Mal im Jahr. Er wohnte in München und die Männer verstanden sich prima. Marie hatte ihn vielleicht schon vor vier Jahren das erste Mal bei ihrer Freundin angetroffen. Wolfgang war Bänker und die Gespräche mit ihm machten Marie Spaß. Er war ein netter Mensch und deshalb hatte sie keine Sekunde gezögert und die Einladung zum Grillen angenommen. Als sie zurückkam, war es schon dunkel. Es war ein kurzweiliger Abend mit guten Gesprächen und viel Humor. Als sie schon im Bett liegend noch ihr Handy nahm und Facebook öffnete, sah sie, dass auch Philip gerade online war. Es waren jetzt über zwei Wochen, dass sie mit ihm nicht geschrieben oder telefoniert hatte. Sie würde weiter standhaft bleiben, keine Nachricht an ihn schreiben, das hatte sie ihren Monsterbiestern versprochen. Sie würde ja doch wieder enttäuscht sein über seine Antwort oder darüber, dass er sich vielleicht erst nach Stunden oder Tagen zurückmeldete. Um trotzdem nicht in Versuchung zu kommen, schloss sie die Facebookseite und legte das Handy weg. Jedoch merkte sie bereits nach einer Minute, dass an Schlaf nicht zu denken war. Sie war hellwach und das Gedanken-Karussell drehte sich wieder mal so schnell und durcheinander, dass sie fast verrückt wurde. Sie hatte die Wahl zwischen Wut, weil sie nicht in den Schlaf fand, oder es hinzunehmen und sich anderweitig abzulenken. Marie entschied sich für das Letztere. Sie nahm ihr E-Books und las bis ihr die Augen zu fielen. Es würde irgendwann selbstständig ausgehen. Eine prima Sache!

Mit Kaffee im Bett verbrachte sie den frühen Sonntagmorgen und widmete sich danach ihrer Wäsche, räumte auf und putzte das Badezimmer. Das alte Handy war ihr ständiger Begleiter. Philip war an diesem Morgen oft online. Marie merkte, wie ihre Laune immer schlechter und sie immer trauriger wurde. Wieder fielen ihr Annabells Worte ein < *du kannst daraus überhaupt nichts schließen, wenn du beobachtest, wann und wie oft er online ist* >. Ja, sie hatte Recht, aber Marie konnte dieses alte Handy einfach nicht ausmachen. Ab Mittag waren seine

Onlinezeiten vorbei und dadurch entspannte sie sich ein wenig. Jedoch konnte sie es am Abend nicht länger aushalten und schrieb mit zitternden Fingern eine Nachricht

„Hey, Philip, wir haben ja lange nichts voneinander gehört. Habe ich etwas falsch gemacht, dass du dich nicht meldest?“

Ohne weiter darüber nachzudenken und damit ihre Monsterbiester nicht wieder ihren Senf abgeben konnten, drückte sie schnell auf „senden“ und bereute es sofort danach schon wieder. Warum musste sie jetzt auch noch die Schuld bei sich suchen? Sie hatte nichts falsch gemacht. Da war sie sich sicher!

< oh Marie, du bist echt so blöd und machst dich selbst klein. Echt scheiße von Dir! was erwartest du jetzt für eine Antwort? >

Sie wusste es nicht.

Marie sah auf dem alten Handy, dass er kurz nachdem sie die Nachricht abgeschickt hatte, online ging.

Nur für zehn Sekunden, aber es kam keine Antwort für sie. Jetzt merkte sie erst das ganze Ausmaß, das dieses alte Handy anrichten konnte. Unfassbare Traurigkeit überkam sie wieder einmal und dazu kam wieder die Wut. Sie nahm auf der Stelle das alte Handy. Schloss den Chat, machte es aus und pfefferte es mit voller Wucht auf ihr Sofa. Es hatte so viel Schwung, dass es wie auf einem Trampolin abfederte und im hohen Boden auf dem Fußboden hinter der Couch landete. Marie ließ es, als Bestrafung dort liegen. Sie hatte die Nase voll.

Ihr Verstand ermahnte sie:

< *Jetzt reiß dich mal zusammen Marie Schubert!! Schluss jetzt mit diesem Typen und mit allem, was damit zusammenhängt. Sieh dich an! Was hat das mit dir gemacht?* >

Und sofort danach antwortete ihr Herz:

< *Aber, wenn ich mich doch verliebt hab...*>

Sie suchte mit der Fernbedienung nach einem Programm, in das sie noch einsteigen und sie ablenken konnte und entschied sich dann für irgendeine Quizshow mit Prominenten. Dann verbot sie sich und allen anderen, die beteiligt waren an dieser *Sache*, also Herz und Verstand, an Philip zu denken und konzentrierte sich auf die Show. Bereits nach einer Minute merkte sie schon, dass es nicht gelang. Dass sie selbst und das Herz und der Verstand nicht auf sie hören wollten zu denken und deshalb stand sie auf und holte aus dem Eisfach eine Flasche Vodka. Als der erste eiskalte Shot durch ihre Kehle lief, schüttelte sie sich kurz und dann verfolgte sie den Weg, den er nahm, bis er in ihrem Magen angekommen war. Danach goss sie sich einen weiteren ein und kippt ihn, ohne zu zögern, hinunter.

< das *sollte erstmal reichen für den Anfang* >

Tatsächlich trat danach eine kleine Entspannung ein.

Sie lag auf dem Sofa, schaute fern und dabei vielen ihr hin und wieder die Augen zu. Bis sie auf einmal das Pling ihres Handys hörte und augenblicklich hellwach war. Es war eine Nachricht von Philip. 53 Minuten nach ihrer Nachricht und ungefähr 52 Minuten nachdem er sie gelesen hatte, wie das alte Handy ihr gezeigt hatte. Sie legte es zurück auf den kleinen Tisch. Auf keinen Fall würde sie die Nachricht sofort öffnen und er wäre wohlmöglich noch online.

< *ich warte 7 Minuten* >

< *Wie kam sie jetzt auf sieben? Es war ein Automatismus, denn sieben war lange Jahre ihre Glückszahl, weil an einem 7. der Jahrestag mit ihrem Ex war. GEWESEN! Also war sieben jetzt gar nicht mehr ihre Glückzahl. Der Mensch war ein Gewohnheitstier! – Also warte ich 8 Minuten! ...Über was für einen Scheiß denke ich gerade nach?! Der Alkohol......* >

In der achten Minute öffnete sie die Nachricht und las „Ach nein, alles okay. Ich bin irgendwie Im Corona-Modus. Hättest mich aber auch erinnern können." Zwinkersmiley, Kusssmiley.

Was war das wieder für eine Nachricht! Marie fand keine Worte, schloss den Chat und legte einfach, ohne eine Antwort darauf zu schreiben, das Handy wieder auf den Tisch. Hätte sie den Vodka nicht als ihren Verbündeten gehabt, dann hätte sie weinen müssen, aber so war sie einfach nur sprachlos und gedankenlos und kroch, wie ein geprügelter, einsamer Hund unter ihre Bettdecke ins Bett. Jedoch hatte sie sich vorher noch einen Shot des eiskalten Getränks genehmigt, nur um sicherzugehen, dass sie sofort gedankenfrei einschlafen konnte.

ZWEIUNDZWANZIG

Die neue Woche begann Marie mit der weiteren Festigung ihres Vorhabens, die ganze Sache mit Philip nicht mehr so sehr an sich heranzulassen. Es war jetzt langsam jeder Faser ihres Körpers klar, dass aus dem vielversprechenden Kennenlernen keine klassische Beziehung oder etwas ähnliches entstehen würde. Bis diese Erkenntnis allerdings zu den wichtigen, entscheidungsrelevanten Fasern in ihr vorgedrungen war, hatte es einiges gedauert. Marie war wohl leichtsinnig und unerfahren an jenem Abend an diesen Mann geraten. Sie kannte sich nach fünfzehn Jahren fester Beziehung nicht aus mit den verschiedensten Intentionen, die Menschen haben können, ohne etwas Festes zu wollen und sie hätte, ehrlicher Weise, nie gedacht, dass in ihrem Alter so was gang und gäbe ist. Sie wollte eigentlich gar nicht in diesem Zustand sein, in dem sie sich seit Wochen befand. Sie war gerade erst getrennt und hatte damit noch genug zu verarbeiten. Sie wollte frei sein und in Ruhe von ihrer letzten langjährigen Beziehung, dem Auszug und allem, was dazu gehörte, gesunden. Dass ihr kurz nach der Trennung Philip dazwischenkam, war nicht geplant, jedoch dachte sie, es wäre eine Fügung und das Schicksal würde es gut mit ihr meinen und da ihr Philip von der ersten Sekunde an gefallen hatte, hatte sie sich darauf eingelassen und hätte sich auch auf mehr eingelassen. Aber nicht so! Sie hatte das eine Problem noch nicht verarbeitet und schon das Nächste auf dem Buckel. Das brachte sie an ihre Grenzen. Warum musste sie sich auch in diesen Mann verlieben? Das war doch das fatale an der Geschichte. Wenn sie es genauso locker sehen würde wie er, dann gäbe es doch überhaupt kein Problem. Dann wäre doch alles in Ordnung. Doch das Schlimmste an diesem Zustand war, dass sie sich vorkam, wie ein kleines, dummes, naives Mädchen. Und das war sie eigentlich ganz und gar nicht. Damit sollte jetzt Schluss sein. Sie blieb bei allem, was sie sich vorgenommen hatte und alles andere könnte sie ja entscheiden, wenn es nötig dazu wäre. Sie würde einfach genauso handeln wie er. Kurze Nachrichten. Nicht sofort antworten und immer unverbindlich bleiben. Wie du mir, so ich dir! Mit diesem Mantra ging es Marie oberflächlich gut. Sie öffnete sich wieder für andere Dinge. Pflegte Unterhaltungen und Freundschaften mit Kolleginnen und Kollegen, kümmerte sich intensiv um Kunden und ihre Wünsche und traf sich mit ihren Töchtern und Freundinnen. Und sie blieb immer lange im Büro. Arbeiten war die beste Ablenkung.

Annabell und Marie waren Pizza essen und es war schon spät, als sie nach Hause kam und unerwartet das Handy klingelte. Auf dem Display sah sie Fabians Bild.

„Hey, so spät noch Redebedarf?“ nahm sie das Gespräch an und er gab zurück „Ja, mir war langweilig und wir haben uns lange nicht gesprochen. Wie geht´s?“ „Ach was soll ich sagen? Möchtest du es ehrlich wissen?“, fragte Marie, ohne vorher über ihre Wortwahl nachgedacht zu haben.

„Was ist passiert?" fragte Fabian sofort. Doch sie entschied sich in diesem Augenblick Fabian nichts von Philip zu erzählen. Sie musste noch darüber nachdenken, ob es richtig wäre, deshalb änderte sie ihren Kurs und antwortete „Ich habe gerade irgendwie einen Hänger... War wohl doch ganz schön viel in den letzten Monaten." Und dann fragte sie sofort, ehe er darauf etwas sagen konnte oder weitere Fragen stellte, „und wie geht es dir?" Sie fragte nach den Kindern, dem Stand der Verhandlungen zum Unterhalt und dem Termin der Scheidung.

Unerwartet sagte Fabian plötzlich „Du, ich hab da jemand kennen gelernt."

Marie wusste nach diesem Satz, dass es etwas Ernstes sein würde, denn Fabian lernte andauernd jemand kennen. Frauen. Die Tatsache, dass er ihr mit diesem Satz davon erzählte, hieß, dass es bedeutend war.

„Oh, wo?", mehr viel Marie gerade nicht ein und sie hatte es noch nicht ganz ausgesprochen, da kam ihr diese Frage schon dämlich vor. Es war doch ganz egal, wo er sie kennen gelernt hat.

„Auf so ner Dating-App. Aber es ist noch frisch. Muss erst mal sehen, was da alles passt. Aber die ersten Parameter sind schon mal ganz gut."

Sie wusste nichts zu sagen außer: „Da werden aber bestimmt die ganzen anderen Frauen traurig sein, wenn du vom Markt bist".

Er lachte und sagte „So weit ist es ja noch nicht!“

Mit einem Schlag änderte sich die Stimmung des Telefonates. Es trat eine unterschwellige Stille hervor, die sowohl Marie als auch Fabian bemerkten und keiner von beiden konnte in diesem Augenblick damit umgehen. Sie waren nicht böse oder traurig und außerdem wussten sie beide, dass dieser Tag kommen würde, an dem einer von beiden dem anderen diesen Satz sagen würde - Ich habe da jemand kennengelernt - Marie hätte nie angenommen, dass sie diesen Satz vor Fabian sagen würde, einfach, weil sie erstmal wieder richtig frei werden musste nach ihrer Trennung und dem Auszug. Und weil sie ja die Ältere war, schon in die Jahre gekommen und gefestigter in ihren Wünschen und unflexibler im Umgang mit Kompromissen für eine neue ernste Beziehung. In den letzten Monaten hatte sie natürlich gedacht, Philip wäre dieser jemand. Dieser jemand aus dem Satz - ich habe da jemand kennengelernt – aber der Zeit und der Merkwürdigkeiten rund um Philip war es geschuldet, dass sie zu keinem, außer ihren Töchtern, den Satz – ich habe das jemand kennengelernt – gesagt hatte. Und da sie immer noch hoffte, dass sich aus der Sache mit Philip noch etwas „Gutes“ entwickelte, war es für den Satz – Ich habe da jemand kennengelernt – aus ihrem Mund noch lange nicht an der Zeit. Denn obwohl sie beide nie darüber ausführlich geredet hatten, waren sie sich sicher, dass es dann mit ihnen nicht weitergehen würde. Ein neuer Anfang mit einem neuen Partner hieße das Ende dieser wunderbaren, geheimnisvollen, leichten und vertrauten Marie-Fabian- …- was auch immer … - Sache.

Alle Versuche das Telefonat wieder in gewohnte vertraute Bahnen zu bringen, misslangen und sie merkten, dass es ihnen schwerfallen würde, die gewohnte Leichtigkeit zwischen ihnen zurückzuholen. Deshalb verabschiedeten sie sich und beendeten das Gespräch mit gegenseitigen lieben Wünschen.

Marie blieb bewegungslos auf dem Sofa sitzen, das Handy noch in der Hand. Sie hatte nicht auf den roten Hörer auf dem Display gedrückt, um das Gespräch zu beenden. Sie hatte es Fabian machen lassen. Er musste es wohlgetan haben, denn nach ein paar Sekunden hörte sie das monotone tutututututututu und dann verstummte es, das Bild von Fabian verschwand und der Bildschirm wurde schwarz.

So viele unterschiedliche Gedanken zu einem Satz - ich habe da jemand kennen gelernt – in einer Sekunde, die ihr durch den Kopf flogen, wie tausend Wasserspritzer abgefeuert werden aus einem Rasenspengler. Aber all diese Wasserspritzer-Gedanken machten sie nicht traurig oder taten ihr weh, so wie bei den Gedanken zu Philip.

Sie waren nur einfach so geballt und überwältigend, weil die Neuigkeit – Ich habe da jemand kennengelernt – so überraschend kam. Marie blieb noch eine ganze Weile bewegungslos mit dem Handy in der Hand sitzen.

Unter einem anhaltenden Spengler aus abertausend kleinen Gedankenspritzern, bis sie über und über benetzt davon war und sie alle erdenklich möglichen Aspekte, Fragen und Überlegungen in ihr aufgesaugt hatte und am Ende nur eine Stimme blieb, die sagte

< wir wussten, dass es einmal so kommt >

Ich habe da jemand kennengelernt

****

Wo waren eigentlich die letzten zwei Wochen geblieben? Fragte sie sich, als sie am nächsten Morgen an ihrem Schreibtisch saß. Es war Mittwoch und wieder war am nächsten Tag Feiertag. Natürlich hatte sie auch dieses Mal auf den Brückentag verzichtet und damit einem anderen Kollegen freudestrahlend zu einem langen Wochenende verholfen. Der Besagte bedankte sich bei Marie und versprach, dass sie etwas gut bei ihm hätte. Marie tat es ab mit einem ebenso freundlichen „Es ist schon gut. Mach du mal frei, mir ist es nicht so wichtig.“ Und das meinte sie aus tiefster Seele ehrlich. Es war ganz schön viel los an diesem Tag im Büro, deshalb kam Marie nicht dazu weiter über das Telefonat des letzten Abends mit Fabian nachzudenken. Sie nahm sich aber fest vor, ihn am nächsten Tag, an dem sie ja genügend Zeit hatte, weil Feiertag war, anzurufen oder ihm eine Nachricht zu schreiben. Sie wollte auf keinen Fall, dass sich die Stille, die sich wie ein übler

Schwellbrand unter ihr Gespräch gelegt und sie eingehüllt hatte, weiter ausbreitete und einen Keil zwischen sie und Fabian trieb. Das, was sie beiden verband, war mehr als Sex, es war echte, ehrliche und vertrauensvolle Freundschaft, und die wollte sie erhalten, auch, nachdem einer jemand kennen gelernt hatte. Sie war der festen Überzeugung, dass Fabian das genau so sah. Sie konnten nur am Tag zuvor nicht darüber reden. Es lag immer noch keine Spur von Traurigkeit deswegen in der Luft. Sie vertraute auf sich und ihn und dass sie sich nicht verletzen würden!

An diesem Tag war ihr Schreibtisch wirklich mit Vorgängen überhäuft, die ihre ganze Aufmerksamkeit benötigten. Sicherlich hätte sie was davon auf Freitag verschieben können, aber das war nicht Maries Art. Sie versuchte alle Dinge abzuarbeiten und benötigte dazu auch Hintergründe und Informationen von Kollegen, die beteiligt waren, oder Verbuchungsabsprachen einer Kollegin aus der Buchhaltung. So war Sie am frühen Nachmittag über eine Stunde im Betrieb unterwegs, um einiges zu regeln. Danach machte sie sich erst einmal einen Kaffee und kam mit einer vollen Tasse zurück an ihren Schreibtisch. Während sie den ersten Schluck nahm, drückte sie die Taste der Anrufliste durch, ließ die internen Anrufe außer Acht und wählte dann die erste externe Nummer zurück. Noch während sie mit dem Freizeichen am Ohr auf die Annahme des Telefonats wartete, berührte sie, wie beiläufig, den Bildschirm ihres Handys. Auf dem Display stand eine eingegangene Nachricht von Philip.

< Ja was ist DAS denn? Der Herr lebt ja doch noch! >
Dass sich in diesem Augenblick jemand am anderen Ende der Leitung meldete, kam für Marie so überraschend, dass sie sich bei ihrer üblichen Meldung mit Ansage der Firma und ihrem Namen, völlig verhaspelte und total den Faden verlor.
Es dauerte ein paar Sekunden, bis sie sich wieder auf das Gespräch und die Dame am Telefon konzentrieren konnte und brachte schnell eine Entschuldigung an.
„Aber das ist doch überhaupt klein Problem!" versicherte die Dame freundlich und somit war, Gott sei Dank, die Situation gerettet und Marie kam dem Anliegen der Kundin gerne nach. Trotzdem brannte sie darauf, die Nachricht von Philip endlich zu öffnen. Sie war bereits 37 Minuten alt. Nach einem Schluck Kaffee, nahm sie vorsichtig das Smartphon in die Hand. Schaute auf den Bildschirm, der ihr sagte: 1 neue Nachricht von Philip. Der Entsperrmechanismus per Face ID hatte zwischendurch lautlos und automatisch die Tür zu seiner Nachricht geöffnet. Während sie sich in Gedanken verlor...

< wie lange habe ich jetzt eigentlich nichts von ihm gehört? Ich weiß es nicht mehr. Vielleicht fast zwei Wochen? Jedes Mal, wenn ich in Versuchung kam über ihn und die Zeit, in der er sich nicht gemeldet hatte nachzudenken, versammelte sich die vollzählige Armee der Monsterbiester und brüllte, wie aus einem Mund:

„Ist doch scheiß egal, wann er sich zuletzt gemeldet hat und wie viele Tage das jetzt her ist! Er ist ein ARSCH!!!“

< *Sie sollten auf der Stelle still sein. Es konnte doch sein, dass er bestimmt viel Arbeit hatte und sich deswegen nicht meldete. Aber die blöden Biester hören nicht auf mich. Sie haben immer weiter im Chor gerufen. Ich hatte das Gefühl, sie haben sich auch noch Verstärkung von irgendwo hergeholt und ihre Verwandten eingeladen und alle haben mitgerufen. Und das hatte dann wohl den Effekt, dass ich wirklich nicht gezählt habe, wie lange er sich nicht gemeldet hatte! ... Diese kleinen Biester hatten mich tatsächlich überlistet!!!! Aber es fühlte sich gar nicht so schlecht an und traurig war ich eigentlich auch nicht in dieser Zeit. Also, Dankeschön, Ihr lieben Biester!“* >

Mit zitterndem Zeigefinger drückte sie auf den WhatsApp-Button. Die App öffnete sich und im selben Moment sah Marie den Chat mit Philip und sein Profilbild, einem Selfie mit Küchenschränken im Hintergrund, an oberste Stelle ihrer Chatliste springen. Dann tippte sie darauf und las:

`Hello. Ist der Brückentag in Sicht?´ (Sonne, Glücksklee, Kusssmiley)

Sie las die Nachricht, schloss den Chat und legte das Smartphon wieder auf ihren Schreibtisch. Sie saß still da, ihre Augen waren auf den vor ihr stehenden Bildschirm auf ihrem Schreibtisch gerichtet, sie schaute aber in Wahrheit nicht hin, sondern ihr Blick verlor sich im Nirgendwo des schwarz gewordenen Monitors. Hatte sie sich eine solche Nachricht gewünscht? War diese besser als keine? War das die richtige Art Nachricht nach ungefähr zwei Wochen Funkstille? Marie hatte vor einigen Jahren viel Mühe und viele Gespräche investiert, um ihre pubertierenden Mädchen zu bitten, ihr Testnachrichten in ganzen Sätzen und gerne mit einer vernünftigen Anrede zu schreiben. Also nicht: Holste mich ab? Sondern: Hallo Mama, kannst du mich bitte in 20 Minuten an der Schule abholen. Vielen Dank und bis gleich.

Es funktionierte seither.... Aber „Hello" war ja schließlich auch eine Anrede.... Marie schüttelte stumm den Kopf. Zu mehr kam sie nicht, weil wieder das Bürotelefon auf dem Schreibtisch klingelte und noch während sie telefonierte, einer ihrer Kollegen in der offenen Bürotür stand und darauf wartete, dass sie auflegte, um sie etwas zu fragen. So vergingen die nächsten zwei Stunden und es war kurz vor Feierabend, als sie das erste Mal wieder an Philips Nachricht dachte. „Marie, was machst du Morgen Schönes?", fragte ein Kollege, der sich gerade seine Jacke anzog und sich für ein langes Wochenende von ihr verabschiedete. „Ach, ich schlafe erstmal aus, dann hoffe ich, dass die Sonne scheint und ich auf dem Balkon sitzen und lesen kann. Vielleicht fahre ich auch auf einen kurzen Besuch zu meinen Eltern." Dann fragte sie „Und ihr? Was geplant am langen Brückenwochenende?" „Wir fahren mit dem Wohnwagen los." „Oh, dann wünsche ich euch gutes Wetter und einen großartigen Kurzurlaub." Mit einem Dankeschön verschwand er. Marie hatte auch keine Lust mehr. Sie war ausgepowert und deshalb beschloss sie, auch nach Hause zu fahren. Sie räumte ihren Schreibtisch auf und fuhr den PC runter. Als sie das Handy aufnahm, um es in ihre Handtasche zu stecken, konnte sie der Versuchung nicht widerstehen, noch einmal Philips Nachricht zu lesen. Wieder schloss sie danach stumm den Chat und ließ dann das Telefon in die kleine Innentasche ihrer Handtasche gleiten. Irgendwie machte sie diese Nachricht sprachlos. Sie war auch nicht wütend oder traurig oder sauer...... ihr fehlten nur einfach die Worte. Eine Antwort an Philip musste noch warten, bis sie wieder Worte hatte um diese verfassen konnte. Erst einmal würde sie sich jetzt in das Getümmel eines Supermarktes stürzen, um noch ein paar Kleinigkeiten einzukaufen. Und da der Feiertag bevorstand, wusste sie schon, wie es dort zugehen würde. Aber es musste sein. Sie verabschiedete sich von Kollegen, die ihr auf dem Weg zum Auto begegneten und verließ das Firmengelände. Der Einkauf wurde genau so ätzend, wie gedacht und Marie war froh, als sie endlich in ihrer Wohnung angekommen war. Dort räumte sie alles Gekaufte weg und verfasste dann eine Nachricht an Fabian. Bestimmt würde er den Abend oder den Feiertag mit seiner neuen Bekanntschaft verbringen und damit sie ihn nicht in Bedrängnis brachte, ihr zu antworten, und sich selbst vor einer Enttäuschung bewahren wollte, weil er ihr nicht antworten würde, schrieb sie ihm jetzt, in der Hoffnung, dass er noch allein sein würde. Sie wünschte ihm einen schönen Abend und

Feiertag und kündigte an, dass sie ihn in der nächsten Woche mal anrufen würde. Fabian meldete sich fast umgehend zurück. `Schön, dass du dich gemeldet hast. Das wünsche ich dir auch und ich freu mich schon auf unser Telefonat. Bis bald, pass auf dich auf, Kleine!´

Ihm eine Nachricht zu schreiben, war genau die richtige Entscheidung. Marie war zufrieden mit sich im Bezug auf Fabian. Was sollte sie nun mit Philips Nachricht machen? Immer noch fehlten Idee und Worte. Marie hatte sich im letzten halben Jahr sehr oft die Frage gestellt, was wohl ihre Freundinnen zu dieser ganzen Philip-Sache sagen würden? Sie überlegte, was sie einer ihrer Freundinnen sagen würde, wenn sie ihr diese Geschichte erzählen würde. Und je länger sie darüber nachdachte, je öfter sie sich diese Frage stellte, desto sicherer war sie sich, dass sie nur eine Antwort geben würde. Und diese Antwort lautete:

Lass den Typen ziehen! Der tut dir nicht gut und benutzt dich nur!

Sie war sich sicher, wenn sie einhundert Menschen fragen würde, was sie über Philip glaubten, und ihr raten sollten, was sie tun solle, würden neunundneunzig Menschen sagen: Lass den Typen ziehen! Besser Heute als Morgen!

< Und wenn sie das Alles wusste, warum konnte sie es dann nicht einfach tun? >

So endeten diese Gedanken jedes Mal und dann war Marie wütend auf sich selbst, weil sie so schwach war.

An diesem Tag hatten ihre Gedanken aber zur Folge, dass sie keine süßholzraspelnde Antwort schrieb. Wenigstens das, war sie sich selbst und ihren Gedanken und den hauseigenen Monsterbiestern, die seit Monaten einen ganz schön guten Job machten, schuldig. Sie öffnete die Nachrichten-App und den Chat mit Philip wieder und schrieb, ohne lange darüber nachzudenken: ‚Nein, für mich nicht. Ich darf am Freitag arbeiten.'

Ohne Bildchen, ohne Smiley, ohne Küsschen. Danach war ihr nicht. Sechs Stunden waren seit dem Eingang von Philips Nachricht vergangen, bis sie jetzt diese Antwort schrieb.

Marie legte das Handy weg und war stolz auf sich.

Scheinbar hatte Philip diese Antwort nicht gefallen, denn er reagierte weder am selben Abend noch am nachsten Tag in irgendeiner Weise darauf.

DREIUNDZWANZIG

Ein Wahnsinnsbrückentag neigte sich dem Ende.

Im Betrieb war die Hölle los und nur die halbe Mannschaft am Start, weil Mitarbeiter im langen Wochenende waren. Scheinbar nutzten jede Menge Kunden diesen Tag, um Neuanschaffungen zu planen und sich eine Fachberatung dazu einzuholen. Trotz der derzeitigen Pandemie-Maßnahmen war im Inneneinrichtungshaus, in dem Marie beschäftigt war, so viel Kundschaft, dass es fast nicht zu bewältigen war. Kunden, die vorher keinen Termin vereinbart hatten, mussten leider unverrichteter Dinge Heim geschickt werden. Als endlich die Eingangstüren verschlossen waren, gab es noch ein Feierabendbier für Alle, die Lust hatten. Marie blieb auch dabei, denn sie hatte an diesem Freitag nichts mehr vor und gegen ein Fläschchen Radler nichts einzuwenden. Als sie dann geschafft gegen 18.30 Uhr in ihrer Wohnung ankam, freute sie sich nur noch auf eine Dusche und Ruhe. Gerade saß sie, nur in ein Handtuch gewickelt, mit nassen Haaren, auf dem Sofa und schaltete den Fernseher ein, um eine Nachrichtensendung anzuschauen, da hörte sie den Ton einer eingehenden Nachricht ihres Handys, dass sie zuvor auf den Esszimmertisch gelegt hatte.

< oh nein. Jetzt sitze ich gerade. Das ist bestimmt Annabell >

Als der Wetterbericht begann stand sie auf, denn der würde eh nichts Neues bringen. So, wie es die letzten

Tage war, sollte es auch die kommenden Tage werden. Im Vorbeigehen nahm sie das Handy mit ins Bad und setzte sich auf den Badewannenrand, um zu schauen, was Annabell geschrieben hatte. Aber zu ihrem Erstaunen war der Absender der Nachricht Philip.

< *Nach zwei Tagen bin ich ihm eine Antwort wert* >

„Na, hast du Feierabend? Wie war der Tag? Sonne, Sonne“

Schnell entschied sie, dass sie heute keine Stunden verstreichen lassen wollte, bis sie eine Antwort schrieb.

„Hey Philip. Es war die Hölle los! Bin froh, dass der Tag geschafft ist und ich jetzt zuhause bin.“

Sofort, nachdem sie die Nachricht gesendet hatte, sah sie schon, dass er online war und schrieb.

„Gibt es noch einen Kaffee bei dir?“

„Heute? Jetzt?“ tippte Marie hastig.

„Wenn ich darf und du Zeit und Lust hast?“

„Wann?“

„Ich könnte gegen 20.30 Uhr da sein“

„Kommst du dann extra von zu Hause zu mir?“

„Würde ich machen“

Marie war total überfordert. Sie saß immer noch auf dem Badewannenrand, frisch geduscht, nichts an, Haare nass, ungeschminkt…

< *Meine Güte, warum muss er das immer so kurzfristig machen!!!!* >

Aber ja, denn sie wollte ihn ja wiedersehen…

„Na, dann komm mal“

„Bis später. Freu mich. Kusssmiley“

„Und ich freu mich auch“

Es war zwanzignachsieben, also blieb ihr mehr als eine Stunde Zeit um sich für Besuch herzurichten. Und während sie sich die Haare fönte fragte sie sich, warum er das nicht schon am Vortag sagen konnte oder wenigstens an diesem Tag morgens, mittags oder am Nachmittag.

Er klingelte zum vereinbarten Zeitpunkt. In der geöffneten Wohnungseingangstür stehend, sah Marie ihn die Treppe heraufkommen.

„Hallo Herr Sandmann. Heute in Freizeitklamotten!“ begrüßte sie ihn, während er auf dem letzen Treppenansatz zu ihr heraufkam. Er hatte eine Jeans an und ein modisches T-Shirt mit einem Print auf der Brust. Dazu weiße Sneaker. Er grinste nur, wollte gerade zu einer Antwort ansetzen, da legte Marie noch mal nach „Sonst sehe ich dich ja immer nur mit höchst offiziellem Oberhemd bekleidet.“ Und weil er in diesem Moment genau vor ihr stand, breitete sie die Arme aus, um ihn zu begrüßen und sagte versöhnlicher und kleinlaut „Hallo, erstmal. Komm herein."

„Hallo du. Da ist man noch nicht mal ganz da und se is schon wieder am Zetern." Gab er frech zurück und drückte ihr dabei einen Kuss auf den Mund. „Tach!!, Frau Schubert."

In einer Hand hatte er zwei Flaschen eines besonderen Bieres in verschiedenen Geschmacksrichtungen. „Ich habe mal was Leckeres mitgebracht."

Marie wollte erst einmal etwas anderes wissen und fragte „Was verschafft mir denn diese kurzfristige Ehre deines Besuches?" Seine Reaktion und seine Antwort darauf verwirrte sie und ließ sie einen Moment innehalten.

„Wenn's dir nicht passt, kann ich ja wieder fahren" und dabei wandte er sich tatsächlich zum Gehen."

< *was war denn jetzt los????* >

Schnell versuchte sie die Situation zu retten und fasste sanft nach seinem Arm „Hey, hey, ich freu mich doch, dass du da bist!"

Dann zog sie ihn zu sich, küsste ihn und der Moment war gerettet. Ihr blieben nur ein paar Millisekunden, um zu überlegen, ob die letzten fünfzehn Sekunden Spaß oder Ernst waren. Aber sie fand so schnell keine Antwort darauf und wechselte deshalb sofort das Thema.

„Was hast du leckeres mitgebracht?“, begann sie und fragte, ob sie Gläser holen solle und einen Flaschenöffner. Dann setzten sie sich an den Esstisch und erzählten. Teilten sich die Getränke und bewerteten die unterschiedlichen Geschmacksrichtungen. Wie bereits an ihrem Kennenlernabend vor fast einem Jahr, verfielen sie in ein reges Gespräch. Sie lachten und neckten sich und forderten sich heraus und schauten sich in die Augen, ohne den Blick abzuwenden. Ohne es zu sagen, machten sie einen Wettbewerb daraus, wer länger standhaft blieb, aber sie waren es beide. Keiner gewann diese unausgesprochene Challenge. Dennoch war Marie nicht unbekümmert und leicht. Sie hätte gerne ein paar Dinge gefragt, ja geklärt, wusste aber nicht, wie sie beginnen sollte. Tatsächlich hatte sie Angst, dass er aufstehen und gehen würde, wenn sie geradeheraus ihre Fragen stellte. Ein- oder zweimal hatte sie es bereits vorsichtig versucht. Z.B. bei einem Telefonat hatte sie mal gesagt „Dann klären wir aber noch ein paar Sachen, wenn du mal wieder kommst“ und er hatte darauf geantwortet „Dann komme ich erst gar nicht“ und hatte dabei gelacht, als wäre es ein Scherz. Dann hatte er gesagt „Schreib mal deine ganzen Ungereimtheiten auf, dann setzen wir uns zu einem Meeting an deinen großen Tisch, wie bei ‚Fifty Shades of Grey‘ und machen einen Business-Termin daraus.“

Jetzt traute sie sich diese Szene aufzugreifen und sagte „Nach dem Alkohol nehme ich jetzt mal meine

Unterlagen zur Hand, Mr. Sandmann und dann wird es förmlich und wir machen unser Frage-Meeting."

Darauf antwortete er, wie aus der Pistole geschossen, sanft und verheißungsvoll „Nein, Mrs. Schubert, damit wollen wir uns heute nicht aufhalten, das verschieben wir auf einen anderen Termin." und während er das sagte, stand er auf und trat hinter Maries Stuhl. Seine Finger vergruben sich in ihren langen Haaren und wuschelten ein paar Sekunden darin herum, dann ließ er eine Hand von oben langsam in ihren Ausschnitt gleiten. Schon die ganze Zeit als sie sich gegenüber am Tisch saßen, war Marie in einem Zustand aus Anspannung, Vorfreude, Aufregung und Ungeduld, bis sie ihn endlich spüren konnte. Wenn sie ihm nicht in die Augen gesehen hatte, dann war ihr Blick am Rand des Halsausschnittes seines T-Shirts hängen geblieben. Sie hatte diese Stelle fixiert, an der beide Schlüsselbeinknochen in der Mitte aufeinandertreffen und zwischen ihnen eine kleine Kuhle bestand. Alles unterhalb dieser Vertiefung lag verborgen unter seinem Shirt, aber sie wusste, wie es darunter aussah und die Gedanken daran versetzten sie in eine Art Rausch, der sie alle Zweifel, Einwände und Vorhaben von Klärung vergessen ließ.

Die Gedanken waren ausgeschaltet.

Sie saß ruhig auf ihrem Stuhl und er stand hinter ihr. Er legte ihren Kopf zurück und drückte ihn sanft an sich und Marie spürte wie hart und erregt er war. Augenblicklich wandelte sich ihre ganze Anspannung in verheißungsvolle Lust und hinterließ ein Kribbeln in ihrem Schoß, dass sie nichts sehnlicher wünschen ließ, als dass er sie berühren solle. Sie konnte plötzlich nicht mehr auf diesem Stuhl sitzen, weil sie ihn fühlen und küssen wollte und nicht mehr ausgeliefert, zur Untätigkeit verdammt, vor ihm sitzen wollte. Deshalb stand sie auf und drehte sich zu ihm. Sie küssten sich sofort stürmisch und Marie zupfte das T-Shirt aus seiner Jeans. Sie musste jetzt endlich diese Stelle auf seinem Oberkörper berühren, der sie schon so lange gegenübergesessen hatte und als sie mit ihren Händen dort angekommen war, raunte sie vor Genugtuung.

„Bist du nicht auch der Meinung wir haben für heute genug geredet? Ich möchte jetzt etwas anderes tun ...“, flüsterte Philip in ihren Mund, während er sie weiter küsste. „Willst du mich?“, fragte er und seine Hand suchte bereits nach dem Reißverschluss ihrer Hose. Als er keinen vorfand, glitten seine Finger unter dem Gummizug ihres Hosenbundes hinunter in ihren Slip. Nur die Spitze zwei seiner Finger erreichen ihr Ziel und lösten, allein mit ihrer Berührung, ohne irgendeiner Bewegung nachgehend, ein Erschaudern in ihr aus, von dem Marie dachte, dass es bereits ein Orgasmus sein würde. Im selben Moment umfasste sie seinen Penis mit ihrer ganzen Hand, der ihr, als sie die Knopfleiste seiner Jeans öffnete, entgegen ragte. Ihr Griff war hart und kraftvoll, genauso wie ihre immer noch andauernden Küsse, die so gierig waren, dass ihre Lippen schmerzten. Philip stöhnte auf und zeigte ihr damit, dass auch er in äußerster Erregung war.

„Ich kann nicht mehr warten… Bitte lass uns ins Schlafzimmer gehen. Ich möchte dich ganz spüren. Und ich kann es kaum noch erwarten!"

Auf dem Weg dorthin begannen sie schon, sich auszuziehen und Sekunden später lagen sie unbekleidet zusammen auf der Bettdecke. Marie verließ sich darauf, dass Philip sie zum Höhepunkt bringen konnte. Sie wollte ihm vertrauten und gab sich ihm hin. Bereits in den Malen zuvor hatte er bewiesen, dass er es verstand eine Frau zu befrieden, und das, ohne zuerst an sich selbst zu denken. Sie sahen sich, während er auf ihr lag, immer wieder tief in die Augen und ebenso, wie vorher, als sie sich gegenübersaßen, hielten auch jetzt beide dem Blick stand. Er spornte sie an „Komm Marie, entspann dich und komm für mich" und sie dankte es ihm und antwortete „Ja, mach weiter so, bitte hör nicht auf." Sie drehten sich im Bett, lagen mal mit dem Kopf am Fußteil und dann wieder andersherum und er beschenkte Marie mit mehreren kraftvollen Orgasmen.

„Du hast es mir so schön gemacht, jetzt kümmere ich mich erst einmal um dich", flüsterte sie irgendwann und kniete sich neben ihn. Während Marie sich ‚kümmerte', merkte sie, wie er sich entspannte und mit tiefer Stimme raunte „Oh ist das gut." Sie ließ sich Zeit und verwöhnte ihn lange und intensiv, aber sie hatte nicht das Gefühl, dass sie ihn zu einem Orgasmus bringen und vollends befriedigen könnte. Irgendwann drehte er sich herum und fragte leise

„Könntest du mich ein wenig auf dem Rücken massieren, das habe ich so gerne."

„Na klar", versprach sie und dann verstummten sie vielleicht für eine halbe Stunde, die nur unterbrochen wurde, wenn er genüsslich, mit geschlossenen Augen auf dem Bauch liegend flüsterte „Das ist so großartig und entspannend. Herrlich!"

Nach einiger Zeit erhob er sich dann langsam und drückte Marie sanft auf die Matratze. Dann legte er sich neben sie und begann sie mit seinen Fingern zu berühren. Es dauerte nur ein paar Sekunden, da war sie wieder entflammt und als er es merkte und ihr dabei zusah, wie sie sich vor ihm entspannte und sich ihm entgegen hob, fragte er mit verruchter Stimme „Hast du immer noch nie genug, Marie?"

„Nein", brachte sie darauf hervor und schaffte es gerade noch zu sagen „Du machst das doch, dass ich nicht genug bekomme!" und dann legte er sich auf sie und drang in sie ein. Es dauerte nur ein paar Augenblicke und wenige Auf- und Ab-Bewegungen, dann kam ein gewaltiger Höhepunkt, der in ihr wie ein Feuerwerk gezündet wurde und die kleinen Funken ihren ganzen Körper erbeben ließen. In diesem Moment hatte sie das tiefe Bedürfnis dem Mann, der sie dazu gebracht hatte, zu sagen „Ich liebe Dich", so wie sie es viele Jahre ihrem Ex und zuvor damals dem Vater ihrer Kinder gesagt hatte. Marie konnte in der allerletzten Sekunde das Bedürfnis und den dadurch ausgelösten

Automatismus ersticken und schaffte es gerade noch rechtszeitig, die Worte herunterzuschlucken. Dabei wurde ihr schockierend bewusst, dass dieser Mann, der sie dazu gebracht hatte, die Gedanken an diese drei Worte zu haben, nicht der Mensch war, zu dem sie sie sagen konnte. Dieser Zustand verstörte sie regelrecht und Philip schien es zu bemerken, denn er fragte „Hey, ist alles in Ordnung? Geht es dir gut?“ Dabei strich er ihr sanft über ihren Oberschenkel, den sie aufgestellt hatte und der direkt neben seinem lag. „Ja, alles okay. Das war wunderschön.“, hörte sie sich sagen und sie tat es mit einer sanften und liebevollen Stimme. Philip kannte sie nicht gut genug, um zu merken, dass auch eine Art von Traurigkeit darin lag, die hervorgerufen wurde durch die kurz zuvor erlangte Erkenntnis. Er schaute auf den Wecker, der auf dem Nachtisch neben ihm stand. „Meine Güte, es ist ja schon so spät“, bemerkte er erschrocken und als Marie daraufhin auch auf die Uhr sah, sah sie, dass es halb zwei war.

„Ich muss jetzt wohl.“

„Bleib doch einfach hier.“, gab sie zurück und musste selbst über ihren Vorschlag schmunzeln, denn sie wusste, dass das natürlich nicht in Frage kam.

„Oh nein. Das geht nicht so einfach“, entgegnete er und setzte sich dabei auf. Dann klopfte er ihr mit der flachen Hand ein paar Mal auf den immer noch aufgestellten Oberschenkel und schwang seine Beine aus dem Bett. Marie erinnerte diese Geste für eine Sekunde an die Belohnung, die ein Reiter seinem

Pferd zukommen lässt, indem er es mit der flachen Hand an den Hals klopft und so etwas sagt wie „Braves Pferdchen...“, aber das war es nicht. Diesen Vergleich hatte sie allein in ihrer Fantasie projiziert. Während er noch dasaß, legte sie ihre Hand auf seinen Rücken und strich sanft darüber. Sie glaubte, sie machte es, weil sie noch Nähe und Wärme suchte und sie hätte sich gewünscht, er würde sie auch noch einmal so berühren, bevor er gehen würde. Während dieser Gedanken strich sie wie eine Feder mit dem Zeigefinger seine Wirbelsäule entlang und er zuckte zusammen und bekam eine Gänsehaut. Dann stand er auf, nahm seine Sachen vom Fußboden auf und ging ins Bad.

„Ich mach mich mal eben etwas frisch.“

„Hast du alles, was du brauchst?“

Im Schlafzimmer war es dunkel, bis auf den Lichtschein der kleinen Lampe, die im Wohnzimmer brannte.

Marie lag noch immer so da, mit auf gestelltem Oberschenkel. Sie sehnte sich nach Wärme, nach einem Arm, in den sie sich kuscheln konnte, nach ineinander verschlungenen Körpern, die nach gemeinsam erlebter Befriedigung zusammen einschlafen.

Plötzlich stand er wieder in der Schlafzimmertür und riss sie aus ihren Sehnsüchten. „Oh Mann, jetzt fällt es mir aber schwer, mich loszureißen und zu fahren“, sagte er, als er sich die Schuhe anzog.

„Möchtest du noch etwas Kaltes trinken?“

„Ein Glas Cola wäre nicht schlecht.“

Sie zog sich schnell das kleine Nachthemd über, dass sie beide während der letzten Stunden, ungewollt, ganz an das Fußende des Bettes geschoben hatten.

Dann griff sie nach ihrer Bluse, die sie auf dem Boden liegend fand und ging, während sie diese anzog, um ihm das Getränk einzuschütten. Den ersten Schluck nahm sie selbst, dann reichte sie ihm das Glas, das er in einem Zug austrank.

„Das tat gut! – so, hab ich alles?“, er fasste sich an die Taschen seiner Jeans. Dann ging er voraus in den kleinen Flur, dreht sich zu Marie um und sagte „Danke, für den schönen Abend. Das war toll!“

„Das fand ich auch.“, flüsterte sie, denn er hatte schon die Wohnungseingangstür geöffnet. Und da es mitten in der Nacht war und die anderen Mietparteien sicherlich schliefen, wollte sie so leise wie möglich sein. Er war schon auf den Flur getreten, da drehte er sich noch einmal um und gab ihr einen kleinen, kurzen Kuss auf den Mund. Marie erinnerte sich an die letzten Verabschiedungen, die genau so waren. Dann war er schon den ersten Treppenabsatz herunter gegangen.

„Soll ich Licht anmachen im Treppenhaus?“ fragte sie noch und er flüsterte „Nein, das geht so. Tschüssi und schlaf gut.“

Dann war er aus ihrem Blickfeld verschwunden.

Als sie die schließende Haustür hörte, schloss sie die Wohnungstür und lief zurück in ihr Schlafzimmer, von dessen Fenster aus sie auf die Straße sehen konnte. Sie beobachtet, wie er in den Wagen stieg. Das Licht im Wageninneren blendete ab, als er sich anschnallt. Marie sah den Lichtschein eines Handydisplay. Er schaute darauf. Nur zwei oder drei Sekunden. Dann legte er es weg, startete den Motor und fuhr davon.

Sie fragte sich in diesem Moment, als sie an ihrem Schlafzimmerfenster stand, warum sie gerade nicht so empfand, wie nach dem ersten Mal, als sie mit Philip geschlafen hatte. Sie war damals glücklich über das süße Geheimnis, das sie hatte. Irgendetwas war anders... Sie würde später darüber nachdenken, was es war, wenn es überhaupt etwas war. Wahrscheinlich bildete sie sich nur irgendwas ein... Auf jeden Fall wollte sie sich damit jetzt nicht die Stimmung vermiesen und nachdem sie im Bad war, schlüpfte sie unter die Bettdecke und suchte nach Philips Geruch, als sie sich in die Kissen kuschelte.

Welche komischen Gedanken ihr kamen....

< es wäre noch schöner gewesen, wenn er auch zum Höhepunkt gekommen wäre >

VIERUNDZWANZIG

Obwohl es kein Zeichen von Philip gab, waren die folgenden Tage geprägt von Gedanken an ihn. Wahrscheinlich gerade deshalb, weil er sich weder mit einer Nachricht noch mit einem Telefonat oder irgendwie anders gemeldet hatte. Nachdem Marie vor dem letzten Wochenende eigentlich gedacht hatte, dass sie sich auf einem guten Weg befand, ihn und sein Verhalten nicht mehr so nah an sich heranzulassen, war das nach seinem Besuch ganz ins Gegenteil umgeschlagen. Und wäre das nicht schon genug, waren seit Freitagnacht auch noch weitere Fragen in Marie gereift, auf die sie natürlich auch keine Antworten hatte. Allein voran eine, die ihr gerade deutlich am meisten im Kopf herum spukte, und die neu war. Es war die Frage, warum er nicht zum Höhepunkt gekommen war, und daraus folgte

<warum habe ich es nicht geschafft ihn zu befriedigen?>

Den ganzen Samstag und Sonntag beschäftigte sie diese Frage und weitere entstanden daraus. Ja, all ihre Fragen multiplizierten sich mit sich selbst und türmten sich vor ihr auf, zu einem riesigen Berg voller Fragezeichen. Marie war erleichtert und froh, als sie am Montag endlich wieder an ihrem Schreibtisch im Büro saß und ihre Aufmerksamkeit in andere Richtungen gehen musste. Die Routine im Betrieb hatte sie schnell wieder eingeholt und ihre Gedanken und Fragen zu Philip traten oberflächlich in den Hintergrund, jedoch waren sie natürlich unterschwellig weiter präsent. Die Tatsache, dass Philip sich, seit er ihre Wohnung in der Nacht verlassen hatte, mit keinem einzigen Wort bei ihr gemeldet hatte, hatte bei Marie das ganze Wochenende über, langsam, aber stetig ansteigend wieder diese Wut ausgelöst, die sie bereits von den letzten Malen kannte, als er bei ihr zu Besuch war. Auch da hatten sie Kaffee getrunken, miteinander geschlafen und dann war er wieder gegangen. Dabei hatte sie ihm doch beim letzten Mal durch die Blume gesagt, er solle sich nicht so verhalten. Sie erinnerte sich an die Begebenheit, als er ihre Wohnung verließ, bereits im Treppenhaus war und sie ihm gesagt hatte, er solle sich doch mal melden, sonst hätten seine Besuche so etwas von… Und während sie noch überlegte, was sie sagen sollte, hatte Philip sie unterbrochen und gesagt „… das ist es nicht!“ Damit gab sie sich zufrieden, denn sie war froh, dass sie nicht nach dem für sie passenden Wort suchen und es aussprechen musste.

< Beschwere dich nicht! Du weißt doch mittlerweile Bescheid. Selbst Schuld > war die einzige Stellungnahme ihrer Monsterbiester, die dieses kurze Statement allerdings mit einer solchen Entschiedenheit und Vehemenz kundtaten, dass Marie keine Einwände erhob und nicht protestierte. Sie hatten Recht!

Das Arbeitsaufkommen nach dem langen Wochenende mit Brückentag war immens. Marie fand es befreiend, begab sich mit jeder Faser an die

Arbeit und merkte schnell, dass sich ihr Körper und bald auch ihr Herz ganz langsam entspannten. Ihre Schultern, ihr Nacken und ihr Hals hatten sich seit Tagen in eine Art Schmerzhaltung begeben, die man symbolisch mit einer „Zieh-den-Kopf-ein“-Haltung beschreiben konnte. Aus Schutz vor weiteren Nackenschlägen. In Deckung vor weiteren Respektlosigkeiten. Zur Vorsicht vor offensichtlich mangelnder Wertschätzung und zur Gegenwehr nicht erwiderter Gefühle. Sie selbst hatte von diesen Vorsichtsmaßnahmen ihres Körpers gar nichts mitbekommen, umso erstaunter war sie deshalb, als sie merkte, wie sie im Laufe des Vormittags immer ruhiger wurde und ihren Herzschlag, der ihr am ganzen Wochenende als extrem heftig und präsent vorgekommen war, plötzlich nicht mehr wahrnahm. Sie führte Telefonate mit Kunden und Lieferanten, kam mit Kolleginnen und Kollegen ins Gespräch, beantwortete Emails und war voll in ihrem Element. Sie schaffte es sogar, nicht alle paar Minuten auf das Display ihres Handys nach einer eingegangenen Nachricht zu schauen. Am Nachmittag hörte man sie summend, mit einer Tasse Kaffee aus der Personalküche in ihr Büro zurückkommen.

Marie hatte in ihrer Kindheit Klavier- und Keyboardunterricht bekommen und in ihrem Abschlussjahr auf der weiterführenden Schule hatte sie mit Klassenkameraden und einem Lehrer gemeinsam eine Band gegründet, die eigens für die bevorstehende Abschlussfeier zusammenkam und probte. Das ging einige Monate so und dann war der Tag des großen Abschlussevents gekommen. In der

Schulaula waren vier Abschlussklassen des Jahrganges mit ihren Familien versammelt. Es waren ungefähr sechshundert Personen anwesend inkl. der Lehrerschaft und geladener Gäste. Auf der großen Bühne hatte sich die Schulband bis nach der Zeugnisausgabe, bei der alle Schüler erst im Klassenverband auf die Bühne kamen und dann einzeln aufgerufen wurden, um ihr Zeugnis aus den Händen ihres Klassenlehrers entgegenzunehmen, in einer Ecke aufgebaut. Bisher hatten sie nur leise Hintergrundmusik zur Zeugnisausgabe gespielt und zwischen den verschiedenen Reden des Direktors, der Lehrersprecherin, des Schülersprechers und eines Schülers aus der fünften Klasse, der ein lustiges Gedicht über die Schulzeit vortrug, kleine instrumentale Einlagen, als Auflockerung zum Besten gegeben. Doch dann wurde nach dem offiziellen Teil, die Ausrüstung der Band auf der ganzen Plattform ausgerichtet und dann kam Maries erster Auftritt. Die Organisatoren der Feier hatten die Idee, dass der Direktor in seiner Rede über die Zukunft der Schulabgänger philosophieren sollte. Dass jeder etwas aus seinem Erlernten machen und seinen Weg gehen und seine Träume verwirklichen solle und nach dieser Abschlussrede und diesem Statement sollte die Band das Lied „I have a dream" von ABBA spielen. Und Marie stand ganz vorne links, hinter ihrem Keyboard und sang dieses Lied. Und als nach der letzten Strophe dann wieder der Refrain kam, öffnete sich hinter der Band der große Vorhang und dahinter standen die vier Fünferklassen mit insgesamt fast einhundert kleinen Schülern und

Schülerinnen und sangen im Chor mit Marie das Lied zu Ende. Es war wirklich ein großartiger Augenblick. Maries Eltern saßen in der vierten Reihe und Marie sah das erste Mal, seit sie sich erinnern konnte, dass ihr Vater Tränen in den Augen hatte. Aus der Schülerband wurde eine Tanzband und sie waren tatsächlich noch einige Jahre zusammengeblieben und hatten auf Feiern und Veranstaltungen Musik gemacht. Bis es sie, der Liebe wegen, oder eines Umzuges für den Beruf, auseinandergebracht hatte. Aber da war Marie schon über Zwanzig. An diese Zeit mit der Band und der Musik erinnerte sie sich gerne zurück und so manche Geschichte, die sie erlebt hatten, war noch präsent. Nun, viele Jahre später war nur hängen geblieben, dass sie gerne sang, und das auch manchmal laut im Büro oder wenn sie im Betrieb unterwegs war. Und eine besondere Spielerei machte sie manchmal daraus, ein Lied zu singen, das zu einem Stichwort passte, dass jemand völlig unbeteiligt sagte, wenn sie zum Beispiel an ihm vorbei ging. Ihr Kollegenteam mochte das sehr und diese Situationen hatten schon oft zu lustigen Momenten geführt. Im letzten Jahr, in den Wochen und Monaten als sich für Marie abgezeichnet hatte, dass die Beziehung mit ihrem Ex sich in eine Richtung entwickelte, die nicht gut war, hatte ein enger Arbeitskollege sie einmal besorgt gefragt „Marie, ist alles in Ordnung bei dir?“ und Marie hatte erstaunt entgegnet „Ja, warum?“ Niemals hatte sie damit gerechnet, dass ihre Probleme sichtbar wären und sie hatte mit niemandem darüber gesprochen. Dieser Kollege hatte seine Hand auf ihren Unterarm gelegt und gesagt „Weil du gar nicht mehr singst.“ Und Marie hatte ihn erstaunt angesehen.

Auf jeden Fall hatte es der Arbeitstag an diesem Montag geschafft, dass sie summte.

Diese Verfassung hielt stand, bis Marie zuhause und allein war. Dort verfiel sie im Laufe des Abends immer mehr in eine traurige Gestalt, die irgendwann unter einer Decke zusammengerollt auf dem Sofa lag. Das alte Handy stand, wieder mit Philips geöffnetem Chat, angelehnt an einen Kerzenständer, auf dem kleinen Tischchen vor ihr und wenn sie ihren Blick zum Fernseher richtete, hatte sie das Display mehr im Focus als das ausgewählte Fernsehprogramm. Gegen 22 Uhr war er mehrere Mal online, doch ihr Handy blieb stumm. Obwohl sie es nicht mehr zulassen wollte, begann automatisch wieder die Entstehung einer Fragenkette, bei der sich an eine Frage bereits die nächste anreihte und daraus resultierend die wieder nächste und je mehr es wurden desto stärker waren sie ineinander verschlungen und desto unlösbarer schienen sie zu sein.

Warum hatte er sie kennenlernen wollen?

Warum sprachen sie nicht ganz normal über ihr Privatleben?

Warum fragte er nie irgendetwas?

Warum kam er immer zu ihr und sie nicht zu ihm?

Warum verabredeten sie sich nie am Wochenende oder in seinem Urlaub?

Warum schrieb er immer so kurze Nachrichten?

Warum antwortete er manchmal so lange nicht?

Warum? Warum? Warum?

Marie hätte eine lange Liste von Fragen zusammenstellen können. Und hätte sie jede auf ein Blatt einer Toilettenpapierrolle geschrieben, so wäre sie wahrscheinlich mit einer Rolle nicht ausgekommen. Aber das Alles half ihr nichts, denn wie auch immer sie sich drehte und wendete, sie hatte keine Antworten auf ihre Fragen. Sie kannte Philip jetzt über ein halbes Jahr. Er war ungefähr vier oder fünf Mal bei ihr gewesen und sie war keinen Schritt weitergekommen. Der anfängliche Nachrichtenkontakt war geschrumpft auf wenige Mitteilungen in der Woche. Eine Unterhaltung, die aus einer Reihe von gegenseitigen Nachrichten abwechselnd von beiden bestand, gab es fast nicht mehr und immer wieder gab es noch die Tatsache, dass Marie auf eine Nachricht keine oder erst wesentlich verspätet eine Antwort bekam. Marie fühlte sich plötzlich das erste Mal, seit sie wieder Single war, allein. Es gab Tage, da klingelte nicht ein Mal ihr Handy, außer wenn sich Annabell oder Laura meldeten, um zu wissen, wie es ihr ging. Erst jetzt wurde ihr richtig bewusst, wie es sich anfühlt allein zu leben. Wie es ist, keinen Partner zu haben. Welche Freiheiten man hat, wenn man alles selbst entscheiden kann, tun kann, was man möchte, ohne

Kompromisse einzugehen. Aber auch, wie es sich anfühlt, wenn niemand da ist. Wenn man in den Arm genommen werden möchte, oder wenn man zu zweit abends auf dem Sofa kuscheln möchte oder wenn niemand da ist, dem man am Morgen einen Kaffee ans Bett bringt könnte. Niemand, mit dem man Pläne machen kann, mit dem man zum Essen ausgeht oder einen Kinoabend macht. Niemand, der fragt: wie war dein Tag? Es war immer noch die richtige Entscheidung gewesen ihren Ex zu verlassen, denn alles, was ihr jetzt fehlte und was sie vermisste war mit ihm schon lange nicht mehr leicht, entspannt und wünschenswert gewesen. Und wenn sie am Ende ihrer Gedanken, bei denen sie sich so einsam und allein fühlte, zu dieser Erkenntnis kam, war die Einsamkeit plötzlich nicht mehr so schlimm, wie die letzten Monate des gemeinsamen Zusammenlebens, die sich so falsch und anstrengend angefühlt hatten.

Es wurde auch ruhiger um Fabian. Er traf sich jetzt regelmäßig mit der Frau, die er kennen gelernt hatte und meldete sich daher nicht mehr so oft bei Marie. Allerdings nutzte er manchmal eine Fahrt im Auto für einen Anruf. Die Stimmung zwischen ihnen war ungetrübt und weiterhin ehrlich und aufrichtig. Fabian erzählte Marie alles über die Veränderung in seinem Leben und sie genoss die langen Telefonate mit ihm. Obwohl sie wusste, dass sie Fabian langsam, ganz langsam verlieren würde, fühlte sie die Beständigkeit zwischen ihm und ihr, die ihr Kraft gab und sie hielt. Eine Beständigkeit, die so leicht durch nichts erschüttert werden konnte, die schon so lange anhielt und voller Vertrauen auf ein massives

Fundament errichtet war. Es gab keine Fragen, auf die es keine Antworten gab und wenn einer von beiden etwas zu sagen hatte, dann sagte er es und es war aus der Welt geschafft. Es war so wunderbar leicht und einfach zwischen ihnen, ganz im Gegenteil zu Philip. Nur war Fabian leider nicht der richtige Mann und Marie nicht die richtige Frau, daran bestand nicht der allerkleinste Zweifel.

****

Die Tage vergingen und wieder war eine Woche vorbei und die Wochen vergingen und wieder war ein Monat vorbei. So verging der Sommer. In den Ferien hatte sich Marie eine Woche an der Nordsee gegönnt. Sie hatte Annabell mitgenommen und gemeinsam verbrachten sie einen Urlaub auf einer deutschen Insel, als Alternative zu einer Kreuzfahrt, die man in diesen Virus-Zeiten nicht buchen konnte. Sie hatten eine wunderschöne Ferienwohnung mit Blick auf die Nordsee und eine Zeit erwischt, in der die Sonne den ganzen Tag hoch am Himmel stand. Sie mieteten sich einen Strandkorb und ihre Tage verbrachten sie darin und lasen. Sie hatte sich in der Sonne geräkelt, Menschen beobachtet und waren stundenlang am Strand spazieren gegangen. Und abends saßen sie auf der Strandpromenade draußen in Restaurants und haben gegessen. Marie hatte sich nicht lumpen lassen und sich und Annabell alles gegönnt, wonach ihnen der Sinn stand. Sie war so froh, dass ihre Tochter sie begleitete, denn sie wusste nicht, ob sie schon bereit war, allein einen Urlaub zu verbringen. Damit musste sie sich ernst noch beschäftigen. Sie lernte immer mehr, sich ihren Alltag so zu gestalten, dass er zu Gunsten ihrer Stärken aufgebaut war. Viel Arbeiten, oft verabreden. Sie vermied Dinge, von denen sie ahnte, dass sie ihr nicht guttaten und plante dementsprechend vor. So zum Beispiel ihren Sommerurlaub. Nachdem sie von der Nordsee zurück war, ging sie wieder arbeiten und beantragte einfach im nächsten Monat wieder eine Woche Urlaub, in der sie zu Hause blieb, sich aber jeden Tag etwas anderes vornahm. Sie musste alles vermeiden, was sie zu lange allein bleiben ließ und sie dadurch wieder in Untiefen der Nachdenklichkeit stürzte. Es gelang ihr tatsächlich von Woche zu Woche besser. Sie war nicht dumm oder naiv, um nicht zu wissen, dass Philip keine Beziehung suchte und, dass der Grund seines Vorhabens sie damals anzuschreiben und sie kennen lernen zu wollen ein anderer war, als sie zuerst gehofft hatte. Welcher auch immer es war. Sie hatte immer noch keine Ahnung. Es konnte sein, dass es aus ehrlichen Gesichtspunkten war, die zwar mehr, als das, was es jetzt war, nicht zulassen wollten, aber unter diesen Tatsachen aufrichtig. Vielleicht war er aber auch der rücksichtslose Badboy der seinen Berufsalltag durch seine Besuche bei ihr etwas abwechselungsreicher gestaltete und ohne Rücksicht auf Verluste seinem Vorteil folgend, seinen Weg ging. Sie hatte es auch nach einem Jahr immer noch nicht herausgefunden. Und an einem Tag glaubte sie das eine und am nächsten Tag glaubte sie das andere. In den Tagen in ihrem Urlaub, als sie im Strandkorb sitzend, plötzlich von ihrem Buch aufgeschaut hatte, in dem sie bereits Minuten vorher schon nicht mehr gelesen hatte, und auf die Nordsee hinausgeschaut hatte und dann in eine Gedankenstarre verfallen war, als sie die immer wiederkehrenden Wellen auf den Strand aufschlagen sah, war ihr eines ganz klar geworden: Sie hatte sich in Philip verliebt und das war leider das eigentlich Fatale an der ganzen Sache und es gab nur einen einzigen Weg: Sie musste sich entlieben! Es gab bisher wenige Momente, in denen sie sich überhaupt gestattete, sich einzugestehen, dass sie in Philip verliebt war, aber sie musste ehrlich zu sich selbst sein, sonst würde sie daran zerbrechen. Diese Erkenntnis hatten ihr das Meer und die Wellen in dieser Woche an der Nordsee geschenkt. Die Wellen, das Meer, der Sand und die Gezeiten, die seit so vielen Jahrtausenden unerschütterlich im Einklang verbunden sind. Die sie stumm in ihren Bann gezogen hatten und ihren Blick auf sich gezogen hatten, immer und immer wieder. Sie hatten Marie die Quintessenz vermittelt, dass man ehrlich zu sich selbst sein muss. Denn nur mit dem daraus erkannten Wissen kann man die richtigen Entscheidungen treffen. Und dann hatte Marie es tatsächlich am Ende der Woche geschafft, aufs Meer zu schauen und sich einzugestehen: Marie, du bist verliebt in Philip und das musst du ändern. Jedoch schaffte sie es nicht, auch den nächsten Schritt noch zu gehen, nämlich sich dann einzugestehen, dass er ihre Gefühle nicht erwiderte. Stattdessen wollte SIE ihre Gefühle verändern und versuchen nicht mehr zu lieben, sondern einfach nur zu leben. Und dazu gehörte auch Philip, weil es schön war, wenn sie mit ihm zusammen war. Sie wollte diese ganze Geschichte genauso sehen, wie er es vermeintlich tat. Mit Leichtigkeit und ohne Gefühle. Es schien der Trend zu sein, dass man einfach nur seinen Spaß hatte. Das war eine Mammutaufgabe, die sie sich, ohne, dass es ihr bewusst war, vorgenommen hatte. Jeden Tag arbeitete sie daran und schaffte es immer ein kleines bisschen besser und mehr. Sie schaffte es immer länger durchzuhalten Philip nicht anzuschreiben, um nicht mehr enttäuscht zu werden, wenn er nicht antwortete oder erst viel später antwortete oder eine Antwort schrieb, die Marie wieder sprachlos machte. Sie versuchte nicht mehr den ganzen Tag auf ein Zeichen von ihm zu warten und war, wenn der Abend kam, so enttäuscht und traurig, dass er sich nicht gemeldet hatte. Sie versuchte viel weniger zu erwarten und das half ihr. Einzig das alte Handy stand jeden Tag auf ihrem Tisch und zeigte ihr die Online-Aktivitäten eines Mannes, den sie so nah an sich herangelassen hatte. Der ihr gegenüber aber so verschwiegen war wie ein Grab. Und während der ganzen Wochen, in denen sie auf das Handy sah, und die wirklich wenigen Online-Phasen beobachtete, glaubte sie immer sicherer die Idee mit der Extra-Telefonnummer für besondere Kontakte. Für sie und alle anderen Frauen, mit denen er es gleichtat. Dann dachte sie wieder an das Profilbild, das sie am ersten Tag, als sie seine

Telefonnummer bekommen hatte, gesehen hatte. Es war damals nach einem Tag verschwunden gegen ein harmloses Adventsbild ausgetauscht, aber Marie erinnerte sich noch ganz genau, wie merkwürdig sie es gefunden hatte. Dieses Bild von einem Mann in einer Traube von Frauen, die ihm in einer Bar zuprosteten. Sie glaubte, sich erinnern zu können, dass es das erste Mal war, dass ihre Monsterbiester ihr Bauchgefühl aktiviert hatten. Dann glaubt man doch, man bildet sich etwas ein und es gelingt noch wunderbar zu verdrängen.

Aber für das Alles hatte sie nicht den geringsten Beweis.

Philip rief sie tatsächlich immer noch ab und zu an und jedes Mal, wenn Marie auf dem Display ihres Telefons, ob im Büro oder auf ihrem Handy, seinen Namen sah, schlug ihr das Herz bis zum Hals. Sie freute sich von einer Sekunde auf die andere, wie ein kleines Kind über eine lange ersehnte Überraschung, und wenn Philip die ersten Worte besprochen hatte, war sie beim Hören seiner Stimme schon dahin geschmolzen, wie Schokolade.

Die Gespräche waren lustig und manchmal erotisch. Aber auch über ernste Themen sprachen sie und wenn er im Auto unterwegs war und nicht durch andere, beruflich wichtige Anrufe gestört wurde, dauerten ihre Telefonate so lange an, bis er entweder beim nächsten Termin oder zuhause angekommen war.

Wenn sie auch nichts mit Sicherheit sagen konnte, was Philip betraf, so glaubte sie doch sagen zu können, dass die Telefonate zwischen ihnen ehrlich und gut waren.

****

Philip kam in den Wochen des Sommers ein paar Mal zu Marie. Wieder meldete er sich jeweils nur kurz vorher, dann tranken sie Cappuccino und endeten oft in ihrem Schlafzimmer. Manchmal ging er nach kurzer Zeit, wegen angeblicher Termine wieder, aber manchmal blieb er auch mehrere Stunden. Wenn sie miteinander Sex hatten, war es immer noch so aufregend wie am Anfang. Philip blieb immer mal wieder unbefriedigt, aber es schien ihn nicht zu stören und sie machten es nicht zum Gesprächsthema.

Jedoch veränderte sich bei Marie etwas.

Die ganzen Gedanken, die sie sich um diesen Mann und alles, was mit ihm zutun hatte, gemacht hatte, zeigten ihre Wirkungen. Und zwar dann, wenn es am Unangebrachtesten war. Dann, wenn sie mit ihm schlief und sie sich dabei gegenseitig in die Augen sahen. Dann sah sie die ganzen Fragezeichen. Dann sah sie die Ungereimtheiten und die, in ihrer Fantasie zusammengebrauten Eventualitäten. Und obwohl sie gerade das vermeintlich Schönste taten und Philip nach wie vor ein guter Liebhaber war, konnte Marie sich nicht mehr fallenlassen, so, wie beim ersten Mal als sie es tat.

Sobald Philip dann ihre Wohnung verlassen hatte und Marie ihm durch ihr Schlafzimmerfenster nachsah, wenn er in sein Auto stieg und davonfuhr, wurde ihr das in vollem Ausmaß bewusst.

Aber sie glaubte, dass sie vielleicht in ihrem nächsten Telefonat oder bei ihrem nächsten Zusammentreffen doch mal das eine oder andere Fragezeichen aufklären würden, und dann würde sie ihm wieder in die Augen sehen können und wieder nur Verlangen, Begehren und Verheißung spüren, wenn sie miteinander schliefen.

Zwischen Marie und ihren Töchtern wurde Philip immer seltener zum Thema. Marie war froh darüber, denn sie fühlte sich von Anfang an nicht wohl dabei, ihren Kindern von ihrem Liebhaber und von ihren Gefühlen zu erzählen. Laura, war sowieso nicht im Thema und Annabell war so feinfühlig, dass sie es nicht mit ansehen konnte, wenn es ihrer Mutter schlecht ging. Marie wusste das und versuchte ihr deshalb nichts zu erzählen. Allein, wenn ihre Tochter fragte, erzählte sie ihr den Stand der Dinge. Annabell machte keinen Hehl daraus, dass sie die ganze Sache und diesen Mann nicht guthieß und bat ihre Mutter bei jeder Gelegenheit auf sich aufzupassen und diesen Herrn in den Wind zu schießen. Marie versprach, dass sie auf ihr Bauchgefühl hören würde und vermied es, um weiteren Diskussionen aus dem Weg zu gehen, dass Annabell das alte Handy sah, wenn es auf dem Tischchen stand, und sie zu Besuch kam.

Fabian blüht über die Sommermonate richtig auf. Die „Ich habe da jemand kennen gelernt“ –Dame schien ihm gutzutun. Marie freute sich darüber, denn es hatte Zeiten gegeben, da war dieser große, attraktive Kerl nur noch ein Häufchen Elend und das Leid um seine gescheiterte Ehe und die Kinder waren ihm deutlich anzusehen gewesen. Marie hatte alles versucht um ihm zu helfen, war aber, allein aus räumlich getrennten Gründen und den Gründen der Geheimhaltung ihrer Freundschaft mit gewissen Vorzügen, an ihre Grenzen geraten. Allein von Telefonaten und gelegentlichen heimlichen Treffen, war eine umfassende Hilfe ausgeschlossen und in den Momenten, in denen er so einsam war, dass er keinen anderen Ausweg gewusst hatte, als seinen Frust mit Alkohol herunterzuspülen, war Marie natürlich nicht bei ihm. Aber das Wissen darum, hatte Marie sehr traurig gemacht, denn sie mochte Fabian sehr und sein Zustand war ihr alles andere als egal. Er blieb weiter mit ihr in Kontakt und gelegentliche Telefonate wurden zu einer unregelmäßigen Angewohnheit. Marie hätte es nicht gewagt, ihm zu gestehen, dass sie ihn insgeheim etwas vermisste. Wann immer sie zusammen gewesen waren, hatte es eine wunderbare Leichtigkeit und Ehrlichkeit, die Marie sehr genossen hatte, vor allem, weil sie sie lange nicht mehr erlebt hatte. Einmal sagte er während eines Telefonates plötzlich „Hey, Kleine, ich vermisse dich. Treffen wir uns jetzt eigentlich gar nicht mehr?“ Marie war erstaunt über diese Frage, fühlte sie aber genauso und hatte sie sich selbst schon einige Male gestellt.

„Das wäre nicht richtig." gab sie daher sachlich zurück. „Aber ich bin doch mit Susan noch gar nicht so richtig fest zusammen. Dann ist es doch vielleicht noch erlaubt." Marie musste die Antwort darauf nicht aussprechen. Sie kannten sie beide und mussten darüber schmunzeln. „Okey" sagte er deshalb resigniert und es entstand eine bedeutungsschwangere Pause. „Pass mal auf", begann sie dann einfühlsam „ich überlasse die Entscheidung dir. Ich werde dich nicht unter Druck setzten und dich bitten zu mir zu kommen, aber wenn du es möchtest und glaubst, es wäre noch richtig, dann möchte ich es auch, weil ich dich nämlich auch vermisse." Darauf war es ein paar Sekunden still in der Leitung und dann sagte er „Danke, meine kleine Marie. Du bist ein großartiger Schatz." Und Marie antwortete „Danke, mein großer Fabian, du bist auch ein großartiger Schatz." Dann verabschiedeten sie sich, weil es nach diesen, zutiefst ehrlichen Sätzen nichts mehr gab, was dem in diesem Moment folgen sollte.

Sie traf sich mit Fabian zwei Mal in den Sommerwochen. Einmal hatte sie ihn angerufen und ihn um Hilfe gebeten bei einer handwerklichen Sache, die sie allein nicht konnte. Er repariert und erzählte ihr von Susan. Von allem Positiven, aber auch von den wenigen negativen Dingen. Er brachte sie auf den neusten Stand der Trennung und berichtete über das Befinden der Kinder. Und Marie hatte ihm von Philip erzählt. Sie merkte dabei, dass er genauso still wurde, wie sie vor ein paar Wochen als er gesagt hatte: Ich habe da jemand kennen gelernt. Komisch, dachte sie, aber dass es ihr aufgefallen war, ließ sie ihn nicht wissen. Auch, weil sie nicht wusste, ob er es zugegeben hätte, dass dieser Satz aus ihrem Mund auch irgendetwas mit ihm machte. Er fragte ein paar Dinge zu Philip und Marie erzählte ihm von „ein paar wenigen Ungereimtheiten“, die sie noch herausfinden müsse. Noch während sie ihm das sagte, hatte sie ein schlechtes Gewissen und fühlte sich mies, weil sie so feige war, ihm nicht die ganze Wahrheit zu sagen und damit befürchten musste, dass er daraufhin dasselbe sagen würde wie Annabell. Deshalb beendete sie das Thema schnell wieder. Dann sahen sie sich lange an und dabei gab er ihr stumm zu verstehen, dass er sie wollte. Die Entscheidung lag bei ihm ...

Und dann taten sie es.

Fast so war es ein paar Wochen später noch einmal, allerdings mit dem Unterschied, dass Marie keine Hilfe anforderte. Fabian rief Marie an und während sie miteinander telefonierten, wussten sie schon, dass sie sich später treffen wollten und warum. Beide gestanden, dass es nicht richtig wäre, aber keiner von ihnen konnte scheinbar zu diesem Zeitpunkt darauf verzichten. Später, als Fabian schon gegangen war, musste Marie sich insgeheim eingestehen, dass sie noch darüber nachdenken musste, was sie an dem Zusammensein mit Fabian mehr brauchte, den eigentlichen Sex oder das Vertraute, Ehrliche und Beständige. Denn damit fühlte sie sich so behütet und geborgen, wie sie es schon lange nicht mehr gehabt hatte. Weder in der letzten gemeinsamen Zeit mit ihrem Ex, und schon gar nicht mit Philip. Diese Erkenntnis hatte er ihr nach ein paar Wochen schon still gegeben. Die Wichtigkeit dieser essenziellen Eigenschaften wurde ihr zutiefst deutlich bewusst, da sie sie so lange Zeit schon schmerzlich vermisste. Was ist schon nur guter Sex gegen andauerndes Vertrauen, Ehrlichkeit und Beständigkeit?

NICHTS!

FÜNFUNDZWANZIG

Mittlerweile war es Mitte September geworden. Der Sommer bescherte die letzten schönen warmen Tage und der Herbst kam mit großen Schritten. Das merkte man besonders daran, dass es abends schon wieder früher dunkel wurde und morgens das Gras nass war, obwohl es gar nicht geregnet hatte. Marie war in den letzten Wochen fleißig gewesen. Hatte, nachdem Laura auch die restlichen Möbel aus ihrer alten Wohnung geholt hatte, alles nach ihren Vorstellungen renoviert. In dem Ausmaß, wie man es für eine angemietete Wohnung tat. Obwohl die Verlegung eines Echtholzfußbodens im Wohnzimmer und Schlafzimmer vielleicht schon eine Spur zu großzügig unter diesen Aspekten war. Die Tatsache, dass diese Böden in Maries Betrieb vertrieben wurden und sie dadurch einen guten Preis dafür bekam, half bei ihrer Entscheidung dazu. Und die Möglichkeit ihn selbst verlegen zu können, brachte den endgültigen Entschluss. Sie brauchte ab und zu eine handwerkliche Herausforderung. So ein „Mach-Dein-Ding"-Projekt. Und mit Laura an ihrer Seite, die mit allen handwerklichen Eigenschaften, die sie höchstwahrscheinlich von ihrem Vater geerbt hatte, ausgestattet war, war so ein Projekt umsetzbar. Wenn Marie abends auf ihrem neuen Sofa saß und sich umsah, war sie rundum zufrieden. Man muss es sich zuhause schön machen und sich nicht mit schlechten Kompromissen zufriedengaben. Das war ihre Einstellung und Marie hatte die Fantasie, die Möglichkeiten und die finanziellen Mittel dazu. Also tat sie es. Sie konnte alle Entscheidungen selbst treffen und musste sich nicht mit einem Partner auseinandersetzten, der sich z.B. bei ihrem Wunsch, eine dreißig Jahre alte Buchenvertäfelung auszutauschen zu wollen gegen etwas moderneres, querstellte und meinte, die Vertäfelung wäre doch noch gut und dafür müsse kein Geld ausgegeben werden. Diese Situation hatte es tatsächlich gegeben. Als Marie daran zurückdachte, musste sie sich schütteln. Sie hätte es viel früher bemerken müssen, dass ihr Ex in dieser Hinsicht eine völlig andere Vorstellung hatte wie sie. Bei der Renovierung der angemieteten Doppelhaushälfte, war ihr das ganze Ausmaß der Gegensätze bewusst geworden. Sie hätte zu dem Zeitpunkt schon die Reißleine ziehen müssen. Stattdessen glaubte sie, wenn sie eingezogen wären, gäbe es keine Reibungspunkte über Renovierungen mehr und es würde schon gut gehen. Aber dem war nicht so. Die unterschiedlichen Prioritäten blieben und verdichteten sich weiter, auch auf anderen Ebenen des Zusammenlebens. Ihre Entscheidung, ihn dann irgendwann zu verlassen und zu gehen, war die richtige gewesen. Nur noch ganz selten dachte sie an ihn zurück, nur in solchen Momenten wie diesen, in denen sie sich so zufrieden freute über ihren neuen Fußboden. Jedoch nur, um sich am Ende zu bestätigen, dass alles so richtig war, wie es war. Eine Freundin hatte ihr vor ein paar Tagen erzählt, dass ihr Ex heiraten würde. Ein Jahr nach ihrer Trennung. Sechzehn Jahre, mit einigen kleinen Unterbrechungen, waren sie ein Paar gewesen.

Marie kannte die Frau. Flüchtig. Sie kam aus einem Nachbarort. Außer dem Gedanken „Das geht ja schnell", viel ihr dazu nichts weiter ein. Sie würde nicht an ihrer Stelle sein wollen. Drei Mal hatte ihr Ex ihr einen Heiratsantrag gemacht. Sie hatte ihn nie richtig abgelehnt, aber auch nie richtig angenommen. Marie hatte einfach auf ihr Bauchgefühl gehört, das sie immer irgendwie gewarnt hatte. Jetzt hatte er eine andere geheiratet. Sie vermisste ihn nicht.

Sie wollte so einen Mann wie Philip.

Warum musste sie sich eigentlich immer Männer aussuchen, mit denen es nicht funktionierte. Erst eine gescheiterte Ehe mit dem Vater ihrer Töchter. Wobei, diese Verbindung bei Marie einen besonderen Stellenwert hatte und für immer behalten würde.

Dann die vielen Jahre mit ihrem Ex, der sich immer mehr zu einem unselbständigen, einfallslosen, Mitstromschwimmer entwickelte und ihr vorgeworfen hatte, dass sie sich mit rein gar nichts zufriedengeben würde. Hierbei musste man jedoch feststellen, dass es sich bei dieser Aussage um Erneuerung von Buchenvertäfelungen, Kauf von gutem, hochwertigen Grillfleisch gegenüber der abgepackten Billigware aus dem Discounter, oder um die Anmietung einer Ferienwohnung für einen gemeinsamen Urlaub, die ihrer Meinung nach, mindestens in etwa denselben Standard haben sollte, wie man zuhause wohnt, gehandelt hatte.

Dann Fabian. Der große bärtige Sunnyboy, mit dem Herz am rechten Fleck. Einer, dem die Frauen hinterherlaufen. Aber ohne Perspektive, obwohl sie sich so gut verstanden. Einfach zu jung.

Und dann kam Philip.

Vier Männer. In über dreißig Jahren Lebenszeit.

Einen anderen gab es nicht. Obwohl der eine oder andere Mann Marie signalisierte, dass er sie mochte und auf eine Chance bei ihr wartete.

Aber Sie wollte nicht.

Sie konnte nicht.

****

Den ganzen Vormittag hatte Marie voller Konzentration in dieser Besprechung verbracht, in der es um neue Einstellungen und Updates des Warenwirtschaftssystems ging. Es war anstrengend, den Fachkräften der IT zuzuhören, Zusammenhänge zu begreifen und sie auf den heimischen Betriebsablauf zu kopieren und deren Veränderungen zuzustimmen oder auch nicht. Es war kurz vor dreizehn Uhr. Sie hatte das Meeting kurz verlassen, um zur Toilette zu gehen. Dann ging sie auf einen Abstecher in ihrem Büro vorbei, um einen Schluck Wasser zu trinken und sich einen neuen Kaugummi zu holen. Auf ihrem Schreibtisch sah es aus, als hätte eine Bombe eingeschlagen. Die Anrufliste ihres Telefons war lang stellte sie fest, als sie auf das Display sah. „Marie, da bist du ja. Bitte kannst du mir kurz helfen?“, kam ein Kollege durch ihre Bürotür. „Hm, eigentlich bin ich in einer Besprechung und nur auf einen Schluck Wasser hier, aber was kann ich für dich tun? Wenn es nicht zu lange dauert, helfe ich natürlich gerne.“

Der Kollege erklärte, was sie für ihn tun konnte und da es sich um keine große Sache handelte, half Marie ihm schnell. Dann stand sie von ihrem Bürostuhl auf und machte sich wieder auf den Weg zum Besprechungsraum. Im Weggehen berührte sie kurz den Bildschirm ihres Handys, das sie auf ihrem Schreibtisch liegengelassen hatte. Sie hasste es, wenn in einem Meeting die Teilnehmer andauernd auf ihr Smartphone schauten. Es gab einige Mitteilungen auf dem Display und gerade, als sie es schon wieder hinlegen wollte, nahm sie eine WhatsApp-Mitteilung wahr. Sie hielt inne und schaute genauer hin. Eine Nachricht von Philip. Für ein paar Sekunden bliebt sie reglos stehen und starrte auf den Bildschirm.

Dann entschied sie sich, die Nachricht später zu lesen und legte das Telefon wieder auf ihren Schreibtisch zurück. Sie war schon viel zu lange der Besprechung ferngeblieben und musste zurück. Auf dem Weg dorthin merkte sie, wie heftig ihr Herz schlug und die Schmetterlinge in ihrem Bauch waren ja auch wieder da. Wie lange hatte sie die eigentlich schon nicht mehr gespürt? Wie lange hatte sie von Philip eigentlich nichts mehr gehört? Vor über einer Woche hatten sie sich mal kurz über einen Film ausgetauscht. Eine Nachricht von ihm und zwei von ihr. Die zweite, in der sie ihm eine Frage gestellt hatte, wurde nicht mehr beantwortet. Als sie sich wieder an den Konferenztisch setzte, atmete sie einmal tief durch. Sie hatte bis zum Ende des Meetings eine süße Überraschung, die auf sie wartete.

„Hallo. Hast du Zeit für einen Kaffee? Ich wäre nachmittags eventuell in der Nähe." Die Nachricht war über zwei Stunden alt. Marie nahm kurzerhand den Hörer ihres Bürotelefons und wählte seine Nummer. Jedoch ohne Erfolg. Sie hörte das Freizeichen, aber er nahm weder ab, noch sprang die Mailbox an, daher schrieb sie eine Nachricht „Sorry. War in einer Besprechung. Kaffee gern. Ich könnte ab Sechszehn Uhr zuhause sein."

Jetzt musste sie aber erstmal das Chaos auf ihrem Schreibtisch beseitigen. Ihre Anrufliste abarbeiten und Emails beantworten. Während sie das mit bester Laune tat, hielt sie irgendwann kurz inne. < *warum habe ich keine Sekunde in Erwägung gezogen, ihm abzusagen. Er lässt meine Fragen und Nachrichten unbeantwortet, meldete sich nur nach seinem Belieben und dann stehe ich bei erster Gelegenheit wieder bei Fuß?* >

Das war doch wieder so eine Intrige ihrer Monsterbiester, die diesen Einwand ganz unauffällig in ihr hochgeschoben, war sie sich sicher.

< Bitte nicht jetzt. Nicht heute. Ich werde darüber nachdenken. Versprochen. Beim nächsten Mal. Heute möchte ich mich einfach freuen ihn wiederzusehen! >

Es dauerte ungefähr eine halbe Stunde, da vibrierte es auf ihrem Schreibtisch. Philip hatte eine Nachricht gesandt. Marie beendete das Telefonat, das sie gerade führte und öffnete danach die Nachricht. Ein Wort: „Passt“

Dafür hätte sie ihm eine Ohrfeige verpassen können. Meine Güte, konnte er nicht etwas mehr schreiben. Vielleicht auch, dass er sich freute? Und gleich darauf entschuldigte sie ihn bereits wieder, indem sie feststellte, dass man beim Autofahren ja keine Nachrichten schreiben sollte. Ihre Monsterbiester ließen bei diesen Inschutznahmen resigniert und stumm die Köpfe hängen und verdrehten die Augen. Eine Armee aus Monsterbiestern, die die Aufgabe hatten, sie zu beschützen, sprach aus einem Munde im Chor: IHR IST NICHT ZU HELFEN!

Als Marie um kurz nach vier in ihre Straße einbog, sah sie schon Philips Wagen an der Straße neben ihrem Haus stehen. Er saß noch hinter dem Steuer und telefonierte über die Freisprechanlage, das sah sie, weil er seinen Mund bewegte und gestikulierte. Als sie in die Parkbucht fuhr, winkte er ihr kurz zu. Sie nahm ihre Handtasche vom Beifahrersitz und verließ das Auto. Gab ihm kurz ein Handzeichen, dass sie sah, dass er telefonierte und dass sie schon vorgehen würde. Er nickte. Dann ging sie den Fußweg entlang, der zur Haustür führte. Sie hatte gerade die Tür geöffnet, da hörte sie ihn schon hinter sich kommen. „Hallo, da bin ich schon“, grüßte er. Dabei drehte sie sich zu ihm um, hauchte „Hallo“ und dann nahmen sie sich kurz zur Begrüßung in den Arm. Wie jedes Mal, wenn sie ihn sah, war sie auch jetzt auf der Stelle gefesselt von seinem Anblick. Sein Lachen war wunderbar, seine Haut noch gebräunt von der Sommersonne und sein Aftersafe gepaart mit seinem eigenen Duft bewirkte, dass sich sofort ein Ziehen in ihrer Mitte breitmachte, als sie ihm bei ihrer Umarmung so nah kam, dass sich ihre Wangen berührten. Seine Begrüßungsworte hauchte er ihr dabei ins Ohr und durch seine dunkle Stimme und die sachte Vibration nah an ihrer Haut, entflammte sofort der Wunsch, diesen Mund zu berühren und zu küssen. Die Vorfreude darauf war plötzlich riesig. Er war wieder perfekt gekleidet. Trug ein dunkelblaues Oberhemd zu einer grauen, verwaschenen Jeans. Dieses Hemd kannte Marie bereits. Sie wusste, dass es aus einem hochwertigen, elastischen Stoff war und erinnerte sich, wie es sich anfühlte. Während sie die Treppen zu ihrer Wohnung hinauf ging, dachte sie daran, wie sie ihm dieses Hemd schon einmal aufgeknöpft hatte. Sie spürte bereits jetzt den weichen Stoff zwischen ihren Fingern. „Und sonst?“, hörte sie ihn hinter sich fragen und damit riss er sie aus ihren süßen Gedanken. „Ja, läuft. Und bei dir?“, gab sie zurück, denn ihr fiel gerade nichts Besseres ein. Sie wusste aber, dass er nur einen Anstoß gesucht hatte, um ein Gespräch zu beginnen damit der kurze Weg nach oben, durch das Treppenhaus, nicht schweigend war. Marie öffnete ihre

Wohnungstür und trat ein, Philip folgte ihr und schloss die Tür. Dann standen sie sich gegenüber und sahen sich ein paar Sekunden stumm an. Marie fokussierte seinen Mund und musste dem Drang nachgeben ihn zu küssen. Noch bevor sie ihre Handtasche abgesetzt und ihr Schlüsselbund abgelegt hatte, fielen sie übereinander her und küssten sich stürmisch. „Es ist schön dich zu sehen“, flüsterte sie in seinen Mund, ohne dass sie dabei aufhörte, und statt einer Antwort hörte sie von ihm nur ein tiefes, wohliges Brummen. Aber es sollte wohl so viel heißen, wie ... das finde ich auch.

„Möchtest du einen Kaffee?“, fragte sie dann irgendwann und er erwiderte „Oh ja, gerne. Aber zuerst muss ich mal eben dein Bad aufsuchen“.

Und damit verschwand er schon, lehnte aber die Badezimmertür nur an. Während Marie ihren Kaffeeautomaten einschaltete und Tassen aus ihrem Küchenschrank holte, hörte sie wie er mit ihr redete „Ich hoffe, ich habe dich jetzt nicht all zu sehr überfallen. Aber wenn es nicht gepasst hätte, hättest du ja nicht zusagen müssen.“ „Ja, ja genau.“, entgegnete sie halbherzig, aber ihre Worte wurden mit dem Geräusch der Toilettenspülung weggeschluckt. Dann hörte sie noch das Wasser im Handwaschbecken laufen und dann war es still. Plötzlich stand er lautlos hinter ihr und nahm sie in seine Arme. Er vergrub seine Nase in ihrem Haar und atmete tief ihren Duft ein. Der heiße Milchschaum wurde gerade mit einem lauten Zischen in die Tasse gepresst und unmittelbar danach duftete es nach frischem Kaffee. Bis der Kaffeeautomat seine Arbeit erledigt hatte, standen sie still aneinandergepresst da. Es vergingen vielleicht sieben oder acht Sekunden. Marie glaubte plötzlich von weit weg Stimmen zu hören und in der nächsten Sekunde wusste sie, dass es der Chor ihrer Monsterbiester war, der immerzu rief:

< *Marie, Marie, Marie!!!* > so, als würde eine Mutter ihr Kind ermahnen, wenn sie es erwischte, wie es etwas Verbotenes tat.

Ruckartig befreite sie sich aus der Umarmung und gab Philip die gefüllte Tasse, um für sie selbst auch einen Kaffee zuzubereiten. Dann nahmen sie gegenüber an ihrem Esstisch platz und Marie begann ein Gespräch, in dem sie fragte, wie sein Tag gewesen wäre, was es Neues gäbe und was seine Kinder machten, denn von denen hatte er erstaunlicher Weise immer mal wieder etwas erzählt. Es war wie immer. Ungezwungen, lustig und mit einem schier niemals endenden Gesprächstoff. Es gab kein Schweigen und keine Redepausen. Es war schön. Nach dem ersten Kaffee tranken beide einen weiteren und dann musste Marie das Bad aufsuchen. Als sie wieder kam, hatte er bereits den Tisch abgeräumt, stand vor dem Fenster und schaute hinaus. Dann drehte er sich um und kam ihr entgegen, fasste sie an der Hand und nahm sie in seine Arme. Marie wusste was jetzt passieren würde. Sie wollte es so sehr. Sie verzehrte sich nach ihm und gleichzeitig erinnerte sie sich an die Stimmen, die sie eben noch ermahnt hatten und an alle ihre

Gedanken, die sie seit Monaten hatte. Sie müsste nur „Stopp, wir müssen erstmal war klären“, sagen und ihn bitten, ihr ein paar Fragen zu beantworten, die sie so beschäftigten. Da wäre doch nichts dabei, das wäre doch kein Problem. Doch in diesem Moment hörte sie Philips Stimme an ihrem Hals der „Oh Marie, willst du mich? Komm lass uns ins Schlafzimmer gehen“, raunte er und dabei ließ er langsam seine Hand über ihre Brust bis hinunter zwischen ihre Beine gleiten. Ihre eben noch aufgekommenen Zweifel, waren in diesem Augenblick seiner Berührung zu Nichte gemacht. Einfach neutralisiert, als hätte sie sie nie vorgebracht. Sie glaubte, ganz leise und für den Bruchteil einer Sekunde, eine andere, neue Stimme vernommen zu haben die ihr zurief: Zögere nicht! Hab Spaß! Deine Fragen kannst du später irgendwann klären. Mit dieser stummen Aufforderung nahm sie seine Hand und sagte entschlossen „Komm!“ Philip zog sie sofort an sich und küsste sie stürmisch und während er das tat, streifte er sich umständlich mit einem Fuß den jeweils anderen Schuh ab und verlor dabei zwei oder drei Mal das Gleichgewicht. Marie hatte die ersten Knöpfe seines Oberhemdes aufgemacht und legte das weiße T-Shirt darunter frei. Als sie es ihm ausgezogen hatte, versuchte sie es mit der ausgestreckten Hand an die Drückergarnitur der Schlafzimmertür zu hängen. Sie hatte sich gemerkt, dass Philip es genau so gemacht hatte, als er sich selbst bei den letzten Treffen das Hemd ausgezogen hatte. Natürlich war er so!

Er ließ sein sorgfältig gebügeltes Business-Hemd niemals achtlos auf den Boden fallen. Schon gar nicht, wenn er später noch Termine hätte. Genau diese Dinge gefielen Marie an ihm. Sie hatte den Eindruck, er registrierte es wohlwollend, dass sie es ihm nachmachte, sagte dazu aber nichts. Stattdessen erhöhte er den Druck seiner Küsse so, dass ihre Lippen schmerzten, und wuschelte ihr mit beiden Händen durch die langen Haare. Marie zog ihm in unfassbarer Geschwindigkeit das Shirt über den Kopf. Ihren Kuss mussten sie dabei nur für den Bruchteil einer Sekunde unterbrechen, dann fuhren sie fort. Philip stand jetzt mit nacktem Oberkörper vor ihr. Ganz kurz nahm sie die Unterschiede zu Fabians Oberkörper wahr. Die fehlende Brustbehaarung. Die Größe. Wenn sie Fabian gegenüberstand, waren ihre Augen genau auf seine Brust gerichtet. Jetzt sah sie ihrem Gegenüber fast direkt in die Augen. Aber es gab ihrerseits keinerlei Wertung darüber. Fabian war Fabian und Philip war Philip. Marie entledigte sich ihres Blazers, den sie dann so gut es ging, ordentlich hinter Philip auf den kleinen Hocker warf und während sie das tat, öffnete er schon mit einer Hand unter ihrem T-Shirt den BH. Dann zog er mit einem Griff alles, was er zu fassen bekam, über ihren Kopf und ließ es unbemerkt neben sich auf den Boden fallen. Seine Hände griffen nach ihren Brüsten und dann liebkoste er sie mit dem Mund. Marie legte dabei ihre Hände an seinen Kopf und verwuselte seine kurzen braunen Haare. Und als sie auf ihn hinuntersah, äußerte sie den stummen Wunsch, sie möge sich ihm gleich ohne Gedanken hingeben können und nicht wieder eingeholt werden von abertausend Fragezeichen, die sich um Philip aufgetan hatten. Während sie sich langsam ihrem Bett näherten, versuchte sie die Knöpfe seiner Jeans zu öffnen. Es ging aber nicht schnell genug und da auch Marie noch ihre Hosen anhatte, ließen sie voneinander ab und befreite sich selbst ihrer restlichen Kleidung. Im nächsten Moment lagen sie auf ihrer Bettdecke. Philip lag auf Marie und sah ihr mit stählernem Blick direkt in ihre Augen. Dieser Blick war so durchdringend und intensiv, dass sie sich nicht sicher war, wie sie ihn deuten sollte. War das Verlangen? Begehren? Besitzen? Fast war es unheimlich, aber sie hielt ihm Stand und hob dann ihren Kopf, um nach weiteren Küssen zu verlangen. Sie bekam sie sofort und als ob er in ihren Augen, ihren Wunsch ihn in sich spüren zu wollen, gelesen hätte, senkte er sich auf sie ab und drang vollends in sie hinein. Marie konnte nicht verhindern, dass sie wegen dieser Intensität stöhnend aufschrie und auch Philip entfuhr ein tiefes, langes und sattes Stöhnen. „Gefällt dir das?“, hauchte er und sah ihr dabei weiterhin in die Augen und auf ihren Mund. „Ja! Bitte mach weiter!“, war alles, was sie fast unhörbar von sich geben konnte. Und als er in der folgenden Stunde ihrer Bitte nachkam, bescherte er ihr feuerwerksartige Höhepunkte. Philip genoss es zu sehen, was er im Stande war, anzurichten. Was er jedoch nicht wusste, war die Tatsache, dass Marie einige Male in dieser Stunde die aufkommenden Fragezeichen und Zweifel durch gute Gedanken erdrücken und dafür sorgen musste, dass sie nicht die Überhand gewannen. Denn dann hätte sie sich nicht mehr fallen lassen können, hätte sie Philips Berührungen nicht mehr genießen können und wer weiß, ob er es überhaupt geschafft hätte, sie zu einem Höhepunkt zu bringen. Wenn man jung ist, glaubt man Sex wäre eine einfache Sache. Die Erfahrung und das Alter lehren aber, das guter Sex zu einem großen Teil mit dem Kopf zu tun hat. Mit Gedanken, mit Verbindungen und mit Vertrauen. All das macht Sex aus. Nicht das Rein und Raus.

„Ich kann nicht mehr.“, Marie ließ sich erschöpft, mit ausgebreiteten Armen in die Kissen fallen. „Wow, das war mega.“ Er legte sich neben sie, überkreuzte seine Beine und schloss die Augen.

Seine rechte Hand berührte Maries Ellenbogen, der zufällig neben ihm lag. Mit seinem Zeigefinger strich er sachte ein paar Mal auf und ab. Mehr berührten sie sich nicht. < *liegt man sich nicht eigentlich danach in den Armen und küsst sich zärtlich?* > fragte sich Marie und dabei fiel ihr auf, dass sie das mit Philip noch nie getan hatte. Und dann dachte sie an Fabian. Und obwohl es zwischen ihnen so vertraut war, hatten sie es auch nicht so richtig getan, und wenn, dann nur ganz kurz. Sie schüttelte sich schnell, um diese Gedanken loszuwerden. < *ich bin aber auch eine undankbare, hoffnungslose Romantikerin. Wahrscheinlich macht man das gar nicht mehr heute* > suchte sie die Schuld bei sich. „Geht es dir gut?“, fragte Philip, weil er ihr Zucken gespürt hatte. „Ja, ich hatte nur gerade eine Gänsehaut, weil mich kalt ist“, log sie. Er fingerte nach der Bettdecke, auf der sie zur

Hälfte lagen, zog sie hervor und bedeckte Marie damit. Sich selbst ließ er unbedeckt. „Was sagt eigentlich die Uhr?“, fragte er dann und dreht seinen Kopf in Richtung Nachtkonsole, auf der Maries Wecker stand. „Oh, kurz vor sieben schon.“ Marie seufzte laut, denn sie ahnte, dass er bald gehen würde. Wie sehr sie sich danach sehnte, mal wieder in Männerarmen einzuschlafen, wurde ihr gerade mit voller Wucht schmerzlich bewusst. Irgendwann hatte sie mal gedacht, es würden Philips Arme sein, aber darauf hoffe sie nicht mehr. Sie wollte nicht traurig werden. Nicht jetzt. „Soll ich dich noch ein bisschen krabbeln?“, fragte sie deshalb schnell und war froh, dass er antwortete „Oh gerne, aber nur noch ein paar Minuten. Ich muss echt bald los.“ Dann drehte sie sich auf die Seite und ließ ihre Fingernägel mit genau dem richtigen Druck, den Philip so mochte über seine Beine, seinen Rücken und seine Arme kratzen. Er gab genüssliche Laute von sich, die Maries Gedanken von eben erst besänftigten und dann ganz vertrieben. „Erzähl mir was Schönes!“, forderte sie ihn dann noch auf, damit das Schweigen nicht Überhand nahm und sie wieder von Gedanken eingenommen wurde, die sie nicht wollte. „Das Gras ist schön grün, die Sonne scheint hell, die Vögel zwitschern so laut, die Blumen blühen bunt…“, fing er an, doch Marie stoppt ihn sofort „Sowas nicht, du Doofmann! Ich meinte etwas Schönes.“ Warum war er nur immer so ein ungehobelter Macho? „Aber das ist doch was Schönes, wenn die Sonne scheint und die Blumen blühen. Etwas anderes weiß ich nicht.“ Marie gab es auf. Sie machte stumm weiter und fragte sich dabei, was sie denn eigentlich hören wollte, und konnte sich darauf selbst keine Antwort geben. Dann fiel ihr ein, dass sie doch genau wusste, dass Männer solche Fragen wie ‚an was denkst du gerade' oder solche Aufforderungen, wie sie sie gerade ausgesprochen hatte, überhaupt nicht mögen. Das sind romantische Frauenwünsche, bei denen aber höchst deutlich wird, wo die Unterschiede der Geschlechter liegen, und sie bleiben in der Regel, bis auf wenige Ausnahmen, unerfüllt oder schlecht erfüllt, weil die Herren gar nicht wissen, was die Frauen eigentlich wirklich hören wollen. Etwas Schönes können ja auch in Männeraugen ein Motorrad, ein Fußballverein, die Erzählung über eine Sauftour mit Freunden oder die Sehnsucht nach einem Auto mit viel PS sein. Aber das wollen Frauen in solchen Momenten nicht hören. Schon gar nicht, wenn es gerade nach dem Sex ist. Dann wünscht man sich etwas Süßes, romantisches und liebenswertes. < *wie konnte ich nur darauf kommen, dass Philip mir genau so etwas sagen würde?* > dachte Marie und verwarf mit einem angedeuteten Kopfschütteln sämtliche Gedanken an ihre zuvor ausgesprochene Bitte. Philip hatte diese Situation wahrscheinlich überhaupt nicht wahrgenommen und seine Antwort über Blumen, Gras und Sonne als einen seiner Scherze abgetan. Warum Marie weiter nichts dazu gesagt hatte, hatte er wohl entweder als Zustimmung für seinen guten Witz gedeutet, oder er wusste sehr genau, was sie hören wollte, und tat einen Teufel ihrer Aufforderung nachzukommen. Mögliche Gründe dafür gäbe es genug. Er gab auf jeden Fall Laute von sich, die offensichtlich auf den Genuss von Maries Massagen und Streicheinheiten zurückzuführen waren und nach noch ein paar tiefen Seufzern drehte er sich plötzlich um, packte sie in seine Arme, drückte sie fest und gab ihr einen kurzen Kuss. „So, jetzt ist es aber Zeit. Vielen Dank!“ Dann ließ er sie wieder frei und schwang sich aus dem Bett. Marie beobachtete, wie er seine Kleidungsstücke vom Fußboden aufsammelte und ins Bad ging. Sie selbst blieb noch einen Moment liegen. Gleich würde er gehen und sie wusste nicht, wann er wieder kam. Ob er überhaupt wieder kam. < *wäre jetzt die passende Gelegenheit ihn ein paar Dinge zu fragen?* > Frauen glauben ja, dass die beste Gelegenheit, Männer um etwas zu bitten, oder ihnen etwas zu sagen, oder über etwas mit ihnen zu reden, nach dem Sex wäre. Weil sie meinen, dass sie dann besonders emotional und feinfühlig sind und ihnen in einem solchen Moment nichts abschlagen können, oder man in dieser Stimmung ehrlich über etwas reden könnte. Frauen sind so, aber Männer nicht. Marie wusste das und deshalb verwarf sie ihren Gedanken ihm eine oder mehrere ihrer Fragen zu stellen. Und tief in ihr, musste sie sich eingestehen, dass der einzig wichtige Grund dafür war, dass sie wahrscheinlich von ihm die Wahrheit über Alles gesagt bekommen würde, die sie aber gar nicht hören wollte. Stumm stand sie auf und suchte ihren Slip und ihr T-Shirt. Zog beides an und sah sich dabei im Spiegel ihrer Kleiderschranktür. Ihre Haare waren zerzaust und ihr Makeup, außer ein paar Mascara-Reste, da, wo sie nicht sein sollten, fast nicht mehr vorhanden. Sie versuchte Haare und die schwarzen Verwischungen mit den Fingen notdürftig zu richten und als Philip, angezogen bis auf Schuhe und Oberhemd, wieder durch die Tür kam sagte sie „Ich sehe ja aus, wie durchgenudelt!“ „Bist du ja auch.“, kam prompt seine kurze, trockene Antwort. Während sie an ihm vorbei ging, boxte sie ihm dafür kurz auf seinen Oberarm „Hey!“

„Ja was, stimmt doch, oder?“, wehrte er sich und gab ihr einen leichten Klaps auf den Po. Sie würde sich gleich frischen machen, wenn er weg wäre, deshalb kämmte sie sich nur schnell die Haare notdürftig, denn Philip stand schon fast fertig im Flur und knöpfte sich das Hemd zu. Marie hasste den Moment, der gleich kam. Sie wollte mehr. „So Schnucki... Hab ich alles?... Das war schön. Wir sehen uns.“ Ein flüchtiger Kuss. Die geöffnete Tür. „Ja, wir sehen uns...“, war alles, was sie sagen konnte. Sie wollte mehr. Dann ein letzter Blick, als er die Treppe zur Etage darunter nahm „Bis denne...“, hörte sie noch und dann war er aus ihrem Blickfeld verschwunden. „Ich möchte mehr“, flüsterte sie ganz leise und wiederholte diesen Wunsch so oft, bis sie die Haustür unten ins Schloss fallen hörte. Es war schon zu einer Angewohnheit geworden, ihm zuzusehen, wie er den Bürgersteig entlang zu seinem Auto ging und einstieg. So machte sie es auch jetzt. Sie stand da und sah ihn wegfahren. < *Ich möchte mehr! Ich möchte mehr von Dir!* >

Es war zwar noch nicht später Abend, aber Marie war geschafft vom Tag. Nachdem sie geduscht hatte, entschied sie sich schlafen zu gehen. Sie war müde und leer. Auf dem Kopfkissen suchte sie nach Philips Geruch, aber sie konnte ihn nicht finden. Wohl auch, weil sie selbst nach frisch geduscht und Haarshampoo roch.

< ich will mehr >

< aber ich will die Wahrheit nicht hören >

< ich will mehr >

< aber dann erfahre ich die Wahrheit, die ich nicht hören will >

< ich will mehr von Dir >

Irgendwann schlief sie ein.

SECHSUNDZWANZIG

So lange hatten sie schon nicht mehr einen gemeinsamen Abend verbracht, sich die neuesten Neuigkeiten erzählt, sich die teuren Shoppingsünden gestanden und über die Männer gelästert. Marie traf sich mit ihren Freundinnen Sabine und Petra spontan zu einem Mädelsabend. Das übliche Treffen in einer Kneipe oder Bar wurde kurzerhand wegen der Coronabestimmungen in Sabines Wohnzimmer verlegt. Ihr Mann hatte Dienst und deshalb hatten sie kurzerhand beschlossen, die sturmfreie Bude auszunutzen und sich bei ihr zu treffen. Solche, meist kurzfristig organisierte Treffen, waren auch schon mal mit reichlich Alkohol ausgeartet, wenn sie sich in einer Kneipe verabredeten und alle drei mit dem Regionalzug aus den jeweils umliegenden Heimatorten anreisten. Obwohl sie sich das nie vorgenommen hatten, war der eine oder andere Abend dann aber so lustig und gesellig geworden, dass sie kein Ende gefunden hatten und reichlich Longdrinks auf ihren Deckeln standen. Am nächsten Tag schrieben sie sich gegenseitig wie schlecht es ihnen ging und sendeten sich Durchhalteparolen. An diesem Abend war Marie aber mit dem Auto zu Sabine gefahren und daher war nach ein bis zwei Gläsern Wein Schluss. Trotzdem tat es gut, mal wieder einen Abend miteinander zu verbringen. Die unterschiedlichen Berufe der Frauen gaben zwar eigentlich schon genug Gesprächsstoff, aber die verschiedenen Lebensumstände und Hobbys der Freundinnen boten Potenzial für stundenlange

Frauenunterhaltungen. Sabine war, wie ihr Mann in zweiter Ehe, bei der Polizei. Sie hatten ein großes Haus und einen noch größeren Garten und drei riesige Hunde. Petra war geschieden und lebte in einer kleinen Wohnung allein. Sie musste sich nach ihrer Scheidung einen Vollzeitjob suchen, dass ihr äußerst zugesetzt hatte und sagte von sich selbst und ihren derzeitigen Lebensumständen: Ich arbeite und schlafe nur. Einen Mann hatte es seit der Trennung nicht gegeben und das war über fünf Jahre her. Die drei Frauen konnten unterschiedlicher nicht sein. Sie kannten sich seit vielen Jahren und ihre gemeinsamen Abende waren selten, denn Termine dazu waren mühsam unter einen Hut zu bringen. Allerdings hatte jede von ihnen auch ihre eigenen Probleme und die Tatsache, dass sie so unterschiedlich waren, führte dazu, dass sie zwar unterhaltsame und lustige Abende miteinander verbrachten, aber die Themen, die ihnen wirklich zusetzten, nicht auf den Tisch kamen. Marie wusste nicht, ob Petra glücklich war, so allein, oder ob sie sich nach einem Mann sehnte und sogar vielleicht nach einem suchte. Sie hatte keine Ahnung, ob es ihr finanziell gut ging und ob sie genügend soziale Kontakte hatte, damit sie sich nicht einsam fühlte, wenn sie nicht arbeitete. Ihren Freundeskreis hatte sie zurückgelassen, als ihr Mann die Scheidung wollte. Sabine lebte ein Leben, das so ganz anders war als Maries. Allein das Zusammenleben mit den Hunden und dass sich der ganze Alltag darum drehte, war für Marie unvorstellbar. Im ganzen Haus standen riesige Hundekörbe und überall lagen

Hundespielsachen und Knochen herum. Der Golden Retriever, mit seinem langen hellblonden Fell, kam jedes Mal, wenn Marie zu Besuch war, gutmütig angetrottet, um sie zu begrüßen und wenn er sich an Maries Beine gekuschelt hatte und sie beschnuppert hatte, ging er zufrieden wieder auf seine Decke. Maries schwarze Hosen glichen nach diesem kurzen Begrüßungszeremoniell immer einer hellbeigen Wolldecke. Auf allen Sitzgelegenheiten und Teppichen in Sabines Wohnung hatte sich eine feine helle Schicht aus blonden Hundehaaren gebildet. Sabine, die diesen Zustand gar nicht mehr bemerkte, fiel jedes Mal völlig aus dem Häuschen und war peinlich berührt, wenn sie den Zustand der Kleidungsstücke ihrer Besucher sah. Neben diesem Hund gab es aber auch noch zwei ebenso große schwarze Schäferhunde, die vor Temperament nur so strotzten. Anders als Blondie, kamen sie mit maximaler Geschwindigkeit auf Gäste zugelaufen und waren so stürmisch bei ihrer Begrüßung, dass man aufpassen musste, nicht umgeworfen zu werden. Dieses Empfangskomitee-Szenario fand meistens in Sabines kleinem Flur statt und hatte dabei einen hohen Anteil von filmreifer Action. Allein der Alltag, von zwei Menschen, die in einem Beruf im Schichtdienst arbeiten, der auch noch gegensätzlich geplant wurde, damit immer einer bei den Hunden war, war für Menschen, die einem geregelten Bürojob, wie Marie nachgingen, völlig abnormal und fremd. So war es auch bei Sabine und ihrem Mann und das nicht nur in der Woche, sondern auch an den Wochenenden. So verschieden sie als Frauen waren, so unterschiedlich waren auch ihr Alltag und ihre Leben. Sie hatten Freude und Spaß miteinander und wenn es nötig war, war eine für die andere da. Marie glaubte allerdings, dass keine von ihnen die andere vollends verstand. Das war wohl auch der Grund, warum sie weder Sabine noch Petra bisher zum Beispiel etwas von Philip oder Fabian erzählt hatte. Auch an diesem Abend kam irgendwann wieder das Gespräch auf Männer. Die Freundinnen waren mal wieder neugierig und fragten Marie, ob es „Bekanntschaften“ gäbe und sie solle doch mal davon erzählen. „Macht euch mal keine Sorgen, ich bin versorgt“, hatte sie dann geheimnisvoll darauf geantwortet und sich nicht verleiten lassen, weitere Details zu erzählen. Marie war sich sicher, dass sowohl die Sache mit Fabian als auch die mit Philip auf Unverständnis stoßen würde. Und auf keinen Fall wollte sie sich verplappern und zugeben müssen, dass sie sich in Philip verliebt hatte. Also schwieg sie. Sie schwieg schon seit über einem Jahr. „Das war ein schöner Abend, ihr Lieben. Das machen wir viel zu selten!“ stellte sie fest, nachdem sie einem Blick auf die Uhr geworfen hatte und dabei stand schon auf. Es war kurz nach elf. „Ich komme mit“, ergänzte Petra sofort und war sofort neben ihr. „Bis ich zu Hause bin, ist es Mitternacht.“ „Und das nächste Mal treffen wir uns bei mir“, plante Marie. Gleichzeitig ging sie auf Sabine zu, um sie zur Verabschiedung in den Arm zu nehmen. Mit Petra machte sie dasselbe, draußen vor der Haustür und dann gingen beide zu ihren Autos und fuhren los. Der Heimweg dauerte eine Viertelstunde und als Marie an einer roten

Ampel halten musste, warf sie einen Blick auf ihr Smartphone, das neben ihr in der Mittelkonsole lag. Keine Nachrichten. Marie dachte an Philip. Keine Nachricht und kein Telefonat, seit wer weiß wie lange. Wohl, seit er bei ihr war. Diese Erkenntnis machte sie im gleichen Atemzug traurig. Eben war sie noch bester Laune gewesen und hatte den ganzen Abend gelacht und so gut wie gar nicht an Philip gedacht. Jetzt wurde sie von einer Sekunde auf die nächste von einer tiefen Traurigkeit erfasst. Es war schön, so ein Nest zu haben, wie ihre Freundin Sabine. Auch, wenn die Hunde nicht Maries Ding waren, aber alles andere war so schön. Sie hatte das auch schon einmal gehabt, mit dem Vater ihrer Töchter. Sie hatten ein eigenes Haus gebaut und einen Garten gehabt. Alles war weg. Es gab Momente, in denen ihr die Scheidung von ihrem Mann, dem Vater ihrer Töchter und die Trennung von ihrem Ex im letzten Jahr mit allen Konsequenzen so deutlich wurde. Mit den Konsequenzen, über die sie sich eigentlich nie beklagte. Dann aber gab es Augenblicke, da glaubte sie, alles falsch gemacht zu haben in ihrem Leben. So einen Augenblick hatte sie gerade. Sie fuhr durch die Dunkelheit auf der großen Bundesstraße und kein Auto kam ihr entgegen. Viel zu schnell, und auch in den Bereichen mit einer Geschwindigkeitsbegrenzung bremste sie nicht ab. Die Traurigkeit erdrückte sie immer mehr und sie drückte wiederum das Gaspedal immer tiefer. Später im Bett wälzte sie sich von einer Seite auf die andere und fand nicht in den Schlaf. Sie nahm ihr E-Book las und merkte bald, dass sie nach ein paar Seiten gar nicht mehr wusste, was sie gelesen hatte. Dann legte sie es zur Seite und nahm ihr Handy. Nur mit größter Anstrengung konnte sie dem Drang widerstehen, den Chat mit Philip zu öffnen und seine netten Nachrichten mit den Kusssmileys zu lesen und sich seine Bilder anzusehen, von denen sie mittlerweile einige hatte. Das würde sie nur noch trauriger machen. Um kurz nach zwei stand sie auf, trank sich zwei Ramazzotti und krabbelte dann wie der unter die Decke. Dann wartete sie, bis der Alkohol seine Wirkung tat, die Augen schwer wurden und sie endlich einschlief. In den letzten Monaten hatte Marie immer wieder mal diese traurigen Phasen. Nachdem ihr mehr und mehr bewusstwurde, dass sie mehr für Philip empfand als sie sich eingestehen wollte und, was er mit seinem Handeln ihr gegenüber auslöste. Meistens war diese Phase nach ein paar Stunden vorbei. Entweder, weil Marie es schaffte sich selbst auf andere Gedanken zu bringen, oder weil sie durch Arbeit, Freunde oder ihre Mädchen abgelenkte wurde. Doch diesmal war es anders. Den ganzen Samstag verbrachte Marie im Bett. Sie schaffte es einfach nicht sich aufzuraffen und aufzustehen. Entweder verkroch sie sich unter der Bettdecke oder sie las. Bis zum frühen Nachmittag hatte sie sich noch nicht einmal die Zähne geputzt und sich gewaschen. Das erledigte sie dann irgendwann mehr aus Pflichtgefühl, blieb aber weiterhin im Schlafanzug. Sie konnte sich einfach zu nichts motivieren. Den geplanten Einkauf von Lebensmitteln, verschob sie vom Vormittag auf den Nachmittag und dann ganz auf einen anderen Tag.

Sie brauchte nichts. Sie hatte keinen Hunger. Als sie über siebzig Seiten gelesen hatte, war das Buch beendet. Wieder so eine Liebensgeschichte mit einem Happy-end. Danach zog sie auf die Couch um und schaltete den Fernseher ein. Alle eingegangenen Nachrichten auf WhatsApp ignorierte sie. Nur den Anruf von Annabell, am frühen Abend, nahm sie entgegen. Bevor sie annahm, riss sie sich kurz zusammen, denn sie wollte nicht, dass ihre Tochter merkte, dass es ihr nicht gut ging. „Hallo Kindchen“, begann sie so gut gelaunt es ging. „Wie geht’s. Was machst du so?“ „Hey Mutti. Alles gut. Ich wollte nur mal hören, ob bei dir alles in Ordnung ist und was du so gemacht hast, heute“, gab Annabell zur Antwort. Marie hasste es, ihre Liebsten anzulügen, aber es musste sein. „Ach, ich habe den ganzen Tag so rumgegammelt. Aufgeräumt und es mir gemütlich gemacht. Und du?“, fragte sie schnell, um von sich abzulenken. „Das habe ich auch gemacht und heute Vormittag war ich mal zwei Stunden Shoppen.“ „Hast du was Schönes gefunden?“, fragte Marie interessiert. „Nur eine Jeans und zwei T-Shirts. Nichts Besonderes.“ Sie merkte, dass ihr selbst dieses Gespräch mit ihrer Tochter zu viel wurde und deshalb hörte sie sich sagen „Ja, dann mach dir noch einen schönen Abend und wir hören uns vielleicht morgen mal wieder.“ Das war eine eindeutige Abfuhr und während sie sie aussprach, tat es ihr schon leid, aber sie konnte einfach nicht anders. „Danke Mama, hab du auch einen schönen Abend. Bis Morgen.“, verabschiedete sich Annabell und dann beendeten sie das Gespräch. Marie atmete erleichtert auf. Wie anstrengend es war, ihre tatsächliche Verfassung zu verheimlichen merkte sie erst, als sie erschöpft wieder auf das Sofa sank und sich die Wolldecke bis über die Ohren zog. Den Rest des Abends ließ sie sich vom Fernsehprogramm berieseln, von dem sie aber fast nichts mitbekam, weil sie in einer Stimmung war, die es ihr unmöglich machte, irgendetwas wahrzunehmen, außer ihrer Traurigkeit. Selbst das Gedankenkarussell stand still. Die Monsterbiester schwiegen. In Maries Kopf und in ihrem Herz war nur ein riesiges schwarzes Loch. Das alte Handy stand wieder auf dem kleinen Glastisch und wurde von Marie angestarrt. Den ganzen Tag. Die Onlinezeiten nahm sie wahr, aber sie führten zu keiner einzigen Erkenntnis. Anders als sonst, registrierte sie es nur still. Sie blieb ganz ruhig dabei. Es gab nur das schwarze Loch und ihre Traurigkeit. Vielleicht war das die ganze Traurigkeit, die sie über ein Jahr lang nicht zugelassen hatte, die aufgestaut und nicht verarbeitet war. Die Trennung vom Ex, der Auszug, der Verlust wieder eines Hauses, wenn auch nur angemietet, ihr Dasein in einer kleinen Dachgeschosswohnung, ihre hoffnungsvolle Begegnung mit Philip und das, was daraus geworden war. Aber warum gerade jetzt? Warum begann es Freitagnacht, auf dem Nachhauseweg von Sabine? Wahrscheinlich, weil ihr da unbewusst klar geworden war, was sie nicht hatte und wem und was sie seit über einem Jahr hinterherlief. Die Begegnung mit Philip hatte ihr das Alleinsein versaut und dadurch fand sie keine Ruhe in ihrem Leben. Das war die

Traurigkeit und das schwarze große Loch in ihrem Herzen und in ihrem Kopf.

Als sie am Sonntag aufwachte, war es sehr früh. Es war noch nicht richtig hell und sie hörte den Regen, der vorausgesagt war, schon auf die Straße und an die Fenster schlagen. Das typische Geräusch, wenn Autos über nasse Straßen fahren. Regungslos blieb sie unter ihrer Decke liegen und nahm das Leben draußen wahr. Sie hörte, dass über den Bürgersteig jemand mit einem Hund ging, weil eine Stimme dem Vierbeiner Kommandos gab. Dann wieder ein Auto. Die Kirchturmuhr begann zu schlagen. Zwei Mal. Marie wusste, dass es dann irgendetwas mit halb sein musste und tippte auf halb sieben. Langsam bewegte sie sich und sah auf ihr Handy, das neben ihr auf der Matratze lag. Fünfuhrdreißig. Was hatte sie erwartet? Sie hatte den ganzen Samstag im Bett und auf dem Sofa verbracht. War nicht einmal vor die Tür gegangen. Sie hatte einfach vor sich hinvegetiert und das schwarze Loch bestimmen lassen, da konnte man nicht davon ausgehen, dass man dann auch noch den halben nächsten Vormittag verschlafen würde.

Marie merkte, dass etwas anders war als am Tag zuvor. Sie konnte wieder denken. Das Schwarze war nicht mehr so massiv und die Traurigkeit nicht mehr so stark. Die Erleichterung darüber spürte sie deutlich, denn der Tag zuvor hatte Marie Angst gemacht. So eine Verfassung kannte sie nicht von sich und deshalb sprang sie aus dem Bett und wollte ihrerseits auch etwas dafür tun, dass der Tag besser wurde als der letzte. Sie stellte die Dusche an und genoss es, sich frisch zu machen, nach teurem Duschgel zu riechen und die Traurigkeit wegzuspülen. Es war ihr auch egal, dass es noch so früh war. Sie wollte den Mief des vergangenen Tages loswerden.

Mit einem frischen Kaffee legte sie sich dann wieder ins Bett, suchte sich in der Onlinebibliothek ein neues Buch aus und begann es sofort. Sie schaffte vier Kapitel, dann hatte sie das Gefühl, sie musste über sich selbst und über den gestrigen Tag nachdenken und legte das E-Book zur Seite. Das schwarze Loch war weg. Sie glaubte, es hatte sich in ihr breitgemacht, damit mal eine kurze Zeit Stille in ihr war. Das ewige Denken, seit einem Jahr, machte sie fertig und wer auch immer dieses Schwarze geschickte hatte, es hatte bewirkt, dass das Denken Pause machen musste. Sie fokussierte sich wieder auf ihre Situation und indem sie sich als allererstes sagte, dass sie die ganze Sache selbst in der Hand hatte und jederzeit sagen konnte „JETZT IST SCHLUSS", wurde alles aus einem anderen Blickwinkel betrachtet. Natürlich hatte sie das alte Handy wieder angemacht seit dem frühen Morgen und beobachtete, was sich darauf tat. Was konnte ihr das sagen? Annabell behauptete, nichts. Sie hatte Recht. Philip war kein Mensch, der daueronline war, das stand fest. Aber war das wirklich seine richtige Nummer? Die, die auch seine Kinder und Freunde benutzten? Dann waren die Aktivitäten darauf selten. Oder war es eine Extranummer für weibliche Bekanntschaften? Dann gab es zumindest nicht nur

Marie, sondern weitere. Mit denen er vorzugsweise am späten Abend bis Mitternacht schrieb. Eine weitere Frage war auch immer noch nicht beantwortet, nämlich ob er wirklich alleine lebte, oder ob es an seiner Seite eine Frau gab. Auch diese Antwort hatte sie immer noch nicht gefunden. Und warum sie diese Antworten immer noch suchte? Weil sie wissen wollte, ob sie eine Chance hatte, etwas anderes zu sein als das, was sie jetzt war. Weil sie ihn mochte. Weil sie nicht einfach so schnell aufgab. Weil sie kämpfte für das, was sie wollte. Weil sie loyal war, dem gegenüber, für das sie sich einmal entschieden hatte. Weil Philip der Typ Mann war, den sie wollte. Wenn sie ihn auf ihrer beider Situation ansprach, dann wollte sie vorbereitet sein und sie wollte nichts ansprechen, von dem sie wusste, dass seine Antwort sie verletzen würde. Deshalb suchte sie schon so lange selbst Antworten auf ihre Fragen. Aber diese Antworten konnte ihr scheinbar doch nur Philip geben.

Den ganzen Sonntag über beschäftigte sie sich mit all diesen Dingen, immer wieder und wieder, wie schon so viele Male im letzten Jahr. Dann schlug sie plötzlich die dünne Wolldecke weg, stand von ihrem Sofa auf, nahm ihr Handy und rief Annabell an. Es dauerte nicht lange, da meldete sie sich, „Hey Mama. Wie geht's?". „Hallo Annabell, danke, es geht mir gut. Ich wollte dich fragen, ob du mir einen Gefallen erweisen würdest.", kam sie sofort zur Sache. „Klar, was denn?" Marie ließ die Katze immer noch nicht aus dem Sack. Sie traute sich nicht. Deshalb fragte sie erst, „Hast du etwas vor gerade?" Ihre Tochter wurde ungeduldig, „Nein, was hast du denn?“ Und jetzt sagte sie es geradeheraus: „Ich möchte dich bitten, mit mir zu Philip zu fahren!“. Annabell schwieg. Marie wusste genau, was gerade passierte. Annabell überlegte, ob sie ihr sofort absagen sollte, weil sie die Idee überhaupt nicht gut fand, oder ob sie sich ihrer Mutter gegenüber verpflichtet fühlte, ihr diesen Gefallen zu tun. Und auch nur deshalb, weil Annabell ahnte, wie es ihrer Mutter gehen musste. „Mama, was soll das bringen?“ fragte sie vorsichtig.

„Ich möchte einfach sehen, ob da eine Frau bei ihm ist.“, begründete Marie ihr Vorhaben. Sie hatte damals Annabell erzählt, dass sie nach der Lagereinweihung in Philips Wohnort, bei der herausgefundenen Adresse vorbeigefahren war und dass es die richtige war. „Wie willst du das sehen?“, fragte sie weiter, weil sie nach Gründen suchte, sie davon abzubringen. „Das Haus ist verglast, das kann man sehen. Bitte, Annabell. Ich möchte nicht allein dahinfahren, dazu bin ich zu aufgeregt und wir müssen auch dein Auto nehmen, weil er meins erkennen würde. Er darf mich auf keinen Fall sehen!“ Marie versuchte alles um ihre Tochter zu überzeugen. Und dann hörte sie, wie Annabell sagte: „Okay, wann willst du los?“. Marie hätte jubeln können, hielt sich aber zurück und antwortete „Um halb sechs. Dann ist es dunkel, wenn wir da sind. Ich komme zu dir und dann fahren wir mir deinem Auto weiter“, plante sie. „Bis gleich.“

Sie mussten ein gutes Stück Autobahn fahren und es begann bereits zu dämmern. Eine seltsame Stimmung lag über ihnen, weil Marie etwas von ihrer Tochter verlangte, was gegen ihre Überzeugung war und weil Annabell ihrer Mutter diese Bitte nicht abschlagen wollte, weil sie sich ihr zu Dank und Respekt verpflichtet fühlte. Beide wussten um ihre eigenen Gründe und um die des anderen. Deshalb schwiegen sie größtenteils. Marie war so aufgeregt, dass sie kein anderes Gesprächsthema beginnen wollte und Annabell hatte den Routenplaner ihres Handys geöffnet und musste sich konzentrieren ihm zu folgen. Nach einer Dreiviertelstunde sagte Annabell „In vier Minuten sind wir da.“ Marie überkam eine unangenehme Unruhe und sie erinnerte sich daran, dass es genauso war, wie vor ein paar Monaten, als sie allein zu dieser Adresse gefahren war. Als sie in ein Wohngebiet bogen, erinnerte sich Marie wieder, wo sie waren. Sie bat Annabell in die übernächste Straße zufahren, die etwas entfernt von Philips Haus lag, um das Auto dort zu parken. Mittlerweile war es dunkel geworden. Während Annabell das Auto abstellte, kramte Marie in ihrer Handtasche nach einem Haargummi. Dann machte sie sich einen Zopf und versteckte diesen unter einem schwarzen Basecap. Sie suchte dann nach dem großen schwarzen Winterschal, der auf der Rückbank des Autos lag und wickelte ihn sich ein paar Mal um den Hals. Schweigend stiegen sie aus und zogen sich ihre Jacken an. Marie hatte den Schal über das Kinn gezogen, sodass zusammen mit der Kappe, nur noch ihre Nase zu sehen war. Als Marie glaubte, fertig angezogen zu sein, auch für das Schlimmste, was passieren konnte, nämlich, dass Philip ihnen zu Fuß, vielleicht bei der Rückkehr von einem Spaziergang, entgegenkam, ging sie stumm auf Annabell zu und nahm sie in den Arm. Sie drückte sie so fest sie konnte und Annabell tat es ebenso. Damit waren alle Worte, die sie nicht aussprechen konnten oder wollten, gesagt. Für Marie war es ein stummes DANKE und für Annabell war es ein stummes ICH BIN FÜR DICH DA. Und dann hakte sich Marie bei ihrer Tochter unter und sie machten sich auf den Weg. Sie war so angespannt, dass ihre Beine zitterten, je näher sie ihrem Ziel kamen. Dann erreichten sie die Einfahrt. Das Auto stand wieder an derselben Stelle, wie beim letzten Mal. Weiter zurück in der Dunkelheit, stand ein weiterer Wagen neben dem Haus. Die Farbe dunkel und vielleicht war es ein Audi. Im ganzen Untergeschoss war wieder ein gemütliches Licht an. Marie erzählte Annabell leise, dass es so auch vor einem halben Jahr war. Beide waren sich einig, dass man das bläulich flackernde Licht eines Fernsehers wahrnehmen konnte. Aber Personen, die sich bewegten sahen sie nicht. Oben im Haus war alles dunkel. Und schon waren sie am Grundstück vorbei. Ein paar hundert Meter gingen sie noch weiter, dann drehten sie um. Auf der vor ihnen liegenden Straße war außer einer Frau, die mit ihrem Hund Gassi ging, niemand zu sehen. Mit dem Blick auf weitere Passanten und die Nachbarschaft, wiederholten sie das Vorbeigehen an dem Grundstück mehrere Male. Es blieb, obwohl es beste

Abendessenszeit war, ohne Bewegung im Haus. Annabell glaubte, den Kopf einer Person sitzend auf dem Sofa erkennen zu können. Marie sah nichts, denn sie war ein ganzes Stück kleiner. Solange sie unbemerkt blieben, gingen sie Auf und Ab. Wie oft konnten sie schon nicht mehr zählen, aber irgendwann sagte Annabell „So, ein letztes Mal noch und dann verschwinden wir wieder!“. Damit riss sie ihre Mutter aus tiefen Gedanken an die vielen Male, als sie mit Philip geschlafen hatte. Sie spürte auf einmal großes Verlangen nach seinem Geruch und seinen Berührungen. Sie hatte seine Hände vor Augen, die rau aber gepflegt waren und sie sehnte sich nach seinem Blick, mit dem er sie ansah, wenn er in sie eindrang. Er war nur ein paar Meter von ihr entfernt und doch so weit weg. Marie fügte sich, war sie doch schon dankbar, dass Annabell mit ihr hierhergekommen war. Als sie das letzte Mal die Richtung wechselten, um an Philips Grundstück vorbeizugehen, flüsterte Annabell „Jetzt bleiben wir auf seiner Straßenseite. Es scheint keine Bewegung zu geben, die uns gefährlich werden könnte.“ „Okay, wenn du meinst“, mehr konnte Marie nicht darauf erwidern. Sie war zu angespannt. Sie vertraute darauf, dass ihre Tochter alles im Griff hatte, und dann gingen sie ganz nah an seinem Grundstück über den angrenzenden Bürgersteig. Marie versuchte möglichst viele Einzelheiten wahrzunehmen und sich zu merken. Alles sah sehr ordentlich und gepflegt aus. Das war Philip, genau wie sie ihn einschätzte. Plötzlich stieß Annabell ihr in die Seite und verlangsamte merklich ihren Gang „Mama, schau mal. Da ist ein Schild. Kannst du lesen was darauf steht?“ Jetzt sah Marie es auch. Direkt an der Seite zur Einfahrt auf den Hof. Darauf eine Emailadresse, sonst nichts. „Desginforyou“. Dann waren sie schon wieder an der Zufahrt vorbei und wie vorher besprochen, gingen sie zurück zum Auto.

Endlich konnte sie diesen verdammten Schal wieder abnehmen, der viel zu warm war. Sie schwitze schon vor Aufregung genug und dieses Ding tat sein Übriges dazu. Sobald sie das Auto erreicht hatten, pfefferte sie ihn mitsamt der Kappe auf den Rücksitz und ließ sich erschöpft in den Beifahrersitz fallen. „Ich bin fix und fertig“, gestand sie. „Was machen wir hier bloß!?“. Annabell hatte schon ihr Handy in der Hand und googlte die Emailadresse, die sie eben entdeckt hatten. Dabei startete sie den Motor und fuhr langsam los. Sie wollte nur schnell diesen Ort verlassen, bevor sie doch noch aufflogen. „Hier lies mal“, drückte sie ihrer Mutter das Smartphone in die Hand. Auf dem Bildschirm öffnete sich eine Website und sie las laut „Melanie Danner. Neues Design für ihre 4 Wände“. „Geh mal auf Kontakt oder Impressum“, schlug Annabell vor, und Marie tat es. „Da steht ihr Name und seine Adresse!“

Härter hätte ein Schlag in die Magengegend nicht ausfallen können. Was Marie insgeheim schon länger vermutet hatte, sah sie jetzt schwarz auf weiß auf dem kleinen Bildschirm des Handys. Endlich gab es keine Ausreden und Eventualitäten mehr, die ihre Befürchtungen abwenden könnten. Sie konnte jetzt einer ihrer Fragen als Tatsache ins Auge sehen. Und die Erkenntnis, dass sie sich Monate lang vor der Wahrheit versteckt hatte, traf sie genauso hart, wie die, dass Philip eine Frau hatte. Wenigstens gab es eine, die unter seiner Adresse gemeldet war. Das war die Erkenntnis des heimlichen Ausflugs, die sie zerdrückte wie schwere Mühlsteine. Schweigend fuhren sie zurück. Annabell ahnte, wie ihre Mutter das Herausgefundene getroffen habe und wie sie sich fühlen musste. Sie wusste nicht, was sie sagen oder tun konnte und was ihr helfen würde, daher gab sie ihr Raum und Zeit, damit sie sich mit den neuen Erkenntnissen auseinandersetzten konnte. In der Dunkelheit im Auto sah sie Maries Gesicht nicht. Sie hatte keine Ahnung, ob sie wütend oder traurig war oder ob sie weinte. Die Fahrt dauerte endlos lang und Annabell war froh, als sie gegen zwanzig Uhr wieder bei ihrer Wohnung ankamen. Sie stieg aus und öffnete ihrer Mutter die Beifahrertür. Marie verließ den Wagen und stand teilnahmslos vor ihrer Tochter. „Mama, was noch? Lass..., versuchte sie ein Gespräch zu beginnen, jedoch fiel Marie ihr ins Wort „Ich weiß, mein Kind! Ich danke Dir, dass du mitgekommen bist. Ich mache es mal wieder gut." Dann nahm sie sie stumm in den Arm und ging zu ihrem Auto, das ein paar Parkplätze weiter abgestellt war. „Bis Morgen, Mama." „Bis Morgen, Annabell."

Marie verzichtete darauf das Licht anzumachen. Zog sich sofort eine Jogginghose und ein T-Shirt an und krabbelte wieder unter die Wolldecke auf dem Sofa, die sie am späten Nachmittag einfach aufgeschlagen hinterlassen hatte. Dann schaltete sie den Fernseher ein. Sonntagabend: Tatort. Er war schon angefangen, aber erst seit ein paar Minuten. Sie verfolgte den Film nur oberflächlich, weil sie in Gedanken ganz woanders war. Eine Frage hatte sich scheinbar geklärt, aber dafür kamen viele Neue. Wenn er mit einer Frau zusammen war, die auch noch bei seiner Adresse gemeldet war, warum schlief er dann seit über einem Jahr mit ihr? Lebte er in Trennung, war die Beziehung beendet, oder betrug er diese Frau? Das Gedankenkarussell nahm mal wieder so richtig Fahrt auf. Den Handlungen im Krimi folgte sie schon lange nicht mehr und als der Abspann über den Bildschirm zog, bemerkte sie erst wie viel Uhr es schon war. Sie war müde, ausgelaugt und mental geschafft und beschloss ins Bett zu gehen. Nach dem Zähneputzen stützte sie sich auf das Waschbecken und sah in den Spiegel.

< Es reicht, Marie. Werd endlich vernünftig und fang wieder an, du selbst zu sein. Wie lange willst du dich noch an der Nase herumführen lassen? Mensch, du bist doch sonst nicht so .... >

Sie sagte es langsam und laut und sah sich dabei tief in die Augen. Einen Moment blieb sie nach diesen Worten noch stehen, dann löschte sie das Licht und ging hinüber in ihr Schlafzimmer. Sie würde sich einfach die Decke über den Kopf ziehen und hoffen, dass sie einschlafen konnte. Das war ihr Plan. Dann nahm sie ihr Smartphone und stecke das Ladekabel ein, das neben ihrem Bett auf der Konsole lag. Der Bildschirm erleuchtete und sie sah, dass eine Nachricht eingegangen war. Annabell würde ihr sicher eine gute Nacht wünschen, glaubte sie. Doch es war eine Nachricht von Philip. Wie unwirklich und abstrus war das gerade? Marie musste laut lachen, als sie sich das vor Augen hielt. Eben noch war sie um sein Haus geschlichen. War ihm so nah gewesen und hätte am liebsten bei ihm angeklingelt und dabei war er so weit entfernt. Und jetzt schrieb er ihr eine Nachricht. Nicht ahnend, was sie gerade getan hatte. Wie verworren war das alles? Verrückt! In diesem Moment gestand sie sich das erste Mal ein, dass diese Sache ein Ende haben musste, sonst würde sie wahnsinnig werden. Sie nahm sich vor, die Nachricht nicht zu öffnen. Knipste das kleine Licht aus und kuschelte sich ein. Doch ihre Gedanken spielten ihr übel mit und an Schlaf war nicht zu denken. Sollte sie wieder mit etwas Hochprozentigem nachhelfen? Und plötzlich hatte sie Lust auf einen eiskalten Vodka. Den ersten genoss, sie, während sie vor der großen Balkontür stand und auf die Straße blickte. In der Nachbarschaft war nichts los und es fuhr kein Auto. Welche Schicksale es wohl hinter den Mauern der Nachbarhäuser gab? Dann machte sie sich einen zweiten Drink, nahm ihn mit ins Schlafzimmer und öffnete die Nachricht. „Na, wie ist deine Meinung zum Tatort?“ Sie starrte auf das Display. Sie hatte immer noch gute Erwartungen, wenn eine Nachricht von ihm kam? Dann nahm sie das Glas und kippte den gesamten Inhalt hinunter, schloss WhatsApp und machte das Licht aus.

Die Antwort auf diese Nachricht würde Zeit haben bis zum nächsten Morgen…

SIEBENUNDZWANZIG

Bis kurz vor zehn Uhr schaffte sie es standhaft zu bleiben, dann musste sie dem Drang nachgeben und eine Antwort an Philip schreiben. Aber sie wollte seiner halbherzigen, emotionslosen und nichtssagenden Nachricht keine freundliche Antwort erwidern, deshalb schrieb sie ebenso sachlich „Ich habe ihn nicht gesehen. Hab es nicht geschafft.“ Mit dieser Antwort, glaubte sie, hatte sie ihm Paroli geboten und sie war stolz auf sich, dass sie nichts Zuckersüßes geschrieben hatte, wie schon so oft zuvor im letzten Jahr. < *Ich bin auf dem richtigen Weg* > sagte sie sich und glaubte fest daran.

Dann wählte sie die Nummer ihres Friseur-Salons, denn es war genau der richtige Zeitpunkt sich eine andere Frisur schneiden zu lassen. Das hatte sie sich doch schon länger vorgenommen und bisher noch nicht den Mut gehabt. „Dann komm doch Morgen um 16 Uhr“, machte ihre langjährige Friseurin einen Terminvorschlag und Marie nahm überrascht an. „Super, hätte ich gar nicht gedacht, dass das so kurzfristig geht. Ich freu mich. Bis Morgen.“ Danach hängte sie sich richtig in die Arbeit. Der Schreibtisch war voll und Philip würde sich auf ihre Antwort hin eh nicht melden. Vielleicht gar nicht, frühestens am Abend oder am nächsten Tag, da war sie sich sicher. So schaffte sie es tatsächlich für die nächsten Stunden konzentriert ihrer Arbeit nachzugehen. In der Mittagspause erledigte sie ein paar Einkäufe und brachte ein Retoure-Päckchen eines Onlineshops zum Postschalter. Während sie in der Warteschlange stand, fragte sie sich, warum sie eigentlich immer wieder online bestellte, um dann jedes Mal Zweidrittel der Waren wieder zurückzusenden. Wahrscheinlich, weil es so einfach ist, beantwortete sie sich ihre Frage selbst. Dann gab sie das Päckchen ab und verließ den Supermarkt. Das Telefon im Büro stand den ganzen Tag nicht still und während Marie noch die Wünsche und Aufgaben aus dem letzten Telefonat bearbeitete, klingelt es schon wieder. Wie oft sie sich an diesem Tag schon an diesem Ding gemeldet hatte? Es läutete erneut. Beiläufig nahm sie den Hörer ab „Marie Schubert hier." „Philip Sandmann hier!", hört sie völlig überrascht. Marie durchfuhr ein Schlag, der sich anfühlte, als hätte jemand tausend Volt durch sie hindurch gejagt und das Resultat war, dass augenblicklich ihr Herz an jeder Stelle ihres Körpers so heftig und schnell pochte, dass es schmerzte. Sie schwieg. „Ich wollte doch mal eben hören, wie es dir geht. Deine Antwort war so kurz und es ist doch, glaube ich, ungewöhnlich, dass du den Tatort am Sonntagabend nicht schaust.", begann er, denn er hatte gemerkt, dass Marie nicht drauflos plapperte, wie sonst. „Stimmt, aber gestern passte es irgendwie nicht.", sagte sie darauf und das war nicht mal gelogen. Keiner ihrer guten Bekannten oder Freunde hätten sich mit dieser Antwort zufriedengegeben. Sie hätten weiter nachgefragt und Marie hätte weitererzählt. Philip jedoch nicht. Sie hörte, dass er im Auto unterwegs war. Die wenigen Worte, die er bisher gesprochen hatte, hatten bei Marie schon wieder dieses Kribbeln in der Magengegend ausgelöst, dass sie immer bekam, wenn sie seine Stimme hörte. Sie war dann von einer Sekunde auf die andere verzaubert. „Und, wie geht es dir?“, fragte sie schnell, damit sich diese merkwürdige Stimmung, die aufgekommen war, nicht noch weiter ausbreitete und dann kein vernünftiges Gespräch mehr zustande kommen konnte. „Mir geht es ganz gut. Montag halt. Das Telefon steht nicht still.“ „Oh, bei mir auch nicht.“ Ganz langsam schaffte Marie es, aus ihrer Schocksituation herauszukommen. Das Schmerzen ihres Herzschlages verschwand etwas und er normalisierte sich langsam. Auf dieses Telefonat war sie nicht vorbereitet. Hatte sie doch ganz andere Pläne gehabt, wie sie gerade mit Philip umgehen wollte, und jetzt das. Sie merkte, dass es an ihr lag, ob dieses Gespräch fortgesetzt werden würde oder gleich jäh endete. Und eigentlich freute sie sich ja auch, dass er sie angerufen hatte und sie den warmen Ton seiner Stimme hörte. Nachdem sie sich das eingestand, entspannte sie sich und schaffte es, ein gutes Gespräch zu führen. Über die Arbeit, über die Kinder, und ein bisschen flirteten sie auch und lachten. Auf ihre Frage, was er am Wochenende gemacht hatte, zählte er auf, er habe das Auto gewaschen, den Garten winterfest gemacht und die Fenster am Wintergarten geputzt. Dann stand plötzlich Maries Chef in ihrer Bürotür und signalisierte, dass er sie sprechen möchte. „Du, ich muss Schluss machen, mein Chef ruft. Meld dich doch mal wieder, wenn du in der Nähe bist, dann trinken wir einen Kaffee zusammen.“, forderte sie ihn noch auf. „Ja, gerne. Bis bald Marie“, hörte sie ihn noch sagen und dann hatte er schon aufgelegt. Das merkte sie daran, dass aus dem Hörer, den sie immer noch am Ohr hielt, nur noch ein tututututututututut kam.

< Was war das jetzt wieder? Immer wenn ich denke, dass er ein Arsch ist und ich mich entschließe, meinen Umgang mit ihm zu ändern, dann passiert etwas, was mich wieder umstimmt. Und wenn man ein schlechtes Spiel mit jemand spielt, erzählt man dann solche Alltäglichkeiten? Ach, keine Ahnung, darüber denke ich später nach… >

Der Nachmittag verging wie im Flug und es war schon kurz vor halb sechs, als sie sich auf den Weg nach Hause machte. An ihrer Wohnung angekommen sah sie Lauras Auto an der Straße stehen, die gerade die Fahrertür öffnete. „Hey, ich dachte schon, du bist nicht da.“, rief sie ihrer Mutter entgegen, als sie aus dem Auto stieg. „Ich war bis gerade im Büro. Aber komm doch mit rein.“ Marie freute sich Laura zu sehen und war dankbar für die Abwechselung und, dass sie nicht allein war und wieder nur ihrem Gedankenkarussell folgenden musste. Laura hatte sich innerhalb ihrer Firma auf eine andere Stelle beworben und Neuigkeiten dazu. Dann kamen sie von einem Thema auf das anderen und dabei aßen sie spontan gemeinsam zu Abend. Als sie wieder ging, war es kurz vor zwanzig Uhr und Marie schaltete die Nachrichten ein, danach einen Film, bei dem sie auf dem Sofa einschlief und irgendwann ins Bett umzog.

****

„Hallo Marie! Wir haben uns ja lange nicht mehr gesehen. Bitte nimm noch einen Moment Platz. Ich bin gleich für dich da. Meine Kollegin ist leider heute ausgefallen, deshalb bin ich nicht im Zeitplan. Ich hole dir einen Kaffee. Sorry!“. Die Friseurin wirbelte mit dem Besen herum, während sie Marie begrüßte. Eine Kundin saß unter eine Haube und eine weitere wartete darauf, gefönt zu werden. Außer dieser einen Fachkraft war niemand zu sehen. „Keinen Stress. Es ist alles gut. Und wenn ich mal eine Viertelstunde warte, ist das auch überhaupt nicht schlimm. Den Kaffee nehme ich gerne!“, gab Marie freundlich zurück und setzte sich in den kleinen Wartebereich etwas abseits der Frisierstühle. ‚Susi‘ stand auf ihrem Namensschild, brachte den Kaffee und ein paar Zeitschriften. „Danke Dir!“ „Sehr gerne! Bis gleich.“, flötete sie freundlich und dann war sie auch schon wieder weg. Marie schob die Zeitschriften auseinander und entschied sich für ein großes deutsches Hamburger Nachrichtenmagazin. Blätterte darin, las Schlagzeilen und trank Kaffee. Das leise Summen des Föns kam aus dem Hintergrund. Ihre Aufmerksamkeit blieb plötzlich an der Überschrift eines über mehrere Seiten langen Artikels hängen.

Seelischer Stress macht krank! # Marie begann zu lesen und war sofort gefesselt. In jedem zweiten Satz

fand sie Aussagen, die sie auf sich selbst projizieren konnte. Sie war eingenommen von dem Thema und von dem, was sie da las. Sie war überrascht und zutiefst ergriffen, je mehr sie dem Artikel folgte und je größer die Übereinstimmungen mit ihr selbst wurden. Sie nahm nichts mehr wahr, was um sie herum geschah. Hörte den Fön nicht mehr und erschrak, als Susi plötzlich vor ihr stand und sie scheinbar nicht zum ersten Mal mit ihren Namen ansprach. „Marie? Ich hätte jetzt Zeit für Dich!" „Oh, Entschuldigung. Ich war so vertieft in einen Artikel", entgegnete sie kleinlaut, legte hastig die Zeitschrift weg und folgte zu einem der Frisierplätze. „So, also eine neue Frisur? Kurz?" Marie hatte sich noch nicht wieder gefasst und war in Gedanken noch bei dem gerade gelesenen. Deshalb sah sie sich außer Stande jetzt über eine neue Frisur zu sprechen und wie automatisch hörte sie sich sagen „Nee. Hab ich mir anders überlegt. Heute nicht! Bitte nur vernünftig wieder die Spitzen schneiden. Kürzer machen wir wann anders!" Susi schien ein bisschen enttäuscht zu sein. Marie war das aber egal. Sie wollte nur noch raus aus dem Laden. Keine oberflächlichen Friseurgespräche führen, sondern nur noch nach Hause und über das nachdenken, was sie gerade gelesen hatte. Die markantesten Sätze kamen ihr wie Faustschläge in ihren Magen wieder entgegen:

Seelischer Stress fördert Diabetes, Übergewicht und Krebs, sowie andere Autoimmunkrankheiten

Wir werden körperlich feststellen, was wir emotional empfinden

Grübeln ist die Vorstufe eine Depression

Es sind doch nur Gedanken. Wie sie auf mich wirken, kann ich doch eigentlich selbst entscheiden

Der Mensch verändert nur etwas durch Handeln

Unser Hirn hasst nichts so sehr wie Ungewissheit

„Das sieht toll aus. Vielen Dank, endlich wieder ein ordentlicher Schnitt." Waren die halbherzigen Worte, die sie herausbrachte, als die Friseurin ihr den runden Handspiegel mit einer überschwänglichen Rundumbewegung um ihren Kopf schwenkte. „Soll ich noch fönen, oder möchtest du mal ein paar Beachwaves?", fragte sie noch, doch Marie verneinte, ehe sie die Frage vollständig ausgesprochen hatte. Sie wollte nur noch weg, allein sein und über die schlagkräftigen Erkenntnisse des Artikels nachdenken, um sich zu fragen, inwieweit sie schon in diese Spirale geraten wäre. Susi merkte auch, dass sie mit keinem Vorschlag mehr ankommen würde, nahm den Umhang ab und ging geradewegs zum Tresen. Dann nannte sie freundlich eine Summe für ihre Dienste und Marie erhöhte diese um ein anständiges Trinkgeld, verabschiedete sich emphatisch, aber kurz und verließ den Salon.

< Gott sei dank! Endlich allein >

Unser Hirn hasst nichts so sehr wie Ungewissheit

< *Wie lange dauerte eigentlich die Ungewissheit mit Philip schon an? Genau, seit dem Tag, an dem sie sich begegnet waren ....* >

Der Mensch verändert nur etwas durch Handeln

< *Wann wirst du endlich handeln, Marie?* >

Jemand fasste sie an der Schulter. Gerade in dem Moment, als sie ihre Autotür öffnen wollte. Erschrocken fuhr sie herum und sah in die Augen von Fabian. „Oh mein Gott, Fabian, hast du mich erschreckt!“, entfuhr es ihr mit zitternder Stimme. „Ja, ich hab dich schon zweimal gerufen, aber du hörst ja nichts.“, rechtfertigte er sich und sah Marie an. „Sag mal, ist alles okay mit dir, du siehst aus, als hättest du eine Begegnung mit einem Geist gehabt.“, fragte er dann besorgt. „Ach, ich hatte einen stressigen Tag heute und bin irgendwie durch“, log sie. „Aber Dich schickt der Himmel, kannst du mich bitte mal kurz in den Arm nehmen. Ich brauche gerade jemand der mich mal feste drückt.“ Fabian sah sich kurz um. Schließlich waren sie in der Öffentlichkeit und standen auf einem Parkstreifen mitten in der Stadt. Dann nahm er sie in seine Arme und drückte sie fest an sich. Marie hatte an seinem kurzen Zögern gemerkt, dass sie von ihm etwas verlangte, was für sie vielleicht selbstverständlich, es aber in Wirklichkeit nicht war. Fabian hatte schließlich eine Ich-habe-da-Jemand-Kennengelernt-

Freundin und dann konnte er nicht einfach mit Marie in einer Umarmung in der Stadt stehen. Er tat es aber und in diesem kurzen Moment fühlte sie sich geborgen und behütet. Sie hatte Fabians Duft in der Nase und fühlte seine Rückenmuskulatur durch die Jacke. Ein paar Sekunden standen sie so da, dann löste sie sich und sagte leise „Danke. Das habe ich jetzt gebraucht." „Kein Problem, kann ich etwas für dich tun?", fragte Fabian, weil er merkte, dass irgendetwas nicht stimmte. Marie war eine starke Frau und das wusste er, selten hatte er sie so verletzlich, wie jetzt gesehen. „Nein Danke, es geht schon wieder. War einfach ein scheiß Tag heute. Was machst du hier? Hast du Zeit? Wollen wir im Cafe einen Cappuccino trinken?", sie hatte sich schon wieder im Griff als sie diesen Vorschlag machte. „Ich war kurz zur Bank. Ja, können wir, eine halbe Stunde hätte ich noch Zeit." „Dann los.", entschied Marie und sie überquerten die Straße, betraten das Cafe und setzten sich an einen der Tische. Die Bedienung kam und Fabian bestellte eine Cola für sich und für Marie einen Cappuccino.

„Wir haben uns lange nicht mehr gesehen und gesprochen", eröffnete sie leise das Gespräch und er antwortete „Ja stimmt. Geht einfach nicht mehr so." „Fährst du nicht mehr zu deiner Freundin? Da haben wir doch schon öfter mal telefoniert auf der langen Fahrt?" „Nein, die letzten zwei Wochen nicht. Susan war krankgeschrieben und hat in dieser Zeit bei mir gewohnt", klärte er auf. „Aso, ja dann…", was sollte sie sonst darauf sagen? „Bist du glücklich, mein Lieber?", fragte sie plötzlich und sah ihm dabei direkt in die Augen. Sie hielten diesen Blick einige Sekunden an. Beide dachten in diesem Moment an die vielen Male, in denen Sie sich getroffen hatten und jeder von ihnen hatte die Bilder von aufregendem Sex vor Augen, wusste sie. Als er antwortete, merkte Marie, dass er ihr nicht wehtun wollte und deshalb seine Worte sorgsam wählte „Es läuft ganz gut...“

< Er ist ein fairer Spieler, das mag Ich an ihm, wir behandeln uns immer noch mit Respekt und Vertrauen >

Die Bedienung brachte die Getränke. Fabian fragte nach ihrem Job und den Mädchen und Marie fragte in dasselbe. Dann fragte er nach Philip. „Alles wie gehabt.“ War ihre kurze Antwort mehr wollte sie dazu nicht sagen. Wie es besser laufen konnte, sah sie ja an Fabians neuer Bekanntschaft. Diese Erkenntnis machte sie traurig und deshalb fragte sie kurz darauf „Wollen wir aufbrechen?“ „Ja, ich muss auch los. Die Getränke übernehme ich.“ Und dann ging er zur Theke, bezahlte und begleitete Marie zu ihrem Auto. Bevor sie einstieg, nahm er ihre Hand und hielt sie fest. Dann sah er sie an und sagte „Marie, Susan wird bei mir einziehen. Ich weiß noch nicht wann. Sie sucht gerade einen Job hier. Ich denke im Januar, wenn alles klappt.“ „Ja klar, so ist das...“, mehr konnte sie nicht sagen. „Dann sehen wir uns wohl nicht mehr.“, stellte sie traurig fest. Fabian führte ihre Hand zu seinem Mund und hauchte einen zarten Kuss darauf. Dann sah er ihr ins Gesicht und sagte „Ich möchte, dass wir uns bis dahin noch sehen!“

Sie wusste, wie das gemeint war und antwortete „Ich überlasse dir diese Entscheidung. Darüber haben wir ja schon gesprochen."

„Ich melde mich. Schnucki, pass auf dich auf!" Er küsste nochmals ihre Hand und zog sie an sich, um sie zum Abschied zu umarmen.

Wir werden körperlich feststellen, was wir emotional empfinden

Die nächsten Tage verbrachte Marie damit, über den Artikel aus der Zeitschrift nachzudenken. Hatte sie eigentlich gemerkt, dass sie seit über einem Jahr nur grübelte? Was, wenn es stimmte, dass man vom Grübeln depressiv wurde? Stimmte die Aussage, dass das Gehirn nichts mehr hasst als Ungewissheit? Sie fand sich und ihre Situation so oft wieder in diesen Aussagen und wenn es stimmte, dass emotionaler Stress krank machte, dann war sie auf jeden Fall gefährdet. Denn sie hatte nicht nur die Ungewissheit von Philip, sondern auch zuvor die Trennung als emotionalen Stress in ihrem Rucksack. Wie lange würde sie das noch aushalten können? Tagsüber ließ sie sich rein gar nichts anmerken. Sie ging geregelt ihrer Arbeit nach und machte einen guten Job. Sie war freundlich und emphatisch und ihre Arbeitskollegen kamen gerne auf einen Besuch in ihrem Büro vorbei, um ein Pläuschchen mit ihr zu halten oder sie um Rat zu irgendetwas zu fragen. Mit Sabine und Petra gab es die üblichen Telefonate und Nachrichten und mit Annabell und Laura verbrachte sie mehrere Male in der Woche die eine oder andere

Stunde. Nichts und Niemand würden vermuten, dass sie vor Grübelei und Traurigkeit abends in ihrer Wohnung verkümmerte. Manchmal schrieb Philip eine seiner kurzen, sachlichen und emotionslosen Nachrichten „Na, wie war dein Tag?“, oder „Wie fandest du den Film?“, oder „Hatteste ein schönes Wochenende?“ Fast immer im Anhang einen Kusssmiley. Vielleicht sollte der, die in den Worten fehlenden Emotionen ersetzten. Marie wusste es nicht und antwortete auf seine Nachrichten manchmal sofort, manchmal auch erst später. Sie wusste, dass sie gar nicht mehr antworten sollte, aber das war ja das Schlimme, das konnte sie nicht, denn dann würde sie ihn verlieren...

In der ersten Novemberwoche bekam sie, völlig ungewöhnlich für einem Vormittag, eine Nachricht von ihm. Sie saß gerade an ihrem Schreibtisch im Büro. „Alles gut bei Dir, liebe Marie? Kaffeetasse, Kuss“. Es war kurz vor elf. Marie öffnete sie, las und schloss sie unbeantwortet wieder. Dann kam eine weitere Nachricht gegen Zwölfuhrdreißig. „Gleich gibt es in deinem Ort Kaffee.“ Sie las und wartete wieder. Dann musste sie antworten, sie konnte nicht anders. „Hey, wo und wann? Zusammen?“, sie wollte sich doch nicht wirklich die Chance entgehen lassen, ihn zu sehen. Seine Antwort darauf kam sofort „Bin gegen Dreizehnuhr da. Gerne zusammen. Im Cafe oder bei dir?“

< Im Cafe? War das wirklich sein Ernst oder pokerte er um ihre Antwort? Das konnte er haben... >

„Wäre mir gleich, wie es für dich besser passt. Von mir aus auch bei mir…“ Darauf antwortete er nicht mehr, bis Marie das Büro um kurz vor eins verließ. Im Auto schrieb sie „Ich hab jetzt Pause und fahre heim“. Seine Antwort war ein Daumen hoch. < *Was war das wieder?* > fragte sie sich auf dem Weg und stellte sich wieder die Frage, warum sie jetzt nach Hause fuhr, um sich mit ihm zu treffen. Ihre Monsterbiesterarmee tuschelte schon wieder verdächtig und formatierte sich schon, bereit zur Abwehr. Sie freute sich einfach ihn zu sehen. Sie war doch verliebt in ihn und sie würde alles aushalten, um ihn nicht zu verlieren. So einfach war das.

Sein Auto war noch nicht da, als sie in ihre Straße einbog. Sie würde die Zeit nutzten, um die Kaffeemaschine anzumachen und den Tisch zu decken. Die Wohnung war aufgeräumt, wie immer, wenn sie morgens ging.

Ihre Mittagspause war eigentlich eine halbe Stunde lang, aber wenn sie wollte, konnte sie diese aus eigener Verantwortung auch mal verlängern. Das würde sie heute in Anspruch nehmen, denn dreißig Minuten waren ihr, für einen Kaffee mit Philip, zu wenig.

Gerade hatte sie den Kaffeeautomaten angestellt und mit Wasser befüllt, als es klingelte. Ohne durch die Gegensprechanlage zu erfragen, wer da ist, betätigte sie den Türöffner und dann hörte sie wie jemand die Treppen heraufkam. Philip sah umwerfend aus. Er hatte ein hellblau-weißes, kleinkariertes Oberhemd und eine blaue Jeans an. Bei seinem Anblick schmolz Marie dahin und sie spürte die Schmetterlinge in ihrem Bauch. Für den Bruchteil einer Sekunde dachte sie daran, wie sie das erste Mal miteinander geschlafen hatten und dieser Gedanke löste eine Macht an Begehren in ihr aus, der sie kaum widerstehen konnte. Auf eine Jacke hatte er, trotz November, verzichtet. „Hello. Da is er.“, begrüßte er sie. Dabei kam er auf Marie zu und wollte sie küssen. Marie breitete aber ihrerseits die Arme aus, um ihn mit einer Umarmung zu begrüßen. „Das ist ja ein überraschend schöner Besuch“, flötete sie, weil sie es auch wirklich so meinte. Die versammelte Monsterbiesterarmee machte sich mit einem tiefen Seufzer bereit. „Komm rein. Möchtest du einen Kaffee?“ „Ja, sehr gerne.“ Marie bediente den Automaten. „Ich dachte schon, du wärst gar nicht da, weil du erst nicht geantwortet hast“, bemerkte Philip. Marie glaubte die Spur eines Vorwurfes gehört zu haben und log daraufhin selbstbewusst und wie aus der Pistole geschossen „Weil ich in einem Meeting war. Da nehme ich nie mein Telefon mit. Du bist ja sicher auch während eines Kundentermins nicht erreichbar.“ Bestimmt hatte sie sich das nur eingebildet, Philip war doch ein weltoffener, emphatischer und toleranter Mann. Er würde doch mit starken Frauen, die auch im Beruf ihr Ding machen, kein Problem haben. So weit war es schon gekommen, dass sie sich so etwas einbildete. Mit ihren Cappuccinos saßen sie sich wieder am Tisch gegenüber, wie schon so oft zuvor. Sie kamen aber dieses Mal nicht richtig in ein Gespräch, wie sie es eigentlich gut konnten. Sie neckten und provozierten sich gegenseitig und boten sich daraus einen regelrechten Schlagabtausch. Es gab Momente, in denen wusste Marie nicht, ob seine Worte dabei Spaß waren, oder es ihm Ernst war. Und außerdem hatte sie permanent die Zeit im Kopf. Es war mit der Autofahrt zu ihrer Wohnung bestimmt schon über zwanzig Minuten ihrer Mittagspause herum. Hätte sie früher von seinem Besuch gewusst, dann hätte sie sich für zwei Stunden abmelden können, aber er hatte ihr ja mal wieder auf den letzten Drücker Bescheid gesagt. Dabei, wettete sie, wusste er schon gestern Abend, dass er mittags in ihrer Nähe sein würde. Während sie darüber nachdachte, sah sie ihm fest in die Augen. Manchmal machte sie dabei einen kleinen Schlenker zu seinem wohlgeformten Mund und verspürte sofort einen unwiderstehlichen Drang ihn küssen zu wollen. < *Ja, bestimmt gleich zum Abschied, da werde ich diesen Mund küssen ...*> Er war aufgestanden. „Möchtest du noch einen Kaffee?“, fragte sie schnell und erhob sich ebenfalls. „Jetzt kannst du sitzen bleiben, mache ich jetzt schon selbst, ich habe ja gemerkt, dass du nicht aufmerksam warst.“ Da war es schon wieder. Dieses Provokante! Spaß oder Ernst ...? „Oh entschuldige mein Herr, dass ich so unaufmerksam war“, entgegnete sie und wusste, dass sie sich damit unterwürfig gab. Daraus konnte er selbst entnehmen, ob ihre Antwort Ernst oder Spaß war. „Möchtest du auch noch einen?“, er stand an der Küchenzeile hinter ihr und wartete darauf, dass sich seine Tasse füllte. In der nächsten Sekunde spürte sie seine Finger in ihren Haaren, dann kam er mit seinem Kaffee zum Tisch zurück und setzte sich wieder.

< ein paar Minuten habe ich noch... wird schon nicht so schlimm sein, wenn ich heute die Pause verlängere und ich keinem Bescheid gesagt habe >

Sie konnte die Anwesenheit von Philip nicht richtig genießen, weil sie nicht darauf vorbereitet war. Plötzlich überschlugen sich ihre Gedanken und auf einmal kamen ihr so viele Fragen in den Sinn.

< Warum besprechen wir das nicht einen Tag vorher ab? Weiß er denn nicht, dass ich keine zwei Stunden Mittagespause habe? Oder hat er das extra so gemacht? Aber warum? Ist das nicht wieder eine Nichtwertschätzung und Respektlosigkeit mit gegenüber? Meine Güte, warum kann ich mich nicht einfach freuen ihn zu sehen und mit ihm jetzt eine schöne Zeit verbringen? >

Philip hatte seinen zweiten Cappuccino schon ausgetrunken war aufgestanden. Er nahm sogar Maries Tasse vom Tisch mit und stellte beide auf die Küchenzeile. In dieser Zeit schaute Marie mal wieder auf ihre Smartuhr. Sie hatte schon fast zehn Minuten ihre Pause überzogen. Das war kein Problem, aber langsam würde sie sich auf den Weg machen müssen.

< schade! Das war viel zu kurz. Und warum ist das so komisch heute? Vielleicht lag es ja an ihr, weil dieser Besuch zu überraschend kam. Aber für einen Kuss werde ich mir auf jeden Fall noch Zeit nehmen >

Sie stand ihm jetzt genau gegenüber und konnte nicht anders, als ihren Blick auf seinen Mund richten. Sie wollte diesen Mund unbedingt küssen. Vorsichtig trafen sich ihre Lippen. Aber nur für den ersten Moment, ganz sachte, dann wurde er fordernd und stürmisch und wild. „Hmmm, du schmeckst aber lecker nach Cappuccino“, hauchte er und seine Hand fasste dabei unter ihren Haaransatz, an die Stelle, die so empfindlich war und an der sein streichelnder Daumen etwas anrichten konnte, was sie alles um sie herum vergessen ließ. Sie umfasste seinen Kopf und zog ihn noch näher zu sich, der Druck ihrer Lippen schmerzte schon, aber es war noch lange nicht nah genug.

< Ich will mehr. Ich muss zurück ins Büro. Ich will noch nicht, dass er geht. Verdammt. >

Philip hielt ihren Kopf weiter fest in seiner Hand und ohne, dass er den Kuss unterbrach, tastete sich seine andere Hand langsam ihren Bauch hinauf und blieb auf ihrem Busen liegen. Er fand die Knopfleiste ihrer Bluse, öffnete einen davon und schob seine Hand auf ihrer nackten Haut unter ihren BH. Marie bebte, als er mit dem Zeigefinger über ihre Brustwarze strich.

< Ich muss ins Büro. Was macht er nur mit mir? er will doch jetzt keinen Sex oder, ich hab doch nur eine halbe Stunde Mittagspause >

Der Mensch verändert nur etwas durch Handeln

Das hatte gesessen! Warum kam ihr gerade jetzt dieser Satz in den Kopf? Dabei wollte sie doch nur

Philip. Sie wollte diesen Mann so unbeschwert wie das erste Mal vor gut einem Jahr. Sie würde sich später mit diesem Satz beschäftigen. Nicht jetzt! Ihre Finger öffneten einen Knopf seines Oberhemdes nach dem nächsten. Und noch immer unterbrachen sie ihren Kuss nicht. Dann zog sie sein T-Shirt aus dem Hosenbund und fuhr mit beiden Händen vom Bauchnabel hoch bis auf seine Brust. Es war so schön ihn zu spüren und seine Nähe und Wärme zu fühlen. Für einen kurzen Moment sahen sie sich in die Augen, vielleicht suchte Philip darin ihr Einverständnis, um weiterzumachen, denn dann öffnete er den Reißverschluss ihrer schwarzen Business-Hose, zog sie bis zu ihren Knien herunter und dreht Marie um. Er drückte sie sanft nach vorn, sodass sie mit dem Oberkörper auf dem Esstisch lag. Mit seinem Fuß schob er ihre Beine langsam auseinander.

„Ich muss ins Büro."

Es war kein Einwand.

Es war kein Protest.

In Wirklichkeit war es Vorfreunde und Lust.

„Jetzt machen wir erstmal eine schöne Mittagspause. Oder möchtest du wirklich zurück ins Büro?"

Er fragte es langsam mit einer tiefen Stimme, die sie nur noch williger machte. Als er unerwartet schnell in sie eindrang, wurde sie auf die Tischplatte gedrückt.

Es dauerte nicht lange, bis Marie kam und bis es so weit war, schaffte sie es, ihren Kopf freizuhalten. Es gab keinen einzigen Gedanken. Weder an die Mittagspause noch an alle Umstände im Zusammenhang mit Philip. Nicht eine einzige Frage…

Kurze Zeit später hörte sie, wie er den Reißverschluss seiner Jeans zuzog. Langsam bewegte sie ihren Oberkörper vom Tisch. Das würde ein paar blaue Flecke geben.

< *oh Mann, wie lange habe ich das schon nicht mehr gemacht*? >

Dann drehte sie sich um und sah gerade noch, wie er sich das Hemd zuknöpfte. „Na, wieder da?“, fragte er dabei schelmisch. „Noch nicht so richtig.“, antwortete sie, erstaunt, dass er schon so gut wie angezogen war. Dann war es jetzt wohl so weit, die Mittagspause war beendet. Still griff sie nach ihrer heruntergezogenen Hose und zog sie wieder an die richtige Stelle. Philip hatte sich bereits ins Bad begeben. Sie hörte den Wasserhahn laufen. Kurze Zeit später kam er zurück. „Jetzt muss ich aber auch noch mal kurz ins Bad. Ich sehe bestimmt aus wie durchgewuschelt.“

„Nein überhaupt nicht!“

„Lügner!“

Sie nahmen beide aus demselben Glas noch ein paar Schlücke Cola, dann sah sie auf ihre Uhr „Verdammt, ich muss echt los.“ „Ich auch.“ Zusammen verließen sie Maries Wohnung. „Ich kann jetzt eigentlich noch gar nicht arbeiten“, bemerkte sie. „Dann mach langsam und erhol dich noch von eben“, dabei kniff er ihr ein Auge zu. Auf der Straße nahmen sie sich kurz in den Arm und gaben sich einen ganz kleinen Abschiedskuss. „Bis bald, Philip.“ „Jaha, bis denne.“

Beide stiegen in ihre Autos und fuhren hintereinander her. An der nächsten großen Kreuzung mussten sie wegen einer roten Ampel halten. Jetzt standen ihre Wagen nebeneinander und sie sahen sich durch die Scheiben an.

Solange, bis es Grün wurde, dann warfen sie sich gegenseitig einen Luftkuss zu und sie bog nach links und er nach rechts ab.

< *Ich würde ein Königreich geben für seine Gedanken*>

Philip war weg und innerhalb von Sekunden wurde Marie wieder von der Realität eingeholt.

< *was war das? Was war das für ein Treffen? Ist sowas mein Wunsch?* >

„Neeeeeeeiiiiiiiiiiiiiiiinnnnnnnn. Nein. Nein. Nein. Nein. Nein. Nein! Ganz sicher nicht! Im Leben nicht!“

Ach, und die Monsterbiester meldeten sich bei diesen Gedanken natürlich auch wieder zu Wort. Diese Oberschlaumeier!

Wie viel Millionen Gedanken man auf drei Kilometern Autofahrt denken kann... Mit der Gewissheit, dass er sich an diesem und an den nächsten Tagen nicht melden würde, fuhr sie zurück ins Büro.

Außer einer Kollegin, die sie etwas fragen wollte, war niemand aufgefallen, dass sie viel länger als üblich weg war.

Wenn es so sein soll, dass man sich mit einem schönen Lächeln an Sex erinnert - ja, auch gerne mal an schnellen Sex -, und es etwas Gutes ist und man es genießen kann und daraus beflügelt wird, dann war das gerade nicht der Fall. Maries Gedanken fuhren Achterbahn und die Höhen des soeben erlebten, vermischten sich mit den Tiefen der Unklarheiten und Fragen und verwirrten sie wieder einmal zutiefst. Dazu kamen ihr wieder die Sätze aus dem Zeitungsartikel vom Friseur in Erinnerung:

Unser Hirn hasst nichts so sehr wie Ungewissheit

Der Mensch verändert nur etwas durch Handeln

ACHTUNDZWANZIG

Kein gelesener Satz und kein ausgesprochenes Wort kann je zurückgenommen werden!

< Warum musste sie auch auf diesen blöden Artikel stoßen und ihn dann auch noch lesen? Warum hatte sie nicht einfach weiter blättern können, dann hätte sie jetzt nicht das nächste Thema, über das sie grübeln musste. Aber ihr ging es doch gut. Sie hatte keine körperlichen Schmerzen und eine Depression hatte sie auch nicht. Sie ging doch ihrem Beruf nach konnte ihr Leben meistern. Schließlich hatte sie allein zwei Kinder großgezogen und immer alles geschafft, was sie wollte. Sie stand mit beiden Beinen im Leben. Also kein Grund zur Sorge! >

Je länger Marie über diese Mittagspause nachdachte, desto skurriler wurde sie in ihren Augen. Philip hatte nach langer Zeit mal wieder eine Nachricht gesendet. Seine Wortwahl war präzise gewählt. Nachdem sie nicht geantwortete, hatte er eine weitere Nachricht losgeschickt, mit der Information, dass er in der Nähe war. Dann trafen sie sich in ihrer Mittagspause und er wollte sie nutzen für eine schnelle Nummer? Vorher keinen Kontakt, nachher keinen Kontakt. Keine gemeinsamen Absprachen. Je deutlicher Marie diese Tatsachen bewusstwurden, umso sicherer war sie sich, dass sie so etwas nicht wollte! Warum konnte er sie nicht einen Tag vorher anrufen und sie ganz einfach fragen, ob sie Lust und Zeit habe, mit ihm ihre Mittagspause zu verbringen? Warum plante er all diese Dinge allein und besprach sie nicht mit ihr? Das konnte nur mangelnde Wertschätzung und mangelnder Respekt ihr gegenüber sein, andere Gründe fielen Marie beim besten Willen nicht ein.

Resigniert, aber sachlich, sah sie diesen Erkenntnissen ins Auge, derer sie sich eigentlich schon längst bewusst war. Die Zeit der Ausreden wurde immer dünner. Sie musste sich ablenken. Aber wie? Es war Ende November. Der Advent begann. Jedoch waren alle Weihnachtsmärkte, alle Weihnachtsfeiern und alles Gesellige abgesagt. Pandemievorgaben und Kontaktbeschränkungen, um die nächste Welle abzuschwächen. Marie wollte sich einen Plan machen mit Dingen, die sie sich vornehmen konnte, um sich zu beschäftigen. Dieser Artikel mit den Schlagzeilen, die ihr ständig in Erinnerung kamen, hatte ihr Angst gemacht und das erste Mal, seit sie in dieser Situation mit Philip war, dachte sie darüber nach, ob und was diese Zeit mit ihr gemacht hatte.

Unser Hirn hasst nichts so sehr wie Ungewissheit

Die ganzen unterschiedlichen Stimmungen und Gefühle, die sie in den vielen Monaten hatte, waren nur aus der Ungewissheit entstanden. Die Traurigkeit, die Wut, die Verzweifelung, die Hilflosigkeit, die körperlichen Schmerzen und die Liebe. Ungewissheit hatte diese Gefühle ausgelöst.

Diese Ungewissheit war das Schreckliche.

Der Herrscher über die Ungewissheit war Philip.

„Marie, bleibst du heute noch auf ein Feierabendbier? Schließlich hätten wir an diesem Wochenende Weihnachtsfeier, da wird doch ein Fläschchen mit Abstand erlaubt sein." Sie wurde aus ihren Gedanken gerissen. „Na klar, ich bleibe gerne auf ein oder zwei Radler. Danke Martin." Marie sah auf die Uhr. Kurz nach achtzehn Uhr. Eigentlich hatte sie seit über einer Stunde Feierabend. Aber das war einer ihrer Pläne: so lange im Büro bleiben wie möglich.... Sie machte den Bildschirm aus und fuhr den PC herunter. Ordnete noch schnell die Papiere auf ihrem Schreibtisch, nahm dann ihre Sachen, löschte das Licht und begab sich zu ihren Kollegen, die schon eine geöffnete Flasche vor sich stehen hatten. „Hey, was machst du eigentlich noch hier?", fragte einer von ihnen, als Marie sich gerade ein Radler aus dem Kühlschrank nahm. „Mein Schreibtisch war so voll, ich hab total die Zeit vergessen.", gab sie vor und hoffte, dass damit das Thema erledigt war. Tatsächlich gaben sich alle damit zufrieden und es dauerte nicht lange, da waren sie vertieft in Themen die aus Fußball, Corona und Firma bestanden. Es wurde so gesellig, dass keiner nach Hause ging. Nach dem ersten Fläschchen kam das nächste und danach wieder eins und auch Marie machte mit. Warum auch nicht? Zuhause würde sie eh allein sein und wieder grübeln... Insgesamt waren sie sechs Kollegen und Marie. Nach dem nächsten Bier zaubert jemand von irgendwoher eine Flasche Jägermeister und danach war es beschlossene Sache, den Abend noch nicht zu beenden. Es wurde so lustig, dass Marie alles, was sie sonst beschäftigte, für ein paar Stunden vergaß. Die Kollegen erzählten Anekdoten aus den langen Jahren im gemeinsamen Betrieb und sie lachten alle so herzlich, dass ihnen die Tränen kamen. Ein wunderbarer Abend, fand Marie. Autofahren konnte jedoch keiner mehr von Ihnen. Es war nach dreiundzwanzig Uhr, als sie gemeinsam beschlossen, aufzubrechen. Im Nu löste sich die kleine Runde auf. Marie kramte nach ihrem Smartphone in der Handtasche. Sie würde Annabell anrufen. Auf dem Display fand sie aber eine Nachricht von Fabian „Hey, Kleine. Was machst du? Geht es dir gut? Ich mache mir Sorgen um Dich. Du warst so komisch, als wir uns letztens in der Stadt trafen." Als sie das las, war sie gerührt. Es gab jemand, dem sie nicht egal war. Fabian war eine ehrliche Haut. Einen Moment lang überlegte sie, ob sie ihm erst Antworten oder zuerst Annabell anrufen sollte. Sie spürte die Wirkung des Alkohols und, dass sie den ganzen Tag über wenig gegessen hatte. Kurzerhand drückte sie dann auf „Anrufen" und Fabians hinterlegtes Bild erschien auf dem Bildschirm.

„Na Du", nahm er das Gespräch an. „Hey, mein Lieber. Das ist aber ein Zufall, dass du mich anrufst. Ich habe gerade eine Nachricht von dir bekommen.", ihre Stimme lallte ein wenig und während sie sprach, kicherte sie, wie ein kleines Mädchen.

„Schnucki, hast du Alkohol getrunken? Du hast mich doch angerufen!", fragte Fabian deshalb sofort nach ihrem ersten Satz. „Nur ein kleines bisschen…", grinste sie. „Wo bist du denn? Bist du allein zuhause?“ „Nein, ich bin noch in der Firma, aber jetzt rufe ich mein Kindchen an und das soll mich abholen.“ „Lass das mal. Ich hole dich ab. Lauf die Straße runter, da komme ich dir entgegen. In sieben Minuten bin ich da.“, wies er an. „Okey. Mach ich…“, dann legten sie auf. Marie zog sich die Jacke an, verabschiedete sich und ging. Es war kalt und ungemütlich, aber von innen war ihr warm. Sie fühlte sich gut. Sie ging langsam, weil sie wusste, dass sie gleich auf Fabians Auto treffen würde, und sie freute sich, ihn zu sehen. Gerade, als sie an der nächsten Kreuzung angekommen war, hielt ein Auto neben ihr. Die Scheibe fuhr herunter und sie hörte den Fahrer sagen „Hallo, Schneckchen, darf ich dich wohl nach Hause bringen?“ „Ich würde mir nichts lieber wünschen.“, konterte sie spontan und lehnte sich durch das geöffnete Fenster zu ihm in den Innenraum. Dann öffnete sie sie Beifahrertür, stieg ein und Fabian fuhr sie heim. „Soll ich noch mit hochkommen?“, fragte er, als sie angekommen waren. „Das wäre schön.“ Schweigend gingen sie zur Haustür und nahmen die Treppen nach oben. Als sie die Wohnungstür geschlossen hatten, nahmen sie sich still in den Arm. Keiner bewegte sich. Sie standen nur da. Fabian merkte, dass Marie nichts anderes brauchte. Dann flüsterte sie, mit der typischen Stimme, die man hat, wenn man zu viel Alkohol getrunken hat „Ich möchte keinen Sex mit Dir. Ich möchte nur, dass du mich ins Bett bringst und mich hütest.“

Er lachte warmherzig, „So so, hüten soll ich dich? Wie geht das denn?“

Marie schob seinen Pullover hoch und fuhr mit den Händen an ihre Lieblingsstelle auf Fabians Brust. „Sei nicht so. Das weißt du doch genau. Du sollst mich ins Bett bringen, mich zudecken und mir etwas Schönes erzählen. Das ist hüten, einfach da sein und sich kümmern." Er nahm ihre Hände von seiner Brust, küsste sie zärtlich auf den Kopf und sagte dabei „Na gut, mein Schäfchen, dann bin ich heute dein Hüte Hundchen. Ab ins Bad und Zähneputzen. Wo ist dein Schlafanzug? Den hole ich schonmal..." „Der liegt unter meiner Bettdecke.", beantwortete sie die Frage, zog sich die Schuhe aus und verschwand im Bad. Das kleine Nachthemd reichte er ihr durch einen Spalt in der Tür und fragte dabei, ob sie zurechtkam. Dann machte er das kleine Nachtlämpchen im Schlafzimmer an und schlug ihr Bett auf. Kurze Zeit später tauchte Marie auf und schlüpfte sofort unter die Bettdecke, die Fabian für sie hochhielt. Er kuschelte sich an sie und nahm sie in den Arm. „So meine Liebe, jetzt wird schön geschlafen. Das klappt bestimmt gut mit deinem Alkoholspiegel. Ich passe auf dich auf." Er drückte sie fest an sich und gab ihr einen Kuss auf den Scheitel. „Bleibst du hier?", flüsterte sie ihm noch zu und dabei hatte sie schon die Augen geschlossen. „Ich warte, bis du eingeschlafen bist. Dann mache ich das Licht aus und gehe. Bis dahin fühl dich gehütet und bewacht, Marie." Er sagte diese Worte liebevoll, aber mit einer Ernsthaftigkeit, die glaubhaft war, denn genau das brauchte sie an diesem Abend. Marie überlegte noch, wie lange sie schon nicht mehr dieses tiefe

Gefühl der Geborgenheit gespürt hatte. Es waren sicher ein paar Jahre. Darüber schlief sie ein.

„Danke“ Die Nachricht an Fabian bestand nur aus diesem einen Wort. Es sagte alles aus und brauchte dennoch nichts mehr. Seine Antwort darauf kam unmittelbar und war genauso schlicht verfasst „Das war doch selbstverständlich!“

Den Rest des Wochenendes brauchte sie, um wieder in die Spur zu kommen. Die Menge des Alkohols war doch höher, als sie angenommen hatte, deshalb erledigte sie nur die nötigsten Dinge im Haushalt. Später kramte sie wenigstens noch die Kiste mit der Weihnachtsdekoration hervor, denn am Sonntag war der erste Advent. Die Geste von Fabian, die ihr am vergangenen Abend Wärme, Vertrauen und Geborgenheit schenkte, war so wichtig, weil sie nicht ahnte, dass ihr Konto davon vollkommen leer war. Bestimmt hätten sie miteinander geschlafen, wenn sie es gewollt hätte, aber sie fühlte sich auch so zufrieden und war diesem wundervollen Mann wieder einmal dankbar dafür.

Laura kam pünktlich am Sonntag um zehn Uhr zum Adventsfrühstück, zu dem sie sich verabredet hatten. Begleitet wurde sie von ihrem Hund. Marie hatte eigentlich für Haustiere nichts übrig, aber dieser Hund hatte ihr Herz erobert. Brav legte er sich in den Flur und schlief, nachdem er sich von Marie ordentlich hatte kraulen lassen. Der Tisch war schön gedeckt, mit dem Weihnachtsgeschirr, das Marie sammelte und jedes Jahr vom ersten Advent bis nach Neujahr benutzte. Es duftete herrlich nach Kaffee und frischen Brötchen, die Laura vom Bäcker mitgebracht hatte. Und mitten auf dem Tisch stand ein selbst kreiertes Adventsgesteck, auf dem die erste Kerze brannte. Sie hatten schon länger nicht mehr so beisammengesessen und in Ruhe miteinander gesprochen. Laura war viel beschäftigt und hatte selten Zeit für lange Besuche. Während sie ihrer Mutter ein paar lustige YouTube-Videos zeigte, hörte Marie eine ankommende Nachricht auf ihrem IPhone.

Sie stand aber nicht auf, um nachzusehen, denn sie glaubte, es wäre bestimmt wieder eine dieser vielen Werbeemails, die sonntags immer ihr Handy vollmüllten.

Sie sprachen über Weihnachtswünsche und wie sie die Feiertage unter den aktuellen Viruseinschränkungen, auch mit Besuchen bei den Großeltern, verbringen könnten. Es war bereits nach Mittag, als Laura sich auf den Heimweg und während Marie den Tisch abräumte, schaute sie beiläufig auf ihr Telefon. Eine Nachricht von Philip war darauf!

< Ach, er lebt ja auch noch >

Sie war sie sarkastisch und zugleich war sie wieder hin- und hergerissen, zwischen aufkommender Freude und erwarteter Enttäuschung, als sie den Chat öffnete, so wie es schon tausend Mal vorher gewesen war. „Ich wünsche Dir einen schönen ersten Advent." Daumen hoch. Stern. Kusssmiley. Marie setzte sich auf einen Stuhl und schaute auf den Bildschirm. Es war eine nette Nachricht, aber doch nur für Menschen, die sich entweder öfter sehen, oder die so einen Wunsch zum Anlass nehmen, um sich gegenseitig ein paar Nachrichten zu schreiben. Sie würde doch wieder keine weitere Nachricht von ihm bekommen, auch wenn sie ihm jetzt antworten würde und ihn bei der Gelegenheit etwas fragen würde, auch, wenn es nur die Frage wäre, wie es ihm ging. Sie musste darüber noch etwas nachdenken. Der letzte Kontakt, den sie hatten, war die merkwürdige Mittagspause. Danach nichts weiter. Das war fast drei Wochen her. Sie schüttelte resigniert und traurig den Kopf. Dabei hatte sie sich die letzten Tage so gut im Griff gehabt. Warum war dieser Mann nur so schwierig, so anders, so geheimnisvoll und unehrlich? Sie würde später antworten...

Am Nachmittag war sie erst einmal bei Sabine eingeladen und bis dahin würde sie die Wohnung aufräumen und gemütlich in ihrem Buch lesen.

Wie so oft verquatschten sie sich wieder und die Tagesschau hatte schon begonnen, als Sie nach Hause kam. Schnell schlüpfte sie in bequeme Kleidung, machte ein paar Kerzen und die Heizung an und war bereit für den Abendfilm. Dann beantwortete sie schnell ein paar Nachrichten von Annabell und einer Arbeitskollegin und erinnerte sich dabei wieder an den noch unkommentierten Gruß von Philip.

„Vielen Dank. Ich hoffe, du hattest auch einen schönen ersten Advent“, zu mehr reichte es nicht, denn sie wusste genau, dass alles andere vergebene Mühe war. Was sollte sie dann auch schreiben? Dann legte sie das Handy beiseite, versuchte zu vergessen und den Sonntagskrimi zu verfolgen. Später, als sie längst im Bett lag, aber noch in ihrem E-Book las, hörte sie neben sich das Handy piepen und auf dem Bildschirm sah sie Philips Profilbild mit einer Nachricht. Sie las erst das Kapitel zu Ende dann öffnete sie „Und, wie ist deine Meinung zum Krimi?“ Er war online. Also schrieb er nicht nur mit ihr. Aber mit wem dann, um diese Uhrzeit? Dreiundzwanziguhrsiebzehn... „Ich fand ihn super und du?“ „Ich auch. Daumenhoch.“ Das war es schon wieder.

< *Man, was schreiben wir hier für einen Scheiß!* >

Sie konnte es nicht fassen. Aber genau diese Situation hatte jetzt wieder zur Folge, dass sie nicht einschlafen konnte. Deshalb las sie in ihrem Buch weiter, in der Hoffnung, dass sie bald müde werden würde und ihr die Augen zufallen würden. Allerdings konnte sie nicht widerstehen, ein paar Mal zwischendurch den Chat mit Philip zu öffnen und zwei Mal davon war er online. Es war kurz vor Mitternacht.

Unser Hirn hasst nichts mehr als Ungewissheit

Am nächsten Morgen war sie wieder beruhigt. Sie ging ins Büro und nachher zur Musikschule.

Jetzt in der Vorweihnachtszeit war es besonders schön und ihr ging das Herz auf. Marie nahm sich vor, mit der Musikschule so lange weiterzumachen, wie sie die Kinder so erreichen konnte, so liebevoll und voller Vertrauen, denn das ist es, was Kinder bestärkt in ihrer Entwicklung und sie bereit macht für das Leben. Marie war stolz ein Teil davon zu sein.

An den anderen Tagen der Woche bliebt sie lange im Büro und abends machte sie es sich gemütlich, kochte etwas Schönes und lud eines der Mädchen zum Essen ein, oder traf sich, wenn auch vorher gut überlegt und mit einem schlechten Gewissen, manchmal mit Sabine oder Petra oder mit beiden. Jeden Tag glaubte sie, Philip würde ihr schreiben oder sie anrufen, so, wie er es zu Anfang öfter getan hatte, aber die Zeit verging, ohne dass etwas passierte.

In Petras kleiner Wohnung verbrachten sie kurz vor dem zweiten Advent einen herrlichen Abend mit ordentlich viel Glühwein. Zu später Stunde schmückten sie die Tanne, die Petra schon auf dem Balkon bereitgestellt hatte, mit allem, was sie in Petras Weihnachtskiste fanden und da der Baum viel zu groß für ihr Wohnzimmer war, stellten sie ihn fertig geschmückt draußen vor die Balkontür und freuten sich des Lebens. Sabines Mann musste sie später abholen, weil keine von ihnen mehr Autofahren durfte.

Es begann dann die Zeit, in der es im Betrieb schon vorweihnachtliche leer wurde. Die ersten Kollegen verabschiedeten sich in den Weihnachts- und/oder Silvesterurlaub und alle waren trotz der Pandemie guter Laune. Marie verbrachte nicht wenig Zeit im Internet, um auf diesem Weg Weihnachtsgeschenke einzukaufen.

Gemütliche Shoppingtouren mit anschließendem Besuch eines Weihnachtsmarktes waren nicht möglich. In dieser Zeit beschloss Marie, entgegen ihren Vorlieben für viele Geschenke, den Mädchen ein Geldgeschenk zu machen. Dennoch bestellte sie noch Kleinigkeiten dazu und für ihre Freundinnen und andere Menschen, die ihr nahestanden, dass eine oder andere Weihnachtsgeschenk. Und bald war es drei Tage vor Heiligabend.

Die nächsten zwei Arbeitstage wollte Marie nutzen, um ihren Schreibtisch abzuarbeiten, Liegengebliebenes zu erledigen und Vorbereitungen für den kommenden Monatsabschluss und den Jahresabschluss zu treffen. Danach hatte sie frei. Aber nur bis nach den Weihnachtsfeiertagen. Zwischen den Jahren war sie wieder im Büro. Einerseits, weil sie wieder den Kollegen zu dieser Zeit Urlaub ermöglichen wollte, und andererseits, weil es ihr nicht wichtig war frei zu haben – zu viele Tage ohne Arbeit und Beschäftigung taten ihr nicht gut – An diesem Tag verließ sie, wie immer montags, das Büro früher. Die Kinder warteten schon vor der Tür der Musikschule auf sie. Marie hatte für den letzten gemeinsamen Nachmittag vor Weihnachten immer etwas Besonderes vorbereitet. Sie machte viele Kerzen an, es lief leise Weihnachtsmusik, jedes Kind hatte Plätzchen dabei und sie setzten sich zusammen, erzählten über Weihnachtswünsche und Weihnachtstraditionen und Weihnachtsurlaube. Sie las Geschichten vor und sie blieben alle viel länger zusammen, als es eigentlich geplant war. Viele der Kinder hatten von ihren Müttern ein kleines Geschenk für Marie mitbekommen, dass sie ihr jeweils feierlich überreichten. Sie liebte diese Tage. Und ganz besonders liebte sie den Abschluss dieses Nachmittags, den sie seit vielen Jahren stets gleich gestaltete. Sie lud um eine gewisse Uhrzeit die Eltern der Kinder ein, um die Kleinen abzuholen. Dann bat sie alle herein und schloss die Tür. Es war dunkel, bis auf die Kerzen und dann stellte sie ein Playback mit Weihnachtsliedern an, zu dem die Kinder dann auf der Blockflöte spielten. Sie sah die Tränen in den Augen der Mütter, die so stolz auf ihre Kinder waren und das war der schönste Weihnachtsaugenblick. In den letzten Jahren musste Marie selbst die eine oder andere Träne wegblinzeln doch an diesem Nachmittag hatte sie keine Chance dazu. Ihr liefen die Tränen wie ein Wasserfall das Gesicht herunter... Es war eine so rührende, herzliche und vertrauensvolle Stimmung.

An ihrem letzten Arbeitstag grübelte Marie seit dem Aufstehen eigentlich nur über eins: War es tatsächlich wahr, dass Philip sich nicht mehr vor den Feiertagen bei ihr melden würde, um ihr persönlich Schöne Weihnachten zu wünschen? Damit würde sie sehr schwer klarkommen. Sie hatte sich ja vorgenommen, sich nicht mehr bei ihm zu melden und daran würde sie endlich festhalten wollen. Sie war es sich selbst und ihrer Monsterbiesterarmee schuldig. Sie wusste, dass er wie jedes Jahr Urlaub bis ins neue Jahr hatte und vermutete, dass er sich schon im Homeoffice befand.

Ohne, dass sie Einfluss darauf hatte, bestimmten diese Gedanken ihren ganzen Tag seit der ersten Sekunde des Wachwerdens und nichts konnte sie vertreiben. Wie ein Pegel, der stetig weiter anstieg, wurden sie immer massiver und mit ihnen kam eine Mischung aus tiefer Enttäuschung, Wut und Traurigkeit. An was für einen Mann war sie da nur geraten? Und warum, in Dreiteufelsnamen, tat sein Verhalten ihr immer noch so weh? Bis zum frühen Nachmittag hatte sie sich so in diese Gedanken verbissen, dass sie für nichts anderes mehr Aufmerksamkeit hatte. Ein Glück gab es nicht mehr so viel zu erledigen. Sie hatte keine Konzentration für irgendetwas anderes. Und plötzlich, als sie fast verrückt wurde und die Traurigkeit begann körperliche Schmerzen zu verursachen, flüsterten die Monsterbiester wohlwollend: „Warum rufst du ihn nicht einfach an? Du musst doch nicht an deinem Vorhaben festhalten. Das hast du dir doch nur selbst auferlegt.“ Wie eine Befreiung und eine Erlaubnis sog sie diese Worte auf und hatte dabei bereits zum Telefonhörer gegriffen, um die hinterlegte Nummer zu wählen. Es tutete und ihre Hand mit dem Hörer am Ohr zitterte. Ihr war heiß und der Stoff des T-Shirts begann unter ihren Achseln feucht zu werden.

< ich warte noch dreimal klingeln, dann lege ich auf >

„Philip Sandmann. Hallo Marie! Bist du auch noch im Dienst und noch nicht im Weihnachtsurlaub?“, hörte sie seine Stimme. Sie war so tief und warm und satt und sie hatte noch dieselbe Wirkung, wie bei den ersten Worten am ersten Tag, als sie sich kennen lernten. Sofort bildeten sich kleine heiße Perlen an verschiedenen Stellen auf ihrer Haut und hinterließen dort Spuren wie brodelnde Lava. Die Schmetterlinge bewegten sich so heftig in ihrem Bauch, dass ihr schlecht wurde und ihr Mund war augenblicklich so ausgetrocknet wie eine Wüste. „Hallo Philip“, begann sie vorsichtig und hoffte, dass sich alles, was gerade außer Kontrolle geraten war, wieder normalisierte. „Heute ist mein letzter Arbeitstag vor Weihnachten und da dachte ich mir, ich melde mich mal, es wäre doch schade, wenn wir uns ganz aus den Augen verlieren würden.“ Dieser Satz war ihr gerade spontan in den Sinn gekommen und sie war gespannt, was er darauf erwidern würde. „Wir verlieren uns nicht“, sagte er kurz und knapp und selbstbewusst. „Das sagst du so“, gab Marie noch nicht auf. „Okay, verstehe.“ Dann wechselte er sofort das Thema und sprach über Belangloses. Sie erzählten sich von der Arbeit und von den Kindern, von der Pandemie und wenn man es nicht gewusst hätte, würde man glauben sie wären langjährige Vertraute, die solche Telefonate mehrmals in der Woche hatten. Auf die Frage, was er im Urlaub und an Weihnachten mache, sagte er nur „Ich bin doch kein Weihnachtsmensch und bringe an den Tagen immer mein Büro auf den aktuellen Stand und den Urlaub verbringe ich, wie immer, zuhause. Und du?“, schob er schnell eine Frage an Marie hinterher. „Ich werde an den Feiertagen sicher mal meine Eltern besuchen und die Kinder kommen irgendwann. Zwischen den Jahren gehe ich wieder arbeiten.“ Das ganze Telefonat dauerte bestimmt eine halbe Stunde. Sie brachten sich gegenseitig immer wieder zum Lachen und planten sehr oberflächlich, sich bald bestimmt wieder mal zu verabreden. Irgendwann verabschiedeten sich voneinander.

Für jeden Zuhörer, der nicht wüsste, dass sie miteinander schliefen und was sonst noch zwischen ihnen los war, war es ein ganz normales Gespräch, aber Marie merkte immer mehr, dass alles, was sie sagte, nur wie der Text eines Drehbuches war. Dass sie eigentlich aus tiefstem Herzen und tiefster Seele schreien wollte. Ihn anschreien wollte, mit der Frage „Was ist das eigentlich für ein Ding hier zwischen uns? Warum verhältst du dich so?“ Aber sie tat es nicht. Wieder nicht. Verdammt, war sie schwach. Sie konnte jedes betriebliche Ding klären, musste unangenehme Sachen bearbeiten und mit Lieferanten und Kunden nicht immer erfreuliche Geschäftsgespräche führen, das war alles kein Problem für sie, aber dieses Ding hier, machte sie so schwach wie....

Ihr fiel nichts ein, was so schwach war.

Marie saß stumm da, nachdem sie den Hörer aufgelegt hatte und fragte sich, ob und was ihr dieses Gespräch gebracht hatte. Sie konnte es sich nicht beantworten. Es war einfach wie immer! Sie hatte das noch nie erlebt, dass sie nicht wusste, was sie von einem Menschen halten sollte. Noch dazu über eine so lange Zeit hinweg. Marie war doch eigentlich ganz anders. Sie machte sich die Mühe, Menschen um sie herum zu verstehen und hatte nach kurzer Zeit ein gutes Gespür dafür, wie sie tickten. Daraus ergaben sich fast immer langjährige gute private oder berufliche Beziehungen und Kontakte. Menschen, die nicht dieselbe Chemie wie sie hatten, erkannte Marie in der Regel ziemlich schnell und pflegte dann nur einen solchen Kontakt, der unbedingt nötig sein musste. Philip blieb ein Buch mit sieben Siegeln.

< Sie hatte diesen Mann so nah an sich herangelassen. Das war der eigentliche, fatale, schlimme Fehler >

Wie ferngesteuert öffnete sie den Browser ihres PCs und gab in die Suchmaschine ein: fataler Fehler.

Die Antwort kam prompt: Ein Fehler, der zu einem Absturz des Systems oder der Anwendung führt, d.h. zu einem abrupten Versagen ohne Chance auf Erholung.

Rummmmmmms !

Marie klickte schnell die Internetseite wieder zu. Eine so eindeutige und niederschmetternde Definition hatte sie nicht erwartet. Ihr reichte es. Sie hatte den Schreibtisch leer und beschloss jetzt in den Weihnachtsurlaub zu gehen. Dann verabschiedete sie sich von allen Kollegen, die noch da waren. Hielt mit jedem noch ein kleines Gespräch mit guten Wünschen für die kommenden Feiertage und fuhr nach Hause. Jetzt würde sie sich erstmal einen Plan für die nächsten Tage machen und sich richtig gemütlich in Weihnachtsstimmung bringen. Sie hatte sich einiges vorgenommen, auch, um möglichst wenig Zeit zum Nachdenken zu haben. Weihnachten ist der schlechteste Zeitpunkt für Grübeleien und traurige Philosophien, denn an Weihnachten multiplizieren sich Emotionen und Gefühle mit sich selbst und erreichen Potenzen, die unvorstellbar und äußerst schlecht in den Griff zu bekommen sind.

NEUNUNDZWANZIG

Wenn man gut vorbereitet und organisiert ist, kann man sich Brücken bauen, die tiefe Schluchten von Schwäche überbrücken. Marie hatte sich gut vorbereitet. Sie backte Plätzchen, plante ein Heiligabend-Essen und kaufte dafür ein. Sie verpackte Geschenke, putzte die Wohnung und entspannte sich danach mit Lesen und Fernsehen. Sie schrieb Weihnachtskarten, weil sie glaubte, dass in diesen Zeiten ein ankommender Brief wieder Freude bereitete und lud Petra und Sabine auf einen Vorweihnachtskaffee ein. Und dann war Heiligabend. Auch diesen Tag hatte sie genauestens geplant, damit es ihr nicht so ging wie im letzten Jahr. Nach einem gemütlichen Kaffee im Bett und zwei Kapiteln in ihrem E-Book, verbrachte sie die nächsten Stunden in der Küche. Unterschwellig waren ihre Gedanken jedoch, wie immer, seit dem Tag vor eineinhalb Jahren, an dem sie ihm so unverhofft in die Arme gelaufen war, bei Philip. Sie konnte, auch wenn sie es sich noch so sehr vornahm, nichts daran ändern. Er war wie in ihren Kopf eingebrannt. Während des Kochens, klingelte ein paar Mal das Handy, weil Bekannte und Freude ihr noch Frohe Weihnachten wünschen wollten. Marie freute sich sehr darüber, irgendwie war doch das Weihnachtsfest und das Ende des Jahres immer noch eine besondere Zeit, um Freunde und geschätzte Menschen anzurufen. Gerade kümmerte sie sich um den Nachtisch, da klingelte es wieder und sie sah Fabians Gesicht auf dem Display. „Hey, mein Lieber, du hast mir in meiner Anrufliste für heute auch wirklich noch gefehlt", begrüßte sie ihn.

„Wenn du mich nicht sprechen willst, dann lege ich wieder auf", entgegnete er gespielt beleidigt. „Das war ehrlich gemeint! Ich habe schon überlegt, ob ich dich anrufen kann, war mir aber nicht sicher, ob du allein bist, heute." „Deswegen rufe ich DICH ja an. Ich habe jetzt die Möglichkeit, denn ich bin im Auto unterwegs. Was machst du an den Weihnachtstagen? Geht es dir gut?", fragte er dann und Marie erzählte ihm, was sie alles vorhatte. Dann fragte sie ihn dasselbe und sie erzählten sich die Planungen an den kommenden Weihnachtstagen. Marie bedankte sich noch einmal bei ihm für den Abend, an dem sie etwas zu viel getrunken hatte. „Marie, es ist alles gut. Bitte lass das. Ich hab dich gerne gehütet.", fiel er ihr ins Wort und damit war die Sache aus der Welt. „Melde dich, wenn es dir mal nicht gut geht. Du warst auch schon so oft für mich da in den letzten Jahren. Wenn wir das alles aufrechnen, werde ich dich noch oft hüten müssen.", befürchtete er und sie antwortete „Das brauchen wir nicht. Wir sind uns einig und mehr gibt es nicht zu sagen." Dann wünschten sie sich gegenseitig „Frohe Weihnachten" und für einen Moment schwiegen sie ungewollt. „Bis bald, Marie. Ich drücke Dich.", sagte er dann leise. „Bis bald Fabi, ich drücke dich auch."

Als Marie ihr Smartphone weglegte, sah sie eine Nachricht von Philip, die eingegangen sein musste, während sie mit Fabian telefonierte. Auf der Stellte beschleunigte sich ihr Herzschlag.

< Jetzt habe ich ihm schon wieder Unrecht getan, weil ich glaubte, er würde sich nicht melden, um mir noch Schöne Weihnachten zu wünschen. Vielleicht habe ich ja bei Allem Unrecht, was ich über ihn denke? >

Das bevorstehende Fest der Liebe schien sie zu beeinflussen, anders konnte es nicht sein, dass sie alle Zweifel nicht mehr vor Augen hatte. Dann öffnete sie die Nachricht und wurde wieder einmal auf den Boden der Tatsachen zurückgeholt. Das wievielte Mal schon? Auf dem Bildschirm sah sie wieder nur ein Bild. Es war unterteilt in neun kleine Bilder, wie eine Bildergeschichte. Zu sehen war ein Bär, der einen Weihnachtsbaum aus dem Wald holt, mit nach Hause schleppt, aufstellt und schmückt. Auf dem letzten Bild saß er davor und darunter stand „Merry Christmas". Sonst nichts. Wieder kein persönliches Wort. Sie ließ die Nachricht unbeantwortet und legte das Handy weg. Sie würde später vielleicht darauf antworten, jetzt musste sie sich weiter an ihren Tagesplan halten. Zuerst das Essen zu Ende vorbereiten, danach den Tisch für den Abend decken und sich dabei besonders viel Mühe gebe, ihn festlich zu dekorieren. Dann ging sie unter die Dusche und machte sich hübsch für später. Die Fenster ließ sie geschlossen. An diesem Heiligabend würde sie schlauer sein als im letzten Jahr. Sie wollte die Blasmusik, die wie jedes Jahr im Ort Weihnachtslieder spielte, nicht hören. Sie würde sich einfach keiner Situation aussetzen, die sie emotional aus der Bahn werfen würde. Annabell und ihr Freund kamen um Achtzehnuhr. Bis dahin war noch eine über eine Stunde Zeit. Es war alles vorbereitet. Sie machte den Fernseher an, denn „Drei Nüsse für Aschenbrödel“ gehörten auch in diesem Jahre wieder dazu. Marie fühlte sich gut, deshalb rief sie ihre Eltern an und war dann bereit für eine Antwort an Philip. Ein paar Sekunden betrachtete sie das Bild mit der kleinen Bildergeschichte, die er ihr am Vormittag ohne Kommentar geschickt hatte. Philip konnte nicht wissen, dass sie Mitteilungen, die ausschließlich aus einem Bild bestanden, nicht mochte. Woher sollte er das auch, er hatte sich nie die Mühe gemacht, Marie bis in solche Details hinab zu hinterfragen und kennenzulernen. Vormittags war sie noch traurig und enttäuscht über diesen unpersönlichen Gruß gewesen, aber jetzt hatte sie ihre Emotionen wieder im Griff. Sie hatte dasselbe ja im letzten Jahr auch schon erlebt. Während sie unter der Dusche gestanden und das warme Wasser auf sie herunter hatte prasseln lassen, hatte sie sich entschlossen auf seine Nachricht mit einer gewissen Ironie zu antworten, sich aber selbst treu zu bleiben.

„Vielen Dank für deine lieben Weihnachtswünsche. Hab Du auch einen schönen Heiligabend und Frohe Weihnachten!“ Weihnachtsbaum. Sternenschweif. Sie drückte auf ‚Senden’ und legte erleichtert das Smartphon weg. Eine halbe Stunde später kam Annabell mit Partner. Es wurde ein wunderbarer, entspannter und lustiger Weihnachtsabend.

Am nächsten Tag besuchte Marie ihre Eltern und blieb vom Mittagessen bis nach dem Kaffee bei ihnen. Mehr Besuche waren leider nicht erlaubt, sonst hätte sie bestimmt, wie üblich, weitere

Verwandte besucht. Am Abend des ersten Feiertages machte sie noch kurz einen Abstecher zu Laura und ehe sie sich versah, war schon der zweite Weihnachtsfeiertag, den sie allein zuhause verbrachte. Am nächsten Tag würde sie wieder im Büro sein und Weihnachten war wieder einmal für ein Jahr geschafft. Was war nur im Laufe der Jahre aus ihrer Vorliebe für harmonische, familiäre und schön geschmückte Weihnachtsfeste geworden? Sie wusste die Antwort, wollte aber nicht darüber nachdenken. Am Abend des letzten Feiertages dachte sie an Philip. Ob er jetzt auch diesen Film schauen würde? Er hatte seit einer Woche Urlaub und auch die kommende Woche noch. Wieder keine Verabredung. Genauso, wie im letzten Jahr.

Diese ganze Heuchelei!

Wir werden körperlich feststellen, was wir emotional empfinden

Grübeln ist die Vorstufe eine Depression

Es sind doch nur Gedanken, wie sie auf mich wirken, kann ich doch eigentlich selbst entscheiden

Der Mensch verändert nur etwas durch Handeln

Unser Hirn hasst nichts so sehr wie Ungewissheit

Kurz überlegte sie, ihm eine Nachricht zu schreiben, entschied sich dann aber dagegen und legte das Handy wieder weg. Sie wollte doch nicht mehr als erste schreiben. Aber ihr Herz schmerzte so. Durchhalten, Morgen wäre sie wieder abgelenkt im

Büro. Und so war es auch und es blieb auch die nächsten Tage so. Jedoch blieben auch die Gedanken, die sie jeden Tag hatte, mit all den Fragen. Keine Verabredung, keine Nachricht, nichts. Millionen Mal am Tag. Wie respektlos konnte man sein? Was war das nur, in das sie da geraten war?

Sie erinnerte sich an eine Szene aus einem Film. Zwei Frauen unterhalten sich über Männer und typisches Männerverhalten. Eine sagte zur anderen: ...Wenn er nicht schreibt, schläft er mit einer Anderen...

Was sollte sie tun, man konnte sich schließlich nicht aussuchen, in wen man sich verliebt!

Am Abend vor Silvester fragte Sabine, ob Marie nicht Lust habe den Jahreswechsel mit ihr und ihrem Mann zu verbringen. Ohne groß zu überlegen, sagte sie zu. Lieber wäre sie zuhause geblieben, aber sie erinnerte sich noch an das letzte Jahr. Diese Stimmung, in die sie im Laufe des Silvesterabends verfallen war, brauchte sie nicht noch einmal. Große Feiern gab es nicht, also, warum nicht einen gemütlichen Racletteabend mit zwei Kriminalpolizisten. Silvester war gerettet... Marie wollte nur, dass es vorbei war, dass endlich wieder Alltag war und die Feiertage vorüber waren. Den Hinweg fuhr sie mit dem Auto, aber für den Rückweg musste sie sich ein Taxi nehmen. Es gab zu viel Rotwein und Sekt und es war wirklich ein kurzweiliger, geselliger Abend.

In den frühen Morgenstunden kam endlich das Taxi und weil sie erst so spät im Bett war, und der Alkohol sein Übriges dazu tat, schlief sie am Neujahrstag bis kurz vor Mittag. Sie hatte sich eh nichts vorgenommen und würde den ersten Tag des neuen Jahres so richtig vertrödeln. Nach einer ausgiebigen Dusche machte sie sich Kaffee und las dabei angekommene Neujahrsgrüße, die sie selbstverständlich gerne beantworten wollte. Ihre Mutter hatte auch schon angerufen. Die Kinder hatten geschrieben, mehrere Grüße in verschiedenen WhatsApp-Gruppen, eine Nachricht von Fabian von kurz nach Mitternacht und eine Nachricht von Philip. Sie öffnete den Nachrichtenmessenger und beantwortete einen Gruß nach dem anderen. Außer Fabians. Sie hatten ein Abkommen, dass sie ihm nur schreiben würde, wenn sie dringend seine Hilfe brauchte. Sie wollte ihn nicht in unnötige Schwierigkeiten bringen. Das würde sie am nächsten Tag während der Arbeit nachholen. Und dann kam sie zu Philips Nachricht – es war schon wieder nur ein Bild! „Happy New Year"

< *Oh Mann* >

Wie sollte sie nur mit diesen emotionslosen Wünschen umgehen? Es würde sich nie etwas ändern. Es musste ein extra so inszeniertes Spiel sein, das er mit ihr spielte. Aber was wäre wohl sein Ziel? Das fragte sie sich tatsächlich zum ersten Mal. Es war schon wieder so weit, dass sie von Gedanken gefangen wurde, aber damit konnte sie mit dem Restalkohol vom Vortag nicht umgehen und traf selbstbewusst die Entscheidung, auf diese Nachricht nicht zu antworten. Nicht jetzt, nicht abends und auch nicht am nächsten Tag! Sie würde ihm einfach mal nicht den Gefallen erweisen und in seinem vermeintlichen Spiel so friedlich reagieren, wie sie es bisher getan hatte. Außerdem musste sie auch mal für sich selbst und ihre Monsterbiester agieren. „Schluss für Heute! Darüber wird jetzt nicht mehr nachgedacht!“, kommandierte sie sich laut und legte das Handy auf den kleinen Schrank im Flur, damit sie nicht auf dumme Gedanken kam. Dann machte sie den Fernseher an und suchte auf der Festplatte ihren Lieblingsfilm „The best of me.“ Sie würde weinen, dass wusste sie schon jetzt. Jedes Mal, wenn sie diesen Film ansah. Solange das so war, waren der Zauber und der tiefe Sinn dieses Films für sie noch da und sie würde ihn weiter ansehen. Es ging um Liebe und Schicksal und um Schmerz und Endgültigkeit.

Der Tag ging irgendwie vorüber und am Abend kam Annabell auf einen Neujahrsbesuch bei ihr vorbei. Dann holte sie die Müdigkeit ein und sie ging früh schlafen.

Am nächsten Morgen saß sie wieder an ihrem Schreibtisch und es war alles wie immer, nur die Jahreszahl auf dem Kalender hatte sich verändert. Einige Kolleginnen und Kollegen waren aus dem Urlaub wieder da und man erzählte sich von Weihnachten und dem Jahreswechsel. Für Marie war das alles schon so weit weg. Ihre Gedanken waren wieder bei Philip und dem Neujahresgruß, den sie immer noch nicht beantwortet hatte. Sie würde es auch an diesem Tag nicht tun. < *durchhalten, Marie* > Jede Ablenkung kam ihr gelegen und sie nutzte alles, um nicht über sich, das Kennenlernen von Philip und das ganze letzte Jahr nachzudenken. Sie fühlte sich sonderbar, so müde und immer wieder war ihr manchmal von innen so heiß und dann hatte sie das Gefühl, sie würde krank werden. Endlich wieder im Büro und unter Menschen sein zu können, war das Beste am neuen Jahr. Marie war erleichtert, dass sie die Feiertage einigermaßen gut gemeistert hatte. Sie glaube, alles im Griff zu haben. Mit ihrer auferlegten Strategie, sich immer etwas vorzunehmen und möglichst selten allein zu sein, glaubte sie die Gefühle rund um Philip zu beherrschen. Aber das war ein Irrtum. Tief in Marie brodelte es und darüber lag das Mäntelchen der guten Laune. Sie merkte in den folgenden Tagen, dass irgendetwas nicht stimmte. Sie fühlte sich schlapp, unkonzentriert und reizbar. Sie war nah am Wasser gebaut und manchmal musste sie sich in irgendwelchen Situationen schnell wegdrehen, weil ihr ohne Vorwarnung die Tränen kamen. Sie hatte Schmerzen in den Gelenken und im Bauch und war noch nie in ihrem Leben so lustlos gewesen. Mit allem hätte sie allein fertig werden können, aber die Schmerzen in ihrem Bauch und in der Nierengegend waren neu und bereiteten ihr Sorgen.

Deswegen ging sie am dritten Arbeitstag des neuen Jahres, bevor sie ins Büro fuhr, zu ihrem Arzt. „Hallo Frau Schubert", begrüßte er sie und setzte sich ihr gegenüber an seinen Schreibtisch. Er schaute auf den Bildschirm vor sich „Wir haben uns aber lange nicht mehr gesehen." Marie hatte ein schlechtes Gewissen. Sie hasste Ärzte und ging nur hin, wenn ihr der Kopf halb daneben hing. „Ich war eben immer gesund“, witzelte sie darauf hin und hoffte, ihr Arzt wäre damit besänftigt. „Aber die jährlichen Vorsorgeuntersuchungen und ein Blutbild, sollte man trotzdem schon machen!“, ermahnte er. „Also, wo drückt der Schuh?“, fragte er dann aber schnell, denn das Wartezimmer saß voll. „Ich fühle mich schlapp und unwohl, lustlos und müde und habe Schmerzen in der Nierengegend.“ Er fragte, schaute ihr in die Augen und in den Rachen. „Dann legen sie sich bitte mal auf die Liege hier.“, sagte er. Er tastete und machte einen Ultraschall. Aber etwas Auffälliges fand er nicht. Dann fragte er, ob sie noch nüchtern wäre, dann würde er gerne ein Blutbild machen lassen. „Ich melde mich in zwei Tagen telefonisch, dann sind die Ergebnisse da und dann sehen wir weiter. Benötigen sie eine Krankschreibung?“, fragte er abschließend und sah Marie dabei wartend an. *<um Gottes Willen, bloß nicht…>* wäre ihr beinahe herausgeplatzt. Sie antwortete aber „Danke, das ist nicht notwendig. Bis in zwei Tagen.“ Er hatte schon die nächste Patientenkarte in der Hand, als er sie nickend verabschiedete.

Sie war stolz auf sich, dass sie zu einem Arzt gegangen war und, dass sie Philip immer noch nicht geantwortet hatte, auf dieses blöde, emotionslose, unpersönliche Scheißbild „Happy New Year“

< *weiter so Marie* > feuerte sie sich selbst an < *immer weiter und weiter, dann hast du es bald geschafft* >

Der Alltag im Büro hatte sie wieder fest eingenommen dennoch schafften es Gedanken an

Philip und, mit weitaus größerer Intensität, die Gedanken an den Arztbesuch und die ausstehenden Blutergebnisse, zu ihr durchzudringen. Sie machte sich tatsächlich Sorgen um ihre Gesundheit, dabei war sie sonst gar nicht so ängstlich, aber diese Beschwerden waren neu und machten ihr Angst. Immer dann, wenn sie drohte sich in diesen Gedanken zu verlieren, klingelte wieder das Telefon, kam ein Kunde oder ein Kollege und sie musste den Fokus ihrer Aufmerksamkeit auf andere Dinge lenken.

Als sie am späten Nachmittag die Autotür schloss und still in ihrem Wagen saß, waren sie augenblicklich wieder da, all die nicht zu Ende gedachten Gedanken des Tages. Ab jetzt würde sie den ganzen Abend Zeit haben, sich ihnen zu widmen. Die Befürchtung über einen schlimmen Bescheid des Arztes nahm eindeutig den größten Raum ihrer Überlegungen ein. Sie war so davon abgelenkt, dass sie das Vibrieren ihres Handys erst nach dem dritten oder vierten Mal wahrnahm und genau in diesem Moment hatte es sich mit dem Cockpit des Wagens verbunden und sie erschrak, als die Stille plötzlich laut durch den nächsten Klingelton unterbrochen wurde, der durch die Lautsprecher ihres Autos ertönte. Als sie den Kopf hob und auf das Display vor sich schaute, las sie: Philip Sandmann ruft an. Ein plötzlicher Schmerz in ihrem Bauch und ein Stich in ihrem Herzen überkamen sie wie auf Knopfdruck und sie atmete tief ein und aus, um diese Beschwerden loswerden. Dann drückte sie auf das kleine Hörersymbol an ihrem Lenkrad und startete gleichzeitig den Wagen. „Hier ist Marie“, meldete sie sich so zaghaft und verletzlich, dass sie nach einer kleinen Pause hörte, wie Philip sagte „Hallo Mariechen, ich dachte schon, du bist schon im Feierabendmodus und wollte gerade wieder auflegen.“

„Kann man denn im Feierabendmodus nicht mehr telefonieren? Du rufst mich doch unter meiner Privatnummer an und nicht im Büro, da bin ich auch nach Feierabend erreichbar. Ich habe gerade Schluss gemacht und fahre vom Hof.“ Und während sie das sagte, tat sie es wirklich. „Das ist ja selten, dass wir mal beide im Auto miteinander telefonieren. Wie geht es dir? Bist du gut ins neue Jahr gekommen? Ich habe ja gar nichts von dir gehört. Kein Neujahrsgruß...“ Marie schloss für eine Sekunde die Augen. Was sollte sie darauf antworten? Die Wahrheit? Dann sagte sie wie einstudiert „Ich bin froh, dass die Feiertage vorüber sind.“ Und gleich danach stellte sie eine Frage an ihn. Sie hatte diese Masche von ihm übernommen, nämlich auf eine Frage mit einer Frage zu antworten und zu hoffen, dass dadurch der Andere seine Frage vergisst. „Und du? Auch wieder im Dienst?“ Auf seine Frage, wie es ihr ging, ging sie bewusst gar nicht ein. Und es klappte, denn er antwortete „Ja, bin auch wieder los, seit gestern. Bin auch froh, dass die Tage rum sind.“ „Aber du hattest doch Urlaub, oder? Warst du weg?“, versuchte sie etwas herauszufinden. „Urlaub ja, aber ich war nicht weg. Ich bin eigentlich nie weg. Weißt du doch.“ Marie wusste es, aber sie wusste nicht, ob es stimmte, so wie alles andere, was er ihr je erzählt hatte oder ob er ihr damit nur seit Monaten etwas vorgaukelte, damit sie ein Bild von einem Mann bekam, der er gar nicht war. Für den Bruchteil einer Sekunde gingen ihr alle diese Gedanken durch den Kopf und sie merkte, wie wenig sie ihm vertraute. Und dann kam ein Moment, den Marie noch nie so deutlich und präsent vor Augen hatte, wie in diesem Augenblick. Dieser Moment traf sie, wie ein Schlag ins Gesicht, so klar und deutlich und wahrhaftig. Sie fühlte sich tief verletzt, und bis in ihre Seele durchfuhr sie ein Schmerz, als ihr bewusst wurde, dass sie den Mann, den sie seit so langer Zeit so unglaublich nah an sich herangelassen hatte, eigentlich gar nicht kannte. Was, wenn er wirklich nur ein perfides Spiel mit ihr spielte?

Und noch schlimmer, wenn ihm genau das Genugtuung erbrachte.

< Oh mein Gott! Was mache ich nur? >

Sie fühlte sich plötzlich wie in einem engen Kokon, einem Gespinst aus Angst, das sie umhüllte, um sie darin zu packen, einzunehmen und zu zermürben. Wie viele Sekunden bereits vergangen waren, konnte sie nicht einschätzen. Es war wie bei den Träumen nachts. Man träumt eine Szene, die im Traum vielleicht einen Tag oder einen Abend spielt, aber wie lange dauert der Traum in Wirklichkeit? Nur eine Sekunde? Nur einen Augenblick? Sie musste sich kurz zurückholen und daran erinnern, dass sie immer noch in einem Telefonat mit Philip war. Was hatte er zuletzt gesagt? Ach ja, dass er nie wegfährt… das weiß du doch... „Ja, stimmt“, hörte sie sich flüstern. Jetzt wäre der Zeitpunkt, um ihm alles an den Kopf zu sagen. Jetzt, wo sie noch den Schmerz spürte in ihrem Herz und in ihrer Seele. Diesen Schmerz würde sie nie wieder loswerden, dass wusste sie, denn das könnte nur eine Klarstellung dieser schlimmen Befürchtung sein. Eine Klarstellung mit Ehrlichkeit, Respekt, Wertschätzung und Vertrauen. Aber dafür müsste sie diese Klarstellung erst einmal einfordern und das konnte sie nicht. Nicht jetzt! Mit der Befürchtung, dass er ihr das nächste Messer in die Seele rammen würde? Das würde sie nicht aushalten können. Sie musste dieses Telefonat beenden, denn ihre Gedanken und ihre Stimmung ließen kein Gespräch mehr zu. Jedoch war es paradoxerweise so, dass ein kleiner Teil in ihr bereits wieder dahinschmolz, wie immer, wenn sie nur einen Satz aus seinem Mund hörte. Denn nur seine Stimme allein, verzauberte sie. Und das war schon bei seinem ersten Satz so gewesen, den er damals zu ihr gesagt hatte, als sie sich entschuldigte, weil sie ihn fast umgelaufen hätte. „Oh hallo, kein Problem...“, hatte er gesagt und Marie war in diesem Moment mit einer Gänsehaut am ganzen Körper in Flammen gestanden und wollte nichts lieber sein, als sein Eigentum.

Leider war es bis heute so geblieben.

Wie schön müsste es sein, wenn man mit jemand zusammen sein könnte, der es schafft mit seiner Stimme so etwas auszulösen. Der ein Wort oder einen Satz spricht und man ihn dadurch schon begehrt. Dass es so etwas gibt, ahnte Marie zuvor nicht. „Hey, Marie, kann ich dich zurückrufen? Mein Chef ruft gerade an, da muss ich mal eben rangehen.“, sagte er in ihre Gedanken hinein und sie freute sich, dass sie erlöst wurde. „Ja klar, kein Problem, wir hören uns irgendwann. Machs gut!“ „Bis denne, jahaaaaa.“

Dann war er weg.

Philip meldete sich weder am selben noch am Tag darauf. Kein Telefonat und keine Nachricht und Marie war immer noch umhüllt von Angst und Schmerz in ihrem Kokon.

Das Handy klingelte am Freitagmittag und Marie nahm ab. „Gemeinschaftspraxis am Stadtwald, ich stelle zu Herrn Doktor durch. Er möchte ihre Blutwerte mit ihnen besprechen.“ Marie war plötzlich aufgeregt und nervös. „Hallo Frau Schubert“, begann er. „Hallo“, wisperte sie leise und wartete. „Ja, also, was soll ich sagen, erstmal keine Panik. Der Cholesterinwert ist ein wenig zu hoch, ebenso die Entzündungswerte, da müssten wir vielleicht noch mal den einen oder anderen Test machen und ihr Blutdruck ist auch zu hoch.“ Dann stellte er ein paar Fragen zu ihrem körperlichen Befinden und ob sie da oder dort Schmerzen habe. Marie verneinte immer, außer bei den Nieren, zu denen er dann noch die Blase ins Spiel brachte. Dann seufzte er tief und fragte „Frau Schubert, haben sie Stress? Bei der Arbeit, mit den Kindern oder, verzeihen sie mir die Ehrlichkeit, mit ihrem Partner?“

Marie kamen auf der Stelle die Tränen, die sich binnen einer Sekunde in ihren Augen sammelten und wie bei einer Staumauer überzulaufen drohten. Er hatte sie kalt erwischt und sie glaubte, mit dem ersten Wort, das sie sagen würde, wäre sie verraten.

Wir werden körperlich feststellen, was wir emotional empfinden

Marie musste an diesen Zeitungsartikel vom Friseur denken. Sollte das tatsächlich wahr sein? Ihr Arzt wartete geduldig auf ihre Antwort. „Ja, den habe ich. Ich habe seit längerer Zeit psychischen und emotionalen Stress.“, gab sie kleinlaut, aber völlig klar zu, denn sie war sich ihrer derzeitigen Verfassung und dem, was die letzten zwei Jahre mit ihr gemacht hatten, insgeheim sehr gewusst.

Sie hatte es bisher allerdings noch nicht einmal sich selbst zugestanden. „Okay. Wissen sie was, wir machen jetzt einen neuen Termin für sie und dann nehmen wir uns erstmal richtig Zeit und sie erzählen mir, was ihnen auf der Seele liegt. Einverstanden? Das sollten wir nicht jetzt am Telefon besprechen.“ Marie antwortete mechanisch „Ja, ist gut.“ Dann wartete sie auf das, was er als nächstes sagen würde. „Wie wäre es nächsten Donnerstag um 18 Uhr? Dann ist die Sprechstunde zu Ende und wir nehmen uns Zeit, ohne Telefonate und andere Störungen. Ist das okay?“, er sprach so sanft und feinfühlig, dass Marie sich plötzlich ganz geborgen und behütet fühlte und zustimmte. „Also gut, bis Donnertag.“ „Ja, bis dann.“

Damit ging sie ins Wochenende. Gott sei Dank hatte sie ihrer Mutter versprochen, ihr beim Hausputz zu helfen. So verbrachte sie den ganzen Samstag in ihrem Elternhaus in dem kleinen Dörfchen, in dem sie aufgewachsen war. Dieser Besuch erdete sie und sie entspannte sich und vergaß wirklich für ein paar Stunden ihr ganzes Herzeleid. Ihre Eltern, beide über Achtzig, schafften eine Atmosphäre, die an ihre Kindheit erinnerte und sie fühlte sich dabei wieder wie der Teenager, der im Keller mit der Band geprobt und bei der Abschlussfeier „I have a dream" gesungen hatte. Sie fühlte sich zuhause und beschützt. Und als ihr das auf dem Heimweg am frühen Abend, der sie über die nahegelegene Autobahn führte, so richtig bewusstwurde, wurde sie tief ehrfürchtig. Die Erkenntnis, was ein gutes, vertrauensvolles Elternhaus, auch nach so vielen Jahren und auch in ihrem Alter noch für Kräfte haben konnte, war beruhigend. Wenn es ein Nest gibt, in das man „flüchten" kann und in dem, ohne Worte, ein Selbstverständnis von unausgesprochener Geborgenheit herrscht. Wie viel Wert das hat, wurde ihr an diesem Tag, nach langer Zeit mal wieder beschert.

Vielleicht war es auch das erste Mal in ihrem Leben, dass sie dieses Gefühl so eingenommen hatte. Sie nahm sich auf jeden Fall vor, ihren Eltern das bei ihrem nächsten Besuch zu sagen, bevor es zu spät sein könnte, und sie nahm sich ebenfalls vor, genau dieses Nest, das sie gerade empfunden hatte, auch für ihre Töchter zu bauen. Solange sie lebte, und solange sie es wollten. Denn die Tatsache, in ein behütetes Nest flüchten zu können, wenn man es mal nötig hat, hatte scheinbar in jedem Alter einen unschätzbaren Wert.

****

Warum hatte sie sich nur in diesen Mann verliebt? Sie wollte, dass das aufhörte. Sie wollte nicht in jemand verliebt sein, der sie nicht schätzte. Warum wurde sie nur von diesem Alphatier–Mann so anzogen? Es war gefährlich für ihr Herz, ihm zu vertrauen.

Wie oft hatte sie seit dem abgebrochenen Telefonat mit Philip das Handy genommen, um ihrem Drang nachzugeben und ihm eine Nachricht zu schreiben. Wenn sie den Chat geöffnet hatte und sein Profilbild ansah, erinnerte sie sich wieder an das, was sie sich vorgenommen hatte, nämlich nicht mehr zu schreiben und dann legte sie das Handy unverrichteter Dinge wieder weg. Wie oft? Jeden Tag! Sie konnte es nicht mehr zählen. Warum noch mal, wollte sie ihm nicht als Erste schreiben? Es gab Tage, da wusste sie es schon gar nicht mehr, aber dann fiel es ihr wieder ein: weil seine Antworten sie immer enttäuschten und ihr wehtaten. Ja genau! Wie lange eigentlich schon? Wenn sie es sich richtig „geben“ wollte, dann scrollte sie in seinem Chat und las die Nachrichten der letzten eineinhalb Jahre und konnte dabei nur stumm den Kopf schütteln. Wo war nur die Zeit geblieben? Sie verbrachte jetzt eineinhalb Jahr nur mit Warten. Warten auf Philip, auf eine Verabredung zum Essen, auf eine Einladung in sein Haus, ganz zu schweigen von all dem Mehr, was sie sich eigentlich zu Anfang erhofft hatte. Nichts! Und kein anderer Mann hätte nur den Funken einer Chance, ihr Herz zu erobern, solange … ja, solange er da wäre. Solange es ihn gäbe und solange sie weiter warten würde. Dabei hätte sie Lust irgendwann wieder eine Beziehung zu führen. Eine Beziehung, die anders laufen müsste, wie die Letzte. Aber, es wäre nicht undenkbar. Auch in ihrem Alter. Die Kinder waren aus dem Haus und selbständig. Sie war finanziell unabhängig. Sie könnte reisen, es sich gut gehen lassen, lachen leben. Das wäre wundervoll. Sie hätte sich vorstellen können, sich wieder auf einen Mann einzulassen. Aber jetzt? Jetzt galt es erst einmal Schadensbegrenzung zu betreiben. Seele retten, Herz heilen, Selbstbewusstsein stärken. Ja, einfach wieder aktiv am Leben teilnehmen und nicht passiv zu Hause sitzen und warten. Warten auf einen Mann, von dem man nichts weiß. Von dem man nicht weiß, ob er es jemals gut gemeint hat. Welche Absichten er jemals hatte. Von dem man nichts erwarten sollte.

Sie aber hatte so viel erwartet. Warum war das Alles nur so gekommen?

Welchen Fehler hatte sie nur gemacht, dass das vielversprechende Kennenlernen so jäh geendet war. Auf der Suche nach diesen Fehlern, die sie in den vergangenen Wochen öfter bei sich suchte, glaubte sie, würde es vielleicht auch an ihrem nicht perfekten Körper liegen. Schließlich stehen doch alle Männer auf Größe sechsunddreißig. Sie dachte kurz an die Situation mit Fabian vor einigen Jahren „... aber dafür sind die nicht halb so verführerisch wie du“, hatte er gesagt. Ihre Gedanken schweiften zu Philip Sandmann. < Ich freue mich schon darauf dich weiter kennenzulernen > hatte er in der ersten Woche geschrieben.

Vielleicht hatte sie zu oft und zu spontan Ja gesagt, wann immer er sich gemeldet hatte. Aber sie wollte doch nur mit ihm zusammen sein und in der kurzen Zeit, die sie füreinander hatten, wenn er bei ihr war, keine Probleme wälzen. Sie wollte eine selbstbewusste, moderne Frau sein. Keine Zicke, die ihm Vorhaltungen macht, dann wäre er doch nie wieder gekommen. Sie wollte ihm doch keinen Stress machen. Jetzt, glaubte sie, würde sie ihre Fehler nicht mehr herausfinden können. Wie auch, wenn sie nie richtig geredet hatten. Er war doch immer so sehr beschäftigt gewesen. Irgendwann wäre es bestimmt einen Schritt weitergegangen mit ihnen. Aber es ging nicht weiter. Da war sie schon verliebt.

Ihr Arzt hatte in einem sehr guten Gespräch so einiges aus ihr herausgeholt, jedoch hatte sich Marie lieber an die Trennung und den Auszug ihrer letzten Partnerschaft gehalten, als es um ihre Stressfaktoren ging. Mehr als Informationen zu einer neuen Bekanntschaft, die kompliziert wäre und sie ebenfalls seit einiger Zeit stressen würde, konnte sie nicht erzählen. Sie konnte KEINEM mehr erzählen. Annabell und Laura nicht. Petra und Sabine nicht. Fabian nicht. Keiner wusste, was sie wirklich tief im Herzen und ihrer Seele bewegte. Sie hätten alle mit Unverständnis reagiert und ihr geraten den Kontakt zu beenden. Alle! Sie würde es ja selbst raten, wenn jemand ihr diese Geschichte erzählen würde.

„Kennen sie das alte Sprichwort, dass in der Generation meiner Oma oft gesagt wurde, wenn Frauen immer wieder Nieren- und Blasenbeschwerden haben?“, fragte er sie vorsichtig, während ihrer Unterhaltung. „Ich glaube ja.“, antwortete sie, denn sie glaubte zu wissen, welches er meinte. „Wenn man Blasen- und Nierenprobleme hat, weint die Seele.“ Ihr Gegenüber sah sie an und nickte ihr kaum merkbar zu. Er hatte sich schon den Arztkittel ausgezogen und sah, in seinem hellblauen Poloshirt gar nicht mehr so bedrohlich aus, wie Marie es sonst immer empfand, wenn sie mit einem Arzt zutun hatte. Er wollte damit auf ihre Probleme hindeuten, für die es keine organische Ursache gab und erzählte ihr ein Beispiel von seiner Schwiegermutter, die immer Fieber bekam, wenn Sie Angst hat. Er sagte, es sei nicht zu erklären, aber es wäre so. So unterschiedlich reagieren unsere Körper auf seelischen und mentalen Stress. Keiner kann es sich aussuchen und keiner weiß vorher, wie er reagiert.

Marie murmelte leise vor sich hin:

Wir werden körperlich feststellen, was wir emotional empfinden

Aber er hatte es gehört und sie gebeten, es zu wiederholen und dann erzählte sie ihm von diesem Artikel in der Zeitung und er bestätigte ihr, dass alles stimmte. Dann stellte sie eine letzte Frage. „Unser Gehirn hasst nichts mehr als Ungewissheit. Stimmt das?“ Er sah sie einen Moment lang an, dann sagte er ruhig und besonnen „Ja, das stimmt.“ Er erzählte ihr wieder ein Bespiel. Dieses Mal von einem Experiment, in dem man einen Mann in einer Wohnung einschloss, mit allem, was man zum Leben brauchte. Er hatte zu Essen, zu Trinken, Alkohol, Sportgeräte usw. Was er nicht hatte, war eine Uhr und nichts, was ihm ein Zeitgefühl geben konnte, kein Handy, Internet und die Angabe, wie lange dieses Experiment andauern würde. Dann wurde er noch mit spontanen Dingen beeinflusst. Z.B. wurden ihm plötzlich Bücher abgenommen und er konnte nicht mehr lesen, oder er bekam kurze Reize aus der Außenwelt, die aber nicht abgeschlossen wurden und die dadurch für ihn nicht zur Gewissheit wurden. Die Quintessenz aus allem war, dass dieser Mann nach einiger Zeit fast verrückt geworden war, weil er die Ungewissheit über die Länge des Experimentes und die daraus resultierenden Folgen nicht mehr ertragen konnte. Er konnte sich nicht darauf einrichten, wie lange er noch durchhalten musste, oder wann die Tür wieder aufgeschlossen wurde. Er konnte sich auf nichts vorbereiten und planen.

„Kommen sie zur Ruhe, Frau Schubert und arbeiten sie Dinge auf, die sie belasten und ihr Gleichgewicht nicht finden lassen. Denken sie an sich und tun sie nur das, was ihnen guttut. Hören sie auf ihr Bauchgefühl und lassen sie alles los, was sie nach unten zieht. Ihr Körper reagiert auf den Stress und je älter wir werden desto mehr wird er reagieren. Ich werde ihnen keine Medikamente verschreiben und sie auch noch nicht an einen Facharztkollegen überweisen, weil ich hoffe, dass sie wissen, was sie tun müssen und es umsetzen werden. Ich möchte sie in vier Wochen wieder sehen. Wir machen wieder einen Termin um die gleiche Uhrzeit, dann können wir wieder in Ruhe sprechen."

Dann nahm er einen Zettel von seinem Rezeptblock mit der grünen Schrift. Marie erkannte, dass es sich um einen Privatrezeptvordruck handelte. Er schrieb etwas darauf und gab ihn ihr. Er sagte nichts weiter, sondern reichte Marie die Hand und sagte einfühlsam „Bis bald, Frau Schubert."

Sie war irritiert, weil er eben noch gesagt hatte, dass er ihr keine Medikamente verschreiben würde. Was hatte es nun mit diesem Privatrezept auf sich? Vielleicht hatte er einen pflanzlichen Beruhigungs- oder einen Blasentee aufgeschrieben. Sie würde gleich vor der Praxis nachschauen. „Danke, Herr Doktor. Bis in drei Wochen.", sagte sie nur und folgte ihm durch die Praxis, bis zur Eingangstür, die er für sie aufschloss, sie hindurch ließ und mit einem letzten „Tschüss" wieder hinter ihr verschloss.

Als Marie in ihrem Wagen saß, bemerkte sie, dass sie immer noch das kleine Papierrezept in ihrer Hand hielt und schaute darauf.

Dann las sie:

„Verordnung über Umarmungen von vertrauten Menschen“

DAS hatte er ihr aufgeschrieben? Sie war sichtlich berührt und spürte eine Befreiung und Erleichterung, dass sie sich jemandem anvertraut hatte. Endlich war sie angefangen, über das zu sprechen, was sie bedrückte und bewegte. Dann las sie die Verordnung nochmals und startete mit einem Lächeln den Motor.

DREIßIG

„Fabian, hey, mein Lieber. Wie geht es Dir?“, er war sofort am Apparat und Marie hörte, dass auch er ebenso wie sie, im Auto unterwegs war. „Danke, Kleine. Bin noch auf der Autobahn auf dem Weg heim. Mir geht es gut. Und dir? Ist alles okay?“ „Ja“, antwortete sie „aber ich wollte dich fragen, ob du in der Nähe bist und kurz Zeit hast, um bei mir vorbeizuschauen.“

„Warte mal“, überlegte er laut „Ich könnte in einer knappen Stunde bei dir sein. Reicht das? Soll ich dir wieder was bauen oder was ist los?“, scherzte er. „Nein, keine Sorge. Du sollst mir nichts bauen und keine Angst, ich möchte dich auch nicht verführen.“, stellte sie gleich klar. „Oh schade, das wäre nicht das Schlechteste!“, hörte sie ihn betont traurig sagen, aber sie wusste, dass er scherzte. „Bitte komm einfach kurz vorbei, ja?“ „Wird gemacht, Süße! bis gleich.“

Eine gute Stunde später kam er die Treppen hinauf. Marie wartete in der offenen Wohnungseingangstür. „Was ist los?“, fragte er bereits auf dem letzten Treppenabsatz, in dem Moment als er sie sah. Dann war er schon bei ihr, legte seine rechte Hand an ihren Hals, zog sie zu sich und gab ihr einen flüchtigen, aber liebevollen Kuss auf die Wange. Allein diese Geste reichte, um ihr Herz zu erwärmen. Sie schlossen die Tür und gingen gemeinsam in ihr Wohnzimmer. „Würdest du etwas für mich tun?“, fragte sie dann ohne groß drumherum zu reden. „Immer!“, platzte aus ihm überschwänglich heraus, obwohl er merkte, dass sie etwas auf dem Herzen hatte. Dann holte sie das grüne Privatrezept aus der Küche und begann „Ich war heute beim Arzt und, naja, er hat gesagt ich muss ein bisschen was ändern. Und…“ Fabian fiel ihr aufgeregt ins Wort „MARIE, was ist mit dir? Bist du krank, jetzt sprich doch endlich!“ Sie nahm ihn bei der Hand „Komm, setz dich bitte. Nein, ich bin nicht krank. Mach dir keine Sorgen. Ich habe ein paar Wehwehchen, und weil sie neu waren und ich nicht wusste, warum sie aufgetreten sind, bin ich zu einem Arzt. Wir haben herausgefunden, dass es höchstwahrscheinlich Stress ist. Zu lange zu viel Stress. Ich soll es ändern, sagt er. Und ich möchte es auch ändern, weil es mich bedrückt.“ „Was denn?“, unterbrach er sie. „Ich denke, es hängt noch mit meinem früheren Leben zusammen und mit Konsequenzen aus den letzten zwanzig Jahren. Mit der getragenen Verantwortung als alleinerziehende Mutter, mit der Trennung von meinem Ex und, ich glaube, das würde ich alles verarbeitet bekommen, aber…“ sie stoppte kurz, um nach Worten zu suchen, über die Sache, über die sie bisher noch nie Worte gesagt hatte. „Aber was?“, forderte Fabian sie auf, weiter zu reden. „Ich denke, das Größte Problem ist Philip. Die Bekanntschaft, oder was immer das auch ist, macht mich fertig.“ Dabei sah sie ihn nicht an, sondern hielt ihren Blick auf den Boden gerichtet. Sie schämte sich einfach, ihm diesen Grund zu nennen. „Ach herrje, gibt es diesen Idioten immer noch?“, Fabian wurde laut und sprang plötzlich vom Sofa auf. „Ich dachte, den hättest du längst in den Wind geschossen. Du hast gar nichts mehr erzählt von dem. Was läuft denn da noch? Marie…“ Sie saß zusammengekauert auf ihrem Sofa, und er stand vor ihr in seiner vollen Größe. Sein Kopf reichte bis ungefähr zwei Zentimeter unter die Zimmerdecke. Sie wollte ihn nicht ansehen und blieb stumm und bewegungslos sitzen. Dann kniete er sich vor sie und legte seine Hände auf ihre Hände, die auf ihren Oberschenkeln lagen. In der einen Hand hielt sie noch das Rezept. „Marie, möchtest du mir mal alles erzählen, was dich bedrückt?“, fragte er zärtlich und weil sie nicht sofort antwortete, sagte er „Hmmmm? Sonnenschein?“

Marie spürte in diesem Moment, wie gut ihr das tat und worauf es eigentlich ankommt zwischen Menschen und erinnerte sich daran, warum sie Fabian angerufen und ihn gebeten hatte zu ihr zu kommen. Daher straffte sie plötzlich ihr Rückgrad, setze sich mit aufgerichtetem Kopf zurück und sah ihm genau ins Gesicht. „Also, das erzähle ich dir ganz gerne mal alles, aber nicht heute. Heute möchte ich, dass du DAS für mich tust.“ Und während sie das sagte, wedelte sie mit dem Privatrezeptzettel vor seiner Nase. Fabian riss ihr das Schriftstück aus der Hand und las. Dann sah er ihr stumm in die Augen. „Ja, hab ich verordnet bekommen. Guck, mit Stempel drauf…“, sagte sie zur Rechtfertigung und dabei begann sie ein wenig zu grinsen. Er pustete hörbar Luft aus und sein Gesichtsausdruck veränderte sich danach auch zu einem kleinen Grinsen. „Ach Schatz, komm mal her, natürlich bekommst du von mir

Umarmungen. Wenn das hilft, sehr gerne, soviel du möchtest und wann immer du möchtest und ich gerade kann." Er drückte sie so fest er konnte an sich und bewegte sich keinen Millimeter. Marie merkte, dass alles, was ihr fehlte, augenblicklich aus dieser Umarmung in sie überging. Wärme, Halt, Geborgenheit, Zuversicht, Vertrauen und Gewissheit.

Fabian sagte nichts und bewegte sich nicht. Sie sollte selbst entscheiden, wie viel sie von dieser Umarmungsverordnung nehmen wollte. Er hörte sie ein paar Mal tief atmen und hoffte, dass sie nicht weinte, denn damit konnte er nicht so gut umgehen. Aber sie weinte nicht, sondern stand nur still und atmete tief ein und aus und er hatte den Eindruck, dass sie mit jedem dieser Atemzüge ein bisschen größer wurde. Gut, dass es Januar war, denn je länger diese Umarmung dauerte desto heißer wurde Fabian. Er konnte Hitze überhaupt nicht gut haben, und wenn er schwitzte machte ihn das wahnsinnig So war das auch oft gewesen, wenn sie miteinander Sex gehabt hatten und nachher nebeneinander lagen. Marie zog sich die Bettdecke bis zum Hals und kuschelte sich darin ein und er hatte lauthals protestiert „Nimm die scheiß Decke weg, ich schwitze eh schon wie verrückt." Jetzt stand er da. Er schwitzte, aber er sagte nichts. Irgendwann löste sich Marie, trat einen Schritt zurück, sah ihn an und sagte „Danke!"

Fabian ging kurz darauf. Alles weitere wollte Marie ihm irgendwann später erzählen. Sie kamen auch nicht in Versuchung über Sex nachzudenken. Früher hatten sie manchmal einen kurzen Besuch dazu genutzt, aber das war bei diesem Besuch für beide unausgesprochen unangebracht. Er küsste sie zum Abschied nur einmal sanft auf den Mund. „Pass auf dich auf! Bis bald." Marie streichelte ihm kurz über die bärtige Wange, die sie so mochte. Diese Geste sah etwas absurd aus, angesichts der Tatsache, dass er ein gestandener Zweimetermann war und sie sich dabei auf die Zehenspitzen stellen musste. „Bis bald und vielen Dank."

Sie wusste, was sie zu tun hatte. Eigentlich wusste sie es schon lange, sie hatte es nur nicht wahrhaben wollen, aber die Geschichten des Arztes und ihre gesundheitlichen Probleme hatten ihr aufgezeigt, dass sie den Tatsachen ins Auge sehen musste. Philip Sandmann würde nie an ihrer Seite sein, so wie sie es sich wünschen würde. Aus dem anfänglich aufregenden, vielversprechenden Kennenlernen, waren schnell Kummer und Leid für sie geworden und daran würde sich auch in Zukunft bestimmt nichts ändern. Viel bedrückender lastete aber auf ihr, dass sie bisher nicht herausgefunden hatte, woran das lag, und dabei wäre es das Allerschlimmste, wenn er die ganze Zeit nur übel mit ihr gespielt hätte. Wie konnte sie es nur zulassen, dass ein Mensch so ihr Vertrauen missbrauchen konnte? Dieser Gedanke machte sie wahnsinnig. Ehrlicherweise musste sie zugeben, dass genau dieser Gedanke sie seit Monaten triggerte. Sie wollte ihn einfach, und wenn es auch nur für eine kurze Zeit gelänge, aus ihrem Kopf bekommen. Dann stand sie auf, kramte in ihrer CD-Schublade nach der einer bestimmten CD und legte sie ein. Große Meisterwerke Symphonisches Orchester. Den Kopf freipusten, konnte sie sich nur mit Heavy Metal oder Symphonieorchester. Dann setzte sie die Kabellosen Kopfhörer auf, machte das Licht aus und zündete eine Kerze an. Legte eine Decke auf den Fußboden und holte sich aus ihrem Weinkühlschrank eine Flasche Rotwein. Die ersten Schlücke nahm sie schon während sie sich mit dem großen, langstieligen Rotweinglas auf dem Boden ausbreitete. Holte sich ein Kissen für ihren Kopf, trank noch einen großen Schluck und betätigte die Fernbedienung des CD-Gerätes. Dann legte sie sich hin und schloss die Augen. Den Lautstärkeregler des Kopfhörers drehte sie so weit auf, wie es ging und dann hörte sie sie ersten Töne, die leise begannen. Sie erkannte das Lied sofort Maurice Ravels Bolero. Fünfzehn Minuten großartige Musikkomposition. Sie konnte gar nicht genug von dieser Musik davon bekommen, vor allem, weil sie bemerkte, wie gut es ihr tat und wie erfolgreich die Gedanken währenddessen verschwanden. Bis weit in die Nacht lag sie da und hörte insgesamt alle vier CDs, die zu dieser Meisterwerke-Edition gehörten. Zwischendurch holte sie sich eine Decke und noch während der dritten CD, war die Rotweinflasche, die sie mit dem Glas neben sich auf den Fußboden gestellt hatte, leer. Die Musik dröhnte so laut durch ihren Kopf, dass sie einen arbeitenden Bagger neben sich nicht gehört hätte. Irgendwann nach Mitternacht war es still, Marie war betrunken, fiel aber selig ins Bett. Fabian hatte eine Nachricht geschrieben. Als sie sie öffnete, sah sie nur einen Kusssmiley, aber das war nicht schlimm, denn sie wusste, was er bedeutete und er löste etwas ganz anderes in ihr aus als die von Philip. Der hatte sich im Übrigen seit fast drei Wochen nicht mehr gemeldet. So lange war es her, dass sie ihr Telefonat wegen eines Anrufs seines Chefs unterbrechen mussten und er sich wieder melden wollte. Einmal hatte er nach einem Sonntagabendfilm eine Nachricht geschrieben, die nur aus einem Halbsatz bestand „... und, wie ist deine Meinung?“ Zum Film, ja, hatte sie schon verstanden, aber was war das wieder für eine Art? Eigentlich hatte sie sich damals vorgenommen, darauf gar nicht zu antworten, aber sie hatte es nicht durchhalten können und nach über einer Stunde innerem Kampf, eine ähnliche Antwort geschrieben. Eine weitere Frage ihrerseits hätte er wahrscheinlich wieder nicht mehr beantwortet, so wie schon einige Male im letzten Jahr. Deshalb schrieb sie nichts weiter. Und bei diesen Erinnerungen, waren ihre Gedanken schon wieder bei ihm und die vier Stunden der großen Meister schienen vergebens gewesen zu sein. Allerdings sorgte der gute Rotwein dafür, dass sie tief schlafen konnte.

Als sie am nächsten Morgen noch etwas verkatert in ihr Wohnzimmer kam, viel ihr Blick als erstes auf das alte Handy. Es war immer noch an und stand auf dem Glastisch. Das Display zeigte, wie jeden Tag, stumm den geöffneten Chat von Philip, in dem es keine Nachrichten gab. Es hatte die ganze Nacht dagestanden und die Batterieanzeige meldete in roter Schrift nur noch 4% Akku. Marie nahm es vorsichtig und machte es aus. Annabell hatte von Anfang an Recht behalten. Es konnte ihr keinen Aufschluss geben, wenn sie seine Onlinezeiten beobachtete. Was war das nur für eine fixe Idee gewesen? Sie machte den Wohnzimmerschrank auf und legte es hinein.

< *damit fangen wir an!* > forderte sie sich selbst auf und dann stieg sie unter die Dusche.

EINUNDDREIßIG

Es war an einem verregneten Tag im Februar. Die Sonne hatte sich seit Tagen nicht gezeigt. Es wehte ein stetiger Wind, der machte, dass eine aufgerissene und dadurch locker gewordene Plane, irgendwo draußen, seit Stunden dasselbe Geräusch machte. Der überdachte Lagerplatz lag gegenüber Maries Büro in einem Hochregal unter einem Abdach. Trotz der Entfernung von mindestens fünfzehn Metern und durch das geschlossene Bürofenster, war das monotone und den ganzen Tag anhaltende Geräusch, von im Wind wehendem Plastik zu hören, das durch das Öffnen einer Tür nach draußen manchmal an Lautstärke zunahm. Welche Ausdauer der Wind hatte, es zu schaffen, über Stunden mit derselben Intensität die Plastikplane zu bewegen, war erstaunlich. Dazu fiel ein fieser Nieselregen. So einer, den man sich auf gar keinen Fall wünscht. So einer, bei dem man keinen Fuß vor die Tür setzen möchte. So einer, bei dem selbst Hunde nicht zum Gassigehen raus möchten. So einer, der durch Mark und Bein geht und in kürzester Zeit die Anziehsachen langsam, aber sicher durchdringt und schwer macht, sodass man meint, man hätte eine Bleikleidung an. So einer, bei dem man am liebsten zuhause, in einem gemütlichen Wohnzimmer, bei einer wohligen Heizungswärme und einer brennenden Vanillekerze, unter einer Decke auf dem Sofa liegt und seinen Lieblingsfilm schaut. Am besten zu zweit. In den Armen des Partners. Geborgen und warm und fest umschlungen. Aber, wer konnte das schon, an einem ganz normalen Mittwoch.

Heute war wieder so ein Tag, an dem Marie überhaupt nichts auf die Reihe bekam. Sie machte ihre Arbeit. Telefonierte. Prüfte. Antwortete auf Emails. Sie war anwesend. Ihr Körper ja, aber ihr Geist und ihre Seele waren weit weg. Keiner ihrer Arbeitskollegen ahnte wohl, dass sie seit langem von diesem Zustand in sich und dem dadurch entstandenen inneren Kampf zwischen Herz und Verstand litt. Er hatte sie müde gemacht und dafür gesorgt, dass sie ausgelaugt war. So, als hätte sie zwei Jahre in einem Arbeitslager geschuftet und wusste nicht, warum und für wen. Wenn man über eine lange Zeit für sich selbst oder eine Person, der man nahesteht, oder jemandem für den man sich verpflichtet fühlt, eine harte Arbeit erledigt, dann weiß man wenigstens, dass es sich am Ende lohnt. Dann weiß man, warum man es macht, und es ist ein Ansporn durchzuhalten.

Und wenn man mental über eine lange Zeit beansprucht ist, z.B. bei einer langen Weiterbildung oder einer stetigen beruflichen Beanspruchung, bei der man entweder sehr gefordert ist oder bei der man Entscheidungen treffen muss, die außerhalb der eigenen Kompetenz liegen oder mit enormen Geldsummen verbunden ist, dann weiß man, dass die Weiterbildung zur eigenen Horizonterweiterung und Bildung ist und irgendwann ein Ende, im besten Fall einen erfolgreichen Abschluss hat. Und die beruflichen Schwierigkeiten auch irgendeiner Lösung befinden werden, vielleicht mit Hilfe von Geschäftsleitung und /oder Kollegen. Alles ist irgendwie und irgendwann händelbar und kommt zu einer Lösung, aber einen inneren Kampf mit sich selbst zu führen, das ist unendlich und erschöpft, weil einem niemand anders helfen kann.

Maries Bruder war IT`ler in einem großen Unternehmen und hatte vor einigen Jahren eine Stellung, bei der er ein Team führen musste, große Verantwortung trug, es immer um viel Geld ging, von seinem Vorgesetzten jegliche Unterstützung fehlte und keine Entscheidungen getroffen wurden, die aber getroffen werden mussten. Er hatte nach ein paar Jahren kündigen müssen, weil er vor Sorge und Anspannung nicht mehr hatte schlafen können. Marie wusste genau, wem sie kündigen musste! Sie wollte so gerne wieder schlafen können. Sie wollte so gerne wieder frei sein. Sie wollte so gerne wieder sie selbst sein. Unbekümmert und froh und lustig und offen. Sie musste diesen Mann aus ihrem Kopf und aus ihrem Herzen verbannen und sie wusste genau, dass es nur in ihren eigenen Händen lag, dies zu tun. Annabell war die Einzige, die vieles über Philip wusste und über Maries Gefühle. Aber sie wusste längst nicht alles. Marie konnte doch ihrer Tochter nicht erzählen, wie es wirklich in ihr aussah. Sie war immer ihre starke Mutter gewesen, die für alles eine Lösung hatte. Die ihren Töchtern selbstbewusst gezeigt hatte, wie das Leben zu meistern war, auch wenn es nicht immer nur geradeaus ging. Die ihre Töchter immer, soweit sie es konnte, unterstützt und versucht hatte, sie auf das

Leben vorzubereiten. Laura wusste, außer, dass es einen Mann namens Philip gab und dass er ab und zu mal bei ihrer Mutter war, nichts weiter. Sie war von allen drei Frauen die Stärkste. Beruflich sehr erfolgreich und gerade noch berufsbegleitend mit einem Studium angefangen. Sie war gradlinig und hätte einem Mann, der wie Philip in ihr Leben gekommen wäre, spätestens nach sechs Wochen, also in Maries Fall nach dem Weihnachtsurlaub von Philipp im ersten Jahr, als sie sich kennengelernt hatten, den Laufpass gegeben. Gründe hätte es dafür zu diesem Zeitpunkt schon mehr als genug gegeben. Annabell war weicher und sanfter und mental näher bei Marie. Deshalb wusste sie auch mehr von ihr, aber eben nicht alles. Und Marie wusste, dass sie sich Sorgen um sie machte. Diesen beiden Mädchen sollte sie jetzt sagen, dass sie an einem Mann, an einem gefühllosen Arschloch, zerbrach?

Das war unmöglich!

Es war jetzt kurz vor Feierabend und zu dem fiesen Nieselregen setzte bereits die Abenddämmerung ein. Marie hatte das Gefühl, dass sie seit Stunden nur noch dem im Wind wehenden Plastik zuhörte und je länger sie das tat, desto mehr glaubte sie, aus diesem stetigen, monotonen Geräusch eine immer wiederkehrende Botschaft zu hören. Der Wind machte, dass das Plastik in gleichmäßigen Abständen für vier Sekunden raschelte, dann kurz verstummte, um danach wieder für vier Sekunden zu rascheln. Den ganzen Tag über. In diese vier Sekunden passten die Botschaften, die Marie heute zu hören glaubte:

Hör endlich auf zu warten

Lass endlich diesen Mann los

Er soll dir nicht mehr wehtun

Entscheide jetzt endlich, Marie

Entscheide jetzt endlich, Marie

Entscheide jetzt endlich, Marie

Hör endlich auf zu warten

Entscheide jetzt endlich, Marie

4 Sekunden: Endscheide jetzt endlich, Marie

4 Sekunden

Stille

4 Sekunden

Stille

Endscheide dich endlich, Marie

Fabian wusste auch, dass es Philip gab. Er fragte Marie manchmal nach ihm. Aber auf eine Art, wie es nur ein Mann fragen kann. So cool und oberflächlich und Marie merkte dann, dass es ihn vielleicht interessierte, er aber damit nicht umgehen konnte. Er wollte vielleicht nur wissen, ob Marie noch jemand hatte, mit dem sie schlief. Ob es immer noch dieser merkwürdige Philip war, oder ob es jemand anderen gab. Manchmal sagte sie einfach nur, dass er noch da wäre und wechselte dann sofort das

Thema und wenn Marie ihm dann doch mal von Philip erzählte und, dass sich an den Merkwürdigkeiten nichts geändert hatte, dass sie eigentlich keinen Schritt weitergekommen war, gab er fast immer dieselbe Antwort: „Ja, dann musste ihm mal die Pistole auf die Brust setzten und ihm bei nächsten Mal sagen, er soll mal rausrücken, was Phase ist." Und manchmal Mal hatte er noch ergänzt „Du bist doch sonst immer so selbstbewusst."

Oder: „Gibt auch noch andere Männer. Musste dich nicht mit som Wichser aufhalten."

Marie hatte Fabian als ihren Geliebten verloren. Langsam übers Jahr hinweg, seit er diese Frau kennengelernte hatte. Eine Weile trafen sie sich noch und schliefen miteinander. Sie konnten zuerst nicht aufhören damit, aber sie waren sich immer noch so vertraut, dass sie offen darüber redeten und es beenden wollten.

Fabian plante, mit dieser neuen Frau etwas Ernstes aufzubauen. Dann musste Schluss sein. Das wollte auch Marie. Am Ende waren sie sich beide einig: Sie wollten Freunde bleiben und keiner sollte dem anderen etwas schuldig sein. Marie hatte gemerkt, dass Fabian immer öfter mit schlechtem Gewissen kam, und das wollte sie nicht. Sie mochte ihn und wollte, dass er glücklich war. Jetzt war es so gekommen, dass sie nur noch selten private Telefonate führten oder sich Nachrichten schrieben, weil einfach die Gelegenheit nicht mehr da war. So war es langsam, aber sicher um sie verstummt. Marie war allein mit sich und ihrem Kampf und wusste so genau, was zu tun war. Wem sollte sie davon erzählen? Sie kannte alle Antworten, die man ihr geben würde. Wie sollte sie erklären, dass sie so schwach war und warum. Sie wusste es doch selbst nicht. Eine Millionen Mal hatte sie alle Gedanken abgewogen, sich gefragt, warum dieser Mann so handelte, wie er handelt. Immer wieder hatte sie das Gute gesucht, nach einer fadenscheinigen Begründung gesucht, die ihn jedes Mal versuchte in Schutz zu nehmen. So an den Haaren herbeigezogen, dass Marie manchmal über sich selbst erstaunt war, wie viel Fantasie sie aufbrachte, um seiner gutzuheißen. Sie hatte gewartet. Aber worauf? Hatte gewartet, dass sich irgendetwas änderte. Aber es änderte sich nichts. Seit über einem Jahr hatte sich nichts geändert. Im Gegenteil, alles war noch oberflächlicher geworden. Ihre Nachrichten, die Telefonate, die es fast nicht mehr gab. Wenn sie ganz ehrlich war, war sogar der Sex oberflächlicher geworden. Aber, darüber wollte sie jetzt nicht nachdenken. Das wollte sie sich nicht auch noch kaputt machen. Sie glaubte mit Philip guten Sex gehabt zu haben. Er war so einfühlsam und wusste genau was zu tun war. Er forderte sie und dachte immer zuerst an sie. Er spornte sie an und sagte ihr schöne Dinge, dann, wenn es angebracht war. Ja, er war ein guter Liebhaber. Aber wie oft war das Hochgefühl, dass er ihr bescherte, bald verpufft, nachdem er dann gegangen war. Es gab viele Male, da verschwand er und meldete sich Tage lang nicht. Keine einzige kleine Nachricht, kein Telefonat. Über

Tage nichts. Marie war in Versuchung gekommen, zu glauben, er wäre dann unbeholfen und könne sein schlechtes Gewissen nicht händeln. Er wüsste vielleicht nicht, was zu tun wäre, damit eine Frau, auch wenn es, oder eben, weil es eine gelegentliche Liebschaft ist, zufrieden wäre. Dass Respekt und Vertrauen wichtig wären damit sich beide Parteien, die sich auf eine solche Sache einlassen, auf gleicher Augenhöhe gegenüberstehen. Aber das wusste er. Er wusste alles! Er war rhetorisch absolut in der Lage dazu. Sein Berufsalltag bestand ausschließlich aus diesen Fähigkeiten, die nötigt waren, um einen professionellen Umgang mit Kunden und den aufkommenden Herausforderungen, zu meistern. Das ist das tägliche Geschäft der Personen in seinem Berufsfeld. Und Marie war sich zu einhundert Prozent sicher, dass er ein wahrer Meister darin war. Er war perfekt darin, dass zu tun und zu sagen, was von ihm erwartet wurde und was sowohl die Geschäfte als auch Kunden voraussetzten, auch wenn er selbst ganz anderer Meinung wäre. Und wer ihn nicht kannte, merkte nicht, dass es in bestimmten geschäftlichen Situationen eine perfekte, einstudierte und jederzeit aufsetzbare Fassade war, die er auffahren und abrufen konnte. Er wusste, wann man freundlich und emphatisch sein musste, um in bestimmten Situationen ein bestimmtes Ergebnis zu erzielen.

Er war ein Meister....

In Sekunden durchlebte Marie die letzten achtzehn Monate mit allen Höhen und Tiefen, mit allen

Wünschen und allem Hoffen. Längst war ihr bewusst, dass aus den anfänglich geglaubten Zeichen, Wörtern, Versprechungen, Gesten und Treffen nichts weiter werden würde. Sie hatte lange geglaubt sie wäre Mr. Big begegnet und zu Beginn dachte sie tatsächlich, er bemühe sich um sie, mit dem Ziel einer Beziehung. In welcher Form auch immer. Aber jetzt, an diesem grauen, verregneten, miesen Februarnachmittag, schrie ihr der Wind und diese blöde lose Plastikplane die Wahrheit ins Gesicht. Immer wieder und immer wieder. Seit Stunden. Warum tat sie sich mit dem Eingeständnis all dieser Erkenntnisse so schwer? Warum hatte sie so lange gewartet, bis der Strohhalm den Rücken des Kamels brach?

Alle vier Sekunden....

Das Schlimme war eigentlich, dass Marie in Philip genau den Mann gefunden hatte, den sie für sich suchte. Er besaß alles, was Marie wollte. Sie war verliebt. Genau diese Gedanken und das ehrliche Eingeständnis waren aber schon zu viel. Sie erlaubte sich selbst diese Wahrheit nicht, weil sie dadurch verletzlich wurde. Wäre Philip ein Mann, mit dem sie ab und zu mal ein Treffen hatte, es nur um Sex ging und keine Gefühle im Spiel wären, wenn es Dinge an ihm gäbe, die Marie nicht gut finden würde, Charaktereigenschaften oder Manieren, Kleidungsstil oder irgendetwas anderes, dass ihr nicht behagte, dann wäre es leicht. Dann hätte sie diesen Schmerz nicht, dann wäre sie nicht so verletzt und müde. Warum müssen Frauen immer Gefühle mit ins Spiel bringen. Sie erinnerte sich an den allerersten Augenblick mit Philip. Da war es schon um sie geschehen.

Wie oft hatte sie sich selbst im letzten Jahr ermahnt, sie solle nicht alles so eng sehen, sie solle einfach mitmachen, es nehmen, so wie es kam. Wenn er nicht reden wollte, oder sie mal zwei Wochen keinen Kontakt hatten, sollte es ihr doch egal sein. Es gab gerade weit und breit keinen anderen Mann, mit dem Marie sich mehr vorstellen konnte und wenn einer käme, dann würde Philip eben in die zweite Reihe rutschen. Und wenn es ein guter Mann wäre und sich etwas Ernstes daraus entwickeln würde, dann würde Philip immer eine Reihe weiter nach hinten rutschen. Dann würde Marie ihn nicht mehr so wichtig nehmen und ihn bitten, sie nicht mehr zu kontaktieren. Das wäre wunderbar... Aber einen solchen anderen Mann gab es nicht.

Entscheide jetzt endlich, Marie

Stille

Lass ihn endlich los

Stille

Entscheide dich endlich, Marie

Sie hatte es in der ganzen Zeit nicht geschafft Philips Vertrauen zu erlangen. Darüber machte sie sich seit einiger Zeit am meisten Kopfzerbrechen. Die Gedanken kamen, wie Wäschestücke, die man auf einer Wäschespinne aufgehängt hatte, die in voller Geschwindigkeit gedreht wurde und sich plötzlich durch die wilde Drehung eine Klammer löste und ein Wäschestück mitten in ihr Gesicht flog. So kam es ihr vor, als würde jemand genau in dem Moment, in dem das Wäschestück auf sie aufprallte, sagen: "Da hast du was, über das du nachdenken kannst!"

Es waren alle negativen Dinge, die Marie in der ganzen Zeit erlebt, die sie verletzt und müde gemacht hatten, die sie traurig gemacht hatten und sie an ihrer Menschenkenntnis zweifeln ließ. Es waren nur negative, dreckige Wäschestücke.

Und das eine Wäschestück war noch nicht verarbeitet, da kam schon das nächste angeflogen. Sie kannte diese verdammte Wäschespinne jetzt langsam. Sie tauchte in unregelmäßigen Abständen plötzlich auf und fegte ihr die dreckigen Wäschestück-Gedanken an den Kopf. Weil sie dem Wind nicht standhalten konnte. Weil sie und ihre Wäscheklammern zu schwach waren für aufkommende Winde. Heute wehte sogar draußen ein echter, starker Wind und nicht nur der sinnbildliche Wind in ihrem Inneren. Heute glaubte Marie, alles hätte sich gegen sie verschworen, um ihr endlich die Augen zu öffnen. Und dann kam sie wieder an den Punkt, der besonders schmerzte. Der keinem Argument, dass sie jemals gegen alles Handeln von Philip als Entschuldigung hatte, standhalten konnte. Der sie mit voller Wucht bei den

Hörnern packte, sie durch die Luft wirbelte und sie mit klarem, fokussiertem Blick auf ihre zwei Beine wieder auf den Boden stellte. Der sie tief in ihr verliebtes Herz blicken und sie vor Traurigkeit Schmerzen empfinden ließ:

Die mangelnde Wertschätzung und der damit fehlende Respekt seinerseits gegenüber der Frau, mit der er seit beinahe eineinhalb Jahren ein Verhältnis hatte!

Marie erlaubte sich diesen Gedanken nur sehr selten, weil es das Ende aller Gedanken und Überlegungen war. Weil es dafür keine Gutheißung gab und weil es seit einiger Zeit an dieser Stelle immer nur eine Quintessenz gab. Und weil sie diese Erkenntnis so unsagbar traurig machte, dass sie wie ein Häufchen Elend weinen musste.

Sie wollte von dieser Traurigkeit nicht mehr eingehüllt werden, denn sie war ein lustiger Mensch. Sie wollte wieder lernen frei und ohne Hintergedanken auf Menschen, auf Männer zuzugehen. Sie wollte wieder als der Mensch, der sie war, wahrgenommen werden und sich nicht immer hinterfragen, ob es gerade das Richtige war, was sie tat und ob es das war, was ihr Gegenüber erwartete, sondern, dass es das war, was SIE wollte.

Wieder hörte sie die Plastikfetzen im Wind für vier Sekunden:

Mach jetzt endlich Schluss damit

Stille

J E T Z T

Stille

Ihre Monsterbiester-Alarmbereitschaft leistete heute eine grandiose Arbeit!! Sie hatten sich den Wind, den Regen und die Wintertrübheit als Verbündete geholt. Wie einen lange vorbereiteten Plan.

Maric nahm wie in Trance ihr Handy in die Hand, das auf ihrem Schreibtisch neben ihrer Tastatur lag. Sie öffnete Facebook und ohne eine weitere Pause ging sie auf ihren Account. Sie tippte auf `Freunde suchen´. Gab dort Philips Namen ein, dann öffnete sie `mehr´ und fand jetzt auf dem Bildschirm die Stelle vor, die sie gesucht hatte: `aus Freunde Verzeichnis entfernen´.

Das hatte sie noch nie macht, jemanden entfreundet, blockiert oder gesperrt oder was es sonst noch so gab. Marie wäre bisher kein Grund eingefallen, warum sie so etwas tun sollte. Obgleich sie wusste, dass es bei anderen Menschen sicher Gründe geben könnte, die diesen Schritt notwenig machten. Aber bei ihr nicht. Und eigentlich auch aus Philips Sicht nicht. Er hatte und würde sie nicht belästigen oder ihr sonst irgendeinen Grund geben, der diesen Schritt rechtfertigen würde. Nein, es war reiner Selbstschutz. Der Zeigefinger ihrer rechten Hand zitterte so sehr, dass Marie sich konzentrieren musste, damit er die kleine Stelle auf dem Display traf, die sie treffen wollte. Plötzlich legte Marie das Smartphon wieder auf ihren Schreibtisch und sprang panisch von ihrem Bürostuhl auf. Panisch verließ sie das Büro und lief geradewegs auf die Damentoilette. War erleichtert, dass sie dort nicht auf eine Kollegin traf, die sie wohlmöglich auch noch angesprochen hätte. Sie verriegelte die Tür, trat an das Waschbecken und hob den Kopf. Die Frau, die sie im Spiegel sah, sah fürchterlich aus. Um Jahre gealtert. Wo waren die leuchtenden Augen? Das verschmitzte Lächeln? Die Entschlossenheit dieser starken Frau?

Marie erschrak, schaute schnell weg und drehte den Wasserhahn auf. Dann krempelte sie ihre Ärmel hoch und ließ das eiskalte Wasser über ihre Unterarme laufen. Ganz langsam merkte sie, wie eine kühle Frische in ihr aufstieg und alle Panik mit dem Wasser in den Abfluss des Waschbeckens gespült wurde. Sie wusste nicht, wie lange sie so dagestanden hatte, aber sie merkte, dass mit dem Wasser auch immer mehr Panik ihren Körper verließ und das tat gut. Deshalb blieb sie noch eine Weile stehen, bis jemand außen die Türklinke herunterdrückte. Sofort war sie wieder bei sich und hoffte, dass vor der Tür niemand stand, den sie kannte. Sie wollte niemandem begegnen und wünschte, dass es eine Kundin war, an der sie mit einer knappen Begrüßung einfach vorbei gehen konnte. Schnell betätigte sie die Toilettenspülung, obwohl es gar nicht nötig war und schaute wieder in den Spiegel, während sie sich die Arme abtrocknete, die Ärmel ihrer Bluse herunterstreifte und die Knöpfe schloss. Dann schlug sie sich mit beiden Händen ein paar Mal rechts und links auf ihre Wangen. Sie wollte nicht mehr so blass aussehen und sich wachrütteln. Als sie die Tür entriegelte und in den Flur hinaustrat, war niemand zu sehen. Marie war froh darüber und begab sich wieder in ihr Büro. Eigentlich hatte sie längst Feierabend. Sie hatte ganz die Zeit vergessen.

Das Display ihres Smartphons war schwarz geworden. Zu lange war sie weg gewesen.

Sie war am selben Punkt angelangt wie vor zehn Minuten. Aber sie war frischer im Kopf, deshalb nutzte sie den Augenblick, nahm mit der rechten Hand das Telefon und entsperrte es gleichzeitig mit ihrem rechten Daumen. Vor ihr öffnete sich wieder die Seite mit dem Button `aus Freundesliste entfernen` und ohne noch eine weitere Sekunde zu warten, tippte sie mit dem Finger darauf.

Sie hatte es getan!

Es war ein Anfang.

Die Schiebetür nach draußen ging mit einem leisen Zischen auf und sofort wieder zu und Marie hörte wieder ganz deutlich die Botschaft, mit der sich Plastikplane und Wind heute verbündet hatten, um ihr die Hölle heiß zu machen.

Dieses Mal lautete die Aufforderung während der vier Sekunden

Mach weiter, Marie du kannst es!

Stille

Mach weiter, mach weiter, mach weiter

Stille

Du weißt was zu tun ist

Stille

Mach weiter, mach weiter, mach weiter

Irgendwo läutete ein Telefon und Marie vernahm aus der Ferne, wie einer ihrer Arbeitskollegen den Hörer abnahm und sich meldete ... ganz weit weg.

Sie hörte nur noch die Botschaften des Windes. Als sie wieder auf das Handy in ihrer Hand schaute war sie noch auf derselben Seite. Ein Button war aufgepoppt: Weitere Freunde entfernen?

Sie drückte NEIN und schloss den Facebook-Account.

Ihre innere Stimme sprach: Mach weiter, Marie!

Der Bildschirm war wieder schwarz geworden. Was nun kommen musste, wusste sie. Wieder entsperrte sie und wischte nach links, auf die Seite, auf der sich der WhatsApp–Button befand. Sie tippte mit dem Finger darauf und sofort öffnete sich die Chatliste. Der Chat mit Philip war so weit unten, dass Marie scrollen musste, bis sie ihn fand und als sie ihn gefunden hatte, öffnete sie ihn. Sein Portrait zierte sein Profilbild. Er hatte es schon seit einigen Wochen. Marie tippte nicht darauf, um es zu vergrößern. Sie wollte nicht beeinflusst werden. Die letzten Nachrichten waren fast drei Wochen alt. Wenn sie eben noch darüber nachgedacht und sich eingestand, was das Schmerzlichste an dieser Verbindung mit Philip war, dann hatte sie hier in seinem Chat, mit seiner letzten Nachricht, genau ins

Schwarze getroffen. Sie war das Beispiel geringer Wertschützung und fehlendem Respekt. Und das Unglaubliche war, dass sie noch nicht einmal nach einem Beispiel suchen musste.... Es hätte wahrscheinlich unzählige gegeben....

Es war die letzte Nachricht, die sie sich geschrieben hatten. Sie musste sie nur noch mal lesen:

Marie 8.56 Uhr: Hey, bist du heute in der Nähe.... gemeinsame Mittagspause vielleicht?

Philip 15.24 Uhr: Leider nein (trauriger Smiley)

Sechseinhalb Stunden später war es ihm eine Antwort wert, die aus zwei Worten und einem Smiley bestand. Der Grund ihrer Anfrage war zu diesem Zeitpunkt mindestens zwei Stunden vorbei, denn um halb vier macht man ja keine Mittagspause mehr. Und in diesen sechseinhalb Stunden hatte er keine Zeit gefunden, um sie anzurufen oder ihr vernünftig und emphatisch zu antworten?

Wenn das kein Paradebeispiel für mangelnde Wertschätzung war!

Eine unfassbare Wut überkam Marie in diesem Moment, so, dass sie hätte schreien können. Und wenn sie gerade noch vorhatte, den Chat nach lieben Nachrichten und Kusssmiley abzusuchen, um wieder schöne und gute Gründe für Philip zu finden, dann hatte sie jetzt die ungeschminkte Konfrontation mit der Wahrheit, die sie so lange nicht hören wollte vor sich. Sie war so groß und fett und furchteinflößend wie ein Riese, wie ein mächtiger Fels, wie ein

Wolkenkratzer oder wie ein tosendes Meer und sie stand davor, wie eine kleine Ameise.

Langsam hob sie den Zeigefinger und schob den Chat nach rechts.... Chat löschen... weiter nach rechts... Chat und Kontakt löschen.... dann drückte sie darauf...

Augenblicklich war er aus der Chatliste verschwunden. Die schönen Worte und die Bilder, die sie sich gegenseitig in der ganzen Zeit geschickt hatten, waren jetzt nicht mehr da. Alle darunter liegenden Chats waren einfach eine Stelle höher gerutscht. So schnell ging das ... sofort öffnete sie dann die Kontakte auf ihrem iPhone und löschte „Kontakt Philip Sandmann“

Es war, als wäre ein zentnerschwerer Stein von ihrer Brust abgefallen. Sie schloss die Seiten und machte das Handy aus. Legte es auf den Schreibtisch.

Es war still!!!

Der Wind hatte sich gelegt und die Plastikplane war verstummt. Wann das genau passiert war, hatte Marie nicht mitbekommen, jedoch war es jetzt ganz ruhig. Sie war mit ihren Gedanken weit weg und zuckte im nächsten Augenblick zusammen:

„Marie!!!“ ein Arbeitskollege stand in der offenen Tür zu ihrem Büro. Er hatte seine Jacke an. Im übrigen Gebäude war es dunkel. „Hörst du mich nicht? Es ist Feierabend. Was machst du noch hier, du hast doch schon seit fast zwei Stunden Schluss? Komm schon, sonst schließen wir dich ein.“

„Ohje, ich habe ganz die Zeit vergessen", gab sie verwirrt zurück. Machte dabei ihren PC aus und nahm ihre Jacke vom Garderobenharken. Das Handy stecke sie in ihre Handtasche und verließ dann übereilt mit ihrem Kollegen die Firma.

Der gemeinsame Weg zum Mitarbeiterparkplatz war nicht weit und so braucht Marie keine große Unterhaltung führen, zu der sie gerade überhaupt nicht in der Lage gewesen wäre. Zu weit weg war sie. Sie hatte gerade mit zwei Fingerstrichen die letzten eineinhalb Jahre ihres Lebens gelöscht. Ihre oberflächliche Aufmerksamkeit reichte gerade für eine Antwort, die sie ihrem geschätzten Kollegen entgegenbrachte „Ich hatte noch ein paar dringende Sachen aufzuarbeiten und habe wohl darüber die Zeit vergessen. Dauerte einfach alles länger als gedacht... Vielen Dank, dass ihr mich nicht eingeschlossen habt." „Ist doch Ehrensache. Bis morgen...", verabschiedete sich der Kollege und öffnete bereits seine Autotür. „Ja, bis Morgen. Hab einen schönen Abend", wünschte Marie und dann saß sie allein in ihrem Auto. Sie nahm noch wahr, dass das Auto neben ihr den Parkplatz verließ. Das Licht der Scheinwerfer blendete kurz in ihr Wageninneres, erhellte es und entfernte sich dann in eine andere Richtung.

Marie war allein. In ihrem Auto und auf dem gesamten Parkplatz war es dunkel. Sie hatte den Eindruck, als wäre sie in eine Art Starre verfallen, aus der sie sich nicht befreien konnte. Deshalb blieb sie einfach sitzen. Ihre Gedanken waren bei Philip und all den schönen Momenten, die sie miteinander verbracht hatten. An die lustigen Telefonate, bei denen sowohl sie als auch er manchmal spontan so laut gelacht hatten, weil der andere schlagfertig reagiert hatte. An den leidenschaftlichen Sex, bei dem sie beide es kaum abwarten konnten, den anderen zum Höhepunkt zu treiben und an die vielen Küsse, die immer vorsichtig, leicht und sachte begannen und dann fordernder und heftiger wurden und jedes Mal das Vorspiel waren, während sie sich gegenseitig ihrer Anziehsachen entledigten.... und sie hatte den Gedanken noch nicht Mal ausgedacht, da machte sich schon die Erkenntnis breit, dass scheinbar nur sie allein so empfunden hatte, denn sonst hätte diese Sache nicht den Verlauf genommen, der ihr so lange Kopfzerbrechen und Traurigkeit gebracht und dem sie heute, eben, vor ein paar Minuten ein Ende gemacht hatte.

Plötzlich klopfte es an ihrer Schreibe und Marie erschrak schrecklich. Wieder war es ein Kollege, der sie aus ihren Gedanken riss. Sie drückte die Seitenscheibe herunter. „Bleibst du noch länger? Soll ich das Tor auflassen? Ich bin der letzte und würde es jetzt eigentlich schließen wollen..."

„Oh Entschuldigung, Reiner. Ich war ganz in Gedanken. Ich fahre jetzt auch, dann kannst du das Tor zuschieben".

„Geht es dir gut, Marie? Ist alles in Ordnung?", fragte er.

Marie war erstaunt über seine Frage und gab schnell zurück „Ja, na klar, alles in Ordnung!“

„Bitte entschuldige, ich wollte dir nicht zu nahetreten, aber ich hatte deine Tränen gesehen. Falls ich etwas für dich tun kann...“

Sie fasste sich sofort automatisch mit ihren Händen an die Wangen und war erschrocken, dass er Recht hatte. Ihr Gesicht war nass von Tränen.

„Oh nein, es geht schon wieder, hatte gerade nur einen traurigen Moment. Lieben Dank für deine Nachfrage. Bis Morgen.... Mach es gut.“ Hastig startete sie den Motor und verließ das Firmengelände. Als sie auf der Straße an ihrem Kollegen vorbeifuhr, winkte sie ihm noch schnell zu und brauste davon. Die Fahrt bis zu ihrer Wohnung dauerte ungefähr sieben Minuten. An diesem Abend hatte sie das Gefühl, es wären sieben Stunden. Ein Durcheinander der Gefühle machte sich in ihr breit und es war ihr unmöglich diese Verwirrungen zu ordnen und zu bewerten. In ihr breitete sich plötzlich eine massive Panik aus, die sie in Besitz nahm und sie zu keinem klaren Gedanken mehr fähig werden ließ. Alles, was sie nun noch wahrnahm, war das Ausmaß dessen, was sie getan hatte und jetzt war alles weg, was sie mit Philip verband!

Mit jeder Sekunde steigerte sich diese Erkenntnis und mit ihr die Panik darüber. Als sie endlich zuhause ankam, konnte sie nichts anderes tun, als sich unter einer Decke auf dem Sofa zu verkriechen. Sie ließ ihre Jacke und die Handtasche im Flur auf den

Fußboden fallen, zog sich wie in Trance die Schuhe und Hose aus und schlüpfte in ihre alte Jogginghose. Im Wohnzimmer war es fast dunkel, weil es schon dämmerte und weil die Rollladen bis zur Hälfte heruntergezogen waren.

Wie eine kleine Schnecke rollte sie sich zusammen, zog die Decke bis unter die Nase, so, dass sie gerade noch atmen konnte und schloss die Augen. Sie wollte nichts sehen und nichts denken. Sie wollte einfach alles vergessen. Aber die Gedanken ließen sie nicht in Ruhe. Sie hatten sich über sie gelegt, wie eine Decke, die drohte sie zu ersticken. Panisch schlug sie die Wolldecke weg und schnappte nach Luft und kurz darauf spürte sie wieder die Kälte im Zimmer, weil sie die Heizung nicht aufgedreht hatte. Aber es war gar nicht die Kälte um sie herum, sondern die Kälte in ihrem Inneren. Was hatte sie nur getan, warum hatte sie ihn gelöscht, jetzt war alles weg. Er war weg. Es hätte doch noch etwas werden können zwischen ihnen. Vielleicht brauchte er noch etwas Zeit, vielleicht musste er noch Dinge regeln bis er sich zu ihr bekennen würde... sie hatte alles kaputt gemacht! Wie hatte sie das nur tun können? So schlimm war es doch gar nicht. Was hatte sie sich nur dabei gedacht? Wie konnte sie nur so unüberlegt handeln? Marie war am Boden zerstört. Die Traurigkeit hatte einen neuen Höhepunkt erreicht und ihren ganzen Körper und ihre Seele eingenommen. Sie äußerte sich in einem heftigen Schmerz in ihrer Brust, dem sie automatisch mit dem Druck ihrer Hände gegenwirken musste, in dem sie diese fest auf ihren Brustkorb drückte. Aber es änderte nichts. Der

Schmerz blieb. Sie sprang auf, weil sie nicht mehr still liegen bleiben konnte. Aber ihre Beine waren so instabil wie Pudding und sie drohte zu fallen. Was sollte sie nur tun? Am besten würde sie gar nichts mehr tun, denn sie hatte schon genug Schlimmes angerichtet. Warum in Gottes Namen hatte sie seinen Kontakt gelöscht? Jetzt hatte sie nichts mehr!

Die gemeinsame Zeit war komplett gelöscht. Einzig in ihren Gedanken, da war alles noch da. Viel präsenter als je zuvor. Sie musste sich beruhigen.

Wir werden körperlich feststellen, was wir emotional empfinden

Jetzt wusste sie, was damit gemeint war. Der Schmerz in ihrer Brust ließ sie es wissen.

Vielleicht könnte sie ihn anrufen auf seiner Firmennummer und ihm sagen, ihr Handy wäre abgestürzt und alle Kontakte wären weg und ihn bitten, ihr nochmals seine private Nummer zu geben. Dann brauchte es nur eine Nachricht von ihm und sie wurde sein Profilbild wieder sehen. Aber dann ginge die Zeit der Ungewissheit weiter.

< *wieso habe ich ihn in der ganzen Zeit nicht einfach direkt gefragt, was ich wissen wollte?* > fragte sie sich und gab darauf sofort die Antwort, die schon lange als stilles Bekenntnis tief in ihr manifestiert war. < *weil ich mir nicht sicher war, ob ich die Antwort hören wollte!* >

In ihr begann ein innerer Kampf, wie sie ihn nie zuvor erlebt hatte. Herz und Verstand boten sich ein Für und Wider mit allen Mitteln, die sie zu Verfügung hatten und je aussichtsloser sich beide Seiten scheinbar geschlagen geben mussten, desto intensiver wurden die verwendeten Mittel. Das Herz versuchte sich an jeden einzelnen schönen Moment zu erinnern und gleichzeitig bekämpfte der Verstand diese Erinnerungen mit vehementen, klaren und kurzen Statements wie „Du hast dich jetzt lange genug verarschen und respektlos behandeln lassen. Kannst du dir eigentlich selbst noch ins Gesicht sehen?“ Solche Sätze saßen, trafen voll ins Schwarze und berührten ihr Ego mit einer Macht, die sie für einen Moment klarsehen ließ, was sie tun musste. Jedoch setzte bereits das Herz seine nächste Waffe ein und verschaffte authentische Erinnerungen an die Momente, in denen Philip sie erbeben ließ und sie sich einander in die Augen geschaut hatten, als sie miteinander schliefen. Gerade als sie sich den schönsten Empfindungen ergab, schmetterte ihr der Verstand den nächsten Hieb entgegen „Er hat dich nur benutzt!“ Solche Aussagen trafen sie, wie ein Faustschlag in die Magengrube, denn sie wusste, dass es wahr war. Ihr Herz erwiderte darauf vorsichtig „Aber ihr habt doch immer so herzlich gemeinsam gelacht.“ Der Verstand neutralisierte dieses Argument mit einem Kanonenfeuer von unbeantworteten Fragen wie „Warum hat es nie dieses Essen gegeben, das er anfangs geplant hatte? Warum hat er dich nie zu sich eingeladen? Warum hat er eure Treffen nie vorher mit dir besprochen, sondern dich immer nur kurzfristig informiert? Warum hat er dir nie etwas von sich erzählt?“ und so ging es immer weiter. Maries körperliche Hülle kauerte unter einer Wolldecke auf dem Sofa in ihrem stockdunklen stillen Wohnzimmer und in ihr tobte dieser Schlacht. Die ganze Nacht. Manchmal jammerte oder schluchzte sie. Manchmal sagte sie laut „Ja ja ja, ich weiß das Alles“, als Antwort auf die stummen und doch so tonnenschweren Argumente ihres Herzens und ihres Verstandes. Und manchmal musste sie weinen. Dann liefen die Tränen über ihr Gesicht, während sie es teilnahmslos geschehen ließ. Als es hell wurde, war sie nur noch ein Häufchen Elend. Ein paar Mal war sie eingenickt, jedoch nur für kurze Zeit. Vielleicht hatte sich ihr Körper eine Art Kampfpause genommen, aber sie dauerte nie lange, dann war sie wieder hellwach. Der neue Tag war ein Donnerstag, der sie mit trüben und regnerischen Aussichten durch die Wohnzimmerfenster begrüßte. Draußen erwachte der Tag und das Leben ging weiter. Sie lag weiterhin bewegungslos unter dieser Decke, jedoch war der innere Kampf fast zum Erliegen gekommen. Nur ab und zu machte eine der Parteien noch einen Vorstoß, der von der anderen Seite aber souverän abgeschmettert wurde. Es blieb weiterhin ein Kampf ohne Aussicht auf einen Sieger. Wie ferngesteuert nahm Marie irgendwann ihr Smartphone und öffnete den Nachrichtenmessanger. Ihre Suche nach Philips Profilbild blieb natürlich erfolglos, was ihr vor Augen hielt, dass sie nicht träumte. Sie suchte in ihren Kontakten einen ihrer Arbeitskollegen und machte etwas, was sie noch niemals zuvor in ihrem Leben getan hatte. Sie entschuldigte sich für die nächsten zwei Tage im

Büro wegen einer Magenverstimmung. Dann zog sie sich wieder unter die Wolldecke zurück und der Kampf entfachte erneut. Sie ließ sich in den darauffolgenden Tagen von ihm einnehmen und bis an den Grund ihrer Seele ziehen. Es schmerzte sie psychisch und physisch, aber sie ließ es zu, weil sie ahnte, dass sie es durchmachen musste, wie eine Infektion oder einen Fieberschub, den man durchleiden muss, bis er endlich vergeht. Sie ging weder ans Telefon noch las sie eingehende Nachrichten. Ihren Töchtern schrieb sie ebenfalls etwas von einer kleinen Magenverstimmung und verneinte ihre Fragen, ob sie etwas brauche. Sowohl der Fernseher als auch andere Geräte blieben aus. Sie hätte sich sowieso nicht darauf konzentrieren können. Im Laufe der Tage bündelte sich der ausgetragene Kampf immer mehr in die Abfeuerung nur einer einzigen Rakete, die immer und immer wieder auf sie zielte und die sie, mit ihrer lange gebunkerten Munition, durchlöcherte. Marie glaubte sogar, dass diese Rakete von Herz und Verstand gleichermaßen zusammen abgefeuert wurde. Die Beiden hatten sich zusammengetan! Und sie hatten Erfolg, denn die Erkenntnis daraus war, dass sie sich zutiefst schämte. Warum hatte sie nicht erkannt, was dieser Mann mit ihr machte? Sie war doch sonst immer so taff. Warum hatte sie ihm so vertraut? Warum hatte sie nicht mutig ihre Wünsche und Forderungen vorgebracht? Warum hatte sie sich mit Allem, was er ihr vorsetzte, zufriedengegeben? Warum hatte sie nicht auf ihr Bauchgefühl und ihren Verstand gehört?

Warum war sie nur so schwach gewesen und warum hatte sie es zugelassen, dass ihr ein Mensch unter diesen Umständen so nah kommen konnte und sie sich dann auch noch in diesen Menschen verliebte?

Sie war so erbärmlich schwach!

Marie konnte es nicht fassen, das war doch nicht sie selbst! Das irritierte und verwirrte sie ganz fürchterlich.

Am Sonntagnachmittag stand Marie plötzlich auf. Sie faltete die Wolldecke zusammen und legte sie über die Lehne ihres Sofas. Dann nahm sie sie sofort wieder in die Hand und schmiss sie auf den Fußboden. Ebenfalls ihre Kleidung, die sie, bis auf ihre Unterwäsche, bereits seit vier Tagen trug. < *dass muss dringend in die Wäsche. Die ganzen alten, vermieften Gedanken müssen weggewaschen werden* > Dann stellte sie sich unter die Dusche und ließ das heiße Wasser so lange über ihren Körper laufen, bis ihre Haut davon gerötet, ja fast verbrannt war. Das Kampfgemetzel der letzten Tage war beendet. Sie fönte sich die Haare und zog sich irgendeine Hose und ein schwarzes Shirt an. Schminke brauchte sie nicht, dann verließ sie ihre Wohnung. Sie hatte keinen Plan und kein Ziel, einfach nur raus. Runter vom Sofa, befreit von der Wolldecke, raus aus den Räumen, in die sie sich eingesperrt hatte. Sie setzte sich in ihr Auto und machte sich auf den Weg. Erst als sie auf die Autobahnauffahrt fuhr, merkt sie, dass sie sich auf dem Weg zu ihren Eltern befand. Sie braucht das

Nest. Nichts anderes. Im Radio begann ein neues Lied, das ihr vorkam, wie für sie bestellt. „Everybody hurts" von R.E.M. Eine Gänsehaut breitete sich auf ihrem ganzen Körper aus, als sie das Radio so laut stellte, dass sie ihr eigenes Fahrgeräusch nicht mehr wahrnahm.

Ihre alten Eltern ahnten nichts von dem, was in ihr vorging, als sie bei ihnen ankam. Mussten sie aber auch nicht. Marie brauchte einfach nur das vertrauensvolle Nest ohne Fragen und Erklärungen. Sie erzählten und lachten und sie war einfach nur Tochter, behütet und beschützt und weit weg von Allem.

****

Am nächsten Tag ging Marie wieder ins Büro. Eine genaue Vorstellung, ob und wie sie funktionieren würde, hatte sie nicht, aber ihr gesunder Menschenverstand sagte ihr, dass es gut wäre sich abzulenken. Der erste, schwerste Kampf war ausgetragen und ihr Innerstes lag in Schutt und Asche. Jetzt galt es zu gesunden und das würde nicht von Heute auf Morgen gehen, aber die Zeit würde ihre Wunden heilen, darauf vertraute sie. In den letzten vier Tagen hatte sie ihre Reset-Taste gedrückt und jetzt musste sie neu starten. Sie war still und in sich gekehrt. Ihre vorwitzige und manchmal laute Art, war unter den Ereignissen der letzten Zeit verkümmert. Sie saß wortlos in ihrem Büro, arbeitete und redete nur, wenn man sie ansprach. Sie ging auf keinen Menschen zu, so wie es sonst eigentlich immer ihre wunderbare Art war. Sprach man sie an, war sie freundlich, aber introvertiert. Lief sie durch den Betrieb, war sie in Gedanken versunken und beteiligte sich an keinem Gespräch, das hin und wieder unter Arbeitskollegen entsteht. Sie sang und summte auch nicht, so wie sonst, wenn sie gut gelaunt und fröhlich war. Nach einiger Zeit merkten ihre Kollegen diese Veränderung, reden erst heimlich darüber, bis einer sie fragte, ob alles in Ordnung wäre. Ein schlichtes „Ja, klar, alles gut“, reichte, um sie zu überzeugen. Manchmal löste sie eine Umarmung von dem grünen Privatrezept ein. Meistens bei Annabell oder Laura, oder Sabine oder Petra, wenn sie sich mal trafen, aber keinem erzählte sie ein Wort. Und es erstaunte sie manchmal, wie leicht man doch selbst vertrauen Menschen etwas vormachen konnte. Sie wollte es aber genau so haben und jeglichen Fragen aus dem Weg gehen. Sie würde Fabian irgendwann anrufen und Ihn vielleicht auch mal wieder um eine Umarmung bitten, aber das hatte Zeit. Sie hätte ihn nur anrufen müssen, als es ihr so schlecht ging, er wäre für sie da gewesen, aber das wollte sie nicht. Durch diese Sache musste sie allein gehen. Sie musste sich einfach nur entlieben. Mehr nicht.

Marie ging arbeiten und danach in ihre Wohnung zurück. Alle paar Tage fuhr sie auf dem Weg nach Hause kurz in einem Lebensmittelladen vorbei und deckte sich mit notwendigen Dingen ein. Sonst machte sie nichts. Alle Verabredungen und Einladungen schlug sie aus. Sie konnte sich nicht motivieren irgendwo hinzugehen und dabei auf fremde Menschen zu treffen. Alle gaben sich mit ihren kurzen Ausreden zufrieden und keiner fragte nach oder versuchte sie gar umzustimmen. Selbst bei ihren Töchtern schien das problemlos zu funktionieren.

In der ersten Zeit suchte sie noch einige Male den Chat mit Philip, um sich sein Profilbild anzusehen, aber mit jedem Tag, der verging, verstand sie mehr, dass es sinnlos und nicht mehr da war.

Vielleicht hatte Philip noch gar nicht bemerkt, dass sie seinen Kontakt gelöscht hatte. Ob, und woran man das sehen konnte, wusste Marie nicht. Sie hätte eines der Mädchen fragen können, aber das wollte sie nicht, weil sie sich dann hätte erklären müssen. Es war auch egal, denn sie hatte es getan und konnte es nicht mehr rückgängig machen. Ob er sich noch mal bei ihr melden würde? Ob er es einfach hinnehmen würde? Ob er sie vermissen würde und sich die Mühe machen würde sie zu kontaktieren? Wieder nichts als Fragen über Fragen?

Unser Hirn hasst nichts so sehr, wie die Ungewissheit!

So vergingen die erste und die nächsten Wochen. War sie zuhause, las sie, schaute fern oder hörte Musik. Sie versuchte sich abzulenken und nicht in

Hoffnungen und Erinnerungen zu verfallen. Dennoch fragte sie sich täglich, wann Philip sich bei ihr melden würde und sie spürte heimlich den aufkommenden Wunsch ihrerseits. Bei jedem Klingeln ihres Telefons im Büro schaute sie erwartungsvoll auf das Display, aber sein Name stand nie darauf. Die Tage vergingen, doch sie wartete vergebens. Sie wünschte sich so sehr, dass auch das mit der Zeit vergehen möge.

Bei allen Empfindungen war sie ehrlich mit sich, denn sie wollte auf keinen Fall, dass sie weitere körperliche Beschwerden bekam, mit denen sie wieder einen Arzt aufsuchen müsste. Dass Körper und Seele zusammenhängen, hatte ihr Arzt ihr unmissverständlich klar gemacht.

Je mehr Zeit verging desto klarer wurde ihr die Erkenntnis ihres derzeitigen Lebens, das sie annehmen musste. Eigentlich hätte sie das vor über eineinhalb Jahren durchmachen sollen, als sie sich getrennt hatte und ausgezogen war, um vorerst allein weiter durchs Leben zu gehen. Aber bevor sie sich mit ihrem neuen Leben auseinandersetzen konnte, war Philip ihr begegnet und hatte seitdem ihr Leben, ihre Gedanken und Gefühle bestimmt.

Bald wurde es März und der Frühling ließ sich blicken. Immer noch fragte sich Marie jeden Tag, wann Philip sich bei ihr melden würde. Sie könnte ihn auch anrufen, es gab unzähligen Schriftverkehr im Büro, auf dem seine Kontaktdaten zur finden wären. Oder sie musste nur in den Computer sehen, aber das würde sie nicht machen. Sie würde ihn nicht anrufen.

Manchmal stellte sie sich vor, was sie ihm sagen müsste, damit sie Erleichterung spüren würde:

„Glaubst du, ich bin dumm oder blöd oder naiv, dass ich nicht gemerkt habe, wie du mich hinhältst und behandelst, mich kleinhältst mit Informationen über dich. Aber ich bin nicht naiv oder dumm, ich habe ein paar Eigenschaften, wie zum Beispiel Geduld, Loyalität und Beständigkeit nach denen ich lebe. Wenn ich jemandem sagte, dass ich ihn mag, dann stimmt das auch Morgen noch und auch in der nächsten Woche und im nächsten Monat, weil ich mich auf mich und mein Gefühl verlasse. Solange, bis mir dieser Mensch durch sein Verhalten zeigt, dass er es nicht wert ist, ihn zu mögen. Ich habe in den ganzen Monaten nichts gesagt und nichts hinterfragt, weil ich dachte, du besitzt den Anstand und das Vertrauen, mir irgendwann selbst etwas zu erzählen. Du hast mir nie etwas versprochen, ich weiß. Ich habe weder vor deiner Haustür gestanden, noch habe ich dir Pakete oder Briefe geschickt oder dich sonst irgendwie belästigt oder bedrängt. Glaubst du, ich wüsste nicht, wo du wohnst? Spätestens, wenn ich das zweite Mal mit einem Mann schlafe und merke, es könnte wieder passieren und dieser Mann mir nichts über sich erzählen möchte, gebe ich seinen Namen einfach mal bei Google ein. Da habe ich alles gefunden, was es brauchte. Ich finde, ich hätte es verdient, dass du mir vertraust und wir uns auf Augenhöhe begegnen."

Das würde sie ihm gerne sagen. Die Chance dazu hatte sie so oft, aber sie hatte immer geschwiegen. Jetzt war es zu spät.

Alles wäre so leicht, wenn sie sich nicht in ihn verliebt hätte...

Marie blieb weiter still und hielt an ihrem strukturierten Alltag fest. Sie war noch lange nicht so weit, etwas zu ändern. Sie hatte seit einiger Zeit Angst fremden Menschen zu begegnen und vermied deshalb alle Gelegenheiten, bei denen sie in solche Situationen kommen konnte. Immer deutlicher wurde ihr dadurch klar, dass sie sich erst wieder trauen würde, fremden Menschen zu begegnen, wenn die Frage beantwortet wäre, die sie immerfort beschäftigte:

Wie konnte ich mich nur auf so was einlassen und ihn so nah an mein Herz und meine Seele lassen?

Sie zweifelte an sich selbst.

Das hatte sie in ihrem ganzen Leben noch nie getan und es war ein ganz mieses Gefühl.

ENDE

Jetzt war es ihr doch tatsächlich schon wieder passiert …

Verschlafen rieb sie sich die Augen. In letzter Zeit schlief sie ständig vor dem Fernseher ein und wurde mitten in der Nacht irgendwann wieder wach. Die Kerzen waren ausgebrannt und draußen was es stockdunkel. Da es schon Anfang Mai war und es spät dämmerte, musste es mindestens Mitternacht durch sein, glaubte sie. Das Fenster im Wohnzimmer war noch offen, aber es fuhren keine Autos mehr auf der vielbefahrenen Straße. Auch das war ein Zeichen dafür, dass es schon Nacht sein musste. Marie setzte sich auf und schlug die dünne Wolldecke weg. Der Fernseher lief noch. Auf dem Bildschirm sah man eine Frau. Sie hatte eine Perücke und eine große, runde, schwarze Sonnenbrille auf. Um den Hals trug sie ein riesiges kariertes Halstuch, das auf dem Kragen eines schwarzen Oversize-Mantels lag. Alles an ihr sah merkwürdig aus. Dass sie eine Perücke trug, sah man sofort auf den ersten Blick. Sie wirkte verkleidet und wer auch immer ihr Aussehen zu verantworten hatte, hatte gewollt, dass es unnormal aussah und auffiel. Ihr gegenüber saß eine weitere Frau, sie hatte Moderationskarten in der Hand und schaute nervös immer mal wieder darauf. Beide schienen sich in einer Art Interview zu befinden. Marie hörte sie sprechen, ohne jedoch einen Zusammenhang zu begreifen und blieb, aufgrund dieser merkwürdigen Szene, noch einen Moment sitzen. Dabei griff nach ihrem Glas, dass noch halb gefüllt vom Abend auf dem Couchtisch stand. Die Moderatorin musste eine Frage gestellt haben, die Marie nicht mitbekommen hatte, sie wartete nun augenscheinlich auf die Antwort ihrer unkenntlich gemachten Gesprächspartnerin. Im Studio befand sich nichts weiter als die Frauen und neben ihren Stühlen jeweils einem kleinen, unscheinbaren Glasbelstelltischen mit einem Glas Wasser darauf. Die Frau mit Perücke saß ineinandergesunken da und fasste sich mit einer Hand unter die riesige schwarze Brille, die schon allein jedem Zuschauer sofort klarmachte, dass sie nur zur Tarnung aufgesetzt war, weil in einem Fernsehstudio fast nichts überflüssiger ist, da keine Sonne scheint. Es sah so aus, als würde sie sich Tränen wegwischen, die drohten, an ihrer Wange herunterzulaufen. Die Moderatorin sah sie freundlich und geduldig an und gab ihr alle Zeit, die sie brauchte.

Dann begann sie leise zu sprechen:

„Er war so charmant, als wir uns kennenlernten. Ich dachte, ich hätte meinen Traummann gefunden. Er machte mir schnell Komplimente, aber ich hatte manchmal das Gefühl, es wäre eine Note zuviel. Am zweiten Tag schrieb er mir schon solche Worte wie „... schöne Frau“, das hat mich irritiert, aber ich habe darüber hinweggesehen, weil es schön war. Er schrieb zwischendurch Nachrichten mit auffälliger Wortwahl, die mir bisher völlig unbekannt waren z.B.

„Sleep well, Darling". Ich hatte dabei ein komisches Gefühl, habe es aber ignoriert. Es wirkte zwar aufgesetzt und übertrieben, aber ich wollte meinem Gefühl keinen Raum geben. Ich dachte, ich wäre aus der Übung und könne nicht mehr mit Komplimenten und einer Bekanntschaft mit einem neuen Mann umgehen. Heute weiß ich, dass man es Love Bombing nennt.

Ich habe mein Bauchgefühl verleugnet und mir eingeredet, dass ich Gespenster sehe, und das ist eigentlich am Ende das Schlimmste von Allem."

Sie machte eine kleine Pause, dann fuhr sie fort.

„Ich bin so verletzt, dass dieser Mann es geschafft hat, dass ich mir selbst nicht mehr vertraut habe. Er hat mir immer das Gefühl gegeben, dass wir auf Augenhöhe sind, aber das stimmte nicht, er allein hat alles bestimmt und entschieden. Immer dann, wenn es mir zuviel wurde und mein Verstand mir sagte, dass etwas nicht richtig läuft, hat er irgendwas gesagt oder gemacht, was mich beschwichtigt hat und ich sagte mir: Siehst du, er ist gut. Du irrst dich mit deinen Gedanken. Er hat dann Sachen gesagt, von denen ich glaubte, dass so etwas niemand sagen würde, der Böses im Schilde führt. Es waren einfach so bodenständige Sachen."

„Was zum Beispiel?", fragte die Moderatorin.

„Dass er Blumen so gern hat und deshalb die Gartenarbeit mag. Dass er das Grab seiner Eltern pflegt und noch viele andere sehr normale Dinge, von

denen ich dachte, dass man sie nicht sagen würde, wenn man schlimme Neigungen hätte..."

dann stockte sie und suchte wieder nach Worten. Einen Moment später redete sie weiter:

„Manchmal sagte er Sachen zu mir, die ich unverschämt oder fast böse fand, aber er sagte sie mit einem Lächeln und gab mir das Gefühl, er würde scherzen. Ich habe es irgendwie immer gemerkt, aber wollte es nicht wahrhaben. Später meldete er sich manchmal über Wochen einfach nicht, oder schrieb mir gar nicht auf meine Nachrichten zurück, auch wenn ich ihn etwas gefragt hatte. Er rief nicht zurück, sondern ignorierte mich einfach. Wenn ich es ansprechen wollte, schaffte er es immer mich abzulenken und mich wieder friedlich zu stimmen."

Marie saß gefesselt auf der Sofakante und bekam eine Gänsehaut nach der nächsten. Sie hing an den Lippen dieser Frau und dem, was sie sagte.

„Wir hatten Sex, der war so aufregend und er war ein richtig guter Liebhaber. Ich war glücklich, aber wenn er ging, meldete er sich erstmal nicht mehr. Das machte mich immer trauriger und ich zweifelte immer mehr an mir und meinem Bauchgefühl. Aber er kam ja immer wieder nach ein paar Wochen und dann war es wieder schön."

„Waren sie mal Aus? Zum Essen vielleicht, im Kino oder etwas Trinken. Spazieren?"

„Nein, nie. Wir waren immer nur in meiner Wohnung."

„Wie lange standen sie mit diesem Mann insgesamt in dieser Verbindung?“

„Das waren fast drei Jahre. Schlimm, vor allem deshalb, weil ich nach vier Wochen schon die ersten Zweifel hatte.“

Marie wurde heiß und ihre Haut fing überall zu brennen an, so als würden tausend kleine Feuer auf ihr lodern, die sich schmerzhaft in ihre Eingeweide fraßen.

„Haben sie sich nicht gefragt, welchen Grund er haben könnte, dass er sie manchmal ignoriert, nicht antwortet, nicht zurückruft oder sich lange nicht meldet?“

„Natürlich habe ich das. Immer und immer wieder, aber ich habe mir Gründe für sein Verhalten erfunden, die es guthießen.“

Die Frau sackte bei diesen Worten weiter in sich zusammen und fing wieder an zu weinen.

„Brauchen sie eine Pause?“, fragte die Moderatorin.

„Danke, es geht schon.“

„Wussten sie, wo er wohnt und ob er Single ist?“

„Nein, er hat mir zu Beginn als wir uns kennenlernten die Stadt gesagt, in der er wohnt und mir das Gefühl gegeben, dass er Single sei, jedoch habe des Öfteren gezweifelt, ob das stimmte.“

Marie glaubte plötzlich, sie wäre die Frau mit der Perücke und der schwarzen Sonnenbrille, die auf diesem Stuhl sitzt und war bis ins Mark schockiert, bei dem, was sie hörte und sah.

„Haben sie zu diesem Zeitpunkt schon bemerkt, dass er ein Narzisst ist?“, fragte die Moderatorin plötzlich.

Marie traf bei dieser Frage ein Blitz aus eisiger Kälte, der das Blut in ihren Adern gefrieren ließ. Sie spürte einen stechenden, tiefen, eisigen Schmerz in ihrem Herzen und ihr wurde dabei so übel, dass sie glaubte, sich übergeben zu müssen.

„Nein, an so etwas habe ich überhaupt nicht gedacht. Ich habe immer die Fehler bei mir gesucht und hätte niemals für möglich gehalten, dass ich an so einen Menschen geraten wäre. Ich war eine gefestigte Frau mit gutem Beruf und Lebenserfahrung. Wie er auftrat… ich habe sein Auto gesehen, kannte seinen Beruf, er war bestens gekleidet und hatte Intellekt. Niemals hätte ich geahnt…“

Sie verstummte und schüttelte nur den Kopf.

Marie tat es ihr gleich. Sie musste diese Gedanken loswerden, die gerade in ihr hochkamen. Gedanken an Sex mit Philip, an das gemeinsame Lachen, an seine Berührungen…. die Gedanken mussten weg, sonst würde sie sich auf der Stelle übergeben! Sie atmete tief ein und aus.

Dann hörte sie die Moderatorin fragen: „Warum wollten sie bei diesem Interview unerkannt bleiben?“

Die Frau drehte ihren Kopf jetzt genau in die Kamera. Man sah ihre Augen nicht, aber ahnte, was hinter ihrer schwarzen Brille vor sich ging. Marie glaubte für einen kleinen Augenblick ihre traurigen, tränenverquollenen Augen erkennen zu können.

„Weil ich mich so unsagbar schäme und ich es nicht ertragen könnte, wenn Menschen mich erkennen und sagen würden: wie kann man nur so dumm, naiv und blöd sein."

„Ich danke ihnen sehr, dass sie heute unser Gast waren. Für ihre ehrlichen Worte und für ihren Mut. Sie haben heute vielen Menschen geholfen klarer zu sehen und zu erkennen. Möchten sie zum Schluss noch etwas sagen?"

„An Alle, die meine Geschichte gehört haben und sich irgendwie darin wiedergefunden haben, hören sie auf ihr Bauchgefühl, vertrauen sie sich Freunden oder Familie an, sprechen sie darüber und suchen sie nicht die Schuld für Merkwürdigkeiten bei sich selbst. Dann gehen sie zumindest schon mal in die richtige Richtung. Danke, dass ich hier sein durfte."

Ihre Stimme war zittrig und ohne Selbstbewusstsein, so wie von einer gebrochenen Frau. Dann stand sie auf und verschwand aus dem Bild.

„Wir begrüßen nun unsere Expertin Prof. Dr. Hartmann, Psychologin, Psychiaterin und Verhaltensforscherin. Bitte erzählen sie uns das Vorgehen und Verhalten eines Narzissten."

„Ein Mensch mit narzisstischen Tendenzen denkt nur an sich. Er muss in der Regel seine innere Leere füllen lassen, weil er es selbst nicht kann. Mitgefühl kennt er nicht. Er hat gelernt, sich auszudrücken, um ans Ziel zu kommen. Seine Komplimente zu Beginn sind das Salz in der Suppe. Sie lassen ihren Selbstwert ungeahnte Höhen erreichen. Mit Liebe und Zuneigung hat das nichts zu tun.

Es geht nur um Überlegenheit, Kontrolle, Macht und Manipulation. Um den anderen Menschen geht es nicht. Ein Narzisst hat kein Interesse daran, den wahren Kern des anderen Menschen zu ergründen oder mit ihm eine Verbindung oder Beziehung herzustellen. Er will sie an sich binden, damit sie ihm zur Verfügung stehen. Er selbst steht emotional nicht zur Verfügung. Seine Unverbindlichkeit löst Schmerz aus. Das Gefühl nicht voranzukommen, auf der Stelle zu treten und sich immer mehr anzustrengen rühren daher, zu der grandiosen Anfangszeit zurückzufinden. Aber der Beginn einer Beziehung mit einem Narzissten ist nur ein Schauspiel. Sie sind der Star auf der Bühne, solange er ihnen eine Rolle einräumt. Das Spiel kostet ihn Energie und er führt es auf, um sie zu beeindrucken, sie einzuwickeln und von sich abhängig zu machen. Wenn er merkt, dass er es geschafft hat, ist die erste Phase vorbei. Jetzt beginnt die Entwertungsphase. Sie beinhaltet Kritik, Drama und Gaslighting und sie dient dazu, sie zu destabilisieren und abhängig zu machen. Dann nähert sich der toxische Kreislauf seinem zerstörerischen Höhepunkt. Wenn sie nicht mehr können, werden sie verlassen, weil sie als Energiespender unbrauchbar geworden sind. Ein neues Objekt muss gefunden werden. Es ist schlicht vergebene Liebesmüh, mit einem Narzissten eine Verbindung eingehen zu wollen.“

„Frau Professor, wie kann man aus einer Beziehung mit so einem Menschen ausbrechen?“, möchte die Moderatorin dann wissen.

„Treffen sie selbst eine Entscheidung, in dem sie gehen. Eine Entscheidung für sich, für ihr Leben und ihre Seele. Die Entscheidung ist der erste Schritt. Wenn sie bewusst an sich arbeiten und sich selbst kennenlernen, ist das anfangs schmerzhaft, doch sie werden erkennen, dass es sich lohnt. Alles liegt in uns selbst. Das ist Fluch und Segen zugleich.“

„Nun meine letzte Frage“, die Moderatorin schaut auf ihre Karte. „Haben sie einen Tipp, woran wir ihn erkennen können, den Narzisst?“

Der Professorin entgeht ein tiefer Seufzer, der gepaart war mit einem Ausdruck von bekennender, endgültiger Gewissheit und einem Hauch von Süffisanz in ihrer Stimme. Dann antwortet sie:

„Ich würde sagen, zuerst am Schwefelgeruch…. Da wo der Narzisst am Werk ist, ist der Teufel am Werk…“

Sogleich merkte sie, dass sie die Moderatorin verwirrt hatte, denn diese starrte sie nur stumm an. Deshalb fuhr sie fort:

„Nein, im Ernst, hören sie auf ihr Bauchgefühl und ihren gesunden Menschenverstand und handeln sie

danach. Sofort, wenn sie es merken, sonst ist es zu spät."

Über den Bildschirm lief der Abspann.

Marie war hellwach und zitterte am ganzen Körper. Sie glaubte, sie träume. Nie im Leben hätte sie gedacht, dass...

Wie konnte sie nur! Wie konnte das passieren? Wie konnte ihr das passieren? Warum war sie nur so schwach? Einhunderttausend Parallelen gab es zwischen ihr und der Frau, die sie eben auf dem Bildschirm gesehen hatte.

An Schlaf war überhaupt nicht mehr zu denken. Sie setzte sich an ihren Schreibtisch und schaltete panisch den Laptop an. Dann gab sie in die Suchmaschine dieses Wort ein, dass sie kaum aussprechen konnte und von dem es ihr immer heftiger richtig übel wurde.

< *Oh mein Gott, das ganze Internet ist ja voll mit Beiträgen dazu. Und ich dachte, weil ich mich nie mit dem Thema beschäftigt habe, Narzissten haben ausschließlich etwas mit den schlimmen Vorgängen im zweiten Weltkrieg zu tun* >

Marie las, bis es hell wurde. Alles, was sie finden konnte, sog sie auf. Der anfängliche Schock, mit allem, was er ausgelöst hatte, nämlich den Schmerzen in ihrem Körper, ihrer Seele und ihrem Herzen, verging ganz langsam, jedoch machte sich dafür von Stunde zu Stunde eine Kapitulation, Resignation und Stille breit, die nicht minder schlimm war. Marie hatte das Gefühl, sie fiele in dieser Nacht in ein unendliches, tiefes, schwarzes Loch und hatte nicht die Spur einer Idee, wie sie da wieder herauskommen konnte.

Als ihr Handywecker klingelte, machte sie den Computer aus und stellte die Dusche an.

Ihr Bett war unberührt geblieben.

Sie musste ins Büro.

Wie gerne hätte sie jetzt eine vertrauensvolle Umarmung von Fabian...

EPILOG

Dieser Fernsehbeitrag und die Erkenntnis daraus, waren für Marie nur noch das Sahnehäubchen auf dem großen Haufen Scheiße, in dem sie sowieso schon steckte. Bisher hatte sie immer nur gedacht, es gäbe bestimmt irgendwelche Gründe, warum es nicht weiterging zwischen ihr und Philip und nicht selten hatte sie die Fehler dafür bei sich gesucht. Aber DAS war jetzt eine ganz andere Nummer!

Die letzten zwei Jahre wurden ihr jetzt mit einer Klarheit bewusst, die in ihr Schaudern hervorrief. Sie hatte ab der ersten Sekunde ihrer Begegnung, null Chance auf das, was sie glaubte, dass es werden könnte.

MR. COLD HEART, tausendmal am Tag im Radio ... Scheiß Schicksal hatte ihn in ihr Leben und Herz geführt und dafür gesorgt, dass er das Fundament ihres Seins erschüttern konnte.

Am liebsten hätte sie sich einfach unsichtbar gemacht oder wäre im Erdboden versunken. Sie hatte die Nase voll und keine Lust mehr auf dieses Leben. Aber, so war sie doch eigentlich nicht ....

Sie konnte diese Frau mit der Perücke und der Sonnenbrille so gut verstehen. Jedes einzelne Wort, das sie gesagte hatte, stimmte und sie fühlte sich zu einhundert Prozent genau wie sie. Diese Frau saß im

Fernsehen, wollte unerkannt sein, weil sie sich schämte über ihr eigenes Selbstwertgefühl. In den Medien sieht man oft schlimme Straftäter, die sich nicht schämen und unkenntlich machen und diese arme, gebrochene Frau konnte es nicht ertragen, erkannt zu werden, weil sie sich so schämte, von einem kranken, perfiden Menschen benutzt worden zu sein? Das war so paradox, fand Marie und doch erkannte sie dieselbe Scham auch bei sich.

Sie brauchte ein paar Wochen, um ihre Wunden zu lecken. Diese Wunden waren tief und schmerzhaft, deshalb wurde sie tatsächlich noch stiller als zuvor, obwohl das schon fast nicht mehr ging. Die Menschen um sie herum fingen an, sich Sorgen zu machen, aber sie nahm keine Hilfe an. Sie wollte nicht reden. Sie musste gesunden. Von ganz tief drinnen musste es beginnen und sich nach außen vorarbeiten. Wie lange das dauern würde, wusste sie nicht. Aber es war ihr egal, denn es musste sein, sonst würde sie nie mehr lebendig sein.

Sie verbat sich fortan jeden Gedanken an die schönen Momente mit Philip Sandmann, die sie sich in ihrer Verzweifelung manchmal in Erinnerung rufen wollte. Doch wenn sie sie zuließ, wurde sie augenblicklich von diesen Szenen so angewidert, dass sie auch nach vielen Monaten noch den Drang verspürte, sich übergeben zu müssen.

Als Erstes schaffte sie es, das Warten abzustellen. Warten darauf, dass dieser Mann sich wieder bei ihr meldete. Sie wollte gar nicht mehr, dass er sich meldete. Danach versuchte sie, alle anderen Wunden zu schließen und damit ging das Jahr zu Ende.

Zuletzt blieb nur noch die tiefste, größte und schmerzlichste Wunde übrig:

Scham, Selbstwertgefühl und Selbstvertrauen.

Sie war nicht mehr dieselbe ...

An einem Tag im darauffolgenden Sommer, machte sich Marie morgens auf den Weg ins Büro. Es war mild und schon schön warm um diese Uhrzeit. Als sie auf die große Bundesstraße bog, schien ihr die aufgehende Sonne direkt entgegen. Sie drückte das Gaspedal kräftig durch und schaltete das Radio ein. Das Lied, das sie dann hörte, berührte sie in diesem Augenblick unerwartet tief in ihrem Herzen. Es war nicht neu, aber es hatte an diesem Morgen eine Kraft, die bewirkte, dass Marie plötzlich aus Leibeskräften sang.

Es war Andreas Bourani:

Ich bin wieder am Leben

Zeit neue Wege zu gehen

Ich hab soviel zu geben

Trag in mir Kraft für Zehn

Ich bin wieder am Leben

Sie solln in hundert Jahren noch davon reden

Ich umarm den Himmel und zünd tausend Raketen

Lass eine Millionen Sterne glühn und alles erbeben

Ich küss die Welt auf ihren vollen Mund

Tanze, als würde ich schweben

Ich bin wieder am Leben!

Marie lernte langsam wieder, sich selbst zu mögen, auf ihr Bauchgefühl zu hören und sich selbst wieder zu vertrauen. Und, auf die Menschen zu setzen, die ihr wichtig waren und die es gut mit ihr meinten.

Einzig aber glaubte sie, leider die Gewissheit zu haben, dass sie nie wieder einem fremden Mann ihr Vertrauen schenken könne ...

Danke

Was soll ich sagen…
dieses Buch ist meine erste Geschichte.
Ich habe so lange an ihr gearbeitet, dass ich es nicht glauben konnte, als sie fertig und abgeschlossen war.

Ich möchte mich bei allen bedanken, die mir geholfen haben.
Mit Rat und Tat, bewusst und unbewusst.

Bei meinen Töchtern, die meine Ideen und Zweifel immer als Erste erfahren mussten.

Bei meinen treuen Testleserinnen.

Bei den Profis, unter deren Händen ein Cover entstand und ich währenddessen Tränen verdrückte, weil meine Geschichte plötzlich ein Gesicht bekam.

Bei allen anderen, deren Hilfe ich brauchte, um es bis zur Veröffentlichung zu schaffen. Auch, wenn ich Euch nicht alle hier erwähne, weiß ich, wer Ihr seid, und trage Euch im Herzen.

Und zuletzt, bei ganz vielen Menschen, die mich inspirierten zu dieser Geschichte und die Charaktere lebendig werden ließen.

ICH DANKE EUCH ALLEN VON HERZEN!